为了孩子

陈冰 | 著

天津出版传媒集团

天津人民出版社

图书在版编目（CIP）数据

为了孩子 / 陈冰著 . -- 天津：天津人民出版社，
2020.1（2021.9 重印）

ISBN 978-7-201-15211-0

Ⅰ . ①为… Ⅱ . ①陈… Ⅲ . ①长篇小说－中国－ 当代
Ⅳ . ① I247.5

中国版本图书馆 CIP 数据核字（2019）第 193389 号

为了孩子
WEILE HAIZI

出　　　版　天津人民出版社
出 版 人　刘　庆
地　　　址　天津市和平区西康路 35 号康岳大厦
邮政编码　300051
网　　　址　http://www.tjrmcbs.com
电子邮箱　reader@tjrmcbs.com

责任编辑　张潇文

特约编辑　张逸尘　张世景
排版设计　书　情

制版印刷　合肥市星光印务有限责任公司
经　　　销　新华书店
开　　　本　660×960 毫米　1/16
印　　　张　26.25
字　　　数　349 千字
版次印次　2020 年 1 月第 1 版　2021 年 9 月第 2 次印刷
定　　　价　59.80 元

目 录
CONTNENTS

序

《为了孩子》即将在天津人民出版社出版,作者请我写几句话介绍这部书。作者说:"《为了孩子》是一部关于素质教育的作品,历经六年完成,你是盱眙县素质教育的倡导者,又是盱眙县新课程改革的决策者,请你来为这本书作序是最合适不过的了。"经作者这么一说,我真觉得非写几句不可了——因为我一直在关注农村教育问题,把改变农村教育落后现状作为我人生奋斗的重要使命。书中的人和事就在我的身边;它所反映的问题都是我们广大教育工作者必须认真反思的,作为一名教育工作者,我想把我的阅读思考与读者分享。

《为了孩子》像一部摄影机,真实地记录了农村家庭教育现状。主人公万宝强夫妇是当下农村伴读家长的缩影,他们身上集中体现了中国农村父母的质朴之爱,同时,作者也深入解剖了他们那种急功近利、好高骛远、过于麻木的落后思想。为了让孩子出人头地,他们不惜举债、到上海淘金、租房伴读、甘做交际场上的旱鸭子、兼职伴读、"研究"营养学、攀比别人、视考分如命、请家教、买补药……可是结果并没有他们想象得那样美好。我为他们固执的爱感到痛心,更因为中国农村有这样一个大规模的伴读群体感到揪心。

作者立足于教育本质,用历史的眼光来审视伴读教育,为四面楚歌的中国教育提供了一个反思的角度。我希望这部作品能够早日跟读者见面,以期能引起有志于中国教育事业的各界人士的关注,一起去面对农村教育中存在的突出问题，认识到改变农村伴读教育现状的重要性和紧迫性，从而为中国教育大突围寻找一个突破口。

《好父母胜过好学校》中叙述亲子之爱、师生之情、朋友之谊，都因为缺少了教育智慧的滋润，从而演变成为错位之痛。我知道，伴读教育不是教育的全体，但是读了《好父母胜过好学校》的人，一定可以从书中得到全面、辩证思考教育问题的智慧。

本书作者通过朴实的语言对万宝强夫妇酸甜苦辣伴读生活的叙述，以独特的视角辩证地解读、反思了伴读教育，在中国许多值得思考的教育行为，很好地解决了"鱼塘没有水"的问题，为"鱼儿"健康成长找到了一条切实可行的新途径。

《好父母胜过好学校》是一部为伴读教育开启智慧大门的书籍，因为这部书里给我们提供了很多反思的教训，让我们从反思中走上自觉自省的道路；同时这部书里也给了我们很多成功的典例，给现在仍然还在伴读教育中苦苦挣扎的父母、老师送去醒悟的"药汤"。当然，这本书里还穿插很多富有哲理的小故事，给作品增添了不少的趣味性。可以这么说，这本书是当下教师观照自己教育教学行为的镜子，同时也是当今致力于中国教育研究的专家学者探究中国教育走向的重要参考资料之一。

据我观察，时下，不管县城还是乡镇到县城中学附近租房伴读的家庭，还是一个相当庞大的群体，不会低于读书家庭的 30%。有一位在县政府上班的工作人员，在县城有房子，他的妻子在县工商局工作，由于所住的小区离孩子读书的学校较远，他为了让自己的孩子"少受罪"，便到孩子读书的学校附近租房为孩子伴读，要知道他的孩子今年只有六岁，在幼儿园上学，他打算孩子到哪里读书就在哪里租房伴读，甚至还想伴读到孩子大学毕业。我给他算过一笔细账，等到孩子大学毕业，他至少要换三次租房，至少要过十五年伴读生活。要知道人的一生能有多少十五年，而这十五年往往是人生的黄金时期。这样的伴读，我们真是伴读不起！

　　《为了孩子》内容相当丰富，视角相当独特，特别是那些催人泪下的伴读小故事，更增添了作品的感染力。读者一定能够从这本书中获得有益的启发和教育智慧。

淮安市盱眙县人民政府党组成员、副调研员、教育局局长

二〇一五年三月五日

引 子

清晨，我梳理着初白的头发，在如梭的岁月不知不觉中已迈过不惑的门槛，多少记忆的碎片残留在生命的扉页里。当我仔细剪辑的时候，才发现里面竟然有许多能够破译教育生命的密码。

在我很小的时候，饥饿的阴霾笼罩在那个年代的上空，身处穷乡僻壤的我更是难逃命运的羁绊。平时全村能够吃上白面馍馍的也只有那么几家，当我看到别人家的孩子手里拿着白面馍馍的时候，我的眼睛是红的，我的嘴巴是流水的，我的心是羡慕的。每当母亲看到我那个馋相，总是头也不回地拉着我往家走。终于有一天，队里的新粮发放了，母亲没有过多地考虑，为我们五个孩子蒸了一大锅馒头。正当我们准备吃白馍馍的时候，来了一个远房的穷亲戚，还带来一个和我差不多大的小孩。母亲看到她们衣衫褴褛，面黄肌瘦，却把满满的一锅馒头，当作干粮送给了她们。当时我号啕大哭，母亲过意不去，仅仅为我留下一个馒头。四十年过去了，这件小事，在我的心屏上却历久弥新，散发出沁人心脾的馨香。我不知道一锅白馍馍对一个饥荒的家庭能起到多大作用，但这件小事，却成为我敬重母亲、追思母亲、奉献仁爱的原动力。

我永远忘不了初中阶段的秦毅老师，当时，我未满十五岁，他教我语文。三十多年过去了，他博学多才、严谨治学的风格并没有给我留下太多的记忆。但是，有一件小事，却让我至今难以释怀。有一天，我发高烧近四十度，睡在宿舍床上，脸色通红，并且满嘴是说不清的胡话，也许那时头脑失去了正常人的思维，眼前时常出现很多非人间的幻觉。就在我最需要别人帮助的时候，秦毅老师把我搀扶到医院接受治疗。到现在，当时就医的情景还历历在目。虽然我现在很多年没有见到这位可亲可敬的老师，但是我的内心深处却一时一刻都不敢忘记他。他慈祥的面容，和蔼的话语，对学生那份执着的关爱之心，已经融进我的血液，成为我从教生涯中一座永不熄灭的灯塔，一直照耀着我的为师之道，始终激励我为学生的健康、快乐、幸福寻找最温暖的关怀。

2005年的夏天，女儿以优异的成绩考入县中。半学期过后，为了给女儿提供更多的方便，我的妻子便辞去工作走上了"漫长"的伴读道路。女儿每天凌晨五点十分准时上学，晚上女儿十一点才能回到住地，有时回来后还要做没完没了的作业。很快，女儿眼睛近视度增加了，生病的频率高了，上学迟到次数多了。为了给女儿必要的帮助，我经常租车赶到几十里外的住地。当时，我女儿班级有82名学生，女儿眼睛看不到黑板，我三番五次同班主任协商调座位，没有达到目的，到现在还觉得欠债似的。总之，这条求学之路，让女儿的身心健康遭受了前所未有的损害，让我们每天都感到体能在透支，精神被摧残。我们就是这样全身心地付出，但是高考结束后，女儿并没有考上她一直冥思苦想的南京大学。

每当夜阑人静的时候，我总是在想，现在的孩子怎么了？现在的教育怎么了？现在做父母的又怎么了？无数个为什么时时萦绕在我的脑际。有一位资历很深的大学教授，曾经在课堂上给我们讲了这样的一句话：一个人能否成才的关键，不是他所读的那所大学是多么的有名气，也不是他这一生当中有一个怎样了不起的爸爸，而是这个人在读书时代所接受的情感教育。当时我听到这句话，总觉得这位教授说得太玄乎。心想，情感教育只不过人生教育的一小部分，它怎能控制人生教育的制高点？随着教改的不断深入，其中奥妙却逐渐清晰明朗起来。原来人生的情感教育是人生动力的源泉，他对人生的健康发展有着举足轻重的作用。父母的仁慈之心、老师的关爱之情，都会在人生的起跑线上产生无法抗拒的情感动力，都会在人生最初的价值体系中建构出独特的美学取向，为自己的完美人生插上腾飞的翅膀。

现在，很多人把目光聚焦都市教育，而农村孩子素质教育更成为被大众很难顾及的角落。今天，我怀着沉重的心情推出《为了孩子》，就是希望这部作品能够从高楼大厦的缝隙间唤起人们的教育良知，让更多人去关注我国幅员最为辽阔的农村孩子的素质教育，让农村孩子的素质教育在全国各族人民的高度关注下，焕发出新的生命活力，让舞动的青春之花，开遍中国素质教育新天地。我的故事，就从这年的春天开始……

一 名师出高徒

第二年春天，几场大雪过后，日子一天比一天暖和起来，万宝强的女儿便踏上了高二下学期的征程，她的学习成绩也得到了长足的进步。

最近，万宝强心情特别爽，他与别人聊天的时候，不管开始的话题是什么，但是最终的落脚点，总是在女儿的杰出表现上。

"我女儿的班主任是一位姓高的数学老师，年龄只有二十六七岁，别看他在同行当中是一个小字辈，但他却是一位对数学教学有极高见地的好老师。"星期天上午，万宝强坐在午禁路的树下和一个外县的蒋师傅闲聊起来，"高老师不但在教学方法方面富有创新，而且非常注重学生的课外辅导。如果学生有不懂的问题向他请教，他总会耐心细致地给学生讲解。有时，他为了让学生弄懂一个问题，忙到深夜十二点钟才回家……因此，他所任教班级的教学成绩一直是在同年级当中遥遥领先。这不仅深受同行、社会、领导的赞扬，还深受学生的爱戴。我女儿有幸成为他班级的学生，真是莫大的荣幸！"

"学生遇到好老师，就是人生最大的幸福。"蒋师傅随声附和道，"现在很多农村学校都快关门了，究其原因，就是因为好老师都跑到县城学校了……其实，只要有一点头脑的家长，就会把孩子送到县城学校来的。"

"不错，好老师就是学校的金字招牌，就是一块良性'磁铁'，他能够把很多的学生吸引过来。"万宝强点头称是，"由于我女儿对高老师的数学课非常感兴趣，并且对数学这门课投入了很多精力，因此，她的数学成绩一直在全年级遥遥领先。一百六十分的试卷，经常考到一百四十多分，甚至考到一百五十几分。"

"我也有同感，我儿子在高二时候，他的语文老师是县城中学很有名气的骨干教师，年龄在三十几岁，正值年富力强的时候，别看他其貌不扬，但他却是一位非常懂得幽默的好老师。"蒋师傅认真地说，"听儿子说，这位老师上课的时候，经常把语文课中的精彩片段，通过模仿性的语言、夸张性的动作、搞怪的神态展示在学生面前，让学生陶醉其中……一些调皮捣蛋的学生，只要走进这个班级，不要一个月就像换了一个人似的……因此，这位语文老师受到了班级所有学生的喜爱。"

"论语有云：亲其师信其道。有了学生的赞誉、有了学生的爱戴、有了学生的信任，这对老师来说，既是一种鼓励，也是一种鞭策。老师教书用心了、认真了，班级学生的成绩自然得到很大的提升。"万宝强无限感慨地说，"我女儿现在的语文老师也是一位非常出色的老师，我女儿语文考试经常考到一百三十多分……我虽然对女儿的语文成绩感到很满意，但是，我女儿对这么优秀的语文成绩还感到有待提高。因为她班级中有一位学生，在全国中学生创新作文大赛中获得特等奖……他现在虽然还没有参加高考，但是已经有几所知名大学向他抛来橄榄枝了。"

"唉！一所学校又能有几个出类拔萃的好老师呢！这就是'残酷'的社会现实，你不承认也得承认！"蒋师傅摇头叹气道，"我儿子在高二时候的英语老师是一个外省教师，方言太重，加上上课艺术不高，上课的时候，很多学生听不懂，因此，这位英语老师上课，班级里总有不少学生打瞌睡。你说一个学生遇到这样的老师，又怎么能学好英语呢？"

"没有好老师，学生学习就要走很多弯路，这是不争的事实。"万宝强深有感触地说，"真是太幸运了！现在教我女儿英语的，也是一位出类拔萃的老师。由于他的教育方法非常独到，能够使全班的学习积极性恰到好处地调动起来，所以学生们的学习英语自觉性在不断地提高。我知道，现在农村很多中小学学生英语水平出奇得差，在一个普通的班级中，能够找到十个喜欢学习英语的学生都不容易，更谈不上有什么出类拔萃的英语优生了。就是在全县最好的县城中学，学生的英语成绩我也不敢有太多的恭维。所以家长都希望在高中阶段能够遇上一个天才英语教师，帮助自己的孩子脱离'苦海'。"

"谁不希望自己的孩子在读书时候遇到优秀老师呢！"蒋师傅连声叹气道，"现在，一所学校往往就那么几个出类拔萃的老师！僧多粥少，就是再公正的校长也无法满足所有家长、孩子的需求……我儿子遇到这样的英语老师，除了说运气不好外，我们还能说什么呢！"

"由于我女儿遇到一个尽心尽责的英语教师，所以，我和女儿都为在这样的班级感到非常自豪。因此，我女儿的英语学习积极性空前高涨。再加上在放学后有一个较为清静的地方，所以，我女儿的英语成绩得到了较大程度的提高。"万宝强高兴地说，"更让我难以置信的是，到高二上学期期中考试的时候，我女儿的学习成绩已经由原来(高一期末考试)全年级排名一千零五十二名，上升到全年级四百多名了。这个上升的速度，在我的眼里，已经是在'坐飞机'了。"

"你女儿真是太幸运了！"

"是的。我女儿不仅仅语数外成绩很好，两门选修科目政治、历史也是相当不错，每次月考成绩都在 A 级以上。现在，我们全家所有人的心情，每天都是阳光灿烂的，不论是工作，还是与人交朋友，都是那样的心情舒畅，好像那些烦恼、焦躁不安都从这个世界消失一样，每一个人嘴角的笑容也好像是用焊锡焊在上面似的。"万宝强接过话茬道，"现在，我女儿学习的目标，不再是考取普通的本科院校，而是考取全国有名的南京大学。她的精神状况给我们全家带来少有的吉庆祥光，同时也给我们全家带来了无限的快乐。每当我的同事问及我女儿的学习成绩，我的脸上的喜悦之情是无法掩饰的。"

"孩子学习成绩好，父母当然脸上有光啊！"蒋师傅羡慕地说。

"现在，我们夫妻俩很少去过问女儿的学习成绩。女儿有时候学习时间长了，我们还会主动提醒女儿去休息。我女儿给全家人的感觉，就是一个非常听话的、懂事的、很有见地、很有前途的非凡孩子。"万宝强有点激动地说，"不仅如此，女儿还很少去做与读书无关的无聊事情……不管是看书还是做作业，根本不需要我们去催促，好像读书是她最大的爱好一样，没有一点做作敷衍的样子，完全是出自对读书的兴趣。看书的时间、所读的科目、所做的作业都是相当的有规律。不用说，女儿的学习都是有计划的、认认真真的，早晨看什么、中午做什么、晚上学什么，女儿心里非常清楚，而且在学习时候，心情是非常平静的，让人看不出她有什么急躁的样子，就连平时对我们的态度也是那样地温顺。尤其对我们所说的话都是那样的体贴，绝对没有什么不恭的言辞。我们和她说话的时候，她总是在静静地听着，即使是我们说得欠妥，她也会心平气和与我们进行沟通，直到有一个比较满意的'默契'为止。"

"这样的孩子，我们做父母还有什么可操心的呢？"

"说实在话，现在，我认为教育孩子就是水到渠成的事情，就像是闲来嗑瓜子那样的惬意小事，甚至认为把自己孩子培养成为一名重点本科生就是小菜一碟。平时，每当听到单位同事讲教育子女是如何的艰难，我总认为同事在无病呻吟，并且在心里产生一种不服之情：教育子女、培养孩子这有何难？无非是顺其自然，瓜熟蒂落而已！我认为与孩子在一起进行学习、生活方面的沟通是在享受一种人生的天伦之乐，就是享受人生中最大的幸福，就是享受一种心与心的愉悦，就是享受一种最纯朴、最自然的天籁之音。"

"因为，你遇到了好老师，才有如此心境。"

"也许是吧。"万宝强随口说道，"我认为，父母能和孩子愉快地交流是难能可贵的，但是最难能可贵的，就是老师能够与学生快乐交流，因为，这不但有利于学生的身心健康和学习成绩的提高，还有利于老师的学习、工作、身体健康。同时，老师与学生进行默契的交流沟通，它还可以营造一种无拘无束、没有专制、没有高压、没有半点矫揉造作、没有强制的育人气氛，学生们还能够把自己心里想不通的事情，不光是学习的事情，还有一些做人之道、交友之道，都能够与老师相互切磋、交流，使自己的学习、休息无时无刻不处于轻松舒适的环境当中，'倒空'了自己的烦恼，就像一个五六岁的小孩子那样天真、那样快活。这样的学生，哪有学习成绩不好的呢？"

"我很赞同你的观点。"蒋师傅认真地说，"宁静方能致远。"

"不错。"万宝强说，"如果我女儿能够一直保持这样的健康心理，这样的学习态度、这样不急不躁的做人风格，她在学业方面肯定会有所建树，考进国家重点本科院校那就是一件很轻松的事情，根本不需要我们烦心。根据我多年的教育经验，如果一个学生能够在名师潜心指导下，全身心地投入到学习之中，最后没有在学业方面取得优异成绩的，那是非常罕见的。"

"这就是名师出高徒的道理！"

"其实，好老师，不仅在上课、辅导方面给力，就连平时的布置作业也是相当考究的。在数量上、题型上、层次上都是具有较高的针对性和科学性，他们往往能够较大程度地提高学生的积极性，并且还能够让绝大多数学生在做作业的时候，产生强烈的成就感。"万宝强深有感触地说，"试想一下，老师布置的作业，学生就是饭不吃，觉不睡，也会兴致勃勃地把它完成。学生做这样的作业，肯定会在学习方面大有进步的。"

"细节决定成败！"蒋师傅说，"这也是名师与普通老师的主要区别点。"

"看到女儿对学习如此认真，如此执着，对前途如此自信，我心里产生了无限的自豪感，同时自叹自己在读书的时候没有像女儿那样认真，那样听老师和父母的话，懊悔自己没有抓住稍纵即逝的大好机会，使自己的美好前途付之东流。"万宝强沉浸在女儿昨日的辉煌里。

"你不必自叹，也许你当时没有遇到出类拔萃的好老师。"

"你错了，我女儿的语文老师就是我小学时候的同学。"万宝强赶忙摆手道，"好老师也要好学生相匹配……我经常和这位老同学在一起交流这方面的问题，他认为如果我的女儿继续保持这种强劲势头，考上一类本科肯定不是难事……我听到老同学对女儿有如此的厚望，觉得自己能够成为这样优秀学生的父亲，真有一种说不出的满足感、幸福感。因为我认为在这个世界上，女儿能有一个非常美好的前途，就是天底下最最快乐、最最幸福的事情。"

"孩子的未来，就是我们的未来，孩子的快乐就是我们的快乐，孩子的幸福就是我们的幸福。"蒋师傅激动地说，"在这个世界上，孩子成功就是父母最大的成功。"

"是的，最近我在伴读区散步，总感觉周边的环境是那样宜人，那样欢畅，甚至我感到自己周围一切都是那样的舒心，都是那样的甜美……小鸟在晨风中欢唱，花儿在朝阳中吐芳，金色的柳树在晚霞中翩翩起舞……仿佛周围那些不知名小虫的啼叫，都是那样的宛转悠扬、都是那样富有青春的律动……"万宝强听了蒋师傅的话，情绪也异常激动起来。

这是多么惬意的教育"盛况"！这是多么惬意的教育"美景"！我认为在这块教育热土上，这样的盛况、这样的美景也是教育工作者孜孜追求的理想之一。当我们静下心来反思的时候，就会发现，要想在教育方面突飞猛进，没有一流的教师素质，要想大面积地提高学生的综合素质、综合技能，那是一件很难想象的事情。

东晋著名书圣王羲之，他的书法堪称我国历史上的一绝，不仅具有其独特的风格，而且真正地达到了龙飞凤舞的境界。他才思敏捷，学识渊博，集各家书法融于一体，终自成一脉，成为家喻户晓的一代书法宗师。他调教出的徒弟，也就是他的儿子王献之，更是出类拔萃，在我国书法历史上享有较高的声誉。

其实，名师出高徒的道理，在诺贝尔自然科学奖的历史上，表现尤为明显。比如，发明人工放射能之父的恩利科·费米，光荣地为美国培养了6名获奖者，功盖全美洲。EO劳伦斯和N玻尔各自培养了4名。更厉害的是剑桥大学卡文迪许研究所的两位教授 J6lJ6l汤姆生和 E6l卢瑟福，他们曾经在两代人之间培养出17名多国籍的获奖者。

难怪这几天网络热议"北京有位家长，花了135万元买了4.4平方米的学区房。"追其原因，答曰：有了这个房产证，孩子就可以到这个好学校读书了。我不是为了能够住在这里，只为孩子有好老师！

只为孩子有好老师！它道出天底下所有家长的无尽的心酸……很值得我们教育工作者反思！

正如谚语所云：锅里有，碗里才有；要想轻松给学生装满一碗水，自己就必须拥有一桶水；站位越高才能看得更远。因此"名师出高徒"这句话历来为人们所公认，它不仅折射出知识的传递，还折射出人格魅力的照耀。试想一下，从清华北大走出的学生，肯定与众不同。

当然，"名师出高徒"要有多方面的缘由。第一，师傅自己有渊博的学识及出色的办事能力，必须重视因材施教，要有独具一格的教学经验，还要有很好的处世方法，这是先决条件。第二，徒弟本身要有很好的身体素质，这是学好本领的基本保障，要有锲而不舍、积极进取的精神，还要有一定的天赋。这两大方面，就好像是阳光和花儿之间的关系，它们是紧密相连，缺一不可的。如果脱离这两方面要求，也就不存在"名师"和"高徒"了。

因此，在今天素质教育舞台上，我们广大教育工作者不要满足于"教书匠"的头衔，要不断提高自身素养，要向"教育家"看齐，同时，我们还必须辩证地理解"名师出高徒"的古训。我坚信，随着时间的流逝，"名师出高徒"这句话里所寄予的道理，将越来越焕发出青春的魅力，给人以智慧，给人以启迪。

二　心荷太重难修正果

　　转眼四月过去，初夏的暖风吹在大地上，气温往往在 20度左右徘徊，展眼望去，街道上大多数人已经穿上夏日的服装，而万宝强仍然把半春半冬的衣服裹在身上，他担心空气中的丝丝凉风穿过肌肤进入肺腑，大有弱不禁风之态。

　　不知怎么的，自从女儿这次月考成绩有所下降以后，万宝强每天都感到一丝凉意在自己血脉里流淌，因此心情也变得越来越沉重起来。

　　"最近女儿成绩下降，都是你心事重重造成的。"杨建云对老公近期表现非常不满，"你为什么会变得如此犯愁呢?难道你嘴角的笑容都被上帝收去了不成?"

　　"你真是有所不知，我现在把人生所有的宝都压在女儿那里了，你想，我的美好未来，在这个世界上已经被打上无法改变的死结，绝对没有什么可以延伸的空间了。可以这么说，不论在工作方面，还是在生活水准方面，都已经到了顶端状态。向上，不会有太大的发展;向下，也不会有太大的回落。因此，我的眼光只能瞄准自己的女儿。"

　　"难道女儿考不上大学我们就不能生活啦?"杨建云有点生气地说，"我的堂哥，三个孩子都没有考上大学，现在还不是要房有房，要车有车，照样过着神仙一般的日子嘛!"

　　"那只能是个例，不能代表普遍现象，我认为在现在经济比较薄弱的、文化生活比较单调的农村，要想使自己的孩子能有一个好的归属，读好书就是最好的出路。如果不让女儿读书，继承祖业，回到农村去种地，或者是让女儿跟那些初中没毕业的学生那样到东南沿海地方去打工，是我无法接受、绝对不能容忍的事情……假如我的女儿真的沦落到那种地步，我就是天大的罪人，不光是对不起自己的列祖列宗，更对不起我这个以读书为傲的家。"

"就算你说的有道理，可是女儿根本就不认这个理，你整天干着急又能起到什么作用呢？"杨建云无可奈何地说，"你每天该吃就吃、该喝就喝，我看天是不会塌下来的。"

"你说的真轻松，对于孩子的教育问题，我可没有你那么大度。"万宝强苦笑着说，"再说，即使我有你那样大度，把教育孩子当作儿戏，可是，社会上那些长舌妇、乌鸦男也不会放过我的。"

事实上，万宝强还有比这更担心的……"你们这些穷教书的，天天都是在和学生们打交道，你连自己家的孩子都教育不好，你还有什么脸面去教育别人家的孩子？自己家的孩子教育不好，只能说明自己在教育方面是一个无能之辈。"他最怕在大街小巷里听到别人这样议论老师的话。

作为一名教师，按照常理说，自己从事教育工作，多多少少在教育孩子方面积累了一点经验，总比那些天天在田地里干农活的农民在教育孩子读书方面要懂得多一些……老师家的孩子考上国家重点本科学校应该是理所当然的事情……如果那些大字不识的农家子弟，都一个个跳出农门，考上国家重点本科，而教师家的孩子一个个名落孙山了，那就是绝对不能原谅的事情……要是自己的女儿读书不用功，自己家教不力，最终导致自己女儿半途辍学，那就是自己的奇耻大辱，那就是罪不可赦，那就是要了自己的小命！他经常这样想。

为什么万宝强内心会有如此过激的想法呢？这是有很多理由的。因为，他认为自己从事教育工作已经二十几年了，数以千计的学生在他的手中培养出来，北大、清华、南大等这些国家一流的大学，都有自己嫡系学生的身影，并且现在在国家重点工程项目中，从事尖端科技研究的也不乏自己的得意门生，甚至还有个别学生走上了非常重要的领导岗位。于是他断言：能把别人家的孩子教育成为天才，能帮助别人家孩子实现自己的人生价值，这些教育经验，特别是一些传统的教育规律、教育方法、教育手段、教育技巧，肯定会把自己孩子送上"宇宙飞船"的。

但是，万宝强也深知教育子女的复杂性和教育子女的偶然性。他不敢想，如果真的有一天，自己的孩子参加高考以后，什么本科院校都没有考上，那将是一种怎样的惨状呢？那将是一种万劫不复的灾难！那就是自己人生最大的耻辱！因为他一直认为一个做老师最大的失败，不是教不好自己的学生，而是连自己的孩子都没有教育好，使自己的孩子没有能力进国家一流大学的门。这就是一个教师无法原谅自己的最大错误！也是一个老师人生的最大悲哀……

女儿读高二时候，万宝强每天面对学习进步中的女儿，心中感到莫大的安慰。他认为女儿就是他身边最大的财富，就是他身上最大的荣耀。其实，孩子学习进步，做家长脸上沾光，心里高兴，这是人之常情，这也是百分之九十九家长所共同具有的心态。

"你为什么不能把孩子教育问题看得风轻云淡一些呢？"杨建云见老公整天唉声叹气的样子，心里也很着急，便非常关切地对老公说，"要知道，你可是我们家的主心骨，只有你先放松自己心情，我和孩子才能跟着你放松起来啊！"

"在家庭教育上，什么类型的父母都有，对自己的孩子学习视而不见、漠不关心的家长肯定有，那是因为在这个世界上，林子深，树木多，什么鸟都有，我不会为此大惊小怪的。可是，你让我学那些没心没肺的家长，我是绝对做不到的。"

"你真是花岗岩脑袋，顽固不化！"

"我顽固不化吗？我看不出来。"万宝强没好气地说，"你应该清楚，孩子成绩上去了，这就意味着孩子在人生的道路上已经为自己留下了一条引以为傲的光荣之路，已经为自己日后开辟伟业奠定了较为坚实的根基，已经为自己的将来幸福快乐铺设了一条较为理想的绿色通道，这个道理你应该比我更清楚!"

　　细想一下，万宝强说的话也是有道理的，他看问题并不只停留在孩子学习成绩层面上，而是深入到孩子的智慧和才能之中，还有在这智慧和才能背后所延伸下去的孩子一生的幸福生活。

　　他认为孩子有了成绩就有了一切：他仿佛看到了自己的女儿端坐在很多人羡慕的、宽敞明亮的南京大学教室里，与世界上所有不愿被命运束缚、不愿被穷苦生活所摆布而发愤苦读的、富有挑战自我的大学生们一道，在理想、自由、幸福的知识王国里，吮吸着上苍恩赐给他们的智慧琼浆，尽情地沐浴着经过春风荡涤过的阳光。他们在一起相互学习、相互合作、相互竞争，共同打造着属于他们的美好未来，为他们勾画着最绚丽的人生画卷。

　　万宝强还仿佛看到了自己的女儿大学毕业后，找到了一个非常体面的、非常舒适的、经济收入颇丰的理想工作，没有烈日的熏烤，没有严寒的困扰，在一个四季如春的工作环境里，轻松愉快地工作着……他的女儿不仅在工作方面愉快，经济方面报酬丰厚，而且在生活方面也是非常幸福。也就是说，在他女儿的生活周围处处充满诗情画意，处处充满阳光和鲜花，没有烦恼，没有忧伤，更没有为了自己的生计而疲于奔命的痛苦。

　　在万宝强丰富的想象世界中，女儿有了好成绩，她幸福的生活就会变得曼妙多彩：在女儿结识的朋友圈子里，都是一些高雅的有识之士，都是经过高等学校培养出来的身心健康、生活格调高雅的、具有现代文明进步思想的白领阶层，没有粗俗的生活情调，没有钩心斗角的伎俩，完全脱离低级趣味的生活格调，完全脱离麻木不仁的处事作风，完全脱离荒诞不经的无聊情趣，处处充满在友爱、关怀、帮助、自由、舒适的快乐气息，微笑地过着每一天，微笑地走着每一步；他还想象到，女儿工作之余，还可以和自己的家人到祖国的名山大川去旅游观光，有时还能飞越五湖四海到国外去领略一下异国风情……在纯朴、明净、清新的生活环境里，陶冶自己的高尚情操，净化自己的美好心灵，实现自己最美好的人生价值。

万宝强经常对自己的妻子杨建云说，在这个世界上还有什么比让自己的孩子快快乐乐、和和美美、健健康康、高高兴兴地生活更重要的呢？那是绝对没有的事情！女儿就是这个完美世界的代名词，女儿就是幸福的天，女儿就是幸福的地！

"说到底，你所有的努力还是为了自己，不就是将来想多享女儿几天福吗？"有时，杨建云会这样反驳他。

"你说错了。你看我像那样没出息的父亲吗？"万宝强辩解道，"我从来没有想过对自己孩子无微不至的关怀是要自己的孩子将来去体贴入微地赡养自己，只是希望自己将来能够远远地看着自己的孩子在他们的生活环境里无忧无虑地生活。同时希望自己偶尔在孩子清闲的时候，到她生活的小圈子里，去感受一下年轻人充满活力、充满快乐、充满无限生机的生活氛围，也让自己去分享一下孩子的快乐，分享一下孩子的幸福。"

其实，万宝强说的这些话，也是天底下百分之九十九父母的心声。

"在这个世界上，有两类人是值得自己永远不能忘却、永远值得自己去百般尊敬、永远值得自己感恩的、今生今世永远都报答不完的，那就是自己的父母亲，那就是自己的恩师。"万宝强对杨建云说。

"这是为什么呢？"杨建云想听听老公的高见。

"因为他们对孩子的关爱永远是不需要回报的，永远是无私的，永远是高尚的；他们对孩子的关爱永远是最真诚的。不管孩子今天身在何处，他们总会把天底下最完美的祝福送给孩子，用最温暖的心牵挂着孩子。"万宝强认真地说，"如果我们的孩子不能用最优异的成绩来报答父母和老师，那就是大逆不道。"

由于万宝强在教育女儿过程中想得太多，致使自己每天心事重重，很难在孩子面前表现轻松，露出发自内心的笑容。时间一长，万宝强女儿的快乐心境也被蒙上了一层很厚的阴影，她的头脑也不再是单纯的"有机容器"，有时也会飘进浑浊的"空气"，这样，她在学习的时候，就很难静下心来，有时还会情不自禁地从嘴里冒出很重的叹气声。

其实，在家庭教育中，越是高效的往往越是简单的。如果我们家长整天忧心忡忡，患得患失，过分执着于孩子的得到，不能在一种心平气和、较为安静的环境下教育自己的孩子，使自己的身心每天都在超负荷地劳动，那么受累、受伤的往往不仅是自己，而且还会牵连自己的孩子。因此，我们必须清楚家庭教育的幸福往往就是"简单"，不管是我们关心孩子身体，还是我们关心孩子学习，简简单单的谈心、简简单单的守候、简简单单的温暖、简简单单的牵挂，谁能说这不是一种实实在在的家庭教育呢？

古人言：养不教，父之过；教不严，师之惰。在素质教育不断深化的今天，作为教师、家长，我们的眼光必须着重在科学的教养，必须放下沉重的包袱，不要过分强调"严厉"二字，要突出威而不严、严而不怒，崇尚人性关爱，崇尚简单快乐，无论是在学校还是在家庭，我们始终都要保持着清醒的头脑，以简单、理性为依托，以务实、求真为依据。只有这样，我们的孩子才能对你心悦诚服，才能对你敬重爱戴。

那如何才能做好新时代简单而幸福的教师和家长呢？我们靠的是什么？我认为，优秀的家长或者老师不仅仅要兼备高超的育人艺术、魅力四射的人格，还必须具备民主、宽容、善于沟通的教育作风。要知道，教育孩子是一门高深的学问，我们必须轻松上阵，遵从教育规律，学会理论和实践相结合，学会把自己的"内功"与孩子学习活动紧密而轻松地结合起来。只有这样，我们孩子才能不断进步；我们国家、我们社会才能不断涌现适应时代发展需要的创新性人才。

当然，"简单教育"也有制约条件，教育者本身要有很好的育人素质，因为这是教育艺术升华的基本保障，除此之外，我们的孩子还要有处事不惊的良好心态和锲而不舍、积极进取的精神，当然，受教育者还要有一定的天赋，因为，一个成功的教育，教育者和被教育者都必须符合成功的基本条件。

在素质教育的今天，如果脱离这两方面要求，那也就无所谓成功了。因此，从这一点考虑，强化教师、家长队伍建设，提高教师、家长的教育水平；重视学生、孩子非智力因素的培养，将是我国实现教育大突围的重要环节，并且将对我国教育的长远发展起到举足轻重的作用。

三 W=X+Y+Z 新解

高二期末考试的时候，万宝强女儿取得了非常优异的成绩。语数外三门主科，都在全校遥遥领先。她在全校文科排名中已经进入前三十名。尤其数学成绩更是出类拔萃。

"我女儿就是一块学习的料，一百六十分的数学试卷，竟然考到了一百五十六分，女儿简直就是一个数学天才。"万宝强压制不住自己内心的喜悦，兴奋地对杨建云说。

"女儿取得这点成绩就把你乐成这样子，要是将来女儿考上清华北大，你还不把全县所有吹鼓手请到家漫天吼啊！"杨建云笑着说，"难怪，你的同学说你是一个乐天派……一遇到高兴的事情，十里八里的人都会听到你的笑声。"

"你干脆说我就是一个乐以忘忧的人不就得了嘛！何必借我同学之口来教训我呢！"万宝强没有反驳杨建云的观点，而是顺着妻子的话，发表自己的观点，"我认为，快乐就是让人分享的，如果人遇到快乐的事情，还像那些宰相大人那样，全部把它存放在自己的肚子里，那我会憋疯的。"

"你做不了宰相，但你也不能像学校门口的大喇叭那样，到处高叫，唯恐别人不知道你家孩子考了好成绩。"杨建云见老公曲解了她的本意，便带着不悦的心情对他说，"一点小事，你非要把它搞成皇帝女儿婚嫁似的，你能不能低调一些啊？"

"要是其他事情，我能低调。但是，女儿学习上取得如此进步，我是绝对低调不起来的。"万宝强非常认真地说，"因为，在教育孩子方面，女儿点滴进步都是来之不易的，我只有大声说出来，我的内心才能好受些，不然的话，我真对不起自己付出的那么多汗水。"

"你以为，孩子取得一点成绩都是你的功劳啊!"杨建云反驳道，"我认为女儿取得这样的成绩，都是孩子自己努力的结果，你仅仅是孩子成功道路上的一阵凉爽的小微风。"

"你怎能这样贬低我对女儿的付出呢?你要知道，天底下哪有不经过家长严格管教就能成才的孩子呢?"万宝强辩解道，"孩子的成功，家长的帮助是起到很大作用的。今天，女儿取得这么好的成绩，证明我以前的努力都是正确的，并且所有的付出都是值得的。"

"我怎么说你呢!高一时候，女儿成绩直线下降，当时不也是你精心教育的吗?"杨建云微笑着说，"我看你现在所用的教育孩子方法，还不是和以前一样啊!"

"老婆，你不要冤枉我好不好……我现在教育孩子的方法已经有了长足的进步，只不过，你没有认真观察罢了。"万宝强咧着嘴笑着说，"现在，我每天都在研究家教策略问题，经常和那些学习比较成功的孩子探讨学习经验，经常和那些家教比较成功的家长研究教育真经……难道你没有看出我最近头上增添了很多白发吗?……女儿今天取得这样优异的成绩，这正好证明古人常说的那句老话，别人家的石头是可以用来攻玉的。"

"但愿，你能拿人家的石头，把自己家的石头磨成玉。"杨建云见老公不停地为自己邀功，便有点生气地说，"不过，我要告诉你，女儿现在才高二，你可不能高兴得太早。"

杨建云的话，并没有减弱老公自我陶醉的兴致，继续展示自己的嘴上才能。

万宝强不仅有特殊的嘴上功夫，同时还是一个非常喜欢幻想的人，他女儿在学习方面取得了一点成绩，他早就忘乎所以了，他根本不会把杨建云的提醒当成一回事的。因为，在他"平庸"的视线里，女儿高二时期有了好成绩，他就认为女儿已经把高中的基础打牢了，就认为自己已经把要吃的仙桃摘到自己手里了，女儿考上理想大学，那绝对是十拿九稳的事情！

按照他的教育逻辑，天底下最顽劣的小孩子，只要他们能够在学习上用功，他们都可以成为牛顿、爱因斯坦的。他的假设太多，假如这个小孩子，在他妈妈的肚子里就接受胎教，孩子一生下来，肯定就会说话。如果不会说话，他就断定这位妈妈在接受胎教的时候，做了小动作，思想开小差，就像一个顽固不化的学生一样，不听老师认认真真地讲解，结果考试考了零分一样。他根本就不愿去考虑天底下很多事情都是存在偶然性和必然性的。

万宝强女儿为什么能够在那短短的时间内，取得如此惊人的进步呢？我想这里面的原因，绝对不是万宝强所说的那样简单，而是由于教师、家长和孩子共同努力的结果。尤其是老师的精心教育，更是功不可没。

作为教师，要想教育好自己的学生，自己必须具有渊博的知识，具有高尚的美德，具有超凡脱俗的育人技巧。如果老师本身就是一位不学无术之辈，根本就不具备传道授业的本领，只不过是一块滥竽充数的料，他又如何能教出一个具有丰富学识的、出类拔萃的人才呢？自古学高为师，德高为范。一位普普通通的老师，只能教出普普通通的学生；那些具有超凡脱俗的优秀人才，只能出自大家名流之手，这虽然不是绝对的真理，但是它道出了师徒之间存在的因果关系。

自古亲其师，信其道，这句话首先告诉我们做老师必须具有良好的素质，必须具备做一名值得学生们尊重的老师。其次对学生来说，你要成为一个优秀的学生，必须尊重你的老师，必须对他的言谈举止抱有信服的诚意。

如果为师没有为师的品德，做学生没有做学生的素养，这个教与学的过程就是走马观花，是绝对不会有实质性进展的。这样的师者就枉为师，这样的学者就枉为学生。如果用这样的老师来教这样的学生，那么这样的教育过程肯定就是失败的游戏。

所以，作为老师，一定要努力用功，不断提高你的业务能力，不断加强自身的道德修养，不断地完善自我，努力成为同学心目中的良师益友，为教书育人搭好学生施展才能的舞台。作为学生，首先必须尊重老师，这是你做好学生的首要前提。也就是说，当你还没有成为"他"的学生的时候，你就必须做好尊重"他"的准备，把自己放在接受教育、接受培养的位置上面，用程门立雪的故事来陶冶自己的情操，来净化自己的灵魂。不至于在接受教育的时候，对自己的老师怀有不敬之意。这样做老师的才能以满腔热忱之情，把自己的丰富的学识、成功的钥匙、生活的良好技能，毫无保留地传授给你，这样你就会在很短的时间里找到学习知识的捷径，你就会在很短的时间里使自己的成绩得到突飞猛进的提高。

如果我们的学生对老师用一种无所谓的眼光，或者是对老师抱以鄙视的态度，或者是对老师大放厥词、用侮辱的动作对待自己的老师，根本不具有做学生的资格，那么我们的学生从老师那里是绝对学不到真正知识的，学习成绩肯定得不到很大程度的提高。

在这样的教育环境中，学生与老师的关系，根本就构不成师生关系。作为学生，如果你能够在这样的教学环境中，仍然还能学到真功夫，还能成为学生中的佼佼者，那就是天下第一怪事！

由于万宝强的女儿在高二阶段，能够严格遵守学生之道，对这些老师都能够诚心诚意地尊重，所以，这些老师也能够从内心深处去呵护她、关爱她，从而形成一种良性的双边关系。老师总是喜欢在课余的时候，去耐心地指导她，而她也能够在遇到难题的时候，非常乐意去找老师帮助。不仅如此，老师每次布置的作业她都能够积极地去完成，而且在完成的质量方面，她也是相当出色。

对老师而言，有了这样优秀的学生，每次考试都会考出好业绩，老师的脸上也会因此感到很有光彩。绿叶和红花相互映衬，相得益彰，这样无形之中就形成了一种难得的默契关系。

有了这样的默契，老师会对她更加关注，更加热心，更加用功。对万宝强女儿而言，她也会因此在自己的学习方面更加投入，时时提醒自己要在学习方面多用功，绝对不能辜负老师对自己的热心帮助。于是各自的心花开起来了，各自的努力成为相互支持、相互鼓励的动力所在了。这样的一个师生关系，这样的一个教与学的双边活动，老师教得有耐心，学生学得也有信心。在这种默契的教与学的过程中，产生的只能是快乐、只能是进步，只能是相互合作的激情、只能是相互鼓励的动力。

说实话，万宝强女儿在高二阶段，她的学习生活是开心的，她的学习态度是端正的，她的学习成绩也是优秀的。高二所有的一切都是值得永久珍藏和回忆的，高二的一切都是她人生中难得的美丽风景。

万宝强也因为女儿在高二时期的突出表现，那一年的教学工作也是非常的出色，他任教的那门学科，在小升初考试中成绩非常突出，他受到了县局领导的嘉奖，受到了学校领导、老师的普遍赞誉，得到了社会的广泛认可。除此之外，那一年，万宝强多年的神经衰弱毛病也渐渐地消失了，他的身心得到了很好的调养，工作的热情也大大地提高了。万宝强的自信心、快乐感也在那一年得到了从来没有的愉悦体验。他觉得自己每天走的路比以前宽了；即使穿着普通的衣服，也感到相当地帅气；所说的话，在同事面前也变得相当的有分量了；久违的笑容，也在那一年登脸了。一向做事马虎的万宝强，也在那一年变得有板有眼了。再困难的事情，万宝强只要想到自己的女儿有那样出色的成绩，就会眉头不皱地迎接上去。一贯低调生活的万宝强，也开始对自己的未来充满美好期待了。

不仅如此，他还从自己女儿的突出表现上，看到了自己一直燃烧在心里的童年激情，找到了童年的希望。多年来自己一直难以平静的心，似乎也找到了可以安稳疗养的家，多年来难以企及的梦想，也从女儿那里攀到了触手可及的高峰，多少年的美好夙愿，终于找到了可以实现的载体。女儿的美好现状，把万宝强从童年到现在所有的心里委屈、心里的疼痛、心里的自卑统统地一扫而空。仿佛感到了自己已经是身披万丈霞光，集万般宠爱于一身了。以前命运强加给他所有的不快，都在今天得到了应有的补偿。

一直默默无名的家庭，也因为女儿优秀的学习成绩，变得格外荣耀了，村民对万宝强家人的尊重，已经不是局限在口头到招呼的层面了。万宝强家里一些家庭琐事，村民们也会主动找上门服务。如果碰到阴天"抢场"，也就是说，农忙时候，老天突然下雨，场上的粮食还没有进仓，村民总会从四面跑来帮助。话说到这里，你不要认为村民这种行为是老封建、老传统、老世故、眼光太庸俗。请你捂着心口好好地想一想，静静地思考一下，你就会认为我现在所说的话是非常贴近我们现代农村现状的，这些村民的善良行为，已经完全脱离了阿谀奉承的樊篱，他们是完全出于对"美好"事情的真心敬重。

我是从农村走出来的，祖祖辈辈都在农村土地上打拼；我是在世俗的眼光中长大的，对农村这种"现状"是非常熟悉的。因此，我对万宝强的家庭能够受到当地村民如此的礼遇是感到非常正常的。

爱因斯坦有一个关于成功的公式：$W = x + y + z$，他是这样解释的："W代表成功，x代表艰苦的劳动，y代表正确的方法，z代表少说废话"。这个公式告诉人们，事业的成功是靠顽强的拼搏、巧妙的方法、少说废话来完成的。今天，我要把这个公式用在教育孩子上，也就是说，要想取得教育孩子的成功，我们老师、家长、孩子都必须付出辛勤的汗水；老师、家长和孩子之间必须建立良好的教育与被教育关系；在教育过程中，三者之间都必须少说废话。

　　我相信这种与时俱进的教育"理论"，不仅会得到当事人的赞同，还会得到整个社会的普遍认可。因为万宝强女儿在高二的时候取得了非常突出的成绩，并且在这种"突出"成绩的阳光下所衍射出的诸多美丽故事，再次验证了这个道理。

四　既然选择了远方就只顾风雨兼程

今天，杨建云堂哥的儿子结婚。

迎亲队伍足有一里多路，最前面是两辆价值百万的豪华宝马开道，后面紧跟着的是好几辆价值几十万的奔驰、奥迪，再后面是十多辆价值十多万的轿车，最后面还有两辆拖嫁妆的中型卡车，整个车队都挂满彩球和红色飘带，整个场面十分喜庆、壮观。

"喂，最前面的那辆轿车是谁的?车主是不是富二代?"人群中一位伴读爸爸流着口水说，"唉，我的命为什么这么苦呢!……唉，不说了……即使让我天天免费给最前面的那辆宝马擦车，我也愿意。"

"听说新娘是本县万方集团董事长的女儿，这种场面真是太不足为奇了。"一位穿着比较考究的伴读母亲笑着说，"现在，富人家女儿出嫁，哪能像村姑那样简单、随便……男家一台拖拉机、一把红伞、一个伴娘、一桌酒席就能把新娘接到家?"

"什么村姑不村姑的?万方集团的董事长也不就是我们村里的刘三嘛，小时候跟我光屁股长大，他还给人擦过皮鞋，当过理发师，修过自行车……"一位四十大几岁、头顶有点发亮、穿西服不戴领带的先生愤愤不平地说，"想当初，刘三读书不用功，学习成绩扶不上墙，初中毕业就走向社会了……人啊，怎么说呢，当年，我是村里第一个考上工专院校的，毕业后分在军工厂，全村老老少少没有一个不羡慕的，紧接着，我的妹妹也考上了师范大学，人家都说我们家老坟埋在了龙脉上……不承想，二十多年一过，军工厂倒闭，转行当起老师……而老师行业是一个吃不饱饿不死的行业……我们哥妹俩竟然赶不上村里的中等人家……你说，这年头读书还有什么用呢?"

"读书是子孙万代的事情，而发财是眼面前的事情，这两者不可以混为一谈。"站在一旁的万宝强忍不住地说，"你现在虽然没有发财，但是你的精神世界是富有的，你说话温文尔雅、举止得体……这比金钱更重要。再说，你的家庭充满儒雅气息，温馨、甜蜜、幸福，那是再多金钱都不能买到的奢侈品……"

"可是，现在社会上的人往往更看重金钱啊!"头顶有点发亮的先生继续发表高见，"在大街上，人们羡慕的总是宝马、洋房、珠光宝气、西装革履……人的精神世界再富有，能摸得着吗?即使有人能摸到，但是谁会在乎你?"

"大哥，你不要自卑好不好?当年我羡慕你，现在我还是羡慕你。"万宝强安慰道，"你人生走过一点弯路，但是命运并没有亏待你，你拥有贤惠、漂亮、有正规工作的妻子，你拥有一个正在南京大学读研究生的儿子……更加美好的未来，正在一步一步向你走来，千万家产对你而言，仅仅是美好的一瞬……最持久的幸福永远属于像你这样拥有知识文化的家庭……眼前的金山银山，都是无法和你们未来相媲美的。"

"万老师，你的观点，在我们农村不太现实了……我只羡慕已经抓到手的金银，遥远的精神幸福，对我没有吸引力。"一位正在吃羊肉串的时髦小媳妇，不顾嘴里往外冒的油水，急不可待地对万宝强说，"不瞒你说，我初中没毕业就到外面打工了……现在，我跟老公在无锡投资一个海澜之家专卖店，所有的经营策略、经营模式都不需要我们插手，都是由海澜之家总部统一安排……现在，我们根本不需要上班，只等年终分红……我们夫妻俩，每天吃过饭，开车把孩子送到学校，回来后就到社区棋牌室打牌、聊天，神仙一般，你说快活不快活?"

"你们真是太快活了!现在这么年轻,就能做大老板,真是太不简单了!"还没有等万宝强开口,一位农村七十多岁的老大爷抢着说道,"现在读书我总是看透了!古人说,万般皆下品,唯有读书高,现在,这句话已经很少人信了。"

"大爷,让孩子读书,眼前是清苦些,劳累些……但是只要我们把孩子教育好,孩子将来有一个好工作,也是照样可以挣大钱的。"万宝强心平气和地说。

"这个道理我懂,但是,现在很多人不需要读书,就能挣到大钱。"老大爷很认真地说,"都能挣大钱,你又何必兜圈、绕弯子呢!"

"不错,读书是一件很遥远的事情,要吃很多苦,要受很多累,但是,读书是百年大计,不读书,国家哪有未来呢?"万宝强想继续辩解,一转身,那位老大爷已经走到路边喝茶去了。

"一向很重视孩子教育的大爷,为什么不理我呢?"万宝强很纳闷地对身边也当教师的表姐夫说。

"人家不读大学,照样腰缠万贯,照样光宗耀祖。我们这些读了大学的人,却是债台高筑,大爷有这种举动也是正常的。"表姐夫微笑着说,"我猜想他看到我们这些读书人一个个寒酸的样子,内心才有所触动呢!"

"如果我们都像刘三那样,不好好读书,只想眼前挣钱,我看未必就是好事。"万宝强不屑一顾地说,"我们是新时代的教师,在教育孩子的时候,一定要拓宽孩子的思想境界,拔高孩子的理想追求,一定要摒弃这种俗气的价值观。我们更不能只顾眼前利益,而放弃孩子的远景发展。要知道,教育方面的短视行为,一定会给国家、社会带来很多后遗症。也许,眼前的家庭繁荣让人刮目相看,但是,从家庭长远发展来看,我们必须重视孩子的教育问题,多为国争光。"

"我们多听听'老字辈'的话还是有好处的，毕竟关注当下也是人生的一大课题。"表姐夫若有所悟道，"但是，话又说回来，农村绝大多数家长还是重视孩子教育的……更何况为家庭争光与为国争光并不是相互排斥的理想追求。"

"是的，为家族争光和为国争光都能够激发人的潜能。但是对于孩子而言，他们是二十一世纪祖国的建设者，担当实现中华民族的伟大复兴的崇高使命，读好书，为国争光，为祖国的伟大复兴，这才是他们最美好的人生追求。"

"你说得有道理，只有先为国争光，才能为家族争光、为自己争光。国家富强了，我们孩子才能在这个社会上有一个成就梦想、实现人生价值的舞台。不管我们现在家庭经济条件如何，只要我们是一个有血气、有胆识、有事业心的人，都应该让孩子在读书这条路上顽强拼搏下去，绝不能打退堂鼓，绝不能做一个目光短浅的可怜虫。"表姐夫相和道。

"如果我们在教育孩子的道路上，看到宝马奔驰就眼红，遇到一点困难就畏缩，那不仅是个人的耻辱、家族的耻辱，更是这个时代的耻辱。如果我们家长是那样的人，那根本就不配做孩子的家长。知难而上，不畏困难，积极进取，发扬艰苦奋斗的精神，这是我们时代的主旋律，我们必须把这面鲜艳的红旗高高地举过自己的头顶，并且让这面红旗所濡染的、不灭的科学创新精神，一代一代地传承下去。"万宝强继续发表自己的观点。

"是的，把孩子教育成为国家栋梁之材，前面的道路不可能一帆风顺，肯定充满坎坷。也许还有很多艰难险阻在前方等着我们，也许还有很多看不见的暗礁在向我们伸出罪恶的魔爪，但是，勇者无畏、智者无畏，宁可玉碎，不为瓦全，这是时代对我们的呼唤，这更是祖国对我们家长的祈盼。要知道，我们伟大的祖国曾经在五千年的征程上，有过引以为傲的灿烂文明，有过让世界顶礼膜拜的辉煌史。因此，实现祖国的伟大复兴，是我们必须勇敢面对的、时代赋予我们的崇高使命，同时也是我们孩子这一代人义不容辞的历史责任。"表姐夫赞许地说。

"现在，我们国家的科学技术水平和西方发达国家还存在一定的差距，我们只有无畏地走下去，发愤苦读，不断提高全民素质，我们才能拨开前面路上的重重迷雾，冲破横在前面路上的层层阻隔，才能创造出属于我们自己的自由、快乐、理想的王国。只有这样，我们才能勇立时代潮头，尽显大国风范；我们才能无愧于时代，无愧于伟大的祖国。"万宝强有了姐夫的理解，语言更有激情了。

回到伴读住所，万宝强想到自己女儿近期的精彩表现，他仿佛看到了女儿为实现远大理想而努力拼搏的身影，他也仿佛看到了一个不甘落后、不甘受命运摆布的中华民族的美好未来。他内心不由得产生了一种莫大的欣慰与自豪。

他独自一人来到山上一棵松树下，凉风徐徐地吹在他的脸上，他感觉不到一丝凉意，因为，他的内心是灼热的。远方的点点帆船正在破浪前行，后面留下一道深深的痕迹，夕阳洒落在水面上，为航船铺就了一条灿烂的金光大道，他知道船儿正在朝着理想的目标航行，他希望这船儿明天不会遇到大的风浪、多的险滩……但是，他不知道这船儿究竟驶向哪一个港湾。

要是女儿能够顺利考上南京大学那该多好啊！万宝强对此感慨颇多。他望着渐渐下落的夕阳，不由得想起自己'多灾多难'的读书史。他曾经在读书这条道路上吃尽苦头，摔过很多跟头，好不容易在乡村教育舞台上占有一席之地，从乡聘教师到合同老师，再转为正式教师，其中的辛苦只有自己才能细细品尝出来。

现在女儿通过自己的打拼，在读书方面已经渐露锋芒，这又怎能不让他感到无比自豪呢？因为，他认为女儿再也不会走上自己走过的老路，女儿一定会有自己更加美好的生活，女儿未来的生活肯定会比他幸福，会比他更加快乐。

话又说回来，万宝强女儿的优秀成绩所折射出来的快乐、幸福、希望、满足，这是按照正常的发展规律发展下去的正常结果，这也是全社会绝大多数人所共识的。但是女儿的成绩，能不能继续保持这种长足的发展，能不能继续保持这种优秀的学习成绩呢?这是万宝强非常担忧的事情，因为整个世界上很多意想不到的结果都会在自己不经意间，突然临空发生。更何况女儿的高三还没有开始呢?

高三对女儿来说是一个未知数，对女儿将是她人生中最大的考验，我这个话说得有点绝对，但是我们任何人都不能否认，高三对每一个读书人来说，都是人生的重要的抉择关头。这是改写个人前途和命运至关重要的十字路口。

其实，高考对任何读书家庭来说都是牵肠挂肚的，都是绞尽脑汁的，都是充满喜怒哀乐的。我们试想一下，现在在社会上能够站稳脚跟，能够在自己的工作岗位上行云流水，能够在社会上做出杰出的贡献的人，能有几人没有在大学里深造学习呢?

有一天，万宝强问女儿:"你近期在学习上表现很好，你以为有哪些值得提倡的经验呢?"

女儿对爸爸的问题，没有任何准备，但是女儿觉得这个问题很有意思……

她望了望身边的翠竹，对爸爸说:"今天恕我直言，我不谈经验，只谈一谈值得反思的问题，希望不要责怪女儿不恭。其实你们这些做老师的，虽然每天很辛苦，但对教书的艺术，还是不甚明了的。我不会怪你们这些老师不想把自己的学生教好，而是你们中很多老师手握利剑，就是击中不了你要征服的目标。因为你们太看重自己手中利剑的锋利、坚固、质地了，根本不去研究你们所要征服的对象。你们对象的薄弱地方在哪里?兴趣在哪里?天性是什么?触发点在哪里?他们激情的钥匙在哪里?你们这些做老师的把很多精力放在备课上面,学生每天上课时候能想什么,能做什么,学生们的头脑里装着什么,你们每天都能够去认真去考虑吗?你们每天都希望学生注意力全部吸附在你们所传授的知识上,但是你们有没有去认真考虑它的效果呢?你们应该清楚,一个好老师,具备渊博的知识是必要的,但是还必须要有超强的授课艺术,超众的人格魅力。特别是班主任,他们必须是教师中的杰出模范,必须是精力旺盛之人。他们必须经常深入到班级之中,为班级的学生解答学习、生活中多种多样的难题。只有这样,学生才能衷心地爱戴他们!学生普遍认为处在这样的班级,才是幸运的,在这样的班级做学生,才有可能在学习上、做人方面不断地进步,不断有所突破。"

面对女儿的长篇大论,万宝强点了点头,似乎明白了什么。但是,他又在不住地摇头,因为,女儿的话已经触痛了他从教二十多年最感软弱的神经……素质教育的路太漫长,太苦涩、太艰辛了。因此,这条道路,它对教育工作者提出了更高的要求。

写到此,我想到了有位诗人曾经说过:不去想是否成功,既然我们选择了远方,就只顾风雨兼程;不去想是否赢得成功,既然钟情于教育,就应该勇敢地奉献所有;不去想身后会不会袭来寒风冷雨,既然目标是地平线,留给世界的只能是背影;不去想未来的路是平坦还是泥泞,只要热爱教育,一切都在意料之中……

五　请拥有拈花微笑的心态吧

时光飞逝，转眼高三就要开学了。

万宝强的女儿离开了那间留给她很多温馨的房间，搬进了新租好的房子，她推开窗户，极目远眺，满目苍翠，山间的房屋掩映在苍松绿竹之间，很像一副浓妆淡抹的水墨画，远处的宝塔在夕阳中披上绛红的晚装，不时透露出这座千年山城的美丽和端庄。但是，时间不长，一朵白云从旁边飘过来，遮住了这并不艳丽的太阳，于是，这无边的美景，便匆匆消失在灰色的阴影之中。

她静等在窗前，很想挽留住这难得的晚景，可是，这朵白云似乎在和她作对，根本就没有飘走的意思。她很想诅咒这白云的绝情，可是她觉得这朵白云也很无辜；她很想抱怨太阳懦弱，但是她也觉得太阳在走自己的路，并没有招惹她。她只好无望而又疲惫地接受这个惨淡的晚景。忽然，一阵山风袭来，她禁不住打起哆嗦来。这时她才想起盛夏已经不再，现在已经进入秋天了。

"爸爸，这学期我应该能进'火箭班'了。"她回过头来，对正在收拾东西的妈妈说，"不对，应该是妈妈。"

"你这孩子一点城府都没有，人家有点成绩都想用纸把它包住，你倒好，有一点成绩，你骄傲得像一个小孔雀似的，就怕别人不知道你有几根漂亮的羽毛。"杨建云微笑着提醒女儿，"你可不能为这点成绩而得意忘形哦，不要到时候，真的连爸爸妈妈都分不清。"

女儿听了妈妈的话，分不清是在表扬她还是批评她，她便噘起了小嘴，一转身钻进妈妈刚刚收拾好被窝里，把头一蒙，去做她"火箭班"美梦了……

其实，"火箭班"是现在农村学校刚刚兴起的新名词。由于同一年级的学生，往往在成绩、智商表现出很大差距，一些学校为了方便教学，便按照学生学习成绩的好差，把他们编在"火箭班"和"普通班"里，以更好突出因材施教的教育理念。这种新的教育教学方式，在一定程度上，改变了班级学生良莠不齐的现状，有利于教师更好地实施素质教育，这对整个农村教育的远景发展具有积极的推动作用。

众所周知，目前中国教育要想真正突围出去，分层次教学应该是大面积提高学生综合素质的好方法。虽然它现在在全国各地全面实施起来还有一定的困难，但我相信，只要我们全体教育工作者本着"一切为了学生，为了学生的一切"的教育理念，注重学生身心健康发展，多关注学生、家长潜在的心理诉求，让学生专心投入到分层次教学之中，就一定会给我们农村学校教育教学注入新的活力……

虽然这种层次教学有诸多好处，不是通常所说的等次教学，但是这种层次教学，客观上已经把学生分成了"三六九等"了。要知道，学校只要把学生分出不同类别，就难免会引起家长和学生的猜测与不满，分到"火箭班"的学生以及他们的家长肯定是"得意扬扬"，而分到"普通班"的学生以及他们的家长肯定是"垂头丧气"，因为，这些学生以及他们的家长，往往不在乎远景发展，而在乎眼前的"自尊"问题。他们普遍认为，学校把"我"分到"普通班"就是小看了"我"，就是对"我"不尊重。因此，我们教师在施行分层次教学过程中要格外注意，要多多保护家长、学生的自尊心。

如果我们实施教育的过程中不能把握教育要领，对分层教育教学过于草率，甚至把分层教学当作施舍"人情"的砝码，当作惩罚家长、学生的工具，这必然会产生适得其反的效果，给学生以及其家庭带来不必要的伤害。因此，这种不正确的做法，也是我们学校实施分层教育教学应该特别注意的地方。

正因为县城中学在实施分层教学中"伤害"了万宝强女儿，所以万宝强先前的信心和快乐一下子悬空起来。他做梦也没有想到他的烦恼会因为这点小事接踵而至。

这到底是怎么回事呢？原来他女儿在学校分层教学中出现了一场自认为很委屈的"小闹剧"，而且这"小闹剧"越演越烈，它就像吞噬智慧的鲨鱼之口，把他和女儿的理智撕成残缺的碎片，以致无法复制成过去的样子。

我现在就把万宝强和女儿在这场"小闹剧"中的精彩表现，一一向你们道来，希望广大同仁、教育工作者，从中找出导致他女儿成绩大滑坡的根结，并希望一些专家们认真反思、不断探究、找出中国教育大突围的良方。

虽然现在万宝强的女儿已经到普通的大学读书去了，但是她的学弟学妹们，还有很多的未来读书人，也会继续在读书的道路上，遇到与她类似的问题。所以，研究他女儿的伴读生活，研究他女儿的成长过程，必定会产生很多有益的经验，这对后来的读书人，一定会带来有益的帮助，避免类似事情的发生。并且还能够让后来人在读书的过程中，有所借鉴，有所醒悟，更好地发挥自己的聪明才智，以更加优异的成绩，考入更加理想的大学，接受更好大学的深造，不至于让悔恨的眼泪，滴落在"孙山"的脚下。

万宝强女儿在高二下学期期末最后一次市统测中，由于平时的学习基础非常扎实，加上自己的发奋努力，取得了非常优异的成绩，数学考了156分，语文考了130分（除了40分的加试题），英语考了100分，这样的优异成绩在整个县城中学，也是屈指可数的，在县城中学全年级文科中文考排名是三十名。

　　当时，县城中学在学校开设一个文科"火箭班"，这个"火箭班"是集聚着这个县城中学文科中最优秀的学生，在老师的配备和班主任的任命方面都是经过学校领导认真挑选的。应该可以这么说，能够任教这个"火箭班"的老师，不管在教学业务方面还是在学生管理方面都是有他们的独到之处，都是在多届高三任教中，得到广大教师、学校领导、社会广泛认可和赞誉的业务骨干教师。当然，我在这里并不是说没有任教"火箭班"的老师素质就不高。但是，我还是始终而且坚定不移地认为，能够被学校领导看重，任命这些老师作为"火箭班"的任课教师，应该是非常难得的，也是很荣幸的，至少说这些老师是十分出色的。

　　按照这个中学多年的惯例，这个"火箭班"至少要招收三十五名学生，万宝强的女儿在全校排名是三十名，她被选进"火箭班"应该是很自然的事情。

　　万宝强女儿自己对进"火箭班"很热衷、也很自信。用她的话来说，学校开设这个"火箭班"对她的诱惑力非常大，她在高二的很多努力都是冲着这个"火箭班"来的。她每天能够起得比别人都早，睡得比别人都迟，在读书方面投入的精力比别人都大的主要原因，都是这个"火箭班"给她带来的动力和激情。

　　其实这个"火箭班"的神奇之处，并不是有多么奇特，关键是这个班级的老师、这个班级的同学、这个班级的学生家长、这个学校的领导们都对这个"火箭班"寄予厚望。能够作为这个"火箭班"的学生更是感到无限的荣耀。这些看似不值钱的荣耀，却能够给这个班级的老师和学生产生无穷的动力。这种动力可以相互鼓舞，相互支持，相互协作，相互默契。

　　根据这个中学多年办"火箭班"的情况来看，"火箭班"的学生每年都是百分之百地考上本科，并且是百分之八十以上考上全国重点的本科院校。这种奇特的成绩，奇特的升学率，给这里每一个高三学生都带来了巨大的诱惑力。因此这里的"火箭班"，不仅仅是学生成绩较量"战场"，更重要的是学生自信心的发电厂、学生荣誉的加油站、学生潜在激情的突破口，也是学校对学生成绩肯定、对学生努力鼓励的代名词。由于这么多的好处，这么多的让人心动的地方，这无疑给这里的学生带来了无限的精神期盼。

在公布"火箭班"的学生名单的时候，万宝强的女儿根本就不在其中，却被编入"普通班"十六班。万宝强听到这个消息后，开始并没有意识到问题的严重性，他认为女儿既然被分在第十六班，就应该在十六班好好读书。自己从教二十多年，经验告诉他，每个班都有相当出色的学生。如果你能够在普通班名列全班前几名，一直在普通班的学生中遥遥领先，不但这些普通班的老师器重你，而且这个班级的学生也会尊重你，也会给你带来独有的自信心。你照样可以突破普通班的制约，照样可以成为出类拔萃的学生，照样可以在高考中考取"211""985"等全国重点大学，照样能够实现自己心目中的美好理想，照样能够在未来的道路上面取得更加优异的成绩。

可是，他女儿对这样的分班结果非常痛心，对学校这样的做法很不理解。她认为学校做事不公，这是在有意戏弄学校的学生。学校既然在开设"火箭班"，就应该择优录取，就应该一视同仁，不应该暗箱操作。现在她的学习成绩已经得到了学校规定的成绩，结果却没有如愿地进入这个所谓的"火箭班"。如果她是那些对"火箭班"不十分热衷、并且不把它作为一种奋斗目标、不把它作为一种人生信仰、不把它作为一种非常高尚的荣耀来看待的同学，这也许对她的学习没有什么影响。可是，她把能够进入"火箭班"当作自己第二生命。这无疑会对她学习成绩产生足够大的危害。

我们作为一个教育者，学校既然实施分层教学，我们就应该把这件事情当作一件非常"神圣"的工作来认真操作，不应该把它作为一种礼物来送人，更不应该把它当作某些人敛财、取悦他人的工具。因为我们违背了分层教学的原则，违背了学校实施"火箭班"教学的初衷，它不仅仅是伤害了某些学生的自尊，更重要的是丧失了学校在学生心目中的崇高地位。更有甚者，它还会在学生心目中留下难以磨灭的阴影，对学生们的健康成长将造成极其恶劣的影响。

面对这样分班的结果，女儿的不满是非常强烈的，她首先要求爸爸找熟人向学校的领导说说情，一定答应她进入"火箭班"。到了这个时候，万宝强才意识到问题的严重性。

为了搞清楚县城中学领导组织"火箭班"的真实情况，稳住女儿一颗焦躁不安的心，他到县城中学高三年级部去找小学时候的同学——袁中书。

"这个'火箭班'是由全校文科前二十九名学生、加上本校老师的孩子，还有几个靠人情关系进入的特殊学生组成的。"万宝强的同学很理解他和女儿的"迫切"心情，便认认真真地把县城中学评选"火箭班"学生的标准告诉了万宝强。

袁中书当时任高三年级副主任，他除了把这个学校分班的真实情况向万宝强详细介绍一番外，他还把任教万宝强女儿的十六班所有老师较为详细地夸赞一遍。尤其对十六班的班主任更是大加赞赏。

"虽然'火箭班'的老师都很优秀，但十六班的任课老师个个也是好样的，根本就不比他们逊色。出任十六班班主任的姜老师，是县城中学为数不多的优秀班主任，具有多年高三毕业班任教、管理经验，多次受到学校领导的嘉奖。这个姜老师原来是一个乡镇中学的教务主任，由于教学非常出色，被县城中学的领导看中，抽调到本校任教。他不仅在教学方面很有特色，而且在班主任的工作中，也是相当地敬业，真正是县城中学教师中很有实力的骨干教师。他上学年所带的高三班，也是一个普通班，在今年的高考中发挥超常，取得非常优异的成绩，二本以上的学生达到三十名,在同类班级中遥遥领先,受到领导、同行、学生以及社会的一致好评。你应该完全相信他,把自己的孩子放进他的班级,绝对是非常正确的选择,我是你的同学,绝对不会对你有半点含糊的意思,你的小孩子就是我的孩子,我如果对你也讲假话,那我还能在社会混吗?……"十六班班主任被万宝强老同学赞美得如同"天上神仙"一般。

但是,万宝强内心自有一本"小九九",既然十六班的班主任以及任课教师这么"厉害",那学校为什么不让他们去任教那个"火箭班"呢?

我们都知道,今天在农村的素质教育方面还存在着一些问题,它随时都可能像毒瘤那样蚕食人们受伤的身心,因此,我们都应该随时协调内心的平衡,让自己身心始终处于自在、平和、开朗的境地就显得尤为重要。

请拥有拈花微笑的心态吧!这是时代的呼唤,也是广大教育工作者必须直面的课题,它已经成为健全人格、实施素质教育的重要一环。

六 尊其师方能信其道

万宝强为了让女儿能够进入"火箭班"，本来打算到教育局去找亲戚帮助，可是，万宝强经过老同学这么一说，就认为再去请人帮忙，就是一件"多此一举"的事情。因为，他从老同学嘴里得知，现在女儿所在的班级也是一个相当不错的班级，虽然它和"火箭班"相比存在一点差距，但它是同样具有一定实力的好班级。

既然这两个班没有差别，又何必吃着碗里想着锅里呢?再说找亲戚办事，是看人家脸色的，并不能随心所欲、立竿见影的，况且给孩子调班级，根本就不是什么光彩的事情。人又何必放下自己的自尊，到人家面前毕恭毕敬、递烟递茶呢?虽然自己的亲戚不会说什么，也不会为这一点对自己有什么为难，但是，我还是觉得有一点难为情。万宝强走路吃饭都在思考这个问题。

我们都知道，一个人不是到万不得已的情况下，哪有一个人主动到别人跟前去装"低能儿"呢?

于是，万宝强就把女儿叫到面前，心平气和地向女儿说出了自己的想法，希望女儿能够体谅自己老爸的难处，主动地放弃进"火箭班"的打算。

"热衷'火箭班'这件事情，我认为现在已经过了时令，根本没有必要再去努力了，再去努力就显得愚蠢至极了。如果我们现在还执迷不悟，即使通过非常手段，得到了我们想得到的目的，我们也应该知道被人嚼过的馍是不香的……吃着别人嚼过的馍，不仅是一件无益的事情，而且还会遭到别人的厌恶。到头来，我们在这样充满伤心伤肺的气氛中，又怎么能安心读书呢？你说是不是？”万宝强语重心长地对女儿说。

"爸爸，你应该知道，'火箭班'是这个县城中学最好的班级，是我们每一个高三学生梦寐以求的追求目标，是我们高三学生心目中最高尚的荣誉，如果我们能够通过自己的能力，顺利进入'火箭班'，那对我们这些在这个目标驱动下、跌打滚爬多少日日夜夜的高三学生来说，这无疑是天大的喜事，你怎么能说让我随随便便放弃呢？况且这个'火箭班'的诱人之处，还有很多无法言传的'亮点'所在。我希望你要好的朋友、同事、同学、亲戚联系联系，让我能去这个'火箭班'。如果你去努力了，最终没有得到我想要的目的，我不会去责怪你、抱怨你。如果你根本不把这件事情当成一回事，错失了这次进'火箭班'的机会，我会永远记恨你。因为你从来就没有认认真真地关心过我，在这个关键时候，你不去为我的前途努力，你平时说得再好听，都是多余的。"女儿对"火箭班"仍然是情有独钟，根本就没有放弃的意思。

"班主任姜老师是一位非常严厉、非常负责任的老教师；数学吴老师是一位徐州师范大学的本科生，有多年任教高三数学教学经验，说起来还是和我同乡关系，如果在数学方面你有什么疑难的地方，可以随时随地去问他，他都会给你认认真真、不厌其烦地辅导；英语黄伟老师是一位很有幽默感的老师，跟他学习是一件非常轻松愉快的事情；政治和历史老师都是以前一直代高三的老教师。"万宝强没有办法，只好把自己从同学那里听到的有关"火箭班"以及十六班的情况，都一五一十地对女儿说了一遍，并且又添油加醋地把十六班的任课老师以及班主任是如何的有经验，如何的敬业，如何的关心学生，详详细细地夸奖一番。

对于这么好的教师队伍，这么好的黄金组合，谁听了不动心呢?一直对"火箭班"坚硬如铁的女儿，也对自己始终坚守"火箭班"的安稳如山的信念，开始有点动摇了，答应自己暂时不去考虑"火箭班"，先到普通班报到。

但是，女儿答应不去"火箭班"，只是自己随随便便说说而已的事情，只是暂时对十六班产生了一点兴趣，只是被自己的爸爸一番"夸奖"、产生"星点"好感后的暂时决定。因此，她到十六班去上课也是一种抱有观望态度的，根本就没有把进入"火箭班"的念头彻底抹去。几堂课一听，女儿觉得十六班的任课老师在上课方面，与自己在高二的老师相比存在较大的差距:以前在高二时候，老师上的课总是那样津津有味，自己对老师的讲解，总是很有兴趣，而进了这个十六班以后，老师所上的课总是缺乏激情。

在万宝强的女儿看来，班主任姜老师虽然是一位非常敬业的老师，但是他教育学生的方法比较传统，对那些具有现代新思维的学生，在相互沟通方面存在较大的差异，很难把自己与学生把握在同一层次上面，很多说教式的教育方法，对现代孩子的教育，起不了太大的作用，自己苦了、累了，却对孩子的教育产生不了"相对应"的效果。尤其这位班主任老是认为自己就是万能的上帝，他说的话，班级的学生必须按照他的要求百分之百地听从，绝对没有任何商榷的余地，更没有大发慈悲的善良举动。仿佛他自己就是铁面无私的关公，他自己就是主宰万物的神仙。他的笑容是藏起来的，学生们整天在他木板似的脸上，很难找到吸取知识的突破口、找到快乐的发源地。代沟在他的身上表现的十分强烈。

不仅如此，万宝强的女儿对这个班级教数学的吴老师，也没有太多的好感，她认为:吴老师在讲解数学题目的时候，远远不如从前的高老师讲解得那么透彻，讲得那样容易接受。其实，吴老师是一位优秀的数学的教师，只不过，他和万宝强女儿高二时期的高老师相比，是有一点小差距的。

关于英语老师黄伟，万宝强女儿对这位年轻有为的老师反映还不错，说他是一位具有新思维、新方法的好老师。对自己的学生没有一点高高在上的感觉，出现在学生面前的总是和蔼可亲的学长形象，他所教的英语，学生总是抱着很大的热情去听他的讲解。但是，女儿经常拿他与以前老师比，总认为这位英语老师也不是自己心目中最理想的老师。

关于政治老师，万宝强的女儿对爸爸说："政治教师是一位老教师，上课的时候，没有年轻教师那么富有激情，思维活动老是停留在课本左右，很多新颖的问题，都不能在课堂上面得到有效地解决，更谈不上对精妙的讲解了，驾驭课堂的能力存在严重的缺陷。"

再说那个历史老师，万宝强的女儿认为：他在上课时候，总是眼皮耷拉着，只顾自己的讲解，学生在课堂上面高兴做什么就做什么，学生们对他总是抱着无所谓的态度，他要求学生安静下来，从他发出命令到学生接受，至少要五分钟，老师的威严成了学生们肆无忌惮、喧闹、蹂躏的对象；他的话很难在学生心目中奏效，甚至有些学生在课堂上睡觉，他也能听之任之。

这些任课教师的情况，万宝强的女儿都认认真真地对爸爸说了。万宝强对女儿反映的问题不以为然，万宝强心想，凭女儿几天的听课，她就能对全班所有任课老师下如此的结论，这简直就是对十六班所有老师的诽谤，这就是对十六班老师极不信任的表现，这完全是自己的女儿对没有上"火箭班"心里存着的怨恨，这种想当然的做法，万宝强凭借自己多年任教的经验，断然对自己的女儿所说的话，持完全否定的态度。

在万宝强看来，女儿所说的话，无非是带着个人的成见和不满的情绪，向自己表示愤恨与反抗。所反映的问题，肯定是带有很大的水分，目的就是要自己相信她的话，为她实现进"火箭班"寻找到更加合理、更加充足的理由。因此万宝强对女儿的话，采取的是沉默，既不表示反抗，也不表示赞成。

女儿对爸爸的这种态度，真是哭笑不得……不仅没有消除进"火箭班"的念头，反而越发加重她对学校、爸爸、十六班的排斥心理。

这是万宝强始料不及的！他不知道一场大的风暴正在不远处等着他……

写到这里，我想起前不久刚听过的一个小故事：古代有一位爱好书法的人，听说王羲之的书法不错，就决定跋山涉水寻找他的真迹来临摹，终于有一天，他在离家千里之外，找到了王羲之的真迹。

当地人不识货，王羲之的兰亭序真迹碑文，被冷落在荒郊草丛间，他发现以后，并没有下马，只是骑着高马，围绕王羲之的兰亭序真迹碑文转了三圈，觉得王羲之的兰亭序碑帖很普通，没有什么特别过人之处。于是，他调转马头，回去了。走在路上，他想：我千里之外来寻找王羲之的真迹，就是想从中学到真知灼见，现在见到了他的真迹，却没有下马，仅仅围绕碑帖转了三圈，这未免有点草率了吧。想到此，他又调转马头，重新来到兰亭序碑帖前，下了马，拿下碑文上面的枯草，通读了碑帖上面的兰亭序，觉得王羲之书写的兰亭序"有点"功底，但是并没有人们所说的那样神奇，临摹这样的书帖，还是有点冤枉自己，于是，他上了马，又回去了。

走到半路，越想越不对劲，总觉得天下很多人都崇拜王羲之的书法，肯定有它的独到之处，不然的话，他哪有那么多美丽的传说呢？想到此，他又赶忙调转马头，策马飞奔至碑前，翻身下马。用衣服拂去碑上的灰尘，认认真真地去赏阅碑帖上面的文字，他越看越好，越看越妙，又过了一会儿，他已经禁不住对着碑文赞叹起来：好书法！好书法!

于是，他拿出自己从家带来的文房四宝，开始仔细地对着碑文临摹起来，半天过去，他已经不知道肚饿，仍然难以丢下自己手中的笔；黄昏来临的时候，碑帖上的字，已经看不见了，他开始用手摸，根据手摸的线条，在纸上临摹，这时，他已经忘记了夜色；夜里秋风阵阵，吹在他单薄的衣服上，他仍然"笔耕"不止了，这时他已经感觉不到寒冷了；当第二天太阳升起的时候，他还在如痴如醉地对着碑帖临摹，毫无倦怠之色，这时，他已经忘记睡觉了。

就这样，他对着王羲之的碑帖临摹了三天三夜，有一位老农发现了他，他竟然不知道自己什么时候开始临摹的……就这样，他一直把碑文上所有的字全部临摹下来。

临走的时候，他跪在王羲之的碑文前，眼泪涟涟，久久不愿离去，真像辞别新婚不久的妻子。这个爱好书法的人，由于得到"真传"，没有被自己浮躁不安之心所击倒，后来成为中国一个很了不起的书法家。这个故事已经久远，但是故事中道理我们必须谨记，它告诉人们，要想从老师那里学到真知灼见，我们必须抛弃浮躁、固有的陋见，尊重自己的老师。这样，我们才能聆听老师的教诲，才能静下心来，去仔细揣摩散落在草丛间的高妙之作，拂去高妙之作上面的灰尘，用一颗虔诚之心，去感悟大师们的高妙之作。也唯有如此，你才能真正走上自己想要得到的成功殿堂。

因此，在素质教育的今天，要想获得成功的人生，我们必须抛弃深藏在内心的浮躁，拂去附在真知灼见上面的尘埃，用一颗虔诚之心，去聆听大师的教诲。因为，只有我们抛弃这些浮躁的东西，抛弃我们内心固有的偏执，我们才能从老师那里找到可以安稳睡觉的床，才能找到解脱烦恼的药方，才能找到获取青春活力的源泉，才能重新走上成功的路，才能最终获得幸福的人生。

七　原谅他们我们才能快乐地学习

对女儿进"火箭班"这个问题，万宝强在老同学善意的劝说下，已经从内心深处慢慢地淡化了。但是女儿对他所说的话，不管是对还是错，总还是多多少少会在自己的内心深处产生"波澜"的。因为，他知道女儿毕竟不是三岁小孩子，她所说的话，虽然存在偏见，但是肯定有她发泄这些偏见的理由。

为什么女儿的话和自己的老同学所说的话大相径庭呢?这个问题让万宝强伤透了脑筋。为了处理好"火箭班"问题，万宝强在女儿和老同学之间左右摇摆，一个是教育同行中比较资深"同学"，一个是稚气未脱的女儿，他究竟更相信谁的?

于是，他开始在自己的内心揣摩这件事:小孩子讲话，感情用事的多，水分肯定不少;老同学向来是一位忠厚诚实的人，向万宝强反映的问题，没有理由不听。万宝强经过内心不断"争斗"，他最终还是信任了老同学。

他认为:老同学和自己同窗多年，情同手足，根本就没有必要去遮遮掩掩的。况且，老同学和他自己一样，都是在教育战线上的老师，在教育孩子的问题上，肯定只会讲真话，绝对不会对他有半点虚情假意的意思，绝对不会把他的孩子往沙滩上赶，更不会存心设计一个迷魂阵，让他在教育人的圈套里面瞎忙乎。因此，万宝强认为老同学的话肯定对他的孩子只能有好处的，只能有所帮助的。再说，这个县城中学是自己人生地疏的地方，要想了解这里面的真实情况，不去相信自己的老同学，又能相信谁呢?女儿毕竟还年轻，况且对十六班的老师都不熟悉。基于这种考虑，万宝强对自己女儿的想法以及所表现出的一些极端做法，根本不去做一点"理性"分析。对女儿的话，更是充耳不闻。每当女儿憋足勇气来找万宝强沟通的时候，万宝强总是找来很多理由，在女儿的伤口上面撒盐，使自己的女儿根本没有可能说出自己的真实想法。他根本不把自己女儿那种迫切想进"火箭班"的那种热望，当成一回事。总认为随着时间的推移，她会慢慢地死了这个想进"火箭班"的心，绝对会在这个普通的十六班适应下来的。

　　谁知道他女儿对爸爸这种没有一点"关心"的做法，不但自己不理解，反而对自己爸爸这种做法极度地愤恨，认为这是爸爸故意在为难她，根本对自己上"火箭班"漠不关心。但是，她自己又想不出任何办法进"火箭班"，所以她只能把自己想进"火箭班"这种迫切心理，深深地埋在自己的心里，不再对爸爸产生任何幻想。她把自己的真实想法，只能憋在心里，并且她对爸爸的"社交"能力产生怀疑，对爸爸的"幻想"也彻底失望了。

　　"整天说你在社会上有多能行，官场亲戚、同学一大堆，怎么遇到这点小事就束手无策呢?"一直处于冷战状态的女儿终于在一天吃午饭的时候，向爸爸发起挑战，"看来，你以前所有的关心都是假心假意。"

　　"你这孩子，怎么啦?今天中午没吃辣椒，怎么就闻到一股辣味呢?如果你喜欢吃辣椒的话，我可以让你妈为你多准备些……我要说，你在十六班，是班级的尖子生，班级老师怎能舍得你走呢!满树的枣子望你红呢!我认为，你被分在十六班，是命运对你的小小考验，你就是被上帝咬过的'青苹果'……"万宝强知道女儿这几天心情不好，本想通过一些调侃的话来降低这种冷战气氛，可是没等他话说完，女儿又向他发起第二轮进攻了。

"你不要跟我说这些无聊的话，我现在只问你，你现在对我进'火箭班'的事情，还问不问?如果你不愿再问的话，那今天就痛痛快快地告诉我: 你已经黔驴技穷了。"

"严肃点，不要没大没小的。"万宝强第一次听到女儿用这样的口气与他说话，一时有点不太适应，但是，他考虑到女儿已经是高三学生了，还是忍着容易发怒的脾气，仍然用平和的语气对女儿说，"你以为现在找人办事是小菜一碟啊，那是要厚着脸皮、弯着腰去跟人家说话的……再说，这件事又不是给父母'长脸'的喜事，因此，这件事只能慢慢来……"

女儿知道爸爸说这话的意思，所谓的"这件事只能慢慢来"就是判死刑的意思，想到这里，她的内心充满愤怒和绝望，但是，她不甘心。"碰到你这样无能的人，做女儿就算倒八辈子霉了。"女儿说这话的时候，已经忘记了自己的身份，抱怨之中夹杂着五分怒色，说完，把筷子朝桌子上猛的一放，丢下饭碗，径自上楼去了。

杨建云看到这情景，赶忙上前制止，可是，女儿根本就没有原谅爸爸的意思。没有办法，杨建云回过头来，望望已经无语的万宝强，想埋怨他几句，但是，一想到找人这件事确实不易，到嘴边的话，又咽了回去。

她端起女儿的饭碗，又加了一些女儿平时爱吃的鱼圆、香菇，一直追到楼上的房间……

"你以后可不能这样对爸爸大喊大叫的，其实，你爸也是有很多难处的。"杨建云轻声劝说女儿道。

"这点小事都不能做，我不知道当了这么多年的学校领导是怎么干的。这分明就是拿我的前途开玩笑。"女儿不顾伴读区所有人的感受，怒不可遏道，"难道他真的想把我逼疯吗?"

"你这孩子，不要吓我们啊!现在的任务是吃饭，关于进'火箭班'的事情只能以后再说，其实，你爸不就是一个普通教师吗?如果是容易办的事情，他还要你说这么多话吗?"

这时，女儿已经听不进妈妈任何劝导的话，更不愿吃妈妈端来的饭菜，只是坐在书桌旁边发愣。

杨建云见此情景，也只能无奈地摇摇头，把饭菜重新端到厨房。

几天的无言，万宝强以为女儿把进"火箭班"淡忘了。谁知道，就在万宝强心里感到稍微平静的时候，女儿竟然不顾爸爸的强烈反对，一个人独自闯进当时负责高三年级的副校长俞范中的办公室，她说明自己的来意，并且把自己在高二最后一次市统测的考试成绩向俞副校长做了说明，希望眼前这位俞副校长能够体谅一位普通学生并不过分的请求，对她网开一面，让她挤进那个让自己日思夜想的"火箭班"。

"余校长，我今天找您，不是为别的事情，就是希望您让我进'火箭班'……希望您能够给我这个机会。"

"'火箭班'可不是说进就进的，那是校委会认真研究后才能做出决定的。你要想进'火箭班'为什么不早努力呢?要是你多考几分不就行了吗!再说，你已经被分到十六班，你就应该在十六班就读，这是谁也不能改变的，你就是请皇帝来说情，也是没有用的……赶快回去好好读书吧，不要贪图那些虚假的荣耀……"

"我……我…是凭考试考进来，我的分数够进'火箭班'的……你们凭什么拒绝我进'火箭班'。"

"啊?你这学生，怎么这样没有规矩的，像你这样德行的学生，即使分数够我也不会让你进'火箭班'的……这是我的权利!"哪知道平时一向温和的俞副校长，对她的请求表现得格外冷淡，以一个铁面无私的威严形象，向她这个本来就非常胆小的中学生作"河东狮吼"，使万宝强的女儿落荒而逃。

可以这么说，当时万宝强女儿的狼狈之状、羞辱难堪之态，真正在字典里难以找到恰当的语言描绘出来。

女儿遭到一次前所未有的伤害以后，对进"火箭班"的热情一下子下降到零度。虽然自己在普通班坐下来了，但是由此产生的心里怨恨却没有丝毫减少。她每天坐在课堂上，经常对着老师的讲解木然处之。有时走在回租房的路上，她都暗自垂泪；有时望着天上自由的小鸟，她竟然慨叹了好半天。这样的心绪，这样的茫然，她足足延续一个多月。

本来是一个非常懂事、非常听话、对学习非常认真的女儿，在进这个"火箭班"理想的驱使下，她产生了太多的幻想、太多的激情、太多的学习动力。从这一点来说，学校办"火箭班"有着特殊的积极意义。但是，由于"火箭班"是带有极大的功利色彩，进入的人肯定非常欣喜，走在同年级学生中，那种高高在上、趾高气扬的神气自然会在某些同学的心里产生。于是，骄傲情绪、洋洋自得的心理，就会像瘟疫一样在学生中间传播。要知道，一个人的进取之心，很容易在骄傲的温床上，慢慢地发霉变质；那种理想之花，也会被洋洋自得的熏风，吹得发紫发黄，最终过早地凋零。

对那些经过自己发愤努力，仍然没有机会考入所谓的"火箭班"的人，也往往会产生一种难以克服的挫折感，自暴自弃的心理也会像决堤的河水在某些心理比较脆弱的学生中间，泛滥成灾，造成不应有的人生伤害。

所以，从这一方面来说，招"火箭班"确实有不少弊端。就我个人而言，办"火箭班"，实行分班教学，利是大于弊端的，它应该是农村教育大突围的重要途径。但是，我们作为教育工作者，绝不能因为这件事对教育有利，而忽视这件事的弊端。我们教育工作者，绝不能在伤口上撒盐，应该细心而又谨慎地处理那些"突发"事件，或者是偶然事件，最大限度地满足学生的基本需求，最大限度地为学生创造更为有利的学习条件。

我们这些天天搞教育的人，都应该清楚：一个正常的人，往往是在名利面前表现得相当积极，对名利的热望也是非常强烈的。因此要想使中国的教育真正能够跳出名利的樊篱，那是何等得不容易呀！当我们在拼命地争取那些极具诱惑力的名利时，我们的正常心理很容易被扭曲。如果你是一名教师，这些扭曲的性格对学生健康成长就会产生比较消极的影响，对学生正常的学习和生活也会造成负面作用。这些负面作用，都是同我国现代化的教育目的背道而驰的。

如果我们这些做教育的人，办了这些所谓的"火箭班""特色班"，并且进入的标准也确定了，可是在录取的时候，人为地降低门槛，让那些"不合格"的学生，在"后门""金钱""地位"等非正当的渠道的驱使下，也进到这些条件相对好的班级里，这势必在学生中间产生极为恶劣的影响。

由于学生对社会上阴暗的东西接触的非常少，心地大多数是比较天真、单纯的、真诚的。就是这些看似平常的"幕后交易"，也会在这些幼稚的学生中产生巨大的心灵伤害，学生们就会把自己每天从书本中学到的社会真理，与现实中的"邪门左道"进行反复观照，很容易在自己的内心形成对与错、真与假、善与恶、美与丑的错位观念，很容易对自己的理想、世界观、人生观、价值观产生极为不利的反面思考。

如果当这些看似成人，而内心相当脆弱的，未谙世事的毛头孩子，在自己的内心形成了一道对现实社会美感产生障碍的时候，我们就会深感教育的无力，很容易让这些懵懂世事的学生们，滑向"朽木不可雕"的深渊。

在我们现在日新月异的世界上，我们现代人的思想价值观念，无时不被抛在风口浪尖上，传统的自由平等的"狭小天地"，早已被很多人"扩大""曼延""歪曲"。即使是侵入别人的领空，他们还会振振有词地对别人说："傻冒，真空的时代已经到来，还那么封建干吗!当心有人在你的头上撒尿。"

请问，我们手中的权力，教育的规章制度是干什么的?我们手中的"秤"为什么不能公正一些!要知道上梁不正下梁歪，上行下效，这势必形成对社会极端不利的恶劣影响。要知道我们这些搞教育的，是人类文明的传播者和弘扬者，在担当净化社会风气这个方面，我们的责任应该比谁都大。教育是天，教育是地。如果我们这些搞教育的人，不能深究其理，不在社会的源头上面给人思想洗礼，我们培养的"人才"要之何用!

写到此，我想到最近才看到的一个小故事：凌鑫离家出走，加入到社会上掀起巨大争议的"父母皆祸害"小组，他认为父母以爱的名义毁掉了他的自信和自尊：考试考好了，不但得不到爸爸的赞扬，反而得到了爸爸的讥讽和嘲笑；把理想定在清华大学上，不但得不到爸爸的认可，反而遭到爸爸的轻蔑与不屑；长相普通的他，经常成为父母取笑的素材，并且还把漂亮的孩子带回家玩而冷落他；没有自信的他，不敢交朋友，结果却遭到父母的斥责和挖苦。不仅如此，父母还经常对他实施家暴，最严重的一次，爸爸竟然把他的头按进家里的水缸，实在是恐怖至极。

参加这个小组的人都渴望逃离父母，这也是凌鑫的最大梦想，可是几经磨难之后，他却发现外面的世界并不是自己所想象的那样美好，不少表面上很温馨、很甜蜜的事情，却总体会不到被爱的感觉……

虽然自己的父母表面上很冷酷、很无情，但是总掩盖不了父母内心对他真实的爱。于是，他想通了，又重新回到实质温暖的家。

别人问他为什么还要回来，他说得很简单："因为爱。我曾经恨过他们，但是最终决定原谅他们。因为我相信他们对我的伤害或许只是出自于爱，他们对我的付出都是真诚的。更重要的是，原谅他们，我才能更好地生活。"

这个故事太有深意了，这对那些始终把父母和老师当作"敌人"的孩子来说，就是一个很好的教材。我衷心希望像万宝强女儿这样的孩子，都能够在父母、老师"大爱"的阳光下茁壮成长，成为祖国建设的栋梁之材。

八　莫要让慢班学生成为万千弱水那一瓢

关键时候掉链子，那可是人人犯忌的大事。万宝强的女儿想进学校"火箭班"，学校有点小过错，难道万宝强和他的女儿就没有一点责任吗？如果我们不问青红皂白就武断给这件事下结论，那显然是不对的。

首先，万宝强作为爸爸，对女儿的学习情况了解太少，对女儿的心理成长缺少足够的关注，对女儿的价值观念没有正确的引导，这给女儿的健康成长带来了很多"无可挽回"的损失。因此，我们认为，万宝强在孩子的教育方面是一个不够"称职"的家长。

当孩子的思想出现严重问题的时候，当孩子的心理承受巨大压力的时候，没有从根本上找出"脓头"的发源地。只是抱着观望的态度，没有及时地与孩子进行心理沟通，使孩子带着无法理解的苦恼，在高考刀尖上忍受着双重压力，使女儿柔嫩的双肩每天都要承受着一个未成年人难以承受的重荷。我们应该清楚，在这样的环境中，让一个涉世未深的孩子去担当这样的压力，我们这些做父母的难道不觉得这是太残忍了吗？

千说万说，我们的父母、我们的老师、我们的学校教育对孩子的健康成长虽然都有着非常重要的影响，但是，我们作为青少年学生，也应该知道，在自己成长的道路上，自己才是自己命运的真正主宰者。如果我们的周围到处都是自由的放马场，到处都是欢乐的歌声，到处都是明媚的春光，到处都是平坦的大道，到处都是像魏书生那样的老师，这当然是一件非常值得庆贺的事情。如果我们的周围这些优美的环境属于

"稀世国宝"，在我们正常的视线里，难得一见，那我们也大可不必那么紧张，那么恐慌，因为，这些优越的条件毕竟不是我们人人都有份的佳肴。

但是，话又说回来，我们教育工作者绝不能把有限的优质资源，统统放在"火箭班"那里，应该与普通班级资源共享，尽可能地利用"大自然的阳光、雨露"，把那些不利于他们健康成长的因素，统统地删除掉。即使我们不能完全清空他们身上"渣滓"，我们也要做最大的努力，尽可能优化他们的成长环境，使他们狭小的成长空间，切换成为可以适应整个社会的动感地带，让他们一颗年轻无畏的心，在顽强拼搏的精神指引下，另辟蹊径，创造出适合他们自己健康成长的、西方古典"伊甸园"似的乐园。

其实，我们每一位同学都希望通过自己的努力，把自己的成绩提高上去，得到学校领导、老师、父母亲的认可、赞誉，这应该是正常的心理现象，而学校创办"火箭班"这正迎合了学生们的积极进取、渴望认可的心理。但是，我们学生也应该清醒地认识到，要想闯进那些特色班也要付出巨大的努力，也要用自己辛勤的汗水来争取；同时也应该清醒地认识到特色班也是一道相当"奇崛"的门槛，它也是一座狭窄的独木桥，它也具有很强的淘汰功能，这里同高考竞争在本质上是没有什么区别的。

要知道，现在学校在创建这些特色班的时候，往往也是煞费苦心的。在班主任的任命方面、在老师的配备方面、在学生的人数方面、在班级的整体环境方面，都是要经过学校领导反复研究、反复征求相关老师的建议才能建成的。总的来说，学校的"火箭班"，对整个学校而言，就是对外树立形象的窗口，就是学校获得荣誉的最主要的发祥地。因此，有人形象地把这些具有相当实力的特色班，比喻成学校的命根子。

我们想想看，这么重要的特色班，不仅仅是关系到学生升学、前途问题，还关系到整个学校长远发展大计问题。学校的出发点、学校领导眼睛所瞄准的目标，它和我们学生的目标有着很大的区别。学生拼命读书，是为自己的前途。而学校创办特色班最主要的目的，是为了使学校得到长足的发展；为了使学校在学生们心目中有一种强烈的自豪感；为了使学校在社会上产生最好的美誉度；为了在下一学年招到更好更多的学生；其中最重要的原因就是让学校获得更多的经济价值。

再说，现在很多学校办特色班，对有限的教育资源进行垄断，这对我们整个学校的学生来说，应该是一种教育的不公。我们都是站在同一个屋檐下，为什么在这"风雨交加"的夜晚，让大多数人站在"风雨"之中，只让极少一部分人坐在温暖的"小灶"旁边，独自享有人造小太阳的普照？资源共享，这是社会的要求，这也是世道之要求，为什么只让阳光照在个别人身上？

我记得曹禺在写话剧《日出》的时候，里面有一句非常经典的台词：天道是有余供不足，而世道是以不足供有余。现在很多学校都在创办所谓的特色班：什么"阳光班""火箭班"……学校的决策者，为了学校的名誉和声望，把学校最好的资源、最舒适的环境统统地让位给这些学校的"宝贝"。这些特色班学生、老师的待遇，自然是相当丰厚。这样一些有一定教学经验的、有一定知名度的老师，都被学校安排在特色班。那剩下的"普通班"将情何以堪？

在这种功利的驱使下，学校自然相应地产生了所谓的"普通班"和"慢班"，这些"慢班"的学生大多数来源于学校那些调皮捣蛋，对学习缺乏足够兴趣的，那些喜欢到校园外面彻夜上网的（其实这部分学生更需要优质资源的"温暖"）。要知道这些学生，在我们乡下学生当中，所占的比例应该是相当可观的，绝不是那种忽略不计的小数字。如果学生被学校当成"现世宝"分到这些"慢班"，这无疑就被学校判上"有期徒刑"。你也许说我这是太夸大其词，但是我却说这是对他们相当匹配的说法。

因为，现在不少学校直接把这些"慢班"学生，当成是"万千弱水"中的那一瓢。这些"慢班"不仅仅是编班的人数多，而且是在教师的配备上，大多数是在学校里面属于"老字号"之类的、有一点"耐心"的老师，他们对这些"慢班"学生的教育，这仅限于"维持正常秩序"而已，至于学生的成绩、学生技能教育那可是"另当别论"的话题。

这样，我们的学校不仅给在校学生划上三六九等，同时也给我们的老师划上三六九等。同学们、老师们每天走在校园里，虽然他们的身上没有贴着标签，但是他们的脸上却写满了"荣耀与耻辱"。

我们都知道"慢班"的学生是一个非常特殊的群体。其实他们的智力往往并不比特色班学生差，他们接受新鲜知识的能力也是非常棒的。尤其是他们的交际能力，往往超出同龄人。这样的学生群体，最需要的是一些有经验的、有忍耐性的、善于和学生打交道的、激情四射的好老师、好班主任去打开他们的心锁。当然，这些顽皮学生的转变是需要一个过程，并不是像人们想象得那样立竿见影。但是我们必须相信，他们都是普通的学生，都是可以转变过来的好学生，这一点道理，我们这些搞教育的人都是非常清楚的。

学校无小事，处处皆教育，我们千万不要小看这些教育的弊端。要知道，我们的教育对象是广大的未成年人，他们是未来社会的建设者，未来社会的组织者，更是我们美好生活的开拓者。他们身上肩负着承前启后的历史责任，我们在某些方面懈怠他们，这不仅仅是误人子弟的问题！它所产生的社会后果，绝非是我们常人所能料想到的。

人人都说这是商品经济时代，知识能够成为经济。学校里的一些知识丰富、教学有一定实力的老师被社会"抬起来"，应该说这是好的现象。这充分说明了知识经济时代已经到来，这无疑给整个社会吹进一股较为清新的空气。知识分子重新站立起来并且得到了社会的尊重，这对提升整个社会的发展，必将起到时代的引擎作用。

但是我们话又说回来，如果我们的社会只对社会极少数的知识分子表示尊重，只对极个别知识分子的个人价值表示肯定，它的作用显然是非常微小的。而且这种尊重方式也是我们整个社会所不愿看到的。要知道我们国家的教育部门，向来被人们誉为"清水衙门"，我们整个社会应该继续让它在和煦的阳光下保持它的端庄、秀丽、纯净、高洁、"淑女"的形象，我们整个社会应该都来维护它这种神圣的高尚的品德，我们应该让它远离都市的喧嚣、市侩的"牛气"、奸商的"铜臭"、烟花女子的放荡。我们应该不断地用我们的爱心、我们的责任、我们的自尊、我们的美德、我们的无悔青春、我们的无私奉献精神，让这块净土开出最艳的花，结出最甜的果，散发出最温馨的香。

可是，现在"慢班"现象还在农村学校中较为普遍地存在着，表面上是在实施分层教学，但实际上是在"应付公差"教育，往往把这些"慢班"学生当成万千弱水中的那一瓢。

写到这里，我想起最近办公室里同事说的一个小故事：两家一起共同装修新房，工人、材料都一样，十日内完工。工费都是 9000 元整，他们觉得没有什么差别，都想付款了事。其中一位同事妻子说："不要着急，看完我们房子装修情况再付也不迟。"丈夫从之。

他们仔细一看，发现自己新房装修的质量和另外那家存在较大差距。这位妻子大怒，愤怒地对丈夫说："这些装修工人分明就是一撮奸猾之徒，我定分文不付。"丈夫亦大呼上当，义愤填膺，誓要使些手段，以表示自己不是好欺之人。

过了一段时间，装修工人自知理亏，减去一部分装修费。妻子火气未消对丈夫："我俩都是二五零。"丈夫也跟着叹气说："这些装修工人，确实是一伙奸诈小人。"

虽然后来工费少付了一部分，但是这位妻子和她丈夫前后之怒一直没有减轻，对邻居说："我们并不在乎那点小钱，只是不患多寡，而患不公。"

不患多寡，而患不公。这是古人洞察世人内心的名言警句，它从中折射出的理性之光，可以透过人间乱象，追问真理落脚点，重启人们良知的大门。本人是性情中人，故喜欢不患多寡，而患不公这句高雅名言。我想，这也许就是世人对正义、公平、公正社会呼唤的心灵真实写照吧。可是，社会公平公正的砝码很难在这物欲横飞的天平上放正位置。因此，用这句贴近真理的名言来拷问中国的教育应该是当务之急。究竟何时才能在中国教育大地上处处盛开公平公正之花，还需要我们广大教育工作者孜孜不倦的努力。

九　学会放弃是一种大智慧

　　由于万宝强的女儿在进"火箭班"的问题上花了太多的时间，浪费了太多的精力，因此，她在课堂上注意力自然很难集中，学习成绩也就自然而然下降了。万宝强怎么也没有想到，女儿在高三第一次月考当中竟然考了全班第四十八名，成为全班同学的反面榜样。这是万宝强平生感到的第一大"耻辱"！他做梦都没有想到自己女儿会因为"火箭班"问题而遭受如此挫折！他感到太不可思议了！

　　"天啊！你怎么能拿自己的前途当儿戏呢？这次月考你怎么能考全班倒数呢？"他了解真实情况后，责问女儿道，"这样下去，高考还有什么希望？"

　　"让我待在这样的班级，还能有什么好结果呢？"女儿右手翻转着圆珠笔，仿佛对着一棵大树在说话，"难道这个成绩不就是你所想要的结果吗？"

　　"难道'火箭班'就那么神奇吗？"万宝强非常严肃地说，"你要知道，即使你进入'火箭班'，也要发奋努力才能有好成绩的。"

　　"那不一定，进入了'火箭班'，人自然就有了劲头。"女儿眯着眼说道，"再加上好老师，学习肯定会比以前有所进步。"

　　"你不要跟我瞎闹好不好？"万宝强见女儿无所谓的样子，心里感觉自己以前确实有点对不住女儿，便带着央求的口气说，"现在，木已成舟，你就不要再折腾自己了，你要知道，你来这里读书，真是赢起输不起啊……"

"你现在知道着急了，为什么你在为我进'火箭班'的问题上不着急呢?"女儿仍然毫无表情地说，"其实，这个结果你应该早已预料到。"

"为什么呢?"万宝强惊讶地问，"你要知道，普通班中每年也有考取一本的学生。"

"这个道理，我比你清楚。"女儿对爸爸没有丝毫屈服的意思，"北京市有一个爸爸花了一百三十多万，买了四点四平方米的房子，不就是为了争取跟好老师读书吗?"

"再好的老师，也是你成长的外因。"万宝强始终坚持自己的观点，"我希望你静下心来，在普通班好好读书，你基础不差，一定会考取理想大学的。"

"不要做梦吧。"女儿毫不示弱道，"除非你把我弄进'火箭班'去。"

"你为什么如此固执呢?'火箭班'究竟好在哪里!"

"'火箭班'班级学习气氛好，老师上课好。气氛好心情自然会好。老师好自然学习轻松。有了好心情，即使再使劲也不会感到累。学习轻松了，自然就会向高处攀登了。这样的学习状态，我就是想不进重点大学，那也是不可能的事情。"

万宝强被女儿说得哑口无言……

更让万宝强难以相信的是，这一次月考成绩竟然拉开了女儿高考"滑铁卢"的序幕，还有更为"精彩"的闹剧还在后面。

这个损失谁是罪魁祸首?有谁对万宝强女儿学习成绩的"大滑坡"负责呢?又有谁能为万宝强女儿的前途买单呢?假如学校没有创办"火箭班"、万宝强女儿也没有进"火箭班"的愿望、她也没有去找那个"包公"副校长、她进入高三也没有受那么多的窝囊气，请问:万宝强女儿是不是就可以避免遭遇这次"滑铁卢"事件呢?

　　如果我们大家都来找答案,这个答案就会有千种万种,并且可以这么说,公说公有理,婆说婆有理。但是我始终认为,学校、社会大环境、父母亲对这件事都脱不了干系,都难辞其咎。

　　假如她在实现自己理想目标的时候,能够从"求己"的角度来考虑,多在自己的能力方面下功夫,不把希望的眼光寄托在"火箭班"上,岂能有如此后果?要知道内因决定外因!自己才是命运的主宰者!

　　如果她是一个心平如镜的孩子,对这些所谓的"火箭班"不那么热衷,"特色班"的学生也是靠自己的汗水来提高成绩的,好的环境、好的老师,都是个人成长的外因,真正决定自己前途和命运的绝不是那些外部条件的好坏,要知道在那些普通的班级也有一些出类拔萃的好学生,也有特色班的学生无法超越的学生;如果她能够有一个平常心,对进"特色班"和没有进"特色班"都能够保持一样的心态,得之不喜,失之不忧,能够正确地处理平常生活中的琐碎小事,不要过分地执着于某些看似重要、其实得到也无所谓的事情。我想这种结果也是不会发生的。

　　我记得古人说过这样的一句话:要想叫人"灭亡",首先就要让人"疯狂"。因此,我们在日常生活中,不能过分在意外部条件,不要过分夸大外部条件的作用,处理事情也不要固执己见、刚愎自用,学会冷静处理问题,往往会得到意想不到的收获。当我们明白这个道理的时候,我们对万宝强女儿成绩下降,遭受月考"滑铁卢"那就是意料之中的事情了。

　　再说,我们的万宝强作为高三学生的家长,对孩子的心理现象,缺乏正确的沟通方式,对孩子热衷"火箭班"的思想,从来就抱着"无所谓"的态度,不能用一颗强烈的责任心,去看待这个问题。首先在对待这个特色班的问题上,万宝强自己一直就抱着错误的认识:特色班一定就比普通班级好;孩子只有进特色班才能更好地发展;孩子才能考入更好的大学。要知道自己热衷"火箭班",势必对孩子产生一定的负面影响，也会让孩子热衷特色班，甚至让自己的孩子过分迷信特色班。常言道：希望越大，往往产生的失望就会更大。

当自己的孩子没有分进特色班的时候，作为父母首先应该冷静地告诉孩子，这个意外的结局虽然是非常惨痛，但是我们一定要学会坚强，一定要坦然面对学习中出现的小挫折。要让自己的孩子明白生活中像这样的烦恼和挫折，应该是随处随时都可能遇到。我们一定要用平常心来正确对待这件事。

如果自己在这方面就想不通，感觉这件事是人家在有意刁难自己的孩子，总认为自己在这件事情上吃了大亏，那么你就必然会产生一种怨恨心理、懊恼心理，总希望用一种比较高明的手段来改变这种坏的结局。

要知道，我们都是凡人，个人的能力总是有限的，总会有一些事情让我们措手不及，让我们举步维艰。试想一下，如果我们每天都在从事自己能力很难解决的事情，我们哪有快乐之理？哪有幸福可言？

再说，这些高中学生，都是一些涉世不深的孩子，对社会上很多的知识都是不甚了解，很多的想法都是简单、易冲动、想当然。如果你这个做父亲的没有一定的主见，在这件事上不去客观地分析其中的利害关系，只凭自己的主观臆断，不能在这些小事上保持高度的清醒头脑，不能快刀斩乱麻地去掉那些非分之想，不能立即给孩子一个正确的答复，一条正确的道路，一个明智的选择；不能立即让自己的孩子离开这种是非"境地"，那怎么能算是一个称职的好爸爸呢！

让自己的孩子在浑水里摸鱼，甚至让自己的孩子也跟着自己深陷其中。这种玩火自焚的做法，这种拿石头砸自己脚的做法，肯定会让你自己和你的孩子在这种无谓的纠缠中，弄得伤痕累累。甚至还能使你自己和你的孩子走上"绝望"的道路。

另外，我们这些做家长的，千万不要在孩子面前"承诺"自己很难做到的事情，我们要时刻铭记"轻诺必寡信"的道理。我认为，即使自己能够做到也不要在没有做好事情之前把"空气"先放出来。因为，我们一旦把自己的许诺告诉了孩子，孩子的心里就会对这件事情产生一定的幻想，产生足够强烈的热望，其内心一定是在等待中备受煎熬。

我们应该知道，让自己孩子天天在等待中"煎熬"，不管这个愿望能否实现，都会让自己的孩子在学习上"分神"。如果这个等待是一个马拉松，对孩子的伤害肯定非常大；如果孩子等待的是没有能实现的"空气"，那么对孩子的伤害就是更是难以用语言来形容了。

如果有些父母亲自认为自己的出身好，家庭有背景，做事情喜欢托人走后门，在孩子的读书方面也滥用此道。我认为这样对孩子的读书是极端不利的。要知道孩子的读书，是来不得半点作假的，纯粹靠走后门进好学校、父母显赫的地位、家庭金山银海都是无法让自己孩子在读书方面如行云流水。"空乏"的头脑只能用自己的努力才能填满智慧的琼浆，其他任何狂妄的"捷径"思想都是徒劳无益的。

假如万宝强的女儿是一个地地道道的普通农民家孩子，她的爸爸也没有这些特殊身份的同学，也没有自己所谓的官场有权力的亲戚，那么就不能让万宝强产生半点的投机取巧的心理，也不能让万宝强产生通过走后门打通"关节"的想法，也不能让万宝强为自己的女儿提供所谓的这些特殊的"待遇"。这也许可以让万宝强女儿躲过这场"浩劫"。

让万宝强的女儿在读书的道路上，靠自己的打拼，靠自己的争取，到什么山砍什么柴，顺其自然，考到什么学校就在什么学校读书，自己争取不到就要"学会"放弃，不要带着任何勉强的做法。这样万宝强的女儿岂能遭遇成绩大滑坡？

如果一个学生考到"二类"学校，作为父母亲大可不必为了自己的面子，硬用自己的血汗钱，把自己的孩子从"二类"学校转到"一类"学校。你的面子上好看了，但对自己孩子的前途是没有半点好处的。因为这样，就会让自己的孩子错误地认为世界上很多东西，都是可以用金钱能够换来的，自己在读书方面少用一点功夫也行。

要知道，这种错误的"认为"，它比毒蛇猛兽还要可怕。因为这种错误的"认为"，它会像细菌一样繁殖，钻进孩子的大脑，侵蚀着孩子健康的灵魂，慢慢地让孩子失去征服困难的勇气；同时，它也会像毒瘤一样，吞噬着孩子健康的肉体，使孩子的肉体慢慢地萎缩、干瘪、退化，最终让孩子不能正常地站立起来。这样孩子还能够去好好地读书吗？孩子学习的最终结局，只能是瘫倒在读书的舞台上，为自己的失败留下揪心的叹息。

如果万宝强一开始就对女儿说清楚，编入"普通班"就只能在"普通班"就读，那是一条唯一的路，没有第二种选择。这样根本就不可能出现现在这样的后果。

从这一点考虑，父母亲过多地参与到孩子的学习上去，不管大事小事父母亲都要帮助孩子解决，这样孩子的主观能动性，就会被你的"家长制"的做法消磨殆尽。你苦了、累了，所有的困难你都一个人独自扛在肩上，使自己的孩子完全掌控在自己的手里，最终把自己的孩子培养成为一个"算盘珠"式的人物、一个手中的"小棋子"。要知道你精心培养出来的孩子，是没有经过"风雨洗礼"的人，将来只有"任人摆布"的份儿，因为，自己的孩子主观能动性、自主创新能力的萌芽过早地在自己的手里扼杀了。

写到这里，我想起在我读高中时候，语文老师给我讲的一个小故事：

从前，有一个被称为"聪明人"的人。由于皇帝的儿子很喜欢他，每天都送给他一块肉、一些小米和一碗奶油。"聪明人"总是把肉和小米煮熟吃掉，而将奶油倒进一个挂在床顶上的瓦罐里。因为当时奶油很匮乏，他舍不得吃。

这天，"聪明人"躺在床上，一边看着头顶上的瓦罐，一边想：奶油很快就装满一罐子了。真叫人高兴!我要把奶油卖掉买几只母鸡。母鸡生了蛋,孵出小鸡。小鸡很快就长大了。我再把小鸡卖掉买一只母山羊。母山羊产了奶,我就做成奶油去卖。母山羊也会生小山羊的,会生出一群来。我卖掉一半小山羊,再买一头母牛、一匹马和几个奴隶。我的奴隶会给我去田里干活,会给我织漂亮的衣服。我穿上漂亮的衣服,就去找一个世界上最富有的漂亮姑娘结婚。我将有一个儿子,儿子会给我带来欢乐的,因为他肯定像我一样聪明机智。当然,如果他干了蠢事的话,我就拿棍子教训他,像这样……想到这里,"聪明人"抓住一根棍子举起来,朝着罐子打了一下。罐子顿时裂了,里面的奶油慢慢地淌出来,正好流到"聪明人"的大脑袋瓜上。

"聪明人"的发家希望就这样像肥皂泡一样破灭了。

其实,在家庭教育的舞台上,我们自认为一切都是为孩子的好,一切都想给孩子提供最大的方便,殊不知,孩子的能力是靠孩子一天一天磨炼才能形成的。过分地追求那些不切实际的目标,并且喜欢在孩子面前承诺不切实际的事情,这些都容易使孩子养成一种依赖、懒散、好高骛远的坏习惯,这对孩子的健康成长是极为不利的。要知道学会放弃也是一种大智慧。

十　跌倒了要让孩子自己爬起来

"你现在是我最不信任的人!你每天嘴上说一套,做的又是另一套,你向我承诺的事情,有几件事情兑现了?……你说是要关心我的学习,可是你能有几次真心关心过我的学习呢?……现在好了,你如愿以偿了吧!……"万宝强女儿最近几天,都在努力为自己的失败寻找发泄的突破口。

面对女儿的不满,万宝强想找几句安慰她的话,但是,他知道,现在所有的话,不管是好话还是坏话,女儿都是听不下去的。因为,他知道现在女儿的内心已经痛苦到了极点……需要安静、需要冷静地反思……同时,他也努力地告诫自己:现在最好的办法就是选择沉默……沉默是金!沉默能让一个聪明的人学会反思,学会宽容,学会换位思考……

的确,月考遭遇"滑铁卢"之后,万宝强女儿几次"发飙"都没有取得实质性的效果,于是,她开始选择沉默了。因为,她认识到进"火箭班"的可能性已经没有了。如果再为难自己,那只能是拿石头砸自己的脚了。毕竟她还是希望通过努力来改变现状的……

通过这件事,万宝强的女儿对爸爸有了一个较为客观的认识:原来自己的爸爸也不是百分之百值得依赖的人,也是一个可以和局外人画上约等于号的人,原来这个世界上唯一可以值得信赖的人,不是别人,而是自己……

　　因此，她认为：这个世界上有很多的"依靠"都是错误的，这些所谓的"依靠"都是充满虚无色彩的。在这虚无缥缈的梦幻之中，再容易实现的理想也会成为虚假的肥皂泡，再亲近的人也会成为不值得信任的人……

　　把自己的命运交给别人，这本身就是一种"美丽"的错误：希望自己不需要努力别人就能让你得到一个精彩的世界；希望在虚无缥缈的天空当中，有一个可以使自己永远立于不败之地的庇护神；希望在自己受伤、受苦、受累的时候，别人能够给自己一个温馨的避风港，给自己一个舒适甜蜜的乐园。这不等于痴人说梦吗!我想，这应该是天底下最为幼稚、最为愚蠢的想法!

　　我们现在很多的孩子，都希望父母亲给他们创造一个无忧无虑的环境，让他们一心一意地去读书，不管身边发生什么事情，都让自己的父母亲去代办，岂不怪哉!我们一定要知道在这个世界上，妄想从别人温暖怀抱当中得到美好未来的人，哪怕这个"别人"就是你的亲生父母亲，这也无异于你在寒冷的冬天，浑身哆嗦着去向弱小的灯光取暖，最终都是徒劳无益的，最终是不可能达到真正的幸福和真正快乐的。因为只有自身强大，才能"屹立"于不败之地。古人言："竹竿好立，猪肠难扶。"是说也!

　　二十多年前，我在大学读书的时候，当时，有一个教我高等数学的老教授，在谈到我们中国教育现状的时候，他向我们学生讲述了美国一个普通市民教育自己孩子的小故事：她的小孩子在玩耍的时候，不慎跌倒在地。当时，很凑巧，有一个中国的老妈妈也在现场，只见中国的老妈妈立即奔过去，想把这个美国孩子拉起来，可是这个美国的普通市民却立即上前阻止这位好心的老妈妈，并且用非常流利的中国话对眼前的这位老妈妈说，谢谢您……还是让我的孩子自己爬起来吧!……中国的这位老妈妈对眼前发生的事情，很惊讶，只能轻轻地摇摇头，以表示对眼前这位"美国妈妈"这种做法有一百二十个不理解。

放手对孩子的教育，绝不是对孩子不管不问，而是要给孩子一定的独立空间，要给孩子自己长大的机会。我是一个从农村走出来的中学教师，根据我个人的观察，我们有些接受过高等教育的父母亲，在处理"放手"教育的时候，真正还不如农村那些不识字的庄稼汉。

因为他们在对孩子教育的时候，总是瞻前顾后，束手束脚。孩子要削一个铅笔，他们都不放心，很怕自己的孩子，把整个铅笔给削坏了；吃一个苹果，他们都担心"细菌"把孩子肚子吃坏了，总要把苹果皮削完后，才放心给孩子吃；一个十五六岁的孩子要独自到县城中学，他们总是要亲自陪着孩子到校，生怕自己的孩子在车上给弄丢了，到不了学校。他们的眼里，孩子做什么都不如他们的意，孩子永远都是他们心目中放心不下的"小不点"，似乎离开了他们的帮助，孩子就要被别人给拐跑了，或者是成为迷路的小羊羔。

万宝强就是这些父母亲的"杰出"代表。说实在话，如果万宝强对自己的女儿不去过多地"帮助"，什么事情都要去问个明白，什么事情都要去掺和，那我想他的女儿不会有今天如此"健康"心理的，也不至于在高三第一次月考中遭遇"滑铁卢"事件。

在女儿遭遇"滑铁卢"事件后，万宝强感到人生的道路太无常了，失眠、孤独、恐惧、无助、困惑、失落等很多痛苦的事情都一股脑儿的向他袭来。于是，他也开始不断反思自己的家庭教育，他决心从今以后，把女儿的教育放在一个"局外人"的位置上：女儿的事情尽可能让她自己去打理，尽可能让她一个人去努力。因为，自从"滑铁卢"事件后，万宝强对女儿的教育已经渐渐地成熟起来，他感到自己以前太多的劳累、太多的付出都是徒劳的。

面对如此失败的家庭教育，万宝强已经意识到自己以前很多不在乎的事情，现在一一向他讨债来了；很多自以为是的事情，都对他这个做事喜欢马马虎虎的人给予应有的惩罚。他想到自己对女儿太不负责任了，因为，他想到如果自己没有在这件事情上，给女儿施加心理压力，给女儿一些错误的"认识"，今天女儿哪能有如此糟糕的境况!

可惜，在这个世界上"逝者如斯夫"，绝对没有后悔药!我们作为教育工作者，应该清楚地认识到特色班绝不是万能的班，不是进入特色班就能考上清华、北大、南大的，一定要让孩子从内心深处"淡化"特色班的神奇作用，这样就不至于让我们的孩子在特色班的问题上过于较真、浪费太多的精力，更不会让自己孩子在特色班的问题上重蹈万宝强女儿的覆辙。

十一　心灯不明周遭必然黑暗

高三第一次月考，遭遇滑铁卢，这对于一个"一心苦读"的孩子和一个把孩子读书当作"比命还重要"的家庭来说，这无疑是晴天霹雳。万宝强女儿经过多天挣扎，仍然很难从这个阴影中走出来，她不但没有打消上特色班的念头，反而更坚定了要上特色班的决心。她逐渐产生对高三老师的失望、对今年高考的失望，继而产生了退路……她想到了留级。

"爸爸，我要留级，我请你抽空和学校领导商谈一下，让我回到高二去复读，我要用自己的实力，再次考进特色班！"有一个星期天的中午，一家人正在吃饭，万宝强的女儿向爸爸提出一个非常严肃的新问题。

面对女儿的要求，万宝强感到无比震惊，同时也感到无比痛苦。因为孩子提出这要求不管是对是错，这分明都是对他的无声抗议。他心里非常清楚，女儿无论如何都是不能留级的，因为，这个问题不是学校同意与否的问题，而是关系到周围人对他家庭教育的评价问题，同时还关系到他女儿的今后人生走向的问题。

我们都知道人生中有很多退路，都是为懦弱的人准备的。万宝强非常清楚女儿在这个时候选择退路的心情。如果答应了她，这无疑是在汹涌的急流中让小船调舵，孩子也许因为这一时的冲动而耽误自己一生的前途，这是一件多么可怕的事情啊！

"现在你必须继续读高三，这是没有选择的选择！你必须勇敢地冲过去，必须尽力排除前面道路上所有的困难，必须坦然面对眼前的挫折，不要为眼前的失败而心灰意冷；要清楚人生的道路，是没有一帆风顺的，挫折乃是生命的常态；现在唯一正确的选择，就是迎难而上，藐视现在所遭遇的挫折，学会在逆境中求生存，学会在逆境中谋前途。"万宝强面对女儿的"无理"请求，他向自己女儿发出最后"通牒"。

到了这个时候，万宝强已经认识到问题的严重性，才知道自己女儿在读书这件事上，已经发展到举步维艰的地步。他决定向学校领导请几天假，暂时放下自己的工作，和女儿坐下来好好地交流交流，必须要让自己女儿树立信心、重新振作起来，直到女儿"回心转意"。

第二天，他向学校领导请了假，又来到伴读区。

"你是孩子的爸爸，你绝对不能被眼前的困扰所迷惑，如果你没有了主见、没有了给孩子可以信赖的心态，甚至是没有了让孩子挺直腰杆的动力，那孩子还能有什么希望呢？要清楚你是家庭的主心骨！"一直在"看戏"的杨建云也渐渐地看出事态发展的严重性，对老公近期的做法提出了"警告"。

这时，万宝强已经意识到自己现在已经是腹背受敌，已经没有任何退路可言……

"你的要求，我不是没有考虑，但是，我们绝不能遇到一点小挫折，就极力为自己找退路。你是一个聪明的孩子，你的智商也不是普通孩子能比的。这个时候，你要冷静地为自己的前途着想，留级这可是逃避现实的做法、这可是不负责任的表现，古人说，好马不吃回头草！你可要三思而行呀……"万宝强怀着非常谨慎的态度与女儿谈心。

"你是来让我留级的，还是劝我继续读高三的？我可没有那么闲工夫来和你磨嘴皮子。"万宝强女儿对爸爸的慈爱，并没有表示一丝好感。

"我今天就要告诉你，遇事就逃避的人，只能是形同朽木，与世无益！这样的人，在这个世界上绝对是没有太大的建树。"万宝强对女儿的烦躁，情绪有点激动，"你提出的留级，那是不可能的事情……真是天大的笑话，你妈放下工作不干，全职带你读书，到今天，竟然玩出这么一个'花鸭蛋'出来……你让我这张老脸还能往哪里搁！说白了，你要是去留级，除非你拿枪，把我和你妈都枪毙了。"

"你光为自己的脸面考虑，你有没有顾忌我的脸面？……我今天是来听你解决问题策略的，可不是来听你发脾气的。"女儿对爸爸的话不依不饶，根本就没有听下去的诚意。

"如果家长生活在像你这样人的周围，那么这个家长是绝对没有什么好心情的。我今天就是要让你知道，被逆境困扰，不思努力改变，只听从命运的摆布，这本身就是人生的大忌。作为一个头脑清楚、希望在这个世界上有所作为的人，怎么能在困境中一蹶不振呢？你只有放下包袱，拥有良好心态，才能轻松走出命运的低谷。"万宝强喝了一口茶，知道刚才说话嗓门有点高，便调整了一下声调，但是，仍然压不住心中的怒气。

"我就是一个喜欢被命运摆布的人，我就是愿意在命运的指挥棒下转悠。"女儿毫不示弱，可谓是针锋相对，并且似乎有意在跟爸爸较劲。

"只要你是一个有头脑的人，你就应该通过自己的双手来改造自己的人生观，改造自己的世界观，改造自己的价值观，不断地争取周围的有利因素来为自己服务。决不能强求环境来适应自己，应该不断地调整自己的人生坐标，积极而主动的适应社会，适应自己周围无法改变的环境，应该不断冲破自己周围的艰难险阻。"万宝强对女儿的"不屈不挠"毫无办法，但是还是希望用自己的语言，来感动女儿。

"爸爸，你认为女儿天生就是傻瓜吗？……面对学校的'无理'，我也试图改变自己……可我是一个不甘被命运摆布的人！我是一个不愿向命运低头的人!⋯⋯我的抗争换取的不是别人的同情,而是别人的耻笑;我的正义换取的不是别人的理解,而是遭到不公正的指责。你要知道,女儿也是有尊严的'人',绝不是一个可以踢来踢去的、毫无尊严感的'球'!爸爸,你看女儿是一个遇到挫折就向后退缩的人吗?⋯⋯我现在问你,你希望我现在怎么做?"万宝强女儿开始责问自己的爸爸。

"你不要装糊涂,爸爸今天就要告诉你怎么做:面对高山发扬愚公移山精神;面对大海发扬精卫填海精神;面对寒流发扬女娲补天的精神;面对酷暑发扬后羿射日精神。再大的困难我们也要勇敢地迎上去,再大的挫折我们也要扛起来;'生当作人杰,死亦为鬼雄',这是李清照的名言,这也是对全天下不甘被命运摆布人的金玉良言。同时,今天我还要告诉你,在这个世界上,命运真正的主宰者,绝对不是怕苦为难的懦夫!永远是那些面对困难和挫折面不改色心不跳的人;永远是那些勇往直前、积极进取、正视一切苦难挫折的强者;大雪压青松,青松挺且直,这就是对生活中强者最真诚的赞美。"万宝强越说越激动,"今天,我要明确地告诉你,你要留级,那是白日做梦!"

说句实在话,万宝强在这件事情上的表现,他算不上智者。因为,他从教多年,应该知道教育的规律,应该给自己的女儿指明一条较为光明的大路,应该让自己的女儿在成长的道路上少走弯路。可是他不但没有让自己的女儿少走弯路,却人为地让自己的女儿朝南山墙上撞,给自己以及自己的女儿都留下较为深刻的教训,这是万宝强最不愿看到的,这也是我们所有人都不愿看到的。

生为人父,关心孩子的健康成长责无旁贷!如果对孩子的关心只停留在口头上,一遇到难题就退缩,不去给孩子提供更好的出路,老是用责怪和高压的语言来教育孩子,这怎么能取得家庭教育的成功呢?

遇到挫折,孩子本来心情就不好,加上你教育方法简单、暴躁,这不仅起不到教育孩子的目的，反而容易使孩子在错误的道路上越陷越深。因此我认为，孩子在成长过程中出现一些小困难、小挫折都是非常正常的事情，我们大可不必为之惊慌，我们要允许孩子犯错误，更要给孩子改正错误的机会，我们一定要在孩子犯错误的第一时间，找出孩子犯错误的真正原因。对孩子存在的问题，要及时地对症下药，果断地采取应急措施，绝不能迷迷糊糊地把孩子已经存在的问题当作耳旁风，以致错过解决问题的最佳良机，造成不应有的损失。最终悔之晚矣！

另外，我们这些做家长的，一定要记住，多给孩子解决问题的办法，多给孩子科学的指导，绝对胜于那些漫无边际的空头说教。尤其是那些带有抱怨、高压的说教，更是要不得。因为那些不是解决问题的方法，往往却是处理问题的火上油，最容易造成问题的升级，最容易相互引发"处理问题"上的争端，使相互理解、相互关心成为相互怄气的催化剂。这样不但不利于问题的解决，反而容易造成相互对抗的不良后果。

要知道"相互对抗"的气氛一旦在父母与孩子之间发生，那种宽松的家庭友好气氛就有可能随之消失殆尽；那种积极进取的快乐学习氛围也有可能随之成为泡影。当一个家庭出现了这样的顽症，我认为家长就应该好好地反思一下自己在教育孩子存在的问题。如果你还是无动于衷，等到火势已经到了难以控制的地步，等到灾难已经成为无可逆转的事实，我们再去假惺惺地关心自己的孩子，那个时候，就是把全天下最好的老师请来教你的孩子，也是徒劳无益，也会出现巧妇难为无米之炊的窘况。

身处这样气氛中的孩子，"情"何以堪！在这样相互挣扎的环境中，你家的孩子即使是神仙下凡，那也断然不会在学习上有所建树的。在这样的环境下，就应该用积极、美好的心态，及时和学校领导、班主任沟通，积极消除孩子内心的"郁结"，这样，才有可能摆脱眼前的困境。

写到这里，我想起以前听说的一个小故事：北宋文学家苏东坡，年轻时候曾跟随大安禅师学禅。大安禅师是和济公一样的人物，穿着破烂，每天在街上击铜钵向人乞讨食物，但是，他乞讨的食物并不是为自己，而是为了流浪的野狗，他常把流浪的动物捡回山上，化缘来养活它们。

有一次，大安禅师在街上捡到一条流浪狗，已经奄奄一息了，他对苏东坡说："这小狗快饿死了，我得赶紧去讨些奶给它喝，你帮我在本院找找有没有救它的东西。"

大安禅师不顾疲劳拿着钵，匆匆跑出去了。

"已经饿成这样，还救它做甚？"苏东坡非常不解，但是，大师的话又不能不听，"怎么解救它呢？我想不出好的办法。"

后来，他从书房里找来一段祈祷文，双手合掌，端坐在小狗身旁，虔诚地为小狗祈福。

大安去化缘回来，看见苏东坡非常严肃地为小狗祈福，就问他说："你祈祷那么深的祷文给一条小狗听，它怎么能听懂呢？"

接着，大安禅师把化缘得来的奶放在小狗身边，非常小心地喂小狗奶，当他看到小狗浑身发抖时，他又找来一堆柴火给小狗取暖，并且从自己平时采摘的草药中取出一些，熬成药水给小狗喝。过了几天，这只小狗竟然奇迹般地活了下来，并且和其他小狗没有什么两样，很快也能健步如飞了。

苏东坡见证了这个过程，大为感动。原来，能把小狗从险恶的困境中走出来的，并不是那些高深的祈祷文，而是，针对小狗当下所出现的问题，进行一一化解。

从此，苏东坡大师把关注当下，当成化解问题的根。他说："如果有一个人始终生活在当下，立足当下，他的未来必然会震撼整个社会，不管以什么形式出现。"他还时常对偏执于未来解脱的人说："当下的问题都不能解决，还能经营好未来吗?灯火不明，周遭必然黑暗，追求未来的修行，而放弃当下的智慧，就像不点灯去找光明的地方。"

他还反对神通，他说:"要飘零的花瓣，连一天也不能等待。"的确，那些号称神通的人，连一瓣花的凋零都无能为力的人，何况是阻止人生的挫折和痛苦呢?

其实，在素质教育的今天，要想摆脱挫折、困境对我们的羁绊，我们必须点亮自己的心灯，只有这样，我们才能有一个更加光明的未来。

十二　就是那个"臭"词我一辈子也忘不了

那年夏天本地气温特别高，正常年份，农村家庭不需要装空调也能度过盛夏。可是那一年，老百姓想省一点纳凉费都是不可能的事情。

立秋已经过去一个月了，可是"低火"还在肆意地熏烤着这里的伴读父母。县城中学的高三学生，没有暑假，也就是说，高二放假的时候也是高三开学的时候，这已经成为县城中学多年来严格奉行的金科玉律。

杨建云带着女儿拥挤在不足十平方米的租房里。女儿最近月考没有考好，现在，又闹着要留级，这更加剧了杨建云一家焦躁不安的心理。

"女儿成绩出现大滑坡，我们家长、孩子有责任，难道这个县城中学就没有责任吗？要是学校能够在特色班招生方面公平公正，让我们女儿能够顺利进入特色班，哪能现在让我们一家相互受这么多的窝囊气！这都怪那个分管高三年级的副校长！"杨建云面对接连二三的烦躁，忽然想起了让女儿生气的副校长。

"这怎么能怪人家呢？人家学校所定的制度，又不是针对咱家女儿的？……人家这是在秉公办事！"万宝强仍为那位"包公"副校长开脱责任。

"什么秉公办事，分明是在忽悠学生！我女儿考这么好的成绩，偏偏被那些领导家的孩子顶了下来，这难道不是他副校长的过错吗？什么'包公'副校长，我看就是'后门'副校长！"杨建云越想越感到委屈。

"人家副校长，也有他的难处，哪家没有三朋四友的，更何况这么大的一个学校呢?要知道，县城中学里有些领导的小孩子，就是我们县的县委书记，都不敢得罪他，更何况他那个芝麻粒大的副校长呢?"干了十多年教务主任的万宝强深知学校教育的难处，"再说，那个副校长，自从教训女儿以后，每次看到女儿都是他面带笑容地主动打招呼，这就证明这个副校长是一个非常仁慈的校领导。"

"呸，人们都说老师是人类灵魂的工程师，我看这个学校的副校长就不配这个称号!"杨建云还在生这个副校长的气。

"老婆大人，你可知道学校是一个清水衙门，现在学校资金短缺现象，还是普遍存在的……它们为了自身的发展，也要社会各方面的大力支持……如果，这个县城中学争取不到足够的'计划外'学生数，那这个学校就要面临'衰败'的困境……他副校长敢不那样做吗?"万宝强真是有苦难言，明知道这个副校长有点小错误，但是，他在内心还是非常理解这位校领导难处的。

有人说，学校的教育处处无小事，处处皆教育，这句一点不假!

我们的学校老师、领导，在孩子的教育方面，一定要做一个教育的有心人，在对待孩子的"错误"问题，既不能态度粗鲁，也不能在处理问题方法上过于简单。要知道孩子毕竟是未成年人。他们做事情往往比较幼稚，因此，我们在遇到孩子犯错误的时候，一定要学会冷静，一定要问清前因后果，绝对不能用独断专横的语言来指责孩子，绝对不能用简单的暴力来体罚孩子，因为，孩子也有自尊，也有他们的承载极限!

要知道，孩子幼小的心灵是经受不住"雷霆"的咆哮和"暴雨"的摧残，他们就像花园的鲜花一样，绝对不能用亵渎的眼光来"观赏"他们;绝对不能用玩世不恭的态度来"践踏"他们。你要知道，你的粗鲁，会造成孩子心理上很大的打击!会给孩子留下很大的伤害!尤其是对正在面临人生中重大的抉择——高考中的孩子，我们更应该呵护有加。因为，高考是孩子一生中压力最大、身心最感疲惫的时期，同时也是他们自尊心最强、心理承受能力最为脆弱的时期。

不知我们教育工作者有没有考虑过，我们的一时不慎，有时却能造成孩子一生的痛苦。我们身为一个学校的教师、领导，我们绝对不能在孩子教育问题上，凭自己的感情用事。要清楚，我们的咆哮声中，很有可能让牛顿"失宠"；我们的体罚或者是变相体罚中，很有可能让爱因斯坦变痴。

我们应该知道，我们的一句"伤心话"，对一个弱小的、还没有到外面世界真正面临风雨的孩子来说，很可能成为孩子一蹶不振的导火索。你不要说我这些话危言耸听，我要告诉你，世界上很多意想不到的"失败"，都是我们的当事人过于"疯狂"的语言造成的。也许，当事人一生都不知情！

假如，当初我们的"包公"副校长，在处理万宝强女儿想进"火箭班"的问题上，能够以一个慈爱的父亲出现在她的面前，不对她作河东狮吼，能够用和风细雨的语言，进行温馨的教育，也许万宝强女儿的读书命运也不会绕那么大的弯子了，也不会遇到高三第一次月考那样的失败，也不会让她对读书产生失望的情绪，更不会使她在后面高考中输得那么"惨"。

当然，我们教育工作者，也绝不能否认孩子自身的勤奋是成长的决定因素。我们只是说，孩子成长的外界作用还是相当大的。我也是一个从教多年的教师，在我刚刚从学校毕业出来的时候，对学生的教育知之甚少，总认为：自己教过的知识，学生就应该会，就应该懂；孩子上课做小动作那是对老师的侮辱；耳朵听到上课铃响了，学生还在校园里玩耍，非要等老师进了教室，才急匆匆地跑着进教室，那就是对上课老师严重挑衅，那就应该受到老师的训斥。

那时，我年轻气盛，对学生这些乱七八糟的坏习惯极为反感，很不理解，有时忍不住对这些学生罚站。这么多年过去了，我在从教的过程中学会了很多教育人的道理。每一个孩子都有自己的缺点，每一个孩子都有自己的优点。要知道孩子的缺点，往往是白玉上的瑕疵，大可不必过分在意的。

其实，爱玩、爱动、爱闹都是孩子独有的天性，即使有点小缺点也是微不足道的。我们做教师的一定要尊重孩子这些独特的个性，要从爱的角度去审视这些孩子的个性。当我们教师能够理解这一点，能够从欣赏的角度来对待这些个性的时候，我们就会对这些充满浪漫的孩子产生无限的喜爱之情，就会感到置身教育工作的幸福。你这个时候，自然就不会有训斥、体罚学生的冲动了。

我永远不会忘记，刚任教不久的我，在上课的时候，向班里一个名字叫耿东的中等生提问题，这个问题的答案，我在班级已经讲了好几遍，他居然不会。当时我非常生气，为了引起他以后注意，我当着全班学生的面狠狠地训了他一通，并且叫他到讲台前罚站。

耿东被我突如其来的惩罚吓得直哆嗦，顿时满脸通红，眼泪不知不觉地从他的脸上流了下来。当时，我对处罚学生没有清醒的认识，总认为老师处罚学生是天经地义的，总认为严师出高徒；我处罚他是完全出自于对他的帮助；让他罚站是比较轻微的处罚，绝对不会出现严重后果的；只是在处罚过程中吓唬他，目的是让他知道老师在提醒他下次注意，不要再发生类似的情况。

可是没有几天，那个被我处罚的学生，竟然悄悄地到外面打工去了……我不知何故……但我隐约感到了事态的严重性。我不敢有半点怠慢，立即赶到这位学生家，做他爸爸妈妈的工作，希望他的父母能够多做儿子的思想工作，劝儿子回来读书。开始他的父母都不愿说出孩子不读书的真正原因，后来在我多次的追问下，他的爸爸才告诉我：孩子不读书的"根本原因"就是我在上课时候对他罚站，使他在班级里抬不起头。

我听后，不知所措，茫然若失，好长时间，我都陷入深深的自责中。为此，我花了好多时间，多次与这个孩子进行电话沟通，并且，亲自赶到耿东打工的地方，向他道歉……最终还是没有把这个孩子劝回学校。

我曾经为此想了很久，怎么都想不通，一个正在读书的孩子，一个十六七岁的学生，怎么能为这件事情产生辍学打工的念头呢？难道我们这些做老师就不敢对那些上课不注意听讲、下课又不好好做作业、考试成绩一塌糊涂的学生进行必要的处罚吗？

尽管有很多人认为教师可以处罚学生，但是，我在这个问题上，只能说：NO！因为我从这个学生身上已经看到了处罚孩子已经构成对孩子自尊心的伤害，它不是身体能不能承受的简单问题，而是对孩子精神上的打击问题。

从那以后，每当我准备训斥、体罚学生的时候，我都会不由自主地想起我的那个叫耿东的学生。就会不由自主地停止我的冲动，让我很快静下心来，让我用老师独有的耐性、独有的智慧去教育自己的学生了。

这件事情已经过去十几年了，但是，它留给我的教训是非常深刻的，对我的精神打击也是非常大的。十几年来，这件事情一直在我的脑海里挥之不去，成为我难以抹去的痛。我的悔恨是无力的，因为我给这位学生的伤害，那是永远都不能弥补的。

有人说，天底下所有的借口，都是为失败者准备的。我认为这句话很有道理。因此，我们教育工作者，在教育孩子的时候，千万不要忘记：要多为孩子提供更加温馨、更加舒适、更加有利于孩子健康成长的环境！绝对不能再人为地为孩子教育设置"这样那样"的障碍。这是时代赋予我们教育工作者的历史责任，同时也是伟大祖国赋予我们教育工作者的崇高使命。

　　孩子是"无辜"的，孩子是"可塑"的，我们千万不要忘记陶行知的名言：我们的皮鞭下有牛顿，我们讽刺、挖苦的学生中有焦耳，有瓦特。我们要知道学校的教育是很复杂的，学校无小事，事事皆教育。只要我们每一个搞教育的人，认认真真地做好我们身边看似平凡的小事情，我们就是一个不平凡的人，一个很了不起的人，一个受人敬佩的人，一个值得全社会尊重的人，因为这些看似平凡的事情，却蕴藏着很多伟大的教育理念。

　　我很欣赏赏识教育，要知道，对于一个涉世不深的学生来说，我们教育工作者能够抓住学生身上一些"微不足道"的闪光点，给予恰如其分的赞赏、鼓励，它就会在这些孩子的内心深处产生我们教育工作者都无法估量的"情感热流"和无法估量的学习内驱力。我们千万不要小看这些微不足道的"优质"教育，因为这些优质教育效能，能穿过时空的隧道，永久地驻扎在孩子脑海里，化做甘露浇灌他们"枯萎"的禾苗，化做激情催开他们"青春"的花朵，化做冲天的干劲演绎出他们最精彩的人生。

　　当然，我也反对永远的"大拇指头"主义，赞赏一定要有"针对性"，一定要"恰如其分"，如果我们教育工作者滥施赏识教育，也是对孩子的健康成长有害的。

　　写到这里，我想起一个小故事：一只小熊进了荆棘丛生的灌木丛而走不出来，一位樵夫路过，救了它。母熊见到这件事，便说："上帝保佑您，好人。您帮了我大忙，让我的孩子平安地回到我的身边，我们交个朋友吧，怎么样？"

　　"嗯，我也不知道……"

　　"为什么？"

　　"怎么说呢？是不能太相信熊吧。虽然肯定地说，这并不适用于所有的熊。"

"对于人也不能太相信，"熊回答，"这可也不能适用于您。"

于是熊和樵夫便结成了好朋友，两人交往甚密。

一个夜晚，樵夫在树林里迷路了，他找不到地方睡觉，就到了熊窝，熊安排他住了一宿，还以丰盛的晚餐款待了他。第二天早晨，樵夫起身要走，熊吻了吻樵夫，说："原谅我吧，兄弟，没有能好好地招待您。"

"不要担心，熊大姐，"樵夫回答，"招待得很好，只是有一点，也是我唯一不喜欢你的地方，那就是你身上的那股臭味。"

熊听了快快不乐。她对樵夫说："拿斧头砍我的头。"

樵夫举起斧头轻轻地打了一下。

"砍重一点！砍重一点！"熊说。

樵夫使劲地砍了一下，鲜血从熊的头上迸了出来。熊没有吭一声，樵夫就走了。

若干年后，有一次，樵夫不知不觉地到了离熊窝很近的地方，就去看望熊。熊衷心地欢迎他，又以丰盛的食品来招待。告辞时，樵夫问："伤口愈合了吗？熊大姐？"

"什么伤口？"熊问。

"我打你头留下的伤口。"

"噢，那次痛了一阵子，后来就不痛了，伤口愈合后，我就忘了。不过，那次您说的话，就是那个'臭'词，我一辈子也忘不了。"

朋友，当你听了这个故事后，你有没有感到我们教育工作者身上肩负着很大的责任？特别是在教育孩子方面，我们一定要注意自己的言行。因为，看似很精确的教育方法，有时也会对孩子自尊心造成很大的伤害，甚至影响孩子的一生幸福。

十三　都是月亮惹的祸

"不就是一次月考失败吗?何必大惊小怪的!如果我们家长不能冷静, 孩子又怎么能静下心来学习呢?"面对女儿学习曾经大滑坡, 面对女儿焦躁不安的心理, 万宝强一开始并没有觉察到有什么可怕。他和妻子杨建云谈话也显得很有"底气", 总认为自己的女儿在前一段时间没有抓紧, 思想上有包袱, 而影响了学习;只要女儿以后在学习上多投入一点时间, 摆脱开学以来一直困扰她的想进"火箭班"的烦恼, 抛开那些对学习不利的因素, 自己再主动地多和女儿交流, 这些小问题, 就会迎刃而解;况且, 万宝强非常相信自己的女儿是一个头脑聪明、学习基础较好的学生。

经过一段时间后, 女儿对学习不但没有起色, 反而产生"退意"之心, 当万宝强发觉"大事不妙"后, 才发现自己已经错过了对女儿进行优效沟通的最佳时间……但是, 他不甘心, 他想到亡羊补牢……

"女儿呀, 这一次月考没有考好, 责任在爸爸, 没有给你找一个理想的班级。其实, 爸爸一直认为, 不论是'火箭班'班还是普通班, 要想取得好成绩, 总得靠自己好好读书。再好的班级, 如果自己不去努力, 都是没有用的……"一天晚上, 万宝强见女儿吃饭兴致很浓, 以为女儿现在的心情肯定不错, 就主动对女儿说出自己多少天憋在心里的话。

"你如果没有其他话可说, 我就请你不要继续说了……"女儿对爸爸的大道理，很反感。

"我知道，你现在最想进'火箭班'，要知道现在从"普通班"调到"火箭班"，不管在县城哪所学校，都不能说是一件小事情，都会受到一定阻力。当然这个阻力，不是校长，也不是那个'包公'副校长，而是"火箭班"和"普通班"的班主任以及这两个班的任课教师。"

"你的话，我有点听不懂，难道调班……还关系到这么多人?这是为什么啊?……"当万宝强女儿听到调班这里面"学问"的时候，立即停下吃饭，对爸爸的话产生了兴趣。

"如果你进了'火箭班'，'火箭班'就等于多了一个'差生'，你要知道，现在所有学校都要对任课教师进行绩效考核的，多了一个'差生'直接影响'火箭班'所有任课教师的教学实绩，影响这些老师的教学声誉，更重要的是影响他们的年终升学奖;如果你出了"普通班"，就等于"普通班"少了一个优生，同样影响老师的声誉和升学奖。你想想，这种傻事班主任和任课教师会同意吗?"

"我的调班涉及这么多人的利益!这……这真是……岂有此理!"

"你们现在这些学生，哪能知道成人之间的事情?哪能知道社会上复杂的利益问题?过去，两国交兵，都是为了'利益'而战的，现在学校，表面上风平浪静，其实，这里面还存在很多'激流、暗礁'等你将来做了教师，你就会明白其中的道理了。"

"我才不做你们这样聪明的老师呢!因为，我没有你们老师这么'高智商'。"女儿撅起小嘴，冷冷地说。

"这不是你做不做的问题，有时命运就会跟人开玩笑……比如，你的叔叔，是一个学工程技术的，现在还不是跑到学校教书了吗?……假如，你现在做校长，你会强行把一个优生调到'火箭班'吗?我想你肯定不会这样做的，因为，这里面涉及很多教师的经济利益……这个经济利益不是一个小数目，有时能超过'十万元'的利益……再说，学校定下的考绩制度，自己能够带头破坏吗?……"万宝强女儿听说自己的调班，还涉及教师十多万元的经济利益，惊讶得说不出话来，就好像听到万民敬仰的圣人，做了蒙大拿的小偷……这简直让她难以置信。

"十多万元……我的调班……这怎么可能?……"一阵沉默之后，万宝强女儿仍然带着怀疑的口吻对爸爸说。

"如果在没有分班的时候，找一个熟人通融一下，那是一件很容易的事情，现在木已成舟……还牵涉到很多人的经济利益，我们再去动那个脑筋已经没有太大价值了，希望你赶快把那些不愉快的事情忘掉，把自己的主要精力全部放在学习上，争取在下一次考出优异的成绩。"

"你越说越玄，你能说得更具体一点吗?"

"你看来非要打破砂锅问到底，今天老爸就把这里面的学问，告诉你，免得你对我产生过多的误解……"

"就拿我们中学毕业班来说吧，学校在分班之前，就制定教师考绩制度，并且明码标价升学奖。现在很多农村中学都是这样规定的!首先，学校领导规定整个学校考入县城中学计划内名额，并且把计划内人数按照班级的多少、班级的强弱分配各个班级;然后，规定完成指标的，就奖励每一位教师一千元，如果完不成指标的，就要处罚每一位教师二百元;如果班级有一个学生考到全县前一百名的，学校就奖励这个班级一万五千元;除此之外，高中学校还根据初中学校考入该校的学生素质，进行重奖。特别是那些民办学校更是奖金惊人:如果某一个班级能够把全校中考前三名的学生，送到民办学校，那么这个民办学校就可以奖励该生的班主任一万五千元左右，这是初中毕业班的奖励制度。"万宝强女儿被说得目瞪口呆。

"这是真的?……农村中学这么有钱呀!现在，不是不准学校收学生钱吗?"

"你知道个啥?学校虽然不收学生一分钱，但是，学校商店不挣钱吗?学校的食堂不挣钱吗?国家不给学校办公费吗?你知道现在哪一所中学(学生数千人左右的学校) 小店每年不挣近十万块钱?哪一所学校(近千名学生数) 的食堂, 每年不挣近百万块钱?"

"我的老天……这哪是学校, 这分明就是一座工厂……"

"据县城中学我的老同学说, 县城中学学生数在六千人左右, 在升学奖方面更是惊人!每一位班主任、教师, 奖励多则近十万, 少则两三万。你看县城中学的高三教师, 哪一年学校不组织到国外旅游?女儿呀, 面对这么大的经济利益, 学校领导、班主任、教师能够轻易答应你调班吗?"万宝强女儿面对如此复杂的教育功利, 她无奈地摇摇头。

"女儿呀, 你这次该清楚'包公'副校长没有给你调班的原因了吧!我相信你是一个非常懂事的孩子……对这么大经济利益问题, 你还能怪你爸、'包公'副校长没有尽力给你调班吗?"

由于万宝强对女儿一直非常自信, 所以这一次, 他没有对女儿存在的问题, 认真地寻找对策, 只是"轻描淡写"地把没有进"火箭班"的真实情况向女儿说明一下, 希望女儿能够了解爸爸以及县城中学领导的难处。

可是万宝强女儿对爸爸这种"解释"只能勉强地认可, 她一边在用手拍饭桌上的乱飞的小虫, 一边心不在焉地朝万宝强点头。

当时, 万宝强对女儿这种无所谓的态度, 并没有感觉到潜在的危机, 只是觉得孩子现在已经明白了不能进"火箭班"的真实原因, 现在情绪还没有彻底调整过来, 这是暂时特有的现象……他相信女儿会随着时间的推移慢慢地改变一切的……他相信女儿会用自己的能力扭转困境的; 他相信女儿是绝对不会辜负自己的父母亲对自己殷切期望的。

所以万宝强遇到这种"很尴尬"的局面, 他表现得"非常冷静"……他只选择了默默地走开。

此时, 他心里非常清楚自己的女儿心里还有怨气, 需要一段时间慢慢地释放。但是万宝强不清楚，此时的女儿已经对学校整个教育产生了一些抵触的情绪：她无法相信中国的教育会有如此"功利"，她已经开始怀疑自己的学校和爸爸了。

万宝强对女儿这些思想波动虽然心里也有点觉察，但是他没有估计到这一次调班问题对女儿的伤害是那么严重。所以他对女儿这些反常举动，还抱有极大的幻想……以致他错误地认为：现在没有必要耐心地、坦诚地和女儿进行"彻底"的交流。

由于万宝强一次又一次地错失与女儿沟通的良机，所以他始终没能及时地把女儿从失望的困境中"超度"出来。反而认为女儿此时需要绝对的安静，相信她会在这些安静的环境当中，慢慢地调整好自己的心态，希望自己的女儿能够冲出自己的困境，能够在下一次的月考当中有一个较大的起色……

万宝强真没有想到自己的想法会是幼稚的……会是错误的……而且是错得那样的惨痛……

接下来，女儿的反常表现并没有引起万宝强的高度重视。女儿整天闭口不言，万宝强根本就不清楚她此时心里想的什么……万宝强更不清楚女儿现在最需要哪些帮助……

我记得鲁迅曾经说过：不在沉默中爆发，就在沉默中消亡。但是万宝强却错误地估计女儿是坚强的，不会被眼前的挫折击垮的；错误地相信女儿是聪明的、是无畏的，不会被眼前的烦恼"征服"的……

其实，他的女儿还是一个对世事懵懂的学生，还是一个需要父母亲疼爱、关心、心理帮助的孩子，她既可以对自己的前途赌气，也可以对自己的命运赌气……

面对此情此景，我有时也在想：我们这些做父母的必须在家庭教育方面多花一点时间，多去了解自己孩子的性格和脾气，要知道百分之九十九的孩子都是很"任性"的。当孩子"犯错误"的时候，你向她大吼一通，如果孩子对你的大吼表现得那么自然，那么无所谓，她似乎不是在"面对"你的发脾气，而是在"欣赏"你的杰作，那么，我们作为家长就应该对这样的孩子，保持高度的"关注"，针对这样的孩子，我们千万不要认为她会很自觉地把问题解决好，她闭口不说，不是成熟、坚强的标志，而恰恰是她最需要别人帮助的时候。如果我们这些做父母亲的不能够理性地看待孩子"这种独特的表现"，那我们家长就很可能坐失教育孩子的良机。

其实，万宝强的妻子杨建云起初也没有对孩子的成绩大滑坡当成一回事，也没有深入到孩子的内心世界，也没有认真地分析导致孩子出现这种情绪反常的真正原因。她和万宝强一样都只是胡乱地猜测那些表面的"想当然"的原因。谈不上分析女儿失败的真正原因，更谈不上仔细找出根治女儿成绩滑坡"痼疾"的良方，对症下药，以彻底地解决孩子面前出现的烦恼问题了……

写到这里，我想起歌手张宇演唱的《都是月亮惹的祸》这首歌，月亮的美丽并没有错，就像白花花的银子、耀眼的金子本身都没有错，但是，当这些本身没有错的物体和一些"灰色""肮脏"的交易勾连在一起的时候，它们的美丽就会带上"祸水"的味道，这难免让人对这些"美丽"的事物产生厌恶和"不屑"之情。

亲爱的读者，请饶恕我的不恭，我把这首歌的歌词改动一下，现摘录如下，希望医治中国素质教育专家们为我们教育工作者指点迷津。

都是金钱的错 /轻易勾住我 /让我不知不觉满足被金钱照耀的虚荣 /都是金钱的错 /金钱耀眼的光芒是一种诱惑 /都是金钱的错 /在金钱的诱惑中 /总是藏着让人又爱又怜的困惑 /都是金钱的错 /金钱的诱惑像一个魔咒 /被金钱勾住 /还能为何物心动 /我知道这都是金钱惹的祸 /那样的天堂生活 /太美太炫 /很容易在刹那之间只想和金钱一起到尽头 /我知道都是金钱惹的祸 /偏偏似酒如火 /说来最撩人 /再怎么心如钢也成绕指柔 /都是金钱的

错 /轻易勾住我 /让我不知不觉满足被金钱照耀的虚荣 /都是金钱的错 /金钱耀眼的光芒是一种诱惑 /都是金钱的错 /在金钱的诱惑中 /总是藏着让人又爱又怜的困惑 /都是金钱的错 /金钱的诱惑像一个魔咒 /被金钱勾住 /还能为何物心动 /我知道这都是金钱惹的祸 /那样的天堂生活 /太美太炫 /很容易在刹那之间只想和金钱一起到尽头 /我知道都是金钱惹的祸 /偏偏似酒如火 /说来最撩人 /再怎么心如钢也成绕指柔。怎样的情生意动 /会让教育者拿孩子一生幸福当赌注 /我知道都是金钱惹的祸 /偏偏似酒如火 /说来最撩人 /再怎么心如钢也成绕指柔。我知道这都是金钱惹的祸 /那样的天堂生活 /太美太炫 /很容易在刹那之间只想和金钱一起到尽头 /我知道都是金钱惹的祸 /偏偏似酒如火 /说来最撩人 /再怎么心如钢也成绕指柔。

十四　别在心里结冰

按常理说，一个学生考试失利以后，应该有所警觉，有所惭愧，有所反思。可是万宝强却发现自己的女儿对这一次月考的失败，先是惊慌失措；到了第二天，万宝强发现她已经是没有一点感觉了；表现得极为反常！似乎这一次考试的失败对她毫无触动，根本没有一点紧张的意思。此时万宝强找她谈过一次话，但是，女儿表现得很冷漠。万宝强不死心，还想和她深谈一次，但是还是没有谈成。原因很简单，女儿当时样子很轻松，脸上还有淡淡的笑容。万宝强分不清这是对他的嘲笑，还是女儿对下一次月考充满无限的自信。

但是万宝强还是相信了后者，误认为：自己的女儿对学习问题稳操胜券，绝不像自己遇到一点不顺心的事情，都写满自己的脸上；看来自己的女儿就是和他不一样！自己这一辈子没有出息惯了，自己的女儿能够在"大敌当前"仍然保持这样的精神状态，实在是太难得了。万宝强知道，以前女儿在一些较为成功考试之后，对他也有过类似的表情。所以，那时万宝强对女儿的这次反常心理，仍然表现得相当自信。心想，自己的女儿就是与众不同！就是有超凡脱俗的大将风度！

这种错误的判断，是作为父亲的万宝强一次较大的失察。他做梦也没有想到自己的女儿，此刻的内心世界已经开始发生本质的变化，浓烈的功利化教育、没有进"火箭班"，加上本校的"包公"副校长严厉的批评，已经使万宝强的女儿对学习产生了满腔的愤怒。她认为自己应该得到的"利益"、应该得到的"荣誉"、应该得到的"赞赏"，不但没有得到别人的认可，却转眼变成自己伤心的痛!努力何用?进取何用?这种潜意识已经慢慢地在她那颗脆弱的心理结成难以融化的冰。

作为一个局外人，也许会认为这等小事又算什么呢?殊不知，对于一个未成年的女孩子来说，这已经给她带来了极大的伤害，使她的精神世界开始失去有力的支撑。她的个性也开始慢慢地扭曲，逐渐失去往日的那种活泼、自信、开朗、快乐、积极与坚强。也许有些人认为这是虚荣心在作祟，但是，我们不要忘记，在这个世界上，是很难找到没有虚荣心的人。如果我们真的在某一个地方，找到这样的人，那我敢说，这个人就是一个十分虚伪的人，一个一潭死水的人，一个没有半点自尊的人，一个没有丝毫积极进取之心的人，一个十分脆弱的人。

我在这里重申，这是我个人的意思，绝没有强加给别人的意思。更何况，我们是辩证唯物主义者，正如这个世界没有绝对的好人和没有绝对的坏人一样。我们对事物都要有客观的评判标准，我们应该知道，星点的虚荣，有时也可以带来一些不容忽视的积极作用，往往在那些羡慕美丽光环的背后，人们常常利用虚荣心给自己打气，暗暗地给自己施加压力，这些潜在的积极因素，也可以慢慢地改变着我们的现状，使人们朝着美好的方向发展。当然万宝强和他的女儿也不会例外。

以上，我在积极地为虚荣心的"合法性"辩护，但是我再次说明，我不提倡虚荣!我也不希望每一个人都去追求虚荣!我始终认为一个真正的人就应该像君子那样，去追求那些有价值的、高尚的人生价值观。

因此，面对错综复杂的社会，我们必须清醒地认识到，过分地追求表面的荣耀，对整个人生都是非常有害的。当然，我们又不能把话说绝了，如果在我们的人生中，沾染一点虚荣心，我们大家大可不必"惊恐失色"，也一定要保持平常心，绝不要满天舞棒子。只要我们正确的引导、分析、理性地对待"虚荣心"，虚荣心就会在我们的内心开出洁白的小花，就很有可能成为我们人生中一道不可多得的亮丽风景。如果我们不问青红皂白对那些有虚荣心的人，给予全盘否定，一棍子将他们打"死"。这样对当事人的伤害，那也是非常惨重的。也许这种伤害将会远远超出我们对他们的任何帮助。

县城中学的负责高三年级的那个"包公"副校长，万宝强与他接触过几次，给万宝强总体印象是学校领导中的"铁杆"人物。他也关心学生，但是，在关心学生方面往往缺少"婉约"的基因；他也办事认真、公正，但是在办事方面，领导的威严总是写满脸上，似乎从他的脸上嗅到铁的气味，感觉到秋霜的凉意，仿佛他的血脉里面天生就没有流淌着微笑的元素。

万宝强曾经几次主动和他打招呼，他都是用耷拉的下眼皮与他说话。对万宝强这样的一个普通教师来说，心里似乎找不到可以生气的理由，因为，全县最高学府里的一个"大人物"已经在乎他了，他知足了！

平易近人是为官之道，应该是做官的基本素质，可是平易近人这个词却在这个"包公"副校长身上找不到生根的地方，对于这种"大领导"，我们普通老百姓只能是敬而远之。万宝强这个人向来不喜欢在背后说人家三长两短，也不喜欢用过激的语言来抨击人家，因此，他对"包公"副校长这样的领导，从来不愿和同学、同事谈起这个"隐痛"，他只能尽可能地与这个"包公"副校长保持一定的距离，更不敢认真地"拜读"他。

当然，不是这个人不能干领导，也不是这种领导在工作上干得不出色，也不是什么其他的原因，万宝强只是担心自己这个乡巴佬出生的穷教师，身上的灰尘，会不经意地从自己的衣服上面弹出了，弄脏了他的帽子，弄脏了他走路的鞋子。对这样的领导，万宝强只能在自己的内心心存"感激"，不敢花时间与他交流、沟通，对他的赞美只能停留在

"不敢恭维"的节点上。

万宝强认为，领导对下属可以"傲慢无礼"，甚至可以对像他这样没有大出息的成年人，显出领导的威风来，摆出领导的谱子；但是他始终认为领导绝对不能把这些"好作风""好的优良传统"在年幼的孩子、学生身上"播种"！

在万宝强看来，做领导的，可以对自己的部下、对"老百姓"可以任意耍威风，使性子，可以任意地发泄自己的怒气。我不知道万宝强这是总结了哪"家"的人生哲学。难道下属、普通的老百姓天生的就是"下贱"的胚子？就是天生的出气筒吗？我是一个土生土长的老百姓，对这种为官之道却是不敢苟同。

其实，我始终认为那些能够真正为老百姓办事的"官"，他们都是平易近人，不要官架子，甘愿给人民做好事的公仆；都是一些急人民之所急，苦人民之所苦的好领导。只有那些一心贪图个人的享乐、善于在社会上钻营的官胚子，他们才喜欢在老百姓面前作威作福的。这些所谓的官胚子，别看他们西装革履，乌纱帽子换了一顶又一顶，但是他们做人的素质还有待提高。他们往往把自己在酒桌、赌场、"小三"那里招来的怨气、晦气，发泄在普通老百姓的头上，把为官之道、为民之道冰封在自己狭隘的胸腔里，你说这种官胚子，我们老百姓能拥护他们吗？

要知道，现在的社会，是老百姓的舞台。如果你当官，不为老百姓谋福利、谋幸福，就没有老百姓支持你、爱戴你。因此，我认为，在为官的仕途上，当官的一定要把腰杆挺得直直的，双手必须洗得干干净净的，所做的事情一定要可照"日月"；不要在赌场、色场上沾染腥臭的恶习；如果偶尔在"宴请的酒桌"上面小酌几杯，也不要同"私下交易"褡裢。这样的好官，不管走到哪里，自己的内心都是坦坦荡荡、光明磊落的。古人言：当官不为民做主，不如回家卖红薯。因此为官一任，就应该堂堂正正做人，做一个有尊严、有骨气的人民好公仆。

也许有人来指责我的为官之道，害怕人走茶凉。但是，我始终坚持我的"为官之道"。这不是我想要摆出高姿态，也不是我没有这个能力去反驳他们，我只是不想与他们在潮湿的空气中伤了自己的脾胃。他们认为为官一任，总要为自己的多购置几处好别墅，总要为自己多找几个年轻貌美的情人，总要为自己的孩子多谋取一个好官位，总要为自己多赚些金钱，这样才能对得起自己。

我要说这样的人就是大错特错了，因为人生短暂，不足百年。人活着就要为这个世界留下"浓墨重彩"的一笔！如果我们把自己有限的生命，浪费在那些毫无价值的无聊琐事上面，我们又哪有时间去为人民的美好事业去奋斗呢？

我认为人的高贵，不是他拥有了多少价值连城的珠宝，不是他拥有多显赫的地位，而是深藏在我们内心的高尚灵魂。人类已经进化数百万年，我们回过头来看一看，不管是飘扬在空中的；还是埋藏在地下的，也不管是金光闪闪的，还是朴实无华的，那些永远珍藏在人类心中的，成为不朽的，并且大放异彩的，都是那些为人类美好事业而留下光辉业绩的人。

如果有人问我，在"金条"和"美德"二者只能选其一情况下，我会毫不犹豫地选择"美德"。因为高贵的美德是推动人类社会前进的不竭动力。因为在这个阳光普照的时代，只要我们有一双勤劳的双手，就不会饿着肚子。金钱是生不带来，死不带去的东西，它们留给人们的都是一些短暂的享乐。如果这些短暂的享乐要与人类高贵的美德所绽放出来的光辉相比，那是绝对不能同日而语的事情。

我们都知道，在这个世界上，高贵的帝王生活，在人类的发展的历程中，真正不过是白驹过隙、昙花一现。而人类高贵的灵魂所留下的光华，却能够日益弥新，与日月争辉。

　　在人类历史的沧桑流变中，家长和教师都承担着教化后代、培养后代，推动社会进步的历史重任。作为父母亲、学校老师、学校领导必须胜任自己的教育工作，不仅仅要有教育后代的精深知识和较强的教育能力，还必须具备高度的责任心、科学的教育思想，别在心里结冰。

十五　必须成为一个理性的思考者

"唉……唉……这个书，叫我怎么读……呀!到处充满……欺骗，到处充满…铜臭……留级…也是死路一条!这年头，做一个学生真难……"万宝强的女儿在心里自言自语。

由于万宝强的女儿不能主动地和自己的父母亲、老师沟通，再加上她又不能坦然面对这次失败，所以自卑的情绪开始慢慢地写在她的脸上。最主要表现在她对别人讲话上，她总是吞吞吐吐，没有底气，根本就不敢抬头与老师、父母亲讲话。这使万宝强感到非常困惑。他总觉得，自己的女儿身上的自信，已经被天上的一阵狂风吹走了。这种来自自身奋斗而逐渐养成的优秀品行，却在这没有成熟的季节，被无情的岁月给碾碎了。这确实是令万宝强伤心欲绝的事情，这个中滋味谁能明了?

"何时能够让自信重新回到我女儿的身上，让女儿重新焕发往日的风采……老天呀，你何时能够让我女儿觉醒过来呀!"万宝强倍感焦急。他为自己的女儿不够坚强难过，他为县城中学领导无视女儿的自尊难过，同时也为自己没有足够的能力来教育好自己的孩子而感到难过。他因此而变得烦躁不安，他在一天一天地消瘦，头上的白发也仿佛和他较劲似的，在逐日增多。

再看看杨建云，她也是心急如焚，整天唉声叹气，动不动就冲着万宝强发脾气，万宝强知道杨建云的心里比自己难受，每当杨建云发火的时候，万宝强有时只能痛苦地摇摇头，显出万般的无奈。因为，万宝强不敢和妻子搭腔，他知道妻子有一个怪脾气，就是在她生气的时候，他所说的话都是错误的。不但安慰不了她受伤的心，反而让自己的心情跟着遭殃。

古人说，良言一句三冬暖，恶语半句六月寒。因此，我们这些从事教育的老师们、领导们，我们都应该谨慎自己的每一言、每一语、每一行，特别是在教育学生的时候，千万要考虑孩子的自尊心、孩子的心理承受能力，不能不负责任对孩子乱说挖苦话，更不能用粗暴的语言对孩子的人格进行攻击。要知道我们说过的话，所传授的知识，都是相当有分量的，既可以让学生站在云端，又可以让学生钻进地狱。我们身上所肩任的责任，是非常重大的！

"我可以这么说，他的学问越大，对学生的伤害也就越大……一个缺乏师德的教师，不管他学问有多高深，他对学生的教育都是相当有害的。甚至……让学生走上不归路。"有一天万宝强对正在发愁的妻子杨建云说。

"这是为什么呢？"

"这是因为这样的老师，他们的坏德行，可以在学生面前伪装得比较深，很容易在学生上当的时候，学生还感觉不出来……这样的老师，他是不配站在讲台上对学生进行传授知识的。我记得古人曾经说过：用文先德，用武先威，这也许就说的这个道理吧！"万宝强回答得很坚决。这是万宝强的气话！当然，这话里面有很多合理的成分。

"学生在学校是接受教育的，我们应该容许孩子犯错误，也应该给孩子纠正错误的机会……要清楚：孩子犯错误是孩子健康成长的重要组成部分。一点错误都不犯的学生是绝对没有的……学生只有通过不断地学习，不断地改正自己的错误，才能使自己的肩膀更宽，才能使自己的胸怀更广，才能使自己的腰杆更硬，才能使自己的头脑更聪明，才能使自己的眼睛更明亮。当然，在人生的道路上，我们学生也绝不能消极地逃避错误，一定要有'既来之则安之'的心态，坚决做到：不为自己失败找借口，多为自己成功找策略。只有这样，我们的孩子，才能真正成为无愧时代的建设者和创造者。"万宝强继续对妻子发表着高见。

"不错！我记得有位哲人讲过：任何改正都是进步。如果我们每做一件事情，都能保证其准确性，那你岂不是生而知之的天才了吗？如果我们的学生都是天才，那么，这个社会还有教师存在的必要吗？"妻子随声应和。

"由于这个世界上，真正的天才都是在不断实践、不断探索、不断地改正、不断地完善自我、不断地超越自我的过程中，逐渐地成长起来的……所以，我们学生大可不必害怕错误！"万宝强对妻子的应和，似乎发现了深藏在素质教育里的真理。

"可是，现在很多教师，不能够走进学生的心里，都把学生当作不会犯错误的神仙……这哪是教育呀？这分明是舞棒子……"杨建云对学校教育，早已心存不满，只不过平时不敢说，今天，她的话匣子是老公为她打开的。

"当我们明白了这些道理，我们就会知道，我们这些老师和学生都是普通的凡人，只不过我们这些老师比学生先来到这个世界上而已。学生的今天就是我们自己的昨天，学生的明天就是我们自己的今天，所有的差距都不过是时间的差距。"万宝强说这话的时候，脸上已经冒汗。

所以，我们这些做老师的千万别认为我们自己就是唯我独尊的皇帝：我们所说的话，学生只有听的份儿；我们讲怎么做，学生就必须当作圣旨来执行。其实，这就是大错特错的问题！老师的天职是传道授业解惑。挖苦、处罚、辱骂除了证明我们老师的无能还能证明什么呢？如果学生做错了一点小事情，我们老师就肆无忌惮地乱训一通，其结果，不仅不能解决问题，反而加剧了学生对老师的仇视，与我们整个教育规律是严重背道而驰的。

作为当代文明开化到如此进步的今天，我们作为教育者，你应该知道学生心理的承受能力是相当有限的，你发泄完自己的满腹牢骚之后，你只顾自己的当时心情，而忽视了学生心理上独特感受，甚至是只顾自己的一时痛快，对学生进行一顿"狂轰滥炸"，把自己的学生当成自己的"小敌人"。这样的教育活动就会蜕变成为"暴政的统治"，从根本上就失去了教师对学生教育的意义了。

我们教师对学生的教育应该是晓之以理，动之以情。对待学生错误，我们不能在处理方法上过于简单，或者成人化。应该通过多种渠道"恩威"并施，才能得到预期的效果。有人认为，老师在教育学生的时候应该和医生看病一样，医生是根据病人的病情开处方，我们的老师也应该根据学生的自身特点、学生犯错的原因，来考虑教育的方法。

但是我还认为，现在老师不仅仅是"医生"！因为，老师教育学生是一项非常复杂的育人工程，要远比医生的工作辛苦，要远比医生的看病"难以驾驭"，医生可以根据多年的临床经验，非常自如地为病人开好处方，而且绝大多数是立竿见影，药到病除，甚至能多年卧床不起的病人很快走出医院，康复回家。但是我们的老师在"医疗"学生的"顽劣"症结的时候，即使是经验丰富的老教师，或者是年轻有为的骨干教师，都不可能通过三天两天看到很明显的起色。即使是一个再普通的学生毛病，也需要个把月才能收到效果。

这种见效慢，疗程长的教育过程，你作为老师，心急是徒劳的，粗暴更是得不偿失的。我们做老师的一定要知道教育学生是一个脑力活，千万不能把教育学生当成体力活，一定要知道"和风细雨、润物无声"的道理。

当然，对一些所谓的"顽固不化"学生(这里主要是对那些调皮的男孩子，女学生应该杜绝使用，因为女学生的心理要比男孩子脆弱)，语言的疗效已经失去星点作用的时候，我也认为对这些学生来一点小刺激，进行"适度"的处罚，必要的时候还可以让他们当众"难看"，但是我们一定要记住，这种教育方法一定要考虑到"度"的问题。刺激大了，容易使学生造成破罐破摔的脆弱心理，使这些学生心理产生一些"抗教"因子；刺激小了，犹如蜻蜓点水，根本产生不了教育效果，这种教育形同隔靴搔痒，这种处罚纯粹是多此一举，反而容易在孩子们的心里产生一种无所谓的心理。

如果学生的心里产生了这种无所谓的软抵抗心理，我们一定要对他改变教育策略，要对他多做思想工作。因为这种无所谓的心理，危害很大，它随着时间的推移，很可能产生对人生的麻木、对读书不感兴趣的错误思想。

另外，对学生处罚"度"的把握，绝对不可造次：不能兴起就来，兴尽就无。如果把这个"度"当成家常便饭，我们的学生同样会在教育方面吃苦头；而我们自己就很难成为一名优秀的教师。最后我还是要劝告我们的教育工作者，务必记清楚，处罚中永远教育不出最优秀的学生来，正如古人所言：只靠外表的装饰的人，是永远也不会成长为最美的天使。

对于万宝强在教育孩子方面所遇到的难题，这是目前很多家庭普遍存在的问题。我们这些做家长的、做教师的，绝不能袖手旁观。因为这些"教育难题"很容易演变成为"灰色教育"的导火索，也很容易使受教育者在中国教育的舞台上产生心理郁结，演变成为对"美好人生"的背叛。因此，我们必须要拿出足够的时间，用自己最温暖的爱心、最有力的臂膀、最大的耐心、最温馨的语言、最强烈的责任感来融化孩子心中的坚冰。但是，万宝强既没有想到这一点，也没有做到这一点，以致在教育子女方面，成效甚微。当然，万宝强在教育女儿方面也想做好，只不过他的教育能力还有待提高……这个"无能"，一直成为万宝强难以释怀的疼痛。

有人说，人生难免遇到挫折，难免遇到苦痛。因此，我们每一个人都不能一遇到不顺心的事情，就一蹶不振，整天唉声叹气。再说每一个成功的人，谁又没有跳过几次难过的"坎"呢?作为学生，如果老是抱怨自己的亲人、自己的老师、自己的朋友，没有人提供更多的帮助，而自己又不能从自身的实际出发，去正确分析造成挫折和苦痛的根本原因，又不能根据自身的条件，找出解决这些问题的方法。我们认为这样的孩子，也绝不是什么优秀的学生。

在这个世界上，谁是拯救你的真命天子?谁是你扭转乾坤的万能菩萨?我想最完美的答案，只能是自己。爸爸亲妈妈亲老师亲，他们总不能永远跟着你。再说在这个世界上真正靠父母、老师的恩泽绿荫就能够建立不世功业的能有几人?

古人言: 在诸多成才的因素中，自己的勤奋努力，才是最根本的原因。也就是说，内因决定外因。如果自身有足够的实力，只要有人给你足够高的梯子，你就可以凭借它展翅飞翔，如果你还能够继续努力，甚至你还能够平步青云。

如果你这个人，就像一个臭气熏天的、没有一点骨力的猪大肠子，提起一大贯子，放下一大摊子，请问谁还敢靠近你?谁又还能把你提携到花团锦簇的胜境呢?你这样的人，又怎么能与成功、快乐、幸福结缘呢?

由此看来，万宝强女儿要想自己从困境之中独立地凭借自身的实力，力挺过来，就必须提高自身的抗挫能力，提高自己对不良习惯以及抗击不良品行的免疫功能，让自己走得更正，坐得更直，行得更远，不断地激发自身的潜能、奋发进取、不畏艰难、排除一切干扰、静下心来，勇敢面对挫折，正视挫折，拿出自己"可上九天揽月、可下五洋捉鳖"的勇气和胆识，坚定人生必胜的信念，树立正确的人生价值观，勇敢地面对明天所有的人生挑战。

也只有这样，人生的"风暴"才能不使她倒地，人生的"苦难"才能不使她低头；也只有这样，通过她自己的顽强拼搏，才能从根本上解决现在遇到的难题，才能制命于天，才能自立于不败之地，才能真正做到天塌下来，也不能奈何于她自己，地陷下去，"我自岿然不动"，真正做到身居烈火之中，而不觉炎热，身处猛虎之中，而不惧怕。也只有这样，她的内心那种超越自我的坦然之花，才能迎风绽放，万千掌声就会为她喝彩。

只可惜，万宝强的女儿毕竟是一只太普通的"凡鸟"，她的双眼已经被灰色的迷雾所迷惑，自己为自己增设的障碍太多，作茧自缚，很难跳出自身的樊篱……

难怪有人说，失败的道路有千条万条，但是通向成功的大路只有一条。也就是说，出类拔萃的学生只有一种类型，积极进取、敢于藐视一切困难。但是失败的学生，却有千万种类型，调皮捣蛋的、不思进取的、懦弱的……也许这就是教育的困惑所在、复杂所在，同时也是我们教育工作者职能所在、功用所在。

现在，我国教育正处于转型变革时期，新的教育理念不断更新，这势必对全民族理性思维的发展、人才素质教育以及整个民族科学文化水平的提高，产生极其深远的影响。我想，当整个民族都能够崇尚理性之光的时候，中华民族的伟大复兴必将指日可待。

在西方"理念世界"的教育体系中，希腊著名哲学家、教育家柏拉图的代表作《理想国》备受世人推崇。这部书告诉我们：作为教育者，必须心思凝聚、学思结合，从一个理念到达另一个理念，并且归结为理念。要善于点悟、启发、诱导学生或者孩子进入这种境界，使他们在"苦思冥想"后"茅塞顿开"，喜获"理性之乐"。

因此，这就要求作为教育者必须成为一个理性的思考者，否则，教育出来的学生或者孩子，就会在小小的失败面前，丧失前进的动力和走向成功的自信心。

十六　雨季的花朵更需要阳光照耀

　　第二次的月考在万宝强和妻子杨建云急切的期待中，落下帷幕。他们两颗炽热的心，又被无情的月考分数浇得冰凉……

　　万宝强的女儿是一棵幼嫩的小树苗，在一阵"狂风"过后，并没有挺直腰杆。她在读书方面，实在算不上出类拔萃的优秀学生。因为她在抗挫能力方面表现得极为脆弱，脆弱到一阵风就能把她吹倒。

　　"女儿究竟怎么了？是驴不走还是磨不转呢？我想在整个高三阶段中，一个月的冷静应该是足够了，一个月的赶超也应该富余了，为何又一个月过去了，女儿的成绩还不见峰回路转呢？考试的分数……还不如上一次……在班级、全年级的排名更是……一塌糊涂。"万宝强满脸愁云地对杨建云说，说话的语气也显得更为烦躁。

　　"人人都说你教书教得那样优秀，经过你手里培养出来的清华北大的博士生至少有五六个，可是你为什么自己的小孩子教育不好，偏偏使自己孩子在读书方面这么差？……看来，那些赞扬你的话都是假的！"杨建云对丈夫教育子女的方法甚为不满。

　　万宝强虽然心里有点委屈，但是事实上，对自己的小孩子教育就是不够尽职，就是缺乏足够的耐心，每天在学校的时间太长，陪伴孩子读书的时间太少。他一般早上五点半就要离开自己的家，到所在的学校上班，中午到家匆匆忙忙吃过饭，有一点时间，还要睡二十多分钟的觉。有时，中午还要到学校里面值班，晚上更是没有时间（万宝强一般都要到晚上十一点才能急急忙忙赶到家)。

我国的《劳动法》，明明规定工作人员每天上班八个小时，可是农村学校的现状，就是这个样子，早上学生要早操，中午学生要自习，晚上学生还要上课……教师直到把学生送到床上，他们一天的工作才算干完……身心疲惫的万宝强，哪还有什么精力，再去教育自己的孩子!万宝强连续带了十几年的毕业班，连续做了十几年毕业班班主任，这里面的甘苦谁能够一一明了。

万宝强根据自己多年的教学经验，认为：一个学生成绩大滑坡的现象是有的。但是学生成绩大滑坡的可能性，在一个学校当中所占的比例还是非常少的。

他还认为，导致学生成绩大滑坡的原因大体有四种：

一是学生在学校谈恋爱，他们沉浸于"花前月下"，迷茫于未来的幻想，把自己主要的精力，投放到对方的思念之中，而不能自拔，上课的时候，头脑里经常幻想对方的笑容，对方的甜言蜜语，把更多的学习时间，让位给了"卿卿我我的"憧憬之中……现在网络聊天非常流行，不少学生还会利用网络，谈起超时空的虚拟恋爱，更让未成年身陷情感泥潭……

二是学生在校外迷恋上网络游戏，因为现在的网络游戏，大多数有积分制，它就像爬台阶一样，爬上一个台阶，就会给学生冠以某种虚拟的"头衔"，就会给学生带上足够高的分值，这常常让学生自我满足于虚无的荣耀，陶醉于那些虚无的个人成就。我们作为教育工作者，应该清楚，学习的成绩很难在自己的头脑里面产生进步的"痕迹"，个人的奋斗、偷懒也不会挂在自己的"心屏幕"，因此，读书是很难在学生内心激起朵朵"浪花"的，而网络游戏可以弥补人的内心"空白"。

三是学生在校外迷恋于黄色的网站，因为这些黄色的网站的图片、视屏，极具"香艳""色情"之能事，它能够把学生幼小的心灵搞得

"方阵大乱"，特别是那些淫秽视屏，对学生幼小的心灵刺激太大，常常使学生情趣失控，浮想联翩，从而在学生内心产生一种对"性"的饥渴，甚至还会产生一种强烈的"做爱"冲动。很多未成年在黄色的视屏面前会极度失控！如果长期刺激未成年敏感性神经，这些未成年学生就会模仿视屏上成人做爱的镜头。据开网吧的老板说，未成年看过几次黄色视频后，大多数都会沾染手淫的坏毛病，甚至，还有些未成年人，当作网吧里众人的面，学着"镜头"里的动作自慰起来。我们试想一下，有了这种坏毛病的学生，不要是对读书失去兴趣，就是对"山珍海味"也会味同嚼蜡。难怪有些教育专家讲，进入黄色网吧的学生，进一个"毁"一个。

四是家庭变故，打破了孩子应有的生活规律，失去可以遮风挡雨的亲人，导致孩子身心受挫……

其实，在四个原因当中，前三个原因是孩子学习成绩急剧下滑的罪魁祸首。因为，他们的主要精力已经投放到那些可怕的事情上，对读书已经失去"最低"的兴趣。他们不是神仙，更不是天上文曲星下凡。再说，亚当和夏娃两位神仙，都是因为抵挡不在"禁果"的诱惑，而失去了应有的天堂，更何况他们都是凡夫俗子呢！

而万宝强女儿的成绩突然下降，绝不是上述原因造成的。万宝强非常清楚，自己家庭教育在上述方面做得还很到位。他认为：女儿成绩下降"罪魁祸首"就是因为没有进学校"火箭班"，除此之外，就是他对这件事的冷漠、学校领导对她的思想打击、自己对这件事情的耿耿于怀。这不是一般的肉体伤痛，而是较深身心的折磨，以致让自己女儿始终处于内心的不安、情绪低落的状态中。

古人言：一个人最大的悲哀，莫过于心死。换言之，人生的最大的悲哀，莫过于对一件小事的"沉沦"上。

幼稚的人，往往在大是大非面前，不能从长远的角度，把握人生的未来走向，而是太在乎自己眼前的小得失，哪怕为一个铜币，也要分清你我。这是人生中最为短视的行为!可是一些自认为聪明的人，却把这个眼前的铜板考虑得太重要，以致把那些未来的"黄金世界"葬送了。甚至还有些人把这些症结归根于外界的干涉，殊不知自身的素质对未来发展的重要作用。

但是，话又说回来，教育不是纯粹的个体行为，而是涉及教育的双方。当人对未来的世界励志图强却得不到回报，得不到收获，很容易使受教育者产生自暴自弃的心理。如果在这个时候，再得不到父母亲、老师、朋友的帮助、引导，他们就会在自暴自弃中消磨了意志，消磨了精神，消磨了对人生的进取之心，到最后最终走向绝望的边缘，落入"万劫不复"的深渊。

多少天资聪慧的孩子，不懂得把握人生中最为关键的青春年少的时期，把自己最聪明的头脑用在歪门邪道上。如花的岁月，只能像滚滚的长江水，无语东流;如金的时光，只能白白地浪费在没有半点收获的坏习惯、坏作风等细微琐事上，给自己的人生留下无尽的悔恨。

有人把人生的少年期比喻成人生的花季，这是因为它是人一生中充满幻想、充满纯真、充满诱惑、充满浪漫、充满对未来的无限憧憬的多彩季节。应该可以这么说，这是人生的春天!一切都是那样的新鲜，一切都是那样的灿烂，一切都是那样的欣欣然，一切都是那样的令人羡慕，一切都弥漫着春天的芬芳。

但是，也有人把人生的少年时期比喻人生的雨季。这是因为它是人一生中充满幼稚、充满胆怯、充满迷茫、充满哀怨、充满对未来的无限感伤、多愁善感季节。应该可以这么说，这是人生的阴天!一切都是那样的无助，一切都是那样的孤独，一切都是那样的茫茫然，一切都是那样的令人担忧，一切都笼罩着阴天的晦暗。

综上所言，我们只能说，青少年是人生中最美好的阶段，但是它又是人生中最短暂而又最脆弱的阶段，他们自我保护意识比较淡薄，明辨是非能力比较差，经常把生长在幽静高山之巅的温馨兰花与生长在印度山沟里面的像毒蛇芯子的罂粟花瓣当作同类的鲜花来品赏。他们生活的周围，到处充满迷茫的色彩，充满感伤的情调，很容易被尘世的凡人糟蹋掉。难怪有些专家说，现在的中学生既是人生最美好的时期，又是人生最危险的时期。因此，我们教育工作者一定要千方百计地关爱正处于花季、雨季的未成年孩子。只有这样，才能让我们青少年学生平平安安地度过这段难得而又短暂的关键时期。

十七　别让毕业变成失业

"现在的学生为什么如此热衷大学?现在的家长为什么如此钟情大学?大学究竟是一个什么样的地方?……"杨建云这几天被女儿成绩下降折腾得受不了,她打了一个哈气,问坐着身边的万宝强,似乎对现在的大学早已看透。

"既然大学有这么多好处,为什么学生会在学校里不肯学习呢?看来现在的大学还是缺乏吸引力。"妻子杨建云说。

"当我们坐下来仔细思考的时候,我们就会发现大学里面有许多美妙的东西。世界上所有国家都在积极地发展高等教育,那是因为教育是造就人才的摇篮,那是国家政治、经济、文化腾飞世界的基础。一个人考进大学,就可以在大学的怀抱中,不断提高自己的综合素质,就可以以一个全新的自我踏入社会,在自己平凡而又伟大的工作岗位上实现自己的人生价值。"万宝强面对妻子的发问,认为妻子是故意在骨头里挑刺。

"可是,当人们的视线瞄准人才市场等待就业的大学生们,人们就会在自己的内心用良知拷问当今世界的教育:很多大学生,为什么毕业就等于失业?即使有学生就业了,他们为什么所学的专业跟自己的职业无关!教育的目的是不是为短视的功利而设置的?如果是这样,我情愿让自己的小孩子不进大学的校门。"显然,妻子杨建云对老公的回答,并不感到十二分的满意。

"你怎么能会有如此想法?那些找不到工作的大学生，大多数都是一些不知名大学学生。你要知道，现在的大学门槛低了，'三流'的学生，或者是'不入流'的学生很容易就进入大学校门了，你想这些学生，在高中的时候，就没有扎实基础，现这样的学生既没有丰富的学识，又没有可以委以重任的能力，他们又怎么能找到好工作呢?"

"也许我这个人孤陋寡闻、杞人忧天。但是，我这个人生性'实事求是'。看到雄鹰在蓝天高高地飞翔，总是担心飞得太高，离开自己的家太远，要是迷路了找不到自己的家、找不到自己的父母亲怎么办?在那么高的地方飞翔，要是一阵大风来了，一阵雷雨来了，来不及躲避，淋湿自己的羽毛，折伤了自己的翅膀，那该是多么危险的情况!"

杨建云说得有点动情，别看她是初中毕业生，见识倒挺广的，有时，所说的话，也能让接受过高等教育的老公自叹弗如，她继续发表自己的高见:"我面对地上青青的小草，总会叹息它身材的矮小，没有树的高大，难免被树叶遮住阳光，遮住雨露，就是有时开一点花儿，也会被人不屑一顾地当作败叶忽视掉。永远只能被高山、大地当作辅助的装饰物，随着秋风枯萎掉。"

"请你不要把自己看得那么渺小，也不要认为这个天是专门为别人阳光、为自己黑夜的!要知道你的自卑并不会换来面包和眼泪，这个白天与黑夜都是人人有份儿的，再伟大的人，也有他们的黑夜，再渺小的人，也有自己阳光四射的白天。"万宝强被妻子天呀、草呀说得糊里糊涂，但是，他还是看出了杨建云内心的脆弱。

"你不要可怜我，现在我已经进入不惑之年，懵懂的岁月，已经被我丢在洗手间里了。以前，我经常对着伟人只是仰慕，只有赞美的份儿。现在我却能够站在不惑的门槛边上，终于可以大胆地说一些伟人的平凡小事了，甚至对以前的伟人进行分层评价。虽然不敢说我有多么的成熟，但是，我可以骄傲地对着世人说，我已经不再是别人眼里的那种天真、单纯、幼稚的女孩子，我已经对这个有色的世界有了一个较为客观的认识了。我不会再为一块巧克力小糖，大汗淋漓得为人家扇风纳凉了；我也不会为别人的一句赞美话，高兴得几夜睡不着觉了。我成熟的不仅仅是我的肉体，还有那'愚昧无知'的灵魂。但是，如果有人站起来和我较劲，我只能说'不敢'。我只能说，我现在的心理储备比较起我的过去，是有点成熟了，但是相对别人来说，我还是不敢自称神仙的，我还是愿意踮起我的脚尖，向别人看齐。"我的妈呀! 万宝强简直不敢相信自己的耳朵，原来睡在自己身边的老婆，也能说出这样稀奇古怪的话来。

"你说的话，我有点听不懂，你可不要在我面前拽文，我可是喝过'洋墨水'的人。"万宝强逞强道。

"别看你当了这么多年的教师，就觉得高高在上了，你肚里的货，别人不知道，我还不清楚……不管怎么说，我今天就是要你面前说一些'傻'话，也来和你们这些搞教育的人，谈一谈现在大学的问题，不管我说得对不对，只是想把我的思想，尽情地表达出来，供你'批评'，别无他意。"

"不错，现在的大学有人人羡慕的地方，也有人人感到不如意的地方，它就像活在世上的'人'一样……这个世界上，哪有十全十美的人？"万宝强辩解道。

"我才不去想那么多呢! 现在的大学，就是让我心烦，很多孩子，为了读大学、为了就业都快急疯了!"

"什么疯不疯的? 现在的孩子就是怕苦畏难，就是不懂得珍惜美好时光! 你看看现在的孩子，他们正处于人生大好季节，他们不能静下心来去读书，却总想歪着脑袋想花招来整父母……你说气人不气人!"

"你也是读过大学的，当年，你的父母为你操过这么多心吗？……那个时候，大学是包分配的，现在…孩子读书…阳奉阴违，主要是孩子对读书没有太多的激情……由于现在大学的后续工作很难到位，很多大学生毕业之日也是失业之日，让很多大学生对大学心存'恍惚'，充满失望……你说，这样的大学还读了还有什么价值!"杨建云边说边双手摊开，仿佛一个牧师在向众生布道。

万宝强听了妻子的话，感到十分难过，难过的是：现在的大学确实有许多地方需要改进；现在很多孩子太怕吃苦。

但是，转而一想，又觉得自己难过的有点"随便"，因为，他考虑到：在我们国家，现在好大学很多；在学校里出类拔萃的学生也很多……这不过自己的想法，有点太自私，认为自己的孩子读不好书，就怪现在学校太不近人情，现在的大学没有足够的吸引力。

万宝强想到这里，便对身旁有点生气的妻子说："总的来说，现在的大学是美好的，是绚烂的，是人生中最值得珍惜的，大学的'身体'是纯洁的，大学的'芬芳'是醉人的，大学的'未来'是远大的，大学的'收获'是丰硕的，大学的'事业'是高尚的，大学的'气息'是充满无尽回味的。我们不能因为大学有点瑕疵，我们就否定它存在的价值。"

"我也知道这个道理，但是，为什么现在孩子读书，会让那么多人伤感，会让那么多人心生倦意!"

"其实，人生就是迎接各种挑战的舞台，我们的孩子，我们的父母，我们的教育工作者，都必须在这个舞台上，接受风雨的磨砺，才能在这个舞台上，不断完善自己，不断创造属于自己的美好未来。我们在接受磨砺的过程中，肯定充满坎坎坷坷，肯定会给自己留下很多苦涩的余味。处在磨砺中的人，常常在春天为早逝的落红流泪，在夏天为寂寞的繁星叹气，在秋天为满地的败叶伤感，在冬天为冰清玉洁的白雪消融惋惜。甚至还有人对幽远宜人的芬芳，对七彩斑斓的虹，对硕大甘甜的果实，对轻盈如飞的舞姿，都能视而不见。因此，我们必须在教育的舞台上随时保持清醒的头脑。"

"我也想保持清醒的头脑，可是，我们的女儿，为了这么点小事，却生出这么多事端来，确实让我感到很遗憾……"杨建云说这话的时候，还轻轻地叹了一口气。

"谁能够在人生的花季、雨季不留遗憾?谁能够在这样珍贵而多变的季节，都能够惜时如金?……"

"我不是在苛求孩子，只是想，我们的孩子，都应该在这样的季节，好好地把握自己的命运，对自己的未来负责，不要辜负这个人生中最珍贵的时光，要知道，在未来道路上，孩子们的荣耀和耻辱大多数都要在这个时候，贴上'通灵'的标签。"

"我是一个失败的'爸爸'，作为母亲，以你的高见，现在的孩子应该怎样珍惜自己的大好时光呢?"

"我没有什么高见不高见的，我们把孩子教育成这个'现状'，我们两个人都有很大的责任。"

"我们是有责任，但是，读书关键靠孩子自己，我们仅仅是引路人。假如，你现在就是正在读高三的学生，你应该这么做?"

"假如，我现在是高三学生，那么我一定要好好珍惜这个人生中非常重要的花季。即使是自己在关键的人生花季踏上一条'难归路'，我一定会快刀斩乱麻，绝不固执地走下去，绝不继续在沼泽的泥潭中越陷越深；我一定会正视现在'得到的'与现在'失去的'，得到了，我不会沾沾自喜，我要把它作为点燃未来的火种；失败了，我也不会垂头丧气、畏畏缩缩，拒理想于千里之外，我会把失败作为挑战自我的机会，我会不断努力寻求战胜失败的途径，我绝不会为自己的失败找借口，更不会沉沦于失败的阴影之下一蹶不振……"

"你说的没错……但是，我真的为你惋惜，当初你的爸爸妈妈没有让你读高中。以你现在的智商，如果父母让你读高中，那你肯定能够考上清华、北京大学等一流大学的。"

"你不要把我向树头上面捧，我可是成年人……当时，家里太穷，我的姊妹兄弟又多，那个年代，我们女孩子能够读上初中就不错了!其实，人生的道路，没有绝对的对与错，它们都是我们人生道路上不可多得的沿途风景，没有挫折的洗礼，我们就不可能有挑战自我的勇气，就不可能有越挫越勇的坚强，更可不能有成功的喜悦。没有成功的鼓励，就不可能领略到'化险为夷'‘夜尽天明'‘腊尽春回'的乐趣，更不可能有对失败的警悟：失败是成功之母，成功则是失败后自强的动力。"

"懂得人生的人都知道，没有失败也就无所谓成功，没有成功也就无所谓失败，失败与成功是一对孪生兄弟，常常相伴左右，害怕失败的苦恼，哪里有成功的喜悦?如果我们有了对成功与失败的一份坦然心态，我们就不会有大起大落的伤感，我们就会用更加饱满的热情去投入到新鲜的事业之中，我们就会有更多的机会尝到成功的喜悦。成功者固然可贺，但是失败者也值得我们敬佩，因为很多巨大成功的背后，都是无数次失败叠加的结果。"万宝强非常赞同妻子的观点。

今天，我作为"旁观者"，对万宝强夫妇的话也在反思：如果我们在生活中刻意追求一帆风顺，不喜欢中流击水，浪遏飞舟，那么人生命中的超然的精彩又从何而来?

我记得有一个资深的大公司，他们在市场招聘尖端管理人才的时候，他们不看应聘的人学历，而是要应聘的人谈自己在以前社会实践中成功的经验和失败教训，并以此作为聘用人才的依据。最后，三个同台竞技的博士生，竟然被南京的一个三类本科生拉下马来。

为什么会出现这种让人大跌眼镜的事情呢?难道这不值得我们教育工作者好好反思吗?由此看来，社会实践对一个人、一个企业发展都很重要。没有失败经历的人，他们是很难胜任眼前工作的。失败让人自卑，但是更多的只是给人以警觉，给人以谨慎；成功让人自信，但是我们常常在成功的光环里面，往往表现出骄傲、武断，很容易演变成失败的恶果。所以我们必须重视孩子读书阶段的社会实践活动，多让孩子接触社会，多让在社会实践中磨炼，正确对待孩子在社会实践中的成功与失败。让他们把失败看着是自己成长的奠基石；把成功看着是自己成长道路上一朵微笑的鲜花、一次鼓励自己继续奋发进取的掌声。

　　日本是善于借鉴的民族，大化改新的时候向中国学习，明治维新的时候向欧美学习。"二战"后日本似乎走向人类的尽头。但是，又有谁想到三十年过去后，当我们再度审视日本的时候，却发现日本并没有靠什么得天独厚的天然资源，仅仅是依靠科技立国、大力发展教育，才得以实现复兴宏愿的。日本著名教育家小原国芳认为，好的教育者，必须要具备哲学精神；忠于真理的精神；研究的、批判的、彻底的精神；进步的、创造的、革新的精神；自由、独立、自觉、合理的精神；理想的、超越的、无我的精神。他的这种思想至今还散发着民族教育真理的芬芳，供我们借鉴与欣赏。

十八　不要背上沉重的早恋十字架

转眼已过中秋，本是秋高气爽的日子，可是，天公并不作美，连续的阴天，让人感到浑身不爽。

今天是星期天，女儿早已到县城中学补课去了，妻子也到楼下厨房干活去了，万宝强躺在床上，毫无倦意。

他望着窗外屋檐下躲雨的小鸟，它们在叽叽喳喳地叫个不停，更加重了烦躁情绪。女儿的学习成绩老是提升不上去，这已经成为他的心病。

为什么女儿对她父母的话老是爱听不听的?这样下去，那怎么能行呢?怎么才能扭转这个局面呢?他似乎感到黔驴技穷了。但是……她可是自己的女儿呀!

……总得想出好办法才行……

他想安静地想一想，可是窗外的鸟儿就是不让他安静，好像在有意和他赌气。他披衣下床，索性把窗户关死，可是，鸟儿的喧闹声音还是不时地闯入他的耳鼓。他干脆用被把头蒙起来。外面的噪音是小了，可是被窝里的"热气"又让他难以坚持下去。他感到有点窒息。

"要不想念书，趁早滚回家，不要在学校鬼混……"正当万宝强准备到屋檐下面赶鸟走的时候，他突然听到隔壁传来一阵大骂声，接着又听到一声摔茶杯的声音，这声音很大，一下子把他从床上惊跳起来。

原来隔壁那个学习成绩非常出色的男孩，因为最近迷上黄色书籍，那"要人命"的故事情节，弄得他精神恍惚，整天萎靡不振，严重影响了学习。父亲知道情况后，很是生气。今天是星期天，儿子没有上学，他在教训自己的儿子。

"真是儿大不由娘，看来每家都有一本难念的经！儿子大了，父母能有什么办法呢？"万宝强不由自主地慨叹起来。慨叹之余，他有点同情隔壁的那个男孩了……

他不知道隔壁男孩现在内心想了什么，他能够理解父母的心情吗？如果这个男孩子不能理解父母的良苦用心，那很可能导致亲情的疏远、交流的尴尬、家庭气氛的失调。

在现在孩子们健康成长的道路上，真是到处充满了鲜花，同时也到处充满了陷阱……我们做家长的不要忘了，这些孩子大多数是在甜水中泡大的，在各种各样的关爱下成长起来的，他们的翅膀，虽然羽毛早丰，色泽亮丽，但是他们还很稚嫩，绝大多数人还没有真正到蓝天中独立飞翔过，再加上蔚蓝的天空下到处充满了各式各样的灰色诱惑，天真的生命就显得格外的单薄，抗争的希冀常常表现出那样的无力与困顿，霉变、劣质的"细菌"经常趁着他们精神萎靡的空隙，乘虚而入，往往使他们防不胜防，给他们的身心带来难以愈合的伤痛。很多同学在血气未成的时候，喝下了终生无法弥补的毒酒，匆匆地在铺满鲜花的道路上，很颓废地败下阵来。

谁为他们如花的生命负责，谁来给他们蓓蕾初放的时候打一针预防的药剂，为他们的成长中的肌体注入免疫的活性酶体，我们这些从事教育工作的广大同仁，为了花的健康，为了花的事业，应该承担起历史的担当，决不能袖手旁观，要竭尽全力，为孩子们的健康成长做出自己的最大贡献。

早在两千多年前，我国著名的教育家、思想家、儒家创始人孔子就说过，君子有三戒：少年由于血气未成，戒之在色，中年人血气方刚，戒之在斗，老年人血气已衰，戒之在贪。这就告诉我们这些教育工作者，我们的教育工作，不仅仅局限于传道授业解惑，还要从孩子们成长的夹缝里，把我们的眼睛睁大一点，把我们教育的触角深入到我们最容易忽略的地方中去，到孩子们情爱的世界中去。

你们不要认为我是神经质，你们要知道我是一名教师，当我看到那些沉迷于"黄色"的学生，拖着沉重的脚步，步入课堂的时候，当我看到那些孩子满脸倦容，萎靡不振地坐在课桌上心不在焉的时候，当我看到那些因为"黄色"把自己一直优秀的成绩拖垮的时候，我的为师之心，就像被刀割得一样难受，因为，这些如花的孩子，都不是智力的低下，不是没有远大目标的孩子，只不过是对眼前的"黄色"产生了好奇的幻想，使他们的心智暂时蒙上黄色的尘埃，一度看不到绿色的通道，使自己的青春染上黑色的瘟疫，如果任其下去，很容易被这黑色的瘟疫，摧残成为没有一点刚性的懦夫，摧残成为没有一点青春活力的可怜虫。

你不要说我在夸大其词，因为我从教二十多年来，对"黄色"的危害已经非常明了。要知道这些迷恋"黄色"的中学生，往往在"情感"控制方面都是比较幼稚的，个人"情绪"色彩较浓，他们往往沉迷于"性"幻想当中。这种"黄色"迷恋，一旦形成，他们很容易把自己的学习抛到九霄云外去了，身不由己地沉沦于此，像游魂一样，茶饭不思，眼睛专门放在"性"上，不管是白天还是黑夜，自己的主要心思，自己的主要精力都被这些"黄色"的恋情迷住。

有人说，学生沉迷于黄色的书籍、黄色的网站危害性较大，而早恋对读书没有危害性，我认为这些人说话有欠周详。我根据多年从教经验来看，虽然早恋的危害性，没有沉迷"黄色"大，但是，我要告诉全天下所有的父母，初中早恋的孩子大多半途就荒废了自己的学业，过早地游荡社会了。

在学校，你们看到早恋中的男生和女生总是无精打采地对待学习。

一旦让他们独处在校园的操场上，独处在校园里长满藤蔓的绿色长廊的时候，他们脸上的笑容总是像花一样，灿烂地向对方绽放着。他们在一起，就像鱼儿见到了活水。这时候，如果我们再不把两眼盯得紧一点，再不对他们采取适当的措施，他们情愿每天二十四小时一步不离地相伴左右，说着无关紧要的话，做些天底下最无聊的事情……偷食禁果也不是不可能的。

　　世界上"其他美好"在他们的眼里都是零，吃饭、课外活动都是形影不离，他们心里装的都是情呀爱呀，你若是远远地看见他们在校园的一角，两个人的手里都拿着书在看，你千万不要以为他们是在看书，因为他们眼里看着书，其实心里想的都是近来他们在恋爱中刚发生的事情或者是将来要发生的事情。对方的一个眼神、一个笑容、一句关切的话语、一个温柔的动作、一次小小的冲动，就像在科幻蒙太奇似的舞台上，精心上演着他们所谓的爱情闹剧。

　　中学生的早恋，大多数停留在最原始的动物本能，要知道对于一个缺乏明辨是非能力、做事很幼稚的中学生来说，他们在早恋的过程中，就像进入迷宫一样，一切都是那样的新鲜，一切都是那样的易于夸大，根本找不到真实的自己，加上他们对爱情未来的朦胧认识，最容易导致对读书的厌倦。不管他们以前的学习成绩有多么的优秀，基本功是多么的扎实，只要他们进入这个"迷魂阵"，他们必然要付出惨痛的代价。绝大多数的学生因此而精神恍惚，萎靡不振。学习成绩必然是江河日下！有人把中学生的早恋，比喻成为潘多拉的盒子，只要一打开，就会灾难横飞，这句话，说得有点偏激，但是，从我二十多年的教育经验出发，认为其中有它的合理性，只不过是没有那么严重罢了。中学生早恋，很容易导致辍学、厌学、精神萎靡、严重影响自己的美好前程，这倒是真的。

　　中学生对异性的好奇、好感，这一点无可厚非。因为，正常人到了这个阶段，随着生理的成熟，对这方面的考虑是很自然的事情。但是我们作为教育工作者应该非常清楚，处在花季雨季的学生对这些朦胧的异性追求是具有很大诱惑力的，如果我们不去正确的引导，让学生们理智地打开这方面的防火墙，也许早恋就会成为学生们健康成长的一道难以跨越的坎。

早恋这件事情很怪，你站在门外，你是不知道里面诱惑力的，只要你的一只脚踏进去，你就会像吸了鸦片烟一样，会慢慢地沉醉在异性的芬芳里，如果你这个时候不去用理智的快刀斩断这种迷恋的根系，就很容易身陷其中，不能自拔，使自己的一生蒙受巨大的损失。许多美好的理想，都会被这种"香风"熏得失去方向，萎靡灵魂的"细菌"也会趁机繁衍，鲜亮的生命也会戴上乌黑的枷锁，青春之花也会因此变得黯然失色，很容易造成终生的遗憾。凭我二十多年的教书经历，对中学生的早恋是深有感触的，有很多头脑聪明的学生，在早恋这个问题上站不住立场，使自己的学习成绩一落千丈。

我有一个学生，名字叫叶露(化名)，她是一个非常聪明的女孩，可谓是天生丽质，性格文静，具有独特的青春魅力，在初一、初二的时候，她的学习成绩都是全年级的尖子，可是到了初三的时候，不知是什么魔力让她卷入早恋的漩涡，让她无法自制，很快她的成绩就下滑，到了初三上学期期中考试的时候，她的成绩已经是坠入中流之列，临近中考的时候，她竟然神秘失踪了，听说是跟一个本地的网友私奔了。

十几年后，我在县城的街道上遇到了这个曾经辉煌的"校星"，她告诉我，她现在已经和当年私奔的男人离婚了，原因是那个男人背叛了她。

"老师，你不知道我现在心里多么的苦，当年我不顾自己父母的名誉，不顾自己的前途，以身相许，和他私奔到无锡，在当地找了一份工作。原以为整天和自己心爱的人在一起，日子虽然清苦简单，但是我们不以苦为苦，反而感到一种说不出的幸福感。等我们的儿子出生以后，我们利用几年的打工钱，又向我们的亲戚朋友借来十几万块钱，买了一辆大货车，生意做得还可以，每年开始有点小盈余。可是好景不长，我从他的手机中发现，原来他早在几个月前就和一个叫燕玉(化名)的女孩勾搭上了，我没有声张，暗暗地对他进行跟踪，终于在一天晚上，在无锡的一个公园的拐角，他们被我抓个正着。我们无话可说，就在第二天，我们就在离婚协议上签了字。"

"你当初为什么对自己的婚姻问题那么草率呢?"我对叶露这个同学的遭遇充满无限的同情，但是我还想知道当年她为什么有那么大的决心?其根源又是什么?我希望通过她的陈述，解开早恋学生无法释怀的心结。

"老师，现在我已经是过来之人了，也没有什么好遮遮掩掩的了，您不知道我当时是一个什么样的心情，我自从认识前夫以后，整天像掉了魂一样，没法形容自己痴迷的程度，反正一天不见，真有如隔三秋之感，相见的时候，总有说不尽的话题(当然谈的问题大多数是一些无聊的话题)，我知道那样对自己的学习、身心都有诸多不利的影响，但是，我已经进入那个魔圈，父母的责骂、同学的劝说、老师的忠告都无法让我心动。您可知道，大多数早恋的学生对未来都有甜蜜的幻想，这种甜蜜的幻想，往往把自己带入昏昏欲睡的境界，给自己带来无法自控的痛苦，我为了取得他的欢心，总是挖空心思地打扮自己，每天花在镜子面前的时间足足有一个小时，偷偷地约会成为我每天最为兴奋的事情。很快我把读书当成自己的一种心理负担，私奔很快成为我们约会的重要话题……唉!不说了，谁承想我能走到这一步!"

听了这位学生的话，我除了叹惋之外，还能说什么呢?因为迟到的安慰已经失去应有的分量。

回到学校后，我曾经和同事坐在办公室闲聊早恋这件事，大家都对中学生的早恋持否定态度。普遍认为，绝大多数早恋中学生，思想单纯、不成熟，带有盲目性。因此这种恋爱很难维持长久，即使走进婚姻的殿堂，他们的幸福指数也是相当可怜的，没有离婚的也是非常稀少的。一旦失恋，很容易给对方带来很大的精神打击。

因为，中学生的早恋，往往以牺牲自己的青春、前途为代价的，受害的一方很容易做出一些偏激行为。而没有受到伤害的一方，也会在自己的内心产生一种很强烈的负罪感。因此，他在伤害别人的时候，同时也对自己的身心造成了一定的伤害。读书的心思就变得越来越模糊，自己的心绪整天被一种欲罢还休、欲理还乱的恋情折磨着，使自己在小小的年龄阶段，过早地背上不堪重负的早恋十字架，根本就没有太多的精力去思考自己的美好未来，甚至有些人铤而走险走上了一条难归路，走上了自我作贱、自我毁灭的人生悲哀之路，辜负了自己亲人、自己老师的多年的栽培不算，更重要的是丢失了自己的美好前程，毁灭了自己一生的幸福。

由于早恋中学生"劣迹斑斑"，很容易失去亲人、老师的呵护，甚至遭到老师、亲人的严厉训斥。这样，早恋者也很容易成为"众矢之的"。据我多年从教经验来看，因为早恋而辍学的学生，屡见不鲜。他们走向社会的时候，由于还没有成年，很难找到合适的工作，大多数沦为"无业游民"，很像一叶滑向汹涌大海、失去控制的扁舟，很难遇到停靠的港湾，这时，鲨鱼的血盆大口、迎面而来的蹈海巨浪、孤立无援的绝望，随时都有可能把这叶扁舟推向无底的深渊，葬身大海。

也许你还没有来得及想，这么美好的人生该如何度过；也许你还认为我只不过想尝试一下"吞云吐雾"的感觉，想过一下神仙那种自在逍遥的生活；也许你还认为，我只不过在老虎的嘴上摸一下胡须，看看老虎究竟有多大的本领，从不去考虑这里面所潜藏的危险；也许你心存侥幸，认为自己都还年轻，命运总会眷顾你的无知和幼稚，总会给你留下一条可以忏悔之路。错了，错了，大错特错了！因为人生的道路很像古罗马的角斗场，你脚下的每一步的不慎，都会让你付出惨重的代价，根本就没有让你回旋的余地。

　　你不要责怪命运对你太苛刻，对你不公平。因为这就是生活的困惑所在、痛苦所在!同时，这也是生活的真谛所在、魅力所在!

十九　灰色网吧会像毒蛇一样咬住你

　　"要是……没有网吧……就好了，我的女儿……就不会被人……骗跑了。"一天晚上，万宝强上完第一节晚自修课正准备回家，和他同村的一对夫妇走进了他的办公室，并且径自来到了万宝强面前，孩子母亲控制不住自己的感情，眼泪汪汪地对万宝强说。

　　"老乡，你女儿怎么了？"万宝强在证实自己有没有听错。

　　"哎，我的闺女，被一个网友骗走了……已经三天了，现在下落不明，不知女儿是死是活，我们全家都快急疯了！"老乡见到万宝强，就像见到救星一样，希望万宝强为他出谋划策。

　　"你们不要急，有话慢慢说。你们的女儿究竟怎么了？"万宝强安慰着老乡。

　　"三天前，我女儿借了同学的手机到县城玩，一去就没有回来……后来才知道，我女儿私自跟网友跑了。前几天，我们打女儿借来的手机，女儿就是不接……昨天夜里十二点钟，我们睡不着觉，又给女儿打电话，结果是一个男孩接电话，当我们问到我女儿现在在哪里时，这个男孩立即说你们打错了，随即把手机关掉了……我们夫妻俩这才意识到问题的严重性。"

　　"你们有没有到女儿同学那里打听到一些关于女儿出走前跟别人交往的信息。"万宝强问。

　　"据她的同学讲，她经常跟一个叫军军的网友聊天。"

"她的这个同学现在哪里?"

"就在我们镇中学的初三(6) 班。"

"你们能不能现在就把这个同学找来?我要从她那里了解一下情况。"万宝强了解情况后,不敢怠慢,赶忙从座椅上站起来,着急地对这两位老乡说。

"能。就是本村的,她的爸爸是我的表弟。"

"那好吧。"

很快,这两位老乡把那位女同学找来了。

"你知道你的同学 QQ 号和密码吗?"万宝强对这个学生说。

"知道。"万宝强立即把自己的电脑打开,让这位女同学登上失踪女孩子的 QQ,果然在上网发现老乡的女儿和这位叫军军"男孩" 的网聊记录。并且一看,这位叫军军的男孩正在 QQ上聊天。万宝强随即叫老乡和他一起到外面去,让这位女同学大胆地和这位叫军军的"男孩"聊天。

过了大约二十分钟,万宝强回到办公室。

"你认识这个叫军军的人吗?多大年纪?"

"认识,大约有二十一二岁。"

"你们是怎样认识的?"

"前十几天,这个叫军军的人,到我们县最好的饭店请我的同学吃饭,我的同学顺便又在我们学校找了三个要好的女同学去陪她吃饭。"

"你对这个叫军军的人印象如何?"

"这个人,挺好的。据他讲,他当过兵,又学了两年心理学,现在经营一家大型服装店,很有钱!"

"你们信吗?"

"那当然!"

"现在,我来跟他聊几句。"

"不要……他是学过心理学的……他很快就会知道你是来找人的。"

万宝强坐到电脑前，仔细看了一下这个军军的谈话记录。万宝强很快发现这个叫军军的人，不是一个好东西。头像处是两个裸体男人接吻图片；所聊的话，都是一些不堪入目的"痴情"话。

万宝强接着又看了看军军的相册，这个军军很狡猾，把相册用密码锁住。没有办法，万宝强打开了军军的密码提示。只见提示上出现这样一句问话：如果有人问我你是谁，你猜我会怎么回答？

万宝强对身边的那个同学说："你看这个军军是学过心理学的，但是，我能一下子就把他的密码破了。"

"我不信。"万宝强的老乡和那个同学，都露出疑惑的眼神，看着他。

万宝强轻轻地敲了敲键盘，电脑上出现："我是你爸爸"。随即敲了一下回车键。

奇迹出现了，这位自称叫军军"心理学家"的相册被万宝强打开了。但是，很快又把这些图片关了，原来相册里，全是一些淫秽图片。

万宝强已经意识到问题的严重性，估计老乡的女儿已经被骗卖了。

万宝强立即拨通了"110"。

很快，县"110"工作人员来到他们这里了解情况。

后来，县公安局工作人员又成功地破译了军军 QQ间资料库的密码，获得了大量的网络信息，最终救出了万宝强老乡的女儿，原来万宝强老乡的女儿已经被军军那个"男孩"骗卖到外县一个非常神秘的歌舞厅里做服务小姐了。

网吧作为现代文明的重要标志，我们一定要考虑到它的两面性，它是一把横在学生成长路上的双刃剑。

说实在的，网吧的出现，它改变了我们的生活，并且在某些方面产生了重要的影响。其中一些积极的影响谁也不能否认!网络世界把世界各地的风土人情尽可能地在我们面前展现出来，让我们更多地认识世界、了解世界，为世界的精彩欢呼。但是当我们静下心来的时候，面对那些被网吧折磨得身心疲惫的学生，我们这些做教师的，不得不去重新审视一下网吧，它不仅给我们的中学生带来了让人心疼的负面影响，还给我们的教育工作者带来许多难以解决的烦恼。

在没有网络世界的时候，我们不会感到世界如此的广博，如此的精彩，世界竟然会浓缩在小小荧屏里面。它在给我们带来太多欢喜的时候，同时也给我们带来太多的迷茫。欢乐、惊叹、恐怖、诱惑、欣喜，数百种人生交响曲，只要我们轻轻地把鼠标一点，它就可以在我们面前演奏；你想认识的世界，你想探究的人生，你想结识的朋友，随时可以在虚拟的世界中找到，就是人间极品——所谓的帝王生活、神仙生活，也不过如此而已。

面对错综复杂的网络世界，如何科学合理地利用网络，就显得非常重要。它是我们每一个现代社会的人都不容回避的问题。因为网络世界不仅仅向我们展示精彩的内容，同时也向我们展示荒唐丑恶的东西，好处太多，陷阱也太多，这是所有网民们的共识。

作为生理、心理都还没有成熟的中学生，如果让他们去操纵鼠标，没有人去指导他们，控制他们，他们面前所呈现的就不是精彩纷呈的美好世界，而是一个个张着血盆大嘴的凶恶鲨鱼，将是一个个布满黄色情调的陷阱。你千万不要说我危言耸听，因为，我从教二十多年，看到很多聪明的中学生，在这个网络的世界里，走上了不归路，陷入无法自拔的险境。多少美好的前途都在这个小小的荧屏面前给扼杀了。

我们不可否认，现代的网络对我们青少年的健康成长有着无法替代的益处，但是网络虚拟的世界太多，很容易把我们现代的中学生带入误区，拉下正道，沉迷其中。作为现代的中学生，绝大多数人是在温室里长大的，从小就在父母、爷爷奶奶无微不至的关爱下成长起来的，很少知道劳作的艰辛，尘世的复杂；从来不去考虑自己今天无忧无虑的生活，也是父辈们用自己的血汗换回来的；绝大多数同学，过着娇生惯养、悠闲自得的生活。真可谓是饭来张口，衣来伸手。小皇帝、小公主已经成为现代孩子的代名词了。即使是现代农村中不太富裕的农家子弟，对这个头衔也是"当仁不让"，家里最好吃的东西，首先是为他们准备的；家里最上档次的衣服，也是先让他们穿，甚至是父母不敢问津的几百块一双运动鞋，他们也会像买一块小糖那样买来。有些同学借父母给他们过生日之机，向自己的父母亲漫天要物，仿佛把这个世界给他们都嫌不足。

在这种环境中长大的孩子，如果父母、老师不去在这方面多加教育、引导，他们的健康成长就会大打折扣。一旦让他们贪图享乐的价值观形成，他们的不思进取思想就会像细菌一样在他们成长的道路上蔓延下去，随时都有可能成为健康成长的障碍。好吃懒做、怕苦畏难，很容易成为他们人生中难以洗去的污垢，甚至，针尖大的小事情，都要让自己的父母亲为他们解决。

我们都知道，读书是一种非常艰苦的脑力劳动，是需要多方面的努力才能完成的事情，它不仅仅需要一个健康的体魄、顽强拼搏的精神、吃苦耐劳的秉性、不怕挫折的韧性、敢为人先的不屈性格、对自己的前途充满必胜的信心、善于合作的品行，同时还要具备良好的学习习惯和优秀的学习方法。如果我们这些孩子在这方面素质太差，很容易导致学业上的失败。所以说现在的父母难当、现在的教师也难当，如果要让现在的孩子培养成为像华罗庚、杨振宁、李政道这些迎难而上、锐意进取的人才就显得难上加难了。你也许说现在的孩子不需要那样的努力，就能够成才，但是我想如果我们的孩子具备了华罗庚、杨振宁、李政道精神，他们不就更能容易成为人才吗？

现在的网吧是横在中学生面前的宠物，如果中学生不能很好地克制自己，它就可能成为中学生健康成长的绊脚石。根据现在我们教师的观察了解探究，一致认为，现在的中学生在网吧里没有变坏的非常少。分析其原因，主要是网络世界对孩子的诱惑力非常大，大型网游比比皆是，网络的欺诈行为神出鬼没，社会对网络的管理力度显得有点力不从心，这对于涉世不深的中学生而言，要想摆脱这方面诱惑，那是一件非常不容易的事情。加上我们现在的中学生猎奇心理非常严重，这就给网吧再一次蒙上阴森可怕的外衣。

由于现在的网络可以虚拟很多离现实很远的世界，很容易使他们错误地认为舒适、自由、幸福、美满的生活，可以不需要付出艰辛的劳动，只要鼠标一点，就可以立刻呈现在自己的眼前。父辈们一辈子忙忙碌碌孜孜追求的结果，还不如他们瞬间轻松搞定。他们坐在电脑面前，不需要太多的技巧、不需要费任何周折，就能和远在天边的情人聊天，就能在虚拟的世界里做起欺世大盗，就能成为整个虚拟世界的主宰人物。他们不仅可以拥有现代最富有的虚拟物质世界，还可以成为虚拟世界精神的领袖，根本就不需要自己每天辛苦地去读那些枯燥无味的课本。

这种幼稚的享乐观使不少学生在前进的道路上自设了一条人为的障碍，可是他们从来不认为这是人生的绊脚石，而是自己通向幸福的捷径。童年时期的美好梦想，童年时期的努力方向，在这种荒唐的享乐观念面前变得那样的模糊，甚至从根本上失去了原来的"鲜亮"。他们在网吧里可以整夜的不睡觉，可以整天的不吃饭，可以骗过老师、骗过自己的父母盘问，把自己的美好青春放在虚假的谎言里，就这样在醉生梦死的虚拟世界里大饱了眼福，当他们像酒鬼一样出现在同学、老师、父母面前的时候，他们心里想的不是愧对自己的亲人、自己的老师，而是如何编制更加圆滑的谎言，炫富自己，并且以这些瞒天过海的谎言来继续他们那些没有结局的"荒唐"生活。

有些同学，在虚拟的世界面前，曾经也给自己设计出很多条通向理想的康庄大道，也给自己编织过无数奋斗进取的梦想，可是当他们的脚向前迈进的时候，不是怕自己扭了，就是怕外面的风太大、雨太猛。在寒冷的冬天，他们留恋自己温暖的被窝，害怕外面的凛冽寒风；在酷热烦闷的夏天，埋怨蚊虫的叮咬。几乎不能在书桌前待上五分钟，嘴里就会不住地骂这种鬼天气、这些臭蚊虫。他们尤其喜好在爸爸妈妈面前哭诉：这种环境怎么能让他们安心读书？按理说，春天秋天是学习的好季节，可是他们面对暖意洋洋的天气，不思进取之心很快被困意缠绕，当他们课本一打开，书中的文字好像一个个黑色的磕头虫一样，五分钟没到他们就进入了温柔的梦乡，去到网络世界里那种灰色的幻境之中了。

现在的网吧，给现代中学生带来了巨大的诱惑。一级一级往闯关的游戏大战，使他们早已麻木的神经有了发泄心中怨愤的空间，使他们在各自的城堡中出尽了尘世不能给他们的风头，三天没到，第二种新游戏的玩法，他们已经烂熟于心了。黄色视频更是网吧里致命的撒手锏，只要沾染一次，它就会像鸦片一样缠住你，像毒蛇一样咬住你。即使是你们身处课堂，你们幼嫩的心田里也会毒瘾弥漫。每当我看到那些在网吧里熬得骨瘦如柴的学生，我的心就像刀割得一样难受。这样的青春年华，在这样文明的社会国度里，把自己搞得如此狼狈，生命的朝阳弄到哪里去了？这是谁之过？

前几天，我在报纸上看到一个我们国家非常有名气的重点中学学生，因为沉迷于网吧，屡教不改，学校没有办法，让他的家长带回家中反思，结果这个学生神秘失踪六年。当人们再看到他的时候，他已经锒铛入狱了。

痛定思痛，我们的教育、我们的社会、我们的家庭，谁又能为这样残缺的青春买单？

二十　但愿孩子的成长道路没有陷阱

　　万宝强老乡的女儿被公安部门成功解救出来后，这位老乡带着女儿特地来万宝强面前报平安。

　　"多亏你的帮助，不然的话，我们真的就再也见不到女儿了。"老乡流着感激的泪水对万宝强说，"如果没有你的帮助，那真的很难想象我们的女儿会有什么后果。"

　　万宝强对老乡的女儿说："人说，吃一堑长一智，你已经不是三岁孩子了，做事情自己总要有一个分寸了。你知道你失踪的时候，你的爸爸妈妈，你的爷爷奶奶，你的哥哥、姑姑那几天是怎么度过的吗?你现在唯一途径，就是在学校好好读书，将来用自己最优异的成绩来报答他们。"

　　"老师，我真的读不下去了。我现在见到书头就疼，见到做作业心就烦，一到课堂就像没带氧气瓶进入水底世界一样，呼吸都感到困难⋯⋯其实，我真的不想回来⋯⋯"老乡的女儿摇着脑袋，似乎在向大法官倾诉满肚的委屈，她讲这些话时，根本就没有感觉到身边已经流泪的爸爸。仿佛在说，这次回到父母的身边，就是一个天大的错误。

　　"那你现在打算做什么呢?"万宝强听了老乡女儿的话，心气得就像血管被木塞堵住一样难受，差一点昏过去。一阵心悸过后，他才缓过神来。他满肚挖苦她的话，到了嘴边又咽了回去。因为，他心里明白，老乡把女儿带到这里，是希望他拿出老师的看家本领，让女儿回心转意，能够像其他孩子一样无忧无虑地在学校读书的。想到这里，只能苦笑着对老乡的女儿说。

"我想到苏南去打工。"老乡的女儿毫无顾忌地说。

"你年龄这么小，你还是一个未成年的孩子，哪一个工厂敢招你？你要知道，我们国家宪法明文规定：禁止招收童工。"

"老师，我真的不愿在读书了……真的……我真的见到书就头疼……不骗你……"老乡女儿说这话的时候，显露出"此地无银三百两"的神情。

"孩子，你要知道，在学校读书，不仅仅是为了增长理论知识，我们还可以学到做人的本领，学到书本中学不到的师情、友情，你要知道，同学是你今后人生非常重要的生活圈，当年，比尔盖茨创建微软公司的时候，就是得到当年在湖滨中学读书的两位同学鼎力相助才得以成功的。一个是鲍尔默，还有一个就是保罗·艾伦……"万宝强面对此情此景，仍然非常坦诚地对她说。

"老师，依你说，我还能读好书吗？"

"能！一定能！浪子回头金不换！只要你痛下决心，就一定有好结果。"万宝强把老乡的女儿拉到面前，用非常信任的眼光直视着对方，并且用非常坚定的语气对老乡女儿说。

老乡的女儿本来是准备来接受训斥的，结果，万宝强不但没有批评她，反而给她鼓励、给她信心。此刻她自己倒觉得有点局促不安起来，原先脸上那种满不在乎的神情也消失了。

万宝强见老乡女儿有点回头的迹象，便赶忙趁势利导："你身上这么漂亮的衣服、脚上这么漂亮的鞋子是谁买给你的？"

"是我爸爸妈妈。"

"这世界上谁最疼你？"

"是我爸爸妈妈。"

"这就对了……你现在回过头来，看看你爸爸身上穿的衣服，袖口已经磨破了好几处；再看你爸爸脚上穿的鞋子，还是七十年代老式解放鞋，并且鞋头还有一个小洞，即便这样，他还舍不得扔掉，这些都是为了省下钱，维持你和弟弟读书……你真的要为父母想想，你是家里的希望，也是你弟弟学习榜样……"

在万宝强的苦口婆心地劝说下，老乡的女儿终于打消辍学打工的念头，重新回到了同学们中间。

尽管现在我们的学校，在管理方面下了不少功夫，采取的措施也是相当到位，可是上网吧的学生还是有增无减，现在不少学生把读书当成一件枯燥无味的事情。他们从父母那里知道城市打工人员的信息：自己就是不读书，将来也能和自己的父母一样到外面找到工作，也能有一笔不低于教师工资的收入在等着他们，甚至还能够举出很多没有进过大学校门的打工仔，在外面做起小老板，一年能挣几十万的例子。再说现在大学生干农民工一样的工作还不在少数。既然读书与不读书的结局是一样的，又何必在读书的道路上苦苦追求又有什么意思呢？他们的眼光只是瞄准社会的弱势群体，总是心甘情愿把自己最美好的青春，抛在网吧中最阴暗的角落里。

而这些网吧的老板，为了自己的生意，总是想方设法迎合中学生的口味，无视国家的法律法规，引诱未成年学生到自己的网吧，包夜优惠现象肆意疯狂，这给我们学生带来了"无限生机"。于是，这些"红杏出墙"的学生，想出很多怪招，从学校的宿舍里逃出来。翻大门、钻下水道、翻墙头、从楼上栓床单系下来的危险举动真正是屡禁不止，这给学校的管理工作造成严重的困难。那些"特技"大多数是自悟的，绝不可能与公安系统里的特警相比的，如果学校、家庭、在这方面稍有疏忽，其后果是不堪设想的。这种恶劣的影响，不仅扰乱了学校正常的上课秩序，同时还给学校的声誉造成了一定的负面作用。

比尔盖茨曾经预言，未来的网络世界，将是无所不包，它不仅能够搭建虚拟的世界的平台，它还可以让人们走进和现实生活没有什么太大区别的智能世界。因此，一些别有用心的人，不在利用网络来推动人类进步方面做文章，而是别出心裁利用网络空间进行坑蒙拐骗。他们紧紧抓住未成年人的单纯、善良，为他们设计了许多可怕的陷阱，很容易使一些缺乏自我保护能力的未成年人上当受骗，甚至有些中学生不远万里去和网友见面，给许多家庭带来极大的痛苦，从而引发了许多不可预见的社会灰色问题。

特别是一些未谙世事的女学生，不知天高地厚，相信天底下所有的人都和她一样天真、幼稚、善良、真诚，被人拐骗以后，还不认为这是真的，竟然还会在营救她们的公安人员面前为色狼、拐骗犯说好话，甚至还会为欺骗她们犯罪分子开脱罪责。

试想一下，如果我们一旦被这"鸦片"迷住，或者是我们被社会上一些别有用心的坏人瞄上，那我们还能够坐在家里专心致志地看书吗？不可能，绝对的不可能！同样一个优秀的中学生，如果被网吧迷住，那么他的读书生涯也就离"极乐世界"不远了。也就是说，当你的学习成绩直线下降，对自己已经失去信心的时候，你还能够回过头来认真地反省自己的过失吗？你还有什么心思去伏案读书呢？你还有什么精力去为一道很"牛"的数学题去"大动干戈"吗？于是，你的理想、你的远大志向很快就被昨夜的烦风苦雨击碎了。这个时候，整个世界都在你的眼里渺小了、无所谓了，更何况你眼里恼人的学习呢？世界所有的精彩，在你的眼里都是那样的单调枯燥，你的整个生活显得格外地无聊、空洞、乏味，精神的花朵也开始凋零枯萎。你的整个生命，也就慢慢地失去了阳光、失去璀璨、失去应有的精彩，直至滑向灰色的谷地。

我们都知道现代的网络，如果我们都能够积极朝着健康的方向发展，对拓宽我们的视野，增长我们的知识，启迪我们的智慧都是很有帮助的，可是为什么我们的学生，一旦沾上了网吧，为什么会如此地上瘾?为什么会变得如此的颓废?究其根源，就是我们的学生还处在情感的萌动期，智力发展期，明辨是非能力的提高期，控制能力的幼稚期，猎奇欲望的狂热期。所以，未成年学生上网，必须要有监护人(或者老师)的陪同，否则是万万行不得的。

网吧上瘾的学生，在学习上面表现真正让我们这些做教师的感到万分地揪心。正常情况下，我们在教育网吧上瘾的学生，付出的代价是很大的，受到的效果往往很难与付出代价相匹配的。这些有网瘾的学生，从来不把老师布置的作业当作一回事，完成不了作业、考试不及格，他们早已失去了应有的难为情。甚至是考试考了几分，他们也感觉不到耻辱。

面对此情此景，他们心里不会想到这种惨淡的结局，是对不起生他养他父母的，是对不起为他们成长绞尽脑汁的老师的。他们以前所有的自信心、感恩心，都变成了索然无味的白纸，对前途早已心灰意冷，不存在任何的幻想，整个人就像从原始森林里面走出的行尸走肉，没有了思维，没有了灵魂，只有一口残喘人世的气息。这时候，作为老师，我们深感自己教育能力的匮乏;作为父母，我们深感自己养育子女无方。

但是，面对这样的结局，我们没有理由做旁观者，我们必须义无反顾地做一个灵魂的挽救者，不断寻求、探索拯救学生灵魂的良策。当我们面对失魂落魄的网瘾学生，我们绝大多数的教师都在竭尽全力施展教育技能。我们懊悔自己不是魏书生，懊悔自己不是呼风唤雨的教育家。懊悔自己不能立马把一棵朝阳般的绿色生命唤醒过来，哪怕有一线希望，我们做教师的都不会让这些年轻的生命在自己的眼前慢慢地枯萎，我们为成功欢呼，为失败流泪。其实在教育网瘾学生方面，最让我们揪心的，就是我们劳而无获。

我常想，在人生的道路上，百分之九十九点九的教师是关心自己学生的，百分之九十九点九的家长是爱护自己孩子的。如果说有一点小遗憾，那都是在磨合过程中产生的小误会。随着时间的流逝，师生之间、父子之间的关系，都会越加清澈明净，越加醇香甘美。有人问在人的一生中，谁最重要，我要对所有人说，他不是我们的父母，而是我们的老师。

为什么这样说呢？因为，我们的父母更多的是养育之恩，而我们的老师更多的是向我们传授人生的技能，人生的本领。基于这方面考虑，孩子们成长过程中存在的问题，我们的老师所遗憾的，就是能力有限，不能把天下所有的学生全部教育成为优秀的人才，绝不是没有关爱教育之心。

当然，一个学生能不能在学业上有所建树，还有很多的因素，我在这里所要阐述的就是早恋和网瘾是众多影响成才的主要因素。学生的健康状况、家庭教育等因素对学生的健康成长也有不可忽略的作用，但是有一个关键的问题，就是学生的自身素质。如果学生误入歧途，通过老师、家庭的教育，很快悬崖勒马。这样，早恋和网瘾不仅不能对学生的健康成长产生负面影响，它还可以成为学生健康成长的垫脚石；如果我们的学生，已经在早恋和网瘾的泥潭里面越陷越深，但是，他们还不能配合学校、家庭、社会的教育，目光短浅、胸无大志、怕苦畏难、自甘沉沦，那他们绝对逃脱不了命运对他们的惩罚，只能沦落平庸、猥琐、荒唐、低贱之列。

应该感谢上苍，在成长的道路上有我们的老师一路陪伴。试想一下，如果我们这个世界没有老师的存在，这个世界又将成为什么模样。可是我们的学生在成长的道路上，我们的老师已经不辞辛苦，对他们谆谆教诲，不断地向他们的肌体里面注入新鲜的知识，为他们带来勃勃生机，可是他们中少数人偏偏固执地拒绝无私的关爱，以致使生命中最耀眼的阳光都不能射入他们脆弱的灵魂，最终滑下不可救药的境地，甚至连神仙也不能给他们带来回春的新绿。这样的灵魂将是槁木死灰，哀莫大焉!对于这样的学生,我们又怎能寄予重整乾坤之厚望?又怎能激起善良人们的些许同情?要知道我们的一生,最高贵的就是青春年少的时候,有人说,一籽不种贻误一年。如果我们在青春年少的时候,不去努力进取,那将贻误我们的一生。所以,面对网络世界,我们的老师和我们的学生都必须承担历史的重任,为中华崛起共同努力。

　　值得庆幸的是,万宝强的女儿没有在读书阶段染及这些不良的习性。以致,万宝强在"深秋"的季节,也能看到"小河"对岸满眼的青春律动。他认为自己女儿还是一块可以雕琢的美玉,只不过被迎面的风沙遮住了她的视线。他想,总有一天,美丽的艳阳定会透过灰色的阻难,照亮女儿前方的康庄大道。女儿微笑的酒窝,也定会绽放出一朵粉红的花。

二十一 请蹲下身子与孩子交流

万宝强庆幸自己女儿没有早恋也没有网瘾，但是他仍然对女儿在高三的所作所为表示了极大的不满。他怪女儿不能配合他的教育，没有好好地反省自己的固执行为。特色班有什么了不起，决定自己学习成绩好坏的不是好老师，不是好班级，而是自己。只要自己在学习上多用功，照样可以在学习方面出类拔萃。

可是他的女儿偏偏不听他的话，万宝强想出很多妙招，但是都不能用，对女儿也逐渐失去了耐心。他在这种无可奈何的情况下，只有到学校去求助女儿的班主任。哪知女儿的班主任性格和万宝强差不多，所谈的道理如出一辙，他女儿也根本听不进去，并且逐渐产生反感。她认为爸爸和老师无非是想尽办法让自己放弃进特色班的想法，根本不从她的角度去考虑问题。所以，后来只要万宝强和班主任一开口，万宝强女儿就径自走开了。

万宝强认为，他和班主任该教育的话都说了，该指导的方法都试过了，现在就是到了一筹莫展的地步了。

宝贵的时间在一天一天过去，他深感做父亲的无能，深感自己的教育子女的方法太陈旧、太落后，根本就说不到孩子的心里。此时，他多么希望自己的孩子在这宝贵的高三阶段，自己的心情能够先放松下来。可是，屋漏偏逢连阴天，他感到万分地着急，但是又无能为力，眼看自己的女儿的学习成绩一天一天下去，就是不见好转，他深感惭愧，惭愧之余，他更感到做家长的可悲。

于是，他每天开始反思自己的家教：孩子都是可以教育的，孩子都是能够变好的，孩子是无辜的……让孩子在高三阶段承受这么大的心理压力，这完全是自己造成的……他认识到自己的教育方法过于简单，粗暴有余而委婉不足，语言缺乏火候、技巧……在和女儿谈话的时候，语气显得烦躁不安，语言显得太随便……有些时候，语言大有泛滥成灾之感，让女儿感到厌倦，根本就不拿他的语言当一回事。

万宝强在女儿面前的威信，也因此在逐日降低，大有冤家对头之嫌。为了彻底地扭转这种"残酷局面"，万宝强开始到县城那些家教比较成功的家庭去，了解这些父母是如何管教自己家的孩子，并且把自己现在所遇到的家教难题，向这些家教"土专家"取经问道，希望他们能棋高一着，为他指点迷津，能够使他在孩子教育方面有所进展，有所突破，并且能够迅速地使他走出家教低谷，让自己女儿早日走上学习的快车道，使自己女儿的学习成绩有一个较大幅度的提升；让自己女儿抛开与学习无关的一切烦恼，每天都能够兴高采烈地上学、读书、做作业；让自己女儿能够在学习之余，主动、心平气和地找父母谈谈心，并且能够在一起畅谈学习中的得与失，畅谈她生活中的快乐与困惑，迅速恢复往日骄人的成绩。

可是万宝强的努力，并没有得到他所想象的那样效果，似乎命运在有意和万宝强在开玩笑，他所走访的家庭当中，有几个孩子是南京大学的高才生、有几个孩子到美国哈佛大学攻读博士学位去了，有几个家庭孩子在上海复旦大学任教，这些人家可谓是当地家教成功的典型。他们向万宝强介绍的家教方法和家教措施，都是独特而又新鲜，使万宝强的精神为之一振，他认为这么多优秀家教经验足可以让自己家的女儿走出目前所遇到的困惑。可是，万宝强把那些优秀人家家教的好方法用到女儿的身上，结果让万宝强很不满意。女儿仍然我行我素，几乎看不到成功的影子，万宝强深感困惑无奈。

万宝强不止一次在内心中询问自己，这究竟是哪里出了问题，使父女之间造成如此的隔膜，难道这就是女儿时常在他面前说的代沟吗?万宝强向来自诩自己是一个很正直、很通情达理、很民主的父亲，很喜欢站在对方的角度去考虑问题。可以这么说，不管是遇到多大的干部，也不管那个人身份有多卑微；年龄再大，年龄再小，他都能够和他们津津有味地聊上半天，而且是在兴趣、情趣方面都很容易说到一起，很难遇到尴尬的局面，更不会遭到对方蛮横的态度。现在倒好了，自己的女儿反而成了他教育的克星，给他设置了一道道难以逾越的门槛，他感到万分的沮丧，往日的自信，很快降成自卑；爱说话的天分，在女儿面前，竟然表现成为语无伦次；喜欢幽默的品质，在女儿面前，竟然表现成为吞吞吐吐。这种如此低劣的交流，万宝强的智商已经下降到三岁小孩水平，他感到荒唐而颓废。

为什么课堂上，那么多的学生，都能够对他言听计从?自己所说的话，不少学生把它当成圣旨一样看待，更不用说敢于同他"顶嘴抗衡"了。现在好了，自己的闺女，三句话没有讲完，女儿就与他对上火线了。甚至在他面前阳奉阴违，对他态度相当地不恭。高兴的时候能同他讲几句，不高兴的时候，鼻子一哼，敌人一样走开，完全不把他这个爸爸当成一回事，仿佛在她面前站着的不是她的爸爸，而是一个牙牙学语的小孩。

有些时候，她对爸爸的态度表现得异常叛逆，对万宝强的金石之言、肺腑之语只当做没有一点感觉的耳边风，似乎在她骨子眼里面就剩下对爸爸的反感，有时气得她爸爸火冒三丈，双脚只跺地，拿起眼前的东西乱摔。

万宝强一向认为自己是一个很有修养的人民教师，在这种情况下，竟然表现得不如村野里面一个普通的农夫，语言之差，动作之笨，甚至可以说是教育界的三等残废，完全不是一个正常人的所作所为，糊涂得真正不知东西方向。他在这个时候，纵然有满腹经纶，再好的教育方法，都只能化成满天的怨气，嘴里也只能吐出不三不四的低劣话语，此时，每一句话，都是多余的，其教育效果只有天知道！

　　我记得季羡林老先生曾经在著作中提到自己父母对他的教育，他坦言，自己的父亲对他的教育就没有母亲对他的教育来得深刻，在他一生中，对母亲的眷恋远远胜过自己的父亲，因为，他衡量父母对子女教育是否成功的标准：就是父母能不能蹲下身子和子女平等交流？子女愿不愿意接受父母的教育？能不能对父母有一种友好的态度？能不能乐意和父母在一起？

　　对于季羡林老先生所谈的父母教育经，我坦言，刚听他的教育经时，有点不以为然。可是当我细细品味的时候，我越感到其中蕴藏的真谛。他的语言太朴实了，太智慧了，朴实得让我感到他的话，就和农村中年长的老人所说的话一样，充满了草根与泥土气息。为什么说他的这些话太智慧呢？因为，这是他接近百岁时候，对中国百年家庭教育的最好诠释。我们都知道，家庭教育历来是烦琐、复杂，里面处处夹杂着成功与失败的"混合物"，而且这些"混合物"都是我们做父母天天所要面对的问题。

　　家长制在我国有着几千年的传统地位，对子女的教育向来是父母凌驾于子女至上的，子女一直是处于顺从和被动的地位。可是现在是新社会、新国家、新世纪、新观念、新民主，要想子女在家教方面诚服于你，做父母的如果没有一定的教育策略，没有一定教育艺术，没有一定的教育智慧，那是一件难以做到的事情。当我们明白了这个道理的时候，我们再来赏阅季羡林老先生的这段家教理论的时候，我们就会有茅塞顿开的感觉。

　　用这种理论来探究万宝强的家教，我们就不难发现，万宝强在教育子女方面是存在问题的，至少，万宝强在教育子女方面是存在缺陷的，因为，我们从他女儿对爸爸的交流态度上就可以看出其中的隐情。我们不要小看父母与子女的交流，要知道，这里面的学问可大呢！我们现在的父母往往把自己的子女当作自己的私有财产，认为自己的子女必须无条件地接受父母对他们的教育，这是天经地义的事情。

其实我们这些做父母的想错了，交流是需要平等的，交流是需要通融的，交流是需要双方认可的。它厌倦居高临下，它拒绝强人所难，它鄙视蛮横的说教。我们这些做父母的千万不要认为，自己的孩子就应该无条件地服从父母的批评，就应该毕恭毕敬接受父母来自各方面的训斥。当我们看到自己的孩子有意在逃避自己，我们千万不要把所有的责任往孩子身上推，应该好好地冷静思考一下，不妨在自己的身上多找找问题出现的原因。

要知道，在父母和子女交流的平台上，子女一直处于交流的弱势地位，只要有一点良知的孩子，对父母的态度都是十分尊重的，都是怀着感恩之心去面对父母教育的，他们绝不可能一开始就对父母教育置之不理的。如果有这些问题出现，那往往就是父母先对子女的不尊重造成的。

写到这里，我想起在省城工作的表哥向我说的一件事：我的女儿去美国参加"中美中学生友好交流"活动，在洛杉矶一个普通家庭里当了一个月的"美国孩子"，回来后给我上的第一课，是要我虚心向她的"美国爸爸"学习。她说：在美国的家庭里，大人跟孩子谈话，总是蹲下身子和孩子"平起平坐"。美国人认为，孩子虽小，但也是独立的人。蹲下来跟孩子谈话，不只是为了表示大人与孩子的"亲密接触"，更重要的是为了表示大人对孩子的尊重。并且，蹲下来跟孩子谈话，既在有形之中缩短了大人与孩子形体上的距离，使孩子没有压抑和恐惧感，又在无形之中让孩子从小就意识到自己同大人一样是平等的，有利于培养孩子自尊、自信的人格。

　　我听了表哥说的这件事，觉得表侄女所说得话很有道理。大人蹲下来跟孩子谈话，虽然只是一个小动作，可确实是一篇"大文章"。然而就是这样小小的屈身之劳，美国人习以为常，我们中国人却很难做到。在我们的家庭里，大人跟孩子谈话，其姿势要么是大人高高在上地站着，孩子规规矩矩地立着；要么是大人趾高气扬地坐着，孩子唯唯诺诺地站着……而且，大人谈话，其态度之严和口气之大，更让孩子目瞪口呆和心惊胆战。

　　试想一下，在这样的教育背景下，孩子哪能感受到平等？哪有自尊、自信可言？孩子没有了自尊、自信，孩子的天性、智慧、能力还能得到优效展示吗？如果我们家长还不能从中有所醒悟，那么我们的家庭教育只能以失败而告终。

二十二　谁能做到

　　"你们不要以为对学生的打骂都是应该的，都是对学生好的，都是理所当然的。当你们咬牙切齿去对学生进行说教的时候，你们是否想到这样是对学生不公呢?是对学生不尊重呢?是对学生有伤害呢?当我们对学生进行体罚的时候，我们是否想到我们的教育方式过于简单?我们是否想到我们这种过于简单的教育对学生的教育效果呢?说不客气的话，你们教师在学校的一切行为，包括你们办'火箭班'，都是为了你们希望从学校那里多拿一点绩效工资。"万宝强的妻子对现在学校体罚学生、办"火箭班"行为非常反感。

　　"你怎能这样评价我们这些人类灵魂工程师的呢?我们教师和家长都是怀有一样的心情，都是希望孩子将来有一个好前途。"万宝强惊讶地说。

　　"呸……呸……你怎么不怕大风闪了舌头，这个世界上，有这样灵魂工程师的吗?为了多挣一点钱，就把我们的孩子'折腾'成这个样子的?不仅让我们孩子身心受折磨，而且还让我们做父母的跟着受罪，我看这些教师就不是什么省油的灯!"杨建云还为自己女儿的读书问题，伤脑筋。最近，她情绪非常低落，经常无缘无故对人发脾气。

　　"你不要把话说得那么难听好不好?其实，他们获得那一点报酬也是应该的，你想想那些高三教师，起早贪黑，每天早晨五点钟就要起床，五点半之前必须赶到学校，督促学生起床，带领学生进行跑操，然后还要进入班级辅导学生进行早自习，中午的时候，别的老师还可以回家里睡午觉，可是高三的教师，一般没有这个福气，他们不仅要督查学生午休，还要认真地备课、批改作业，并且，高三每周都要进行周测，这个工作量是相当惊人的，从出试卷、到印试卷、批改试卷、点评试卷、个别学生辅导，就光这周测工作，每周都要比别的教师多付出十几个小时的工作量。晚上，高三教师很少有人十二点之前睡觉的，他们晚上往往还要上课。高三班主任的工作量更是出奇的多，非要等十二点之后，等学生都睡了，才能急匆匆地往家赶。"万宝强针对妻子对县城中学教师的不理解，感到"痛心"。

杨建云理直气壮地说，"他们老师辛苦，难道我们这些伴读父母就不累吗?……即便如此，这些县城中学的老师，也应该多为学生的自身利益考虑，不能只顾自己的利益，而忽视孩子的利益吧?"

"你知道啥呀!家长那一点累，和高三教师比起来，简直就是小巫见大巫。你要知道，高三教师除了上面所讲的工作量，还有很多让高三教师累的地方，大幅度提高教学质量，转变后进生，也是所有高三教师最感棘手的问题。因此，高三教师在正常的教学过程中都要发扬'钉子'精神，知难而进，从最后一名差生做起。针对逃学、厌学、迷恋网吧、贪图享乐的学生，高三教师还要牺牲节假日时间对他们进行有的放矢的教育，对一些成绩特差的学生，高三教师不但要单独开小灶，还要瞄准学生知识方面存在的薄弱点进行强攻战，手把手地传授，直到把学生存在的学习问题弄透为止。除此之外，高三教师还要认真做好家访工作。如果你能够走进这些高三教师中间，这种业余'专业课'几乎随时可以遇到。"

"照你说，现在孩子读书，就是要孩子跟着教师一起上刀山下火海吗?如果为了读书，把学生累'残废'了，这个教育还有什么实际价值呢?"

面对万宝强妻子的发问，我们作为教育工作者，难道就没有一点

"回头"忏悔之意吗？

我们教育的目的是让孩子得到更大的收获，是让孩子在弯路上有所醒悟，尽快地走向正道，最终获取一生的幸福。如果我们对孩子的教育结果是让孩子得到更大的伤害，使他们在弯路上迷茫更大，我们又何必再对孩子进行教育。要知道这种低效高耗的教育，不仅仅伤害了孩子，同样也伤害了自己。如果我们的教育是出自私利之心，完全不去考虑孩子的外界条件，不去考虑孩子自身的素质，带着好高骛远的目标，对孩子求全责备，过高地要求自己的孩子去实现那些无法实现的梦想，我们不妨静下心来想一想，我们是不是对孩子有点残忍了呢？

我记得美国有一位心理学家，名字叫卡耐基，他有一本关于心理方面的科学著作《人性的弱点》，它可是世界一流的畅销书。如果你读了这本书，你就可以从中学到很多教育子女的好方法，它对深藏在人体内部的思想灵魂，有着深层次的解读。你用它来推销产品，它可以在无形之中让你很快说服顾客，为你带来很多意想不到的收获，甚至给你带来滚滚财源；你若用它的思想来教育子女，子女们就会像听话的小猫咪一样，始终快乐的陪伴你左右，对你的教育就会十二分的信任；如果你用它的思想结交朋友，你的朋友就会心情愉悦地与你相交，会很坦率地把自己的心扉打开，愿意与你同甘共苦，肝胆相照。这本书确实有很多神奇的地方，它把人类自身最脆弱的灵魂向世人表露出来，你会根据这本书介绍的好技巧，很快把人性中存在的密码赏阅出来，为你找到与人交往的最理想钥匙，为你轻松打开他人的心扉带来更多的机会。

其实这本书最成功的地方，就是学会对方的观点来说事，不去为失败找理由，不去为多得一点虚假的荣耀而抢风头，它很多的观点，很像我国《论语》中孔子所要阐发的教育思想那样：己所不欲，勿施于人，授人玫瑰，手留余香；避免无谓的争吵，永远不要在争执中取胜……这些看似很寻常的道理，却隐藏着很多耐人寻味的东西，让更多平庸的人，通过这些知识的点拨，拨开笼罩在人们交往头上的迷雾，尽可能以最快的速度，解开人们交往的心结，把最温暖的阳光射进人们交流误区，驱走人们交往中存在的黑夜和寒冷的冬天，让春天的气息常驻在人们快乐的心田，并且历久弥新，从而避免出现人们交往的黑洞。当然，我所说的《人性的弱点》并不是放诸四海皆准的灵丹妙药，教育成功的关键，还是要我们做父母的自身的努力，书本上再完美的知识也只能起到指导人们行动的辅助作用。

万宝强有时感到很委屈，因为自己在与女儿交流的时候，总是非常注意自己的语言，非常注意自己的态度，甚至为了和女儿很好地交流，他狠下了一番功夫，但是，在交流的过程中，却发现自己的女儿始终不能与自己站在统一的立场上。

有一个星期天，杨建云回农村老家办事去了，女儿一个人待在出租的房子里。接近早上八点的时候，万宝强非常关心地打电话给她。

"你吃饭了没有？"

"没有。"

"赶快到厨房里做饭吃。"

"你不用担心，我不会饿死的。"

"你现在干什么？"

"我还能到哪里去呢？"

"你看那个小院子里，还有没有其他学生没有回家？"

"这个小院子的学生都回家去了。"

"如果你看书累了，你可以到外面走走，散散心。"

"好的。"女儿一听内心稍感安慰些，便十分委屈地说，"现在读书，太苦了，太累了！……"

"有时候，我想你现在正是读书的大好时机，多吃点苦，应该是好事！"

"啊?什么?应该的?我现在与你没有话可说了,我挂电话了。"还没有等万宝强说完话,女儿态度就来了一百八十度大转弯,已经把手机关了,愉快的交流还没有开始,就被女儿终止了。万宝强没有办法,只能无奈地关掉手机,轻轻地摇头叹息。

因此,我常想,交流是一个双向的问题,绝不是单方面就能"愉快"起来的事情。如果仅有单方面的兴趣、仅有单方面的努力,往往就会在交流方面产生尴尬的局面,使交流无法进行。我们不要抱怨现在的孩子不近人情、不通世故!为什么有些孩子在家教的土壤里,心甘情愿承受学校教育的春风,社会教育的雨露,自由快活地成长为当代优秀的人才呢?又为什么有些家长始终得到孩子的尊重,在家教的天空中春风得意?

因此,当我们的教育出现问题的时候,我们的当事人都必须反省一下自己的言行,必须调整一下自己的交流方式,对于以前出现的错误的做法,我们一定痛改前非,千万不要以为:我是父母做错了就不道歉;我是孩子做错了事情是应该的。我们的当事人一定要放下自己的架子,用一个平等的身份、心平气和的态度、公平公正的原则走到一起,推心置腹地进行交流,我相信,在这样充满温馨的环境中,孩子一定会茁壮成长起来。

我记得在小学读书的时候,我的父亲是一个读过私塾的农村小知识分子,他在教育子女方面是没有特殊本领的,只是在我从学校回到家中的时候,要我把从学校学到的算术题、所教的新词语讲给他听,然后他再让我把课后的习题、生字词写给他看。我们千万不要小看这些看似简单的小事,但是,它却让我学到了很多的东西。除了让我学到更多课本知识外,父亲还让我养成了许多勤奋读书的好习惯。

我对读书的渴望,对读书的自信,还有追求美好生活的那份执着,大体上都是在那个时期产生的。因此,我在小学时候的读书成绩,总是名列前茅；小学时候的快乐指数，总是非常的高。我在小学升初中的时候，以全乡第二名的成绩被乡中学录取在当时最好的班级。到了中学的时候，由于我家离学校有几十里土路，父亲面对面教育我的机会就相当少了，只是偶尔在星期六回家的时候，碰到我说几句关于我读书的事情，他的嘴边时常重复一句话："现在，可是你这一辈子最关键的时候，希望你不要辜负父母、老师的殷切希望。"我的父亲没有教育孩子的好方法，但是，就是这一句话，却成为我奋发进取的最原始的动力。

在中学时期，由于很少得到父亲更多的教诲，所以我在中学读书时候的成绩，要比小学的成绩有所逊色，但是我还是比起我们同村的同龄人要自豪得多。因为我是我们村同龄人中唯一到镇上读初中的人。我今天能够站在中学的讲台上，我首先要感谢的就是我"识字不多"的父亲。因为，他是我人生中最早的启蒙教师，是我人生发奋进取的最早点拨者，我敢说如果没有父亲对我的人生教育，我是不可能成为一名中学教师的。

我的父亲的言语不多，他看到我"不务正业"时，有时也会向我发脾气，但是，他在发脾气时，仍然掩盖不了他对我浓浓的关爱之情。我当初不理解父亲对我的关爱，把他的谆谆教诲当作耳旁风，以致我优秀的学习成绩并没有保持到高中。我没有考上当时的名牌大学，这是我人生中永远都不能够原谅自己的遗憾。我辜负了父亲和母亲、老师对我的殷切希望。

当我完全明白自己父亲对我良苦用心的时候，我已经身为人父了。好在人生中有些事情能够给你回旋的余地，失之东隅，收之桑榆。今天我能够站在三尺讲台上，为更多的孩子陶冶做人美德、传授理论知识、传授生活技能，这应该是我人生难得的惊喜吧。尽管，农村教师的职业很清贫，但是我不会嫌弃我所从事教书职业的，因为，我可以从父辈那里学到的很多关于教育的道理，用来教导我的学生、我的孩子，尽自己最大努力让他们少走弯路。这算是对自己父亲、教师、社会的一种最好回报吧!

法国著名启蒙思想家卢梭曾经说过,作为父母,首先必须了解自己的孩子,必须用真心与孩子融洽地沟通,如果我们对孩子的爱存在私心,对他们的观念一点也不理会,往往就会使孩子误入歧途……与孩子交流的时候,如果我们爱的分量无法减轻孩子目前所承受的压力和痛苦,往往就会失去进一步交流的机会,这种类型的父母反而比孩子更为幼稚。因此,要想做好名副其实的家长,就必须老老实实地与你的孩子进行融洽地交流,好好地研究一下交流的学问吧……

由此可见,教育者要想实施成功的教育,必须付出真爱,必须从孩子面前实际情况出发,给他们更多的理解、更多的尊重,只有这样,才能得到预期教育的效果。

写到这里,我想起一件事:1976年1月8日9时57分,周恩来在北京逝世。1月9日清晨5点钟,新华社向全世界宣告了这个不幸的消息。顿时,所有人都被震惊了。有的国家公民丢下手中的工作,走上街头,久久地默立;有的国家用黑框套起了整个报纸版面;有的国家同时拉响所有的汽笛……全世界都在向周恩来致哀。

与此同时,联合国总部的联合国国旗,也降了半旗。有些外国外交官来到联合国大厦的广场上向联合国总部发出质问:我们国家的元首去世,联合国的大旗依旧升得那么高,中国的总理,你们却为他降半旗,这是为什么?

当时联合国秘书长瓦尔德海姆挺身而出:"我来解释。首先,中国是一个文明古国,它的金银财宝不计其数。它使用的人民币多得我们数不过来。可是,它的总理周恩来没有一分钱存款!其次,中国有10亿人口,可是它的总理周恩来,没有一个孩子,把所有的父爱都献给了中国的孩子。你们任何一个国家的元首,如能做到其中一条,在他逝世的时候，总部将照样为他降半旗。"他说完，便转身走进大厦，广场上只留下那些哑口无言的外交官们。

多么高尚的灵魂啊！多么伟大的人格啊！假如，我们教育工作者，都能够像周恩来总理那样，全心全意为教育服务，用真爱与教育对话，用真情与教育联手，丢掉那皮袍底下的"小"字，那在素质教育的舞台上，还会有人埋怨我们不够尽责吗？我们还有什么不能成功呢？

二十三　别让情绪控制你的舞台

　　我为什么在女儿心目中没有威信?她每次看见我总会有一种"不屑一顾"的感觉?万宝强经常在反思这个问题。

　　"那是你在孩子面前撒谎太多?对孩子承诺的事情,经常不当一回事,时间一长,这势必会引起孩子的反感。这样的爸爸不要说在孩子面前没有威信,就是正常的父女关系都很难维持。"每当万宝强向妻子吐露心扉,妻子总会没好气地对他说出这些让他"没气生"的话。

　　"可是……为什么我那么多的学生愿意和我在一起交流呢?真是让我百思不得其解!难道我做父亲真的就这么失败么?……"

　　"你这是在忽悠谁呢?你连自己孩子都教育不好,你让我如何相信你所说的话呢?教育真经都是相通的,如果你能把你家的孩子培养成为清华北大学生,那么你的教育真经肯定不辨自明。"

　　万宝强知道这是妻子在抱怨自己没有尽到爸爸的责任,想对妻子反驳,但找不到反驳的理由,因为,他确实对家庭教育深怀愧疚之情。

　　他深知,学校是他安身立命的地方,是自己职业生涯的舞台,是自己每天都要"光顾"的地方,而教育孩子却只能做"蜻蜓点水"的工作,因为正常情况下,每周才能见上女儿一次面,自然对女儿的教育过于肤浅。他很想弥补家庭教育的缺陷,可是自己又不能丢下工作,去全心全意照顾自己的女儿。

　　回想自己从教二十多年来,对学生的教育,他问心无愧。这是有足够理由的……

他是一个思想非常开明的一个人，在学校教育方面，凡是对学生健康成长有益的东西，他总会竭尽全力地帮助学生得到；凡是对学生健康成长有益的事情，他总会认认真真地为学生服务好。也许就是因为有这种习惯，所以他深得学生们的喜欢。

他认为，作为教师，不应该太讲究自己教师的身份；不应该把教师与学生的界限划分得过于分明，不应该居高临下地对学生说话，不应该过分追求所谓的师道尊严(当然也不应该在学生面前过分随便)，如果我们教师做不到这些，那他教育学生的时候是很难走进学生内心世界的。

万宝强这种随和的性格，对学生总是怀有一种无限的温和关爱之心。因此，他在学生眼里没有教师的架子，学生总喜欢在课余的时候，要他帮助解决一些生活上的小问题，有些学生甚至还邀请他加入到学生的玩球、游戏队伍之中。很多学生把他当作不是教师的"朋友"，在学生对教师的测评活动中，他所任教的几个班学生对他的口碑都非常好，测评的结果更是让万宝强感到无比自豪。

可是对于自己的孩子，却是风景迥异。在与自己孩子沟通的时候，却常常让他感到难以为继，女儿对他的不恭和冒犯的表现屡见不鲜。因此，女儿与他在一起进行交流，他总有一种说不到"一块儿"的感觉。女儿也总认为万宝强对她的教育不是出自真心的关爱，而是在寻找借口逃避他应该承担的教育责任。因此女儿对爸爸的交流总是冰冷有余，热心不足。

但是，也有例外的，那就是碰到女儿那天特别高兴的时候，万宝强才能"发挥"好他教育孩子的杰出才能，才能把自己教育的一点经验和教训说给女儿听，才能把社会中的一些教育热点问题向她披露一下，才能把自己教育中存在的困惑说给她听……每当碰到这个机会，万宝强也会高兴得像个孩子似的。

"为什么与自己女儿交流会出现'障碍'呢?"有一天,他非常郁闷地问杨建云,"我不知道问题的'节点'在哪里?"

"哎呦呦,今天是不是太阳从西边出来了?你向来自诩为农村学校名师,这回怎么向我这个农村大老粗讨教了呢?"

"我今天可是认真的,真的来向你讨教真经的,你不要挖苦我好不好?"

"我哪敢?你可是一家之主啊!"杨建云笑着说,"说实话,你在教育孩子方面还是有两下子的,但是你这个人在教育女儿的时候,太热心,心太急,总希望在一分钟时间内讲三个对女儿有益的问题。这怎么能行呢?"

"照你的观点,我应该怎样和女儿交流呢?"万宝强没有等杨建云话说完就抢着说。

"我没有好方法,但是,你每次和女儿交流,你总是说得太快,就像是在向坛子里灌水,根本就没有把教育女儿当成一件非常重要的事情。"

"你要知道教书这个职业,上课的时间不多,课外的工作很多,我哪能整天围着自己女儿转呢?"万宝强解释道,"我每次跟女儿交流,总感觉到时间比较紧迫……总认为能够让女儿站在自己面前静静地听我的话,那是一件非常不容易的事情,所以我格外珍惜这个来之不易的机会……并且希望用有限的时间,获取最大的效益。"

"可是女儿却不这么认为,她总觉得你所说的话,都是在应付公差,所以很少能够钻进她的耳朵里。"

"天啦!……原来如此。"

你想想,这样的家庭教育怎能收到良好效果呢?

有时候,万宝强刚起一个好头,正准备兴致勃勃"献唱"下去,却冷不丁遭到女儿一句呛鼻的话："烦死了。"他满心的委屈，本想向女儿交流一些好的学习建议，也只能立即打住……他根本就没有机会与女儿交流。

如果遇到这种"光景"，那他积聚多少天的好心情，一下子就消失得无影无踪，并且浑身上下就像爬满跳蚤一样，很快就变得异常烦躁起来……没有了欢乐，没有了情趣，没有了尊严。

众所周知，带着情绪去读书肯定是低效的，这不仅影响到高考的成绩，而且还会影响到自己的身体健康，如果长期不改变这种局面，到头来只能是竹篮打水一场空。

"该怎么办?怎么办?……"万宝强无数次对着苍天，对着满天的繁星，痴痴长叹，希望能够从太虚中找到星点的启示。但是此刻的万宝强非常清楚，冥冥之中的上帝是不存在的，求天不如求己，眼前的处境已经没有退路。现在目前绝好的办法，就是让他女儿的烦躁情绪能够慢慢地放松下来，抛弃所有的私心杂念，天天都有一个好心情，重塑自己的自信心，靠自己顽强拼搏的精神来打破这种无奈的僵局，来消除整天挂在自己脸上的阴霾气色。

万宝强知道这个时候靠父母谈心沟通已经很难得到预期的效果，况且自己整天还要忙于教学，实在没有太多的时间坐下来和女儿慢慢地进行思想上的沟通。有什么东西能够在人烦躁的时候、在人疲惫的时候，以最快的速度、最简洁的方式，给人带来快乐、给人带来振奋呢?

此时的万宝强和他女儿都想到了音乐。万宝强虽然是一个五音不全的人，但是他对音乐的欣赏水平，真正不低于专业水平，似乎音乐里藏着神奇的"魔力"，他都能够一一明了。他疲惫的时候，喜欢听听音乐;他苦闷的时候，也喜欢听听音乐;有时碰到高兴的时候，仍然喜欢听音乐。他认为音乐给他带来的快乐，那是无法用语言能够表达出来的，音乐能够在很短的时间内，把人的情绪调整好，这是其他东西所无法替代的。

"我要买 MP3，现在就要……我需要听听音乐来放松自己的心情。"有一天，万宝强和女儿电话交流，竟然出奇的顺利，万宝强感到很意外，原来，女儿是带着目的与他交流的。

他女儿非常高兴地向他表达了自己想买一个 MP3 的想法。万宝强没有立即答应下来，目的是让她明白，虽然这样东西非常需要，也不是随随便便就能够花钱买来的，让她明白自己家庭的经济条件是不富裕的，全家所有的生活来源都是靠一个人的微薄的工资来维持的，这种微弱的经济来源，是不能给家里带来奢侈娱乐工具的；应该让她体会到自己的家庭，仅仅是能够解决温饱问题，想买这件奢侈的享乐品，必须是慎之又慎，不然的话，家庭的生计问题就要告急。

"你的想法没有错，希望自己每天在音乐的熏陶下，能够有一个舒适的心情，投入到学习中去，这是好事，爸爸绝对支持你，但是，这件事我还要和你妈妈商量一下，因为，我们家涉及一些比较大的经济开支，必须得到全家的认可，我们家庭的民主作风你是知道的。我想你妈妈也是一个非常支持你学习的人，只要知道你买 MP3 是为你学习服务的，她绝对不会阻难你的，你在这件事上大可放心，可是你也应该知道，即使我和你妈都答应你买 MP3，也是出于对你的学习、身体考虑的，也是出于对你的未来考虑的，你必须时时提醒自己，家长给你提供的 MP3 不是专供你玩乐的，而是当作你心情的净化器而添置的，当作你学习辅助工具使用的。并且你必须清楚我们买这种东西是经过深思熟虑的，是认认真真的，是对家庭负责的，绝不是草率行事，更不是用它来危及高考的。"万宝强对女儿的请求，表现非常谨慎的态度，他啰里啰嗦讲了一大推让人大倒胃口的话，简直让女儿受不了。

其实，万宝强在答应女儿买 MP3 的时候是不必讲这么多废话的，因为，我认为他女儿是一个即将面临高考的学生，她对自己的前途是非常关注的，对自己应该做什么不应该做什么都有一个比较成熟的看法。她要买 MP3，这足以证明自己是一个非常在乎自己前途的人，是一个对自己较为负责人的学生，她想进取，她想在高考中脱颖而出，有了这一点，我们这些做父母的，又何必鞍前马后去做那些不必要的说教呢？

如果，我们父母认为子女的想法、做法是正确的，我们就不要在孩子面前继续说教了。因为，你讲那么多的话，原来她的内心早就明了了。要知道一个人都是有自尊的，在别人说教和皮鞭下成长的人，总比靠自己自悟、靠自己努力直接成才人要矮半截。况且你的"陈谷子、烂芝麻"一样的话都成为她的耳茧子了，根本没有什么新意，又何必费了脑筋不讨好呢？

论语有言，不愤不启，这句话是很有道理的。它告诫我们做教育的人，在教育工作中，对教育的对象大讲教育之道的时候，必须要等到他们渴望得到你教育的时候，再去教育他们，再去启发他们，开导他们。因为，你教育的对象，没有这个欲望，没有得到他们的认可，我们即使讲得口干舌燥，付出再多，也是不起任何作用的。

还有一点，我认为，女儿现在面临高考，思想上的压力已经够大的了，她本来买 MP3是想放松自己的情绪，是想调整一下自己的心态，结果是 MP3还没有买到手，被你这么一讲，却出现了一个新的思想负担，这同火上浇油有什么区别呢？……父母买那 MP3的价值又在哪里呢？

基于我对上述问题的考虑，我认为对子女的教育，必须是少而精，要知道言多必失的道理。如果我们不去尊重教育的规则那么我们付出的精力越多反而对教育的收获越少。这就好像我们一旦选错了目标，和目标背道而驰，那肯定是适得其反，徒劳无益，努力反而成为罪过。

18世纪法国著名教育家、启蒙思想家狄德罗曾经说过，热爱孩子，是父母和教师生活中最主要的事情，不容许有对孩子"高压"的情感，因为教师和父母的"高压"情感就是一种摧残，这是最不能容忍的。

"高压"情感能使孩子内心烦躁,"高压"情感能使杰出的孩子失去心理的平衡,"高压"情感能使聪明的孩子身心遭受摧残,有意给孩子施加"高压"那是绝对的蠢事。因此,我们做父母或者教师,一定要有丰富的"真爱""温和""睿智"情感,不论对自己还是对自己的孩子或者学生。也只有这样才能让自己的孩子或者学生从烦躁不安的情绪中走出。

写到这里,我想起一段自己经历过的小故事:曾经有一段时间,我心情低落,甚至懒得拉开窗帘去看看窗外的阳光。因此我也忘了去看看窗台上那一盆每天都需要喝水的水仙花。如此不知过了多久,我度过了心情的低潮,忽然想起了我的水仙花。天啊,可怜的花,她还活着吗?她还会鲜艳如初吗?她还会开出沁人心脾的花朵吗?我战战兢兢地拉开窗帘,却见她迎风招摇,花颜可掬。原来在过去的这段日子里,我虽然忘了喂她喝水,老天却没忘了以雨露眷顾她呢……

其实,在素质教育的舞台上,许多事物悄悄地在我们的视线之外进行,而且悄悄地安排好了它们自己,根本不需要我们过分担心……

也许,今天的你,是不开心的你,因为有人在言语间刺伤了你。你不喜欢争执,所以你选择离开;可是你只是离开了那儿,却没有离开被那人伤害的情境;你想用音乐来远离那人伤害的情境,却无法逃离曲终人散的烦恼。你有烦恼,你哪会有力气去理会别的事情?许多更该用心去做去想去处理的事件,就在你漫天卷地的心烦意乱之中,被轻忽被漠视被省略了。

因为,音乐能给你短暂的快乐,能使你忘记短暂的烦恼,可是你的烦恼没有从内心深处根除,总是在情绪上做文章,这是对自己青春的践踏,更是对自己人生前途的无视。毕竟,青春是属于自己的,而且人生的苦果是要自己品尝的。所以,聪明如你,别让情绪控制了你的舞台……

二十四　我可以免费为你做宣传员

"你要买 MP3可以，但是你要知道，这个 MP3所需的钱不是一个小数目……我到市场打听过，普通的 MP3都要一千元左右，因此，我们答应给你买 MP3是经过深思熟虑的，你要清楚我们家现在的经济条件是处于什么样的状况……"

没等万宝强把话说完，女儿就不耐烦地对爸爸说："我不想听你忆苦思甜……我不想听你那么多的大道理……你的那些大道理我耳朵都听出老茧子了……我现在最想知道的就是你给我买 MP3还是不给我买MP3!"

沉默……

"你既然不听我的话，我就不说，但是，我现在倒很想听你买 MP3的主要用途，因为这是我给你买 MP3的主要依据。"

"我没有什么用途……给我买一个 MP3，请你不要讲那么多废话好不好……因为，我现在需要冷静……需要冷静…冷静!你知道吗?"

面对女儿烦躁不安的情绪，万宝强显得很无助，很尴尬……

他还能说什么呢?

因此，我们这些做父母的，千万不要认为，把自己家庭困境讲给正在认真读书的孩子听，孩子就会更加珍惜这个来之不易的读书机会。现在的孩子大多数都是在甜水中长大的，对现在的社会条件是烂熟于心，根本就不需要你再去陈述。如果你在这方面不去认真思考，反而让自己的孩子认为你这是在有意编造谎言，在欺骗他们，一旦让孩子有了这种想法，我们所说的话，所做的事情，在孩子的眼里就会成为虚情假意，这样的教育还能起到预期的效果吗?肯定不能!

由此看来，我们这些教育工作者，教育语言的有效性非常值得研究和探讨。究竟教育语言的误区在哪里呢?切记话多而味寡的道理。我们应该注重精而实用，有些时候，教育的真正价值就是要触击教育对象能量的爆发点，使教育对象弱化的情感找到归宿，使埋没的灵光重新闪现，使潜在的智慧得到优效的发掘，使美丽的鲜花拥有开放的舞台，使迷路的羔羊重回油绿的草原。教育绝不是每天重复的歌词，也绝不是唠唠叨叨的叮咛，它的核心就是使残缺的完美起来，它的最终目标就是无为而治。

晚上，万宝强把白天女儿的"表现"说给妻子听。

"请你以后做事，不要瞻前顾后，该花的钱，想躲也没用!"

"我不是在躲'花钱'……这是因为，MP3这个东西，不是三五块钱的事情，而是上千元钱的事情，况且，我全年工资不过一万元左右。如果我们不在家庭开支方面节约一点，花钱大手大脚，我们就会走上借债的道路，这你比我更清楚。"

"我知道，但是……你也要清楚，孩子已经高三了，很快就要高考了，孩子听听音乐放松一下心情，这难道不应该吗?你总不能让自己的女儿，再去走红军的二万五千里长征吧……你看看，女儿现在这种精神状态……如果，我们再继续给她施加精神压力，那么，她今年还能去参加高考吗?"

万宝强被妻子一阵"教训"过后，很是无奈!心想：为女儿买MP3，已经没有商量的余地了，看来这个 MP3已经真的不是买不买的问题了，这个问题已经上升到孩子明年六月能不能参加高考的问题了……哎!现在的孩子，真是比菩萨还难伺候呀!

就在女儿打电话要爸爸给她买 MP3的第三天上午，万宝强从自己年迈的舅舅家借了五百元，便乘车来到县城的一家专卖店里给女儿买 MP3了，别看万宝强一副傻乎乎的样子，买东西可是格外地专一，他的血脉里流淌着农村学校教师特有的谨慎。事实上，我们与其说他谨慎，倒不如说他对金钱的看重。虽然用"吝啬"和"抠门"的字眼来形容他有点过分，但是，他的身上多少带有这么一点"精明"。话又说回来，要说农村学校教师，就那么一点工资，没有这方面的"陋习"，那纯粹是假的。

我是在农村长大，一直在农村中学任教，对农村学校教师的生活习性还是有所了解的。亲爱的读者，不管万宝强这方面表现有多"不雅"，但是我还是希望你们对万宝强有所谅解，生活的无奈、生活的艰难已经把他廉价的自尊，丢在脑后了。他曾经为卖猪肉的老板扣了三两秤，和老板理论了半个小时，硬要老板向他道歉。

经过老板的热心推荐、万宝强再三掂量，最后，万宝强选中了一个当时比较时尚的、内存比较大的、价格很高的名牌、多功能的 MP3，说它是多功能主要是因为这个 MP3不仅仅可以听音乐，它还可以用它来学习外语，它的功能就是一个学习英语的点读机兼带 MP3功能。万宝强想自己的女儿的英语成绩一直上不去，这台 MP3既可以改善女儿的学习情绪，还可以提高女儿的英语成绩，这可是很难得的学习工具。

相中 MP3后，万宝强并不急着付钱，因为他想到自己身上所带的钱根本就买不起那个"昂贵"的、多功能 MP3。

他不愿放弃任何努力的机会，那怎么办呢？万宝强内心很纠结。

"为了女儿不再烦恼，为了女儿不再情绪低落，我今天就是上刀山、下火海也要把这台 MP3买下。"万宝强内心盘算着，"能在县城开店的老板肯定很精明，看来我今天不拿出自己'看家'绝技，要想买到这台 MP3还是有困难的……不管今天遇到多大困难，我一定要和老板决战到底,'猛砍'价格,坚决打胜这场没有硝烟的战争。"

他用眼睛看了看四周,见周围没有熟悉的人,便开始"演戏"了。

"老板,你想赚大钱吗?"

"当然想啊!"老板眯着眼睛说,"你看我傻吗?天底下哪有见钱不想赚的人呢!……请问你有什么赚大钱的高招吗?"

"当然有啦……我实话实说,我是一名乡下中学教师,只要你能放最低价把这台 MP3 卖给我,我就可以免费为你做宣传员。"万宝强非常认真地说,"你想,现在农村家长普遍重视孩子读书,眼下农村孩子英语成绩都比较差,要是我到学校为你的专卖店做宣传,那你的专卖店肯定会增加很多新顾客的。时间一长,你不发大财,还能有谁呢?"

"不会吧……我知道,现在农村家庭中虽然经济条件比以前富裕了,但是能舍得给孩子买 MP3 的家长还是极少数的。"

"你可不能这样小看我们农村家长啊,他们的思想早已转变过来了,现在,他们都舍得教育投资。一个班级中,销售 10 台这样的 MP3,那绝对是小菜一碟……"

"未必吧,现在到我店买 MP3 的人大多数是城里的孩子。"

"不错,但这不能代表 MP3 在农村没有市场,相反,这只能说明你在广阔的农村市场上没有宣传到位!……"

经过多个"回合"之后,万宝强宣称自己是中学的一线教师,可以向他的学生做免费宣传。其实,他现在仅仅是一个小学教师,农村小学生学习英语,根本就不买这么贵的 MP3,这是万宝强有意撒的谎。看来,万宝强为了买下这台 MP3,今天真的豁出去了。

最后,万宝强的"真诚",终于感动了商店老板,这台 MP3 由原来的标价一千二百八十元降到八百九十元……双方价格大战结束……成交!万宝强如愿以偿地为女儿买了一台价廉物美的 MP3。

花这么多的钱买一件学习工具,万宝强心里着实有点舍不得。但是他想: 为了女儿有一个好心情, 能够在苦闷的时候、紧张的环境下, 听听音乐, 放松一下心情, 给她的学习创造一个舒适宽松的条件, 自己在生活上勤俭一点, 这还是值得的。

万宝强拿着这个时尚的、充满洋味的、现代化的高科技产品, 心里着实有点"惊喜", 大有"陈焕生上城"的感觉。不怕说出来让人笑话, 他连开关都不知道在哪里, 至于播放、下载更是一窍不通。

但是万宝强一直相信自己, 相信自己不是一个太庸俗的人, 大凡这些电脑、机器玩意, 只要自己动动脑筋, 在这方面下一点功夫, 还是能够达标的。他认为女儿是下一代的人, 万宝强向来相信达尔文的进化论, 女儿的智商肯定比他老爸强; 在接受新鲜事物的速度方面也肯定比老爸快。所以在 MP3 的操作上, 肯定不需要万宝强去指点。他在这方面是很放心的。

万宝强走在路上一直在想, 女儿拿到这个梦寐以求的"宠物"的时候, 肯定会对爸爸妈妈表达感激之情, 肯定会在悠扬动听的旋律中抛开私心杂念, 用自己的优异的成绩来报答自己的父母, 万宝强深信自己的女儿会有这个决心, 会有这个潜在动力的。

万宝强走在路上不停地告诫自己, 在给女儿 MP3 的时候, 尽量不去说什么, 更不用说这个 MP3 来之不易, 因为这些废话很容易加重女儿的思想顾虑。可是等到万宝强把 MP3 给女儿的时候, 却把路上想的全忘了。除了告诫女儿这个物品来之不易的话, 其余关于女儿注意身体的话, 竟然只字不提。

"女儿, 老爸今天特地赶到县城, 给你买来了你想要的 MP3, 希望你能够从父母这份独特的礼物中, 了解到这里面更深层的用意, 了解到我们做父母的一颗真挚、仁慈、关爱之心, 你应该清楚自己父母目前头脑里考虑最多的问题是什么, 每天父母头脑里面顾虑最多的又是什么, 你应该知道父母的这份钱财来之不易, 父母的一颗火热的心天天在为什么，你拿到这个物品，你必须时时提醒自己肩上所承载的责任，你应该告诫自己要努力珍惜现在的每一分钟，不管是睡觉、学习、玩耍，你都应该时时关注着自己的前途。只要你能够时刻保持一个清醒的头脑，不被一些纷繁复杂的琐事所困扰，总是充满激情地对待学习，使自己都能够有计划、有秩序地做好自己每一天的事情，你肯定会在学习上取得更加满意的成绩。"万宝强本来不想说这些话，可是一到了现场，却口若悬河地说了这么多的话。

"爸爸，你少说这些话好不好?如果你感觉不值得给我买 MP3，那就请你把 MP3退回去，免得以后反悔……如果你再无休无止讲这些大道理，那我宁可不要这烦人的 MP3!"女儿听了爸爸的话以后，心中的怨气一下子又冒了上来。

其实，不要说处于高考前夕的女儿听了烦，就连我们这些局外人也听得心烦，因为再正确的教育道理，整天在孩子面前当风吹，也会变冷的。更何况你这些婆婆妈妈的说教呢!

万宝强本来想通过买 MP3来让女儿放松心情的，结果不但心情没有放下来，反而让女儿感到肩上无形之中又多了一份承载家庭经济困境的责任了。

呜呼，我们的家教效果在哪里呢?这样的家教又能有什么实际效果呢?……

但是，我们教育是双向的，教育的双方都必须进入自己的角色，因为，你总不能一个人在唱独角戏吧。有的家长做事情是有点偏激，如果我们的孩子能够体谅做父母的苦衷，这种有点过分的教育，也能够受到一定效果的。

我们这些孩子呀，你们也应该好好想一想，但凡做父母的，哪一个对自己子女会苛刻，你们应该清楚，处于拮据生活中的父母，要想做到慷慨大方，真的很难。因为他们早已尝过借钱日子的难过。

　　我们的父母们，情愿自己在工作上、生活上受苦受累，也不愿让孩子在学校里吃半点苦；他们平时在牙缝里面节省的一点钱，也不会先花在自己身上。如果你们感到父母在教育方式上存在一点瑕疵，务必请你们多多理解。因为父母对孩子的心永远是无私、真诚的。

　　写到这里，我想起最近在办公室里听说的一个小故事：一天，一个学生在郊游时脚被石头碰破。到医院包扎后，几个同学送他回家。

　　在家附近的巷口，他碰见了爸爸。于是他一边翘着扎了绷带的脚给爸爸看，一边哭丧着脸诉苦。他满以为会得到一点同情与怜爱，不料爸爸并没有安慰他，反而教训他在郊游的时候不小心，然后，简单地交代他几句，便自己走了。他很伤心，很委屈，也很生气。觉得爸爸一点也不关心他。在他大发牢骚时候，有个同学笑着劝道："别生气，大部分老爸都是这样。其实他很爱你，只是不善于表达罢了。不信你看，等你爸爸走到前面拐弯的地方，他一定会回头看你。"

　　他半信半疑，其他同学也很感兴趣。于是他们不约而同地停住了脚步，站在那儿注视着爸爸远去的背影。爸爸依然一步一步向前走去……可是当他走到拐弯处，就在他侧身向左边拐弯的刹那，好像不经意似的悄悄回过头来，很快地瞟了儿子他们一眼，然后才消失在拐弯处。虽然这一切都发生在瞬间，但那动作却打动了在场的所有人，这个学生的眼睛里还闪着泪光。

　　其实，在家庭教育过程中，父母的爱往往是贯穿始终的，只不过他们有时不善于表达罢了。如果我们能够仔细体会，那么，他们对我们的每一个眼神、每一个动作，都是在传达浓浓的爱意，我们每时每刻都被父爱、母爱包围着。

　　同学们，难道你们就没有半点理解之心吗？如果你们有一点感恩之心，那你们就应该丢下所有的思想包袱，在学习上奋力拼搏，用自己的优异成绩来宽慰自己的父母，让他们在付出的时候，也得到了你们真诚的回报。而他们得到的，也是你们千方百计想得到的。他们得到的只是精神上的满足，而你们得到的却是物质和精神上的双丰收。

　　同学们，如果你们到现在为止，仍然对自己的父母的关爱无动于衷，那同木石何异？其实，在这个世界上，谁都不愿意把自己的汗水，浇灌在带刺的荆棘上。因此，我以为，即使是我们做父母的，想要你们成为参天大树的理想太高，你们的能力和智慧暂时还不能达到父母们所要求的标准，我想，只要你们拿出力所能及的干劲，做一个对社会有价值的人，我们这些做父母的也会感到无比欣慰的。

二十五　欲速则不达

万宝强听了女儿埋怨的话，仍然满心喜悦地把 MP3放到女儿的手里，女儿拿到那个 MP3并没有表现出像他想象得那样惊喜，只是很平淡地拿起，听起音乐来。似乎那种东西与生俱来就应该是她的一样。没有感激，没有谢谢，更没有如获珍藏的表白。

万宝强看到自己女儿那种表情，仿佛有一种被"上帝"冷落的感觉。他感到自己付出的艰辛，只是孩子眼里的一叶草芥，手中的小玩具，心里未免有一种说不出的酸痛，酸痛现在的孩子在感恩方面存在很多欠缺……

但是他对给女儿买 MP3这件事情，绝没有懊悔的意思，因为他对女儿的关心是完全出自于内心深处。

"爸爸，这里面的歌曲全部是一些老歌，不好听的歌，下午我请你去把我的 MP3重新下载一些新歌曲，最好是周杰伦的歌曲。"女儿听了一会儿，认为里面已经储存的十来首歌曲绝大多数不合自己的口味，便扔下这么一句话。

站在一旁的杨建云对女儿所说的话虽然有点不满，但是，她还是忍着没有埋怨自己的女儿，因为，她心里清楚，此时，能够让自己女儿开心、能够让女儿重新振作起来比什么都重要。

我们都知道，月亮总是围绕地球转，地球总是围绕太阳转，这是自然规律，无法抗拒；现在家长围绕孩子转，这也成为无法抗拒的"自然规律"。因此，现在万宝强一家只能是一切围着自己的女儿转。

今天，杨建云觉得自己女儿的心情大有好转，便朝自己的老公万宝强努努嘴，示意他不要再讲那么多的大道理，赶快到厨房吃点剩饭……等吃完饭后，再遵照女儿的"指示"，把下载歌曲这件事情办好了。

"闺女，我不知道周杰伦的歌曲到哪里去下载，你总不能让我到县城街道上瞎转悠吧！"

"多亏你还是一个教师，说你笨，你肯定说冤枉，要知道，现在县城到处都有下载歌曲的地方。再说，你有一张三寸不烂之舌，这么大的县城，还怕下载不到周杰伦的歌曲。"

"我也知道这么大的县城，肯定能够下载到你要听的周杰伦歌曲，但是，下载歌曲是要工具的，并且还需要懂得下载歌曲的人。打个比方，如果我和你素不相识，你愿意为我下载歌曲吗？……说我笨，但是，我并不是你所想象得那样笨……"

女儿一听，觉得爸爸说得很有道理。她抓抓脑门……觉得这件事真有点难办。

"对了，你不妨先到刚才买 MP3 的老板那里，看看这位老板有没有办法？"

万宝强认为女儿所说的话有道理，便朝女儿点点头。

在现在人看来，给 MP3 下载歌曲，那就是小菜一碟。但是，在当时，MP3 在我国才上市，很少人懂得这些洋玩意。因此，给 MP3 下载一些歌曲，确实有很多难题……

万宝强想到自己女儿下午还要上课，他赶忙从裤兜里掏出手机，看了看时间，已经上午十点多钟了，离开午饭的时间还有个把小时。为了让女儿在下午上学之前拿到自己心爱的 MP3，听到自己想听的歌曲，万宝强顾不得悠闲地在租房等午饭吃，他赶紧从电饭煲里盛来母女两个人早上吃剩下的饭，匆匆地扒了一碗，便往山下的专卖店赶去。

　　此刻，万宝强心里非常清楚，自己下午应该做的事情很多：除了给女儿下载歌曲，他还要赶回去，给毕业班的学生上晚自习。所以，他下山的路，不是走，而是一路小跑。过路的人，看到万宝强一路小跑，以为他在"锻炼身体"，回头看他的人，竟然出奇的多。对此，万宝强全然不知。因为，此时的万宝强，对自己的个人形象，已经失去了感知。所以，二里多山路，万宝强没用八分钟就赶到 MP3 专卖店。

　　"真不巧，老板刚出去，到乡下看他母亲去了，我估计一时回不来。"迎接万宝强的是老板的夫人。

　　"既然老板一时回不来，那就请你帮我下载一些歌曲吧!"

　　"我也不会。"

　　"那怎么办?"万宝强一听老板娘也不会下载，这真把他急坏了。

　　"不好意思，现在我请你帮我想想办法，我女儿在下午上学之前，一定要拿到 MP3……这如何是好?"

　　老板娘是一个中年妇女，不仅有很强的同情心，而且心地还非常善良，一听万宝强有一个女儿在县城中学读书，需要 MP3 学习英语，很是羡慕。她便打发万宝强到她弟弟那里去。

　　很快，老板娘便与她弟弟通了电话，便把万宝强想下载歌曲的事情告诉了他。

　　万宝强按照女老板的指示匆匆地乘车来到五里开外的一家与她合伙经营的连锁店，找到了正在吃午饭的老板娘弟弟王老板。万宝强说明来意，这位王老板很爽快地叫来自己的老婆为万宝强下载歌曲。

　　到了二楼，万宝强一看，里面很黑，楼顶很矮，给人感觉有点阴深的色彩。仔细一看，原来这是一家地下网吧，里面摆满了电脑，走到里面一间一看，里面有很多学生模样的人在上网。

　　万宝强心想这个王老板"真会做生意"，他可以很巧妙地躲过当地公安部门的检查，这真是上有政策下有对策!万宝强面对这些稚嫩的脸庞，他感到很揪心，但是，他在这个地方不敢说三道四，他担心这里就是"杀人不眨眼"的魔窟。

他小心地跟着老板娘来到一台电脑面前，老板娘根据万宝强的要求，熟练地给万宝强下载了歌曲。

由于这台电脑很旧，下载的速度非常慢，万宝强不时地看着手机上的时间，眼看女儿上学校的时间过去了，可是，他没有办法，因为下载歌曲是电脑下载的，可不是人为的呀。

万宝强心想：既然在女儿上学之前赶不回去了，干脆就让这里的老板娘多下载一些歌曲。因此，他便要求老板娘下载了周杰伦近百首歌曲。

万宝强又多了一个心眼，又要求老板娘给他女儿下载了高二、高三英语的全部教程。

万宝强足足在楼上面等了两个小时。以前，万宝强尝过苦苦等人的滋味。那天他尝到了比等人滋味还要难受多倍的滋味。因为二楼空间太狭小，让他感到有一种令人窒息的味道。

唉！没有办法呀！为了自己的女儿能够有一个好心情，一个好成绩，自己多吃一点苦又算什么呢？万宝强在心里默默地祈祷，但愿自己的苦心能够换来女儿甜甜的笑容，能够让自己的女儿重新振作起来，重新找到以前学习感觉，重新拥有那种拼搏的劲头、那种学习的快乐，重新找回她已经失落很久的自信。

下载完毕已经是下午两点多钟了，经过几个小时的奋斗，终于把女儿交给他的任务完成了，刚才的焦虑、着急、憋闷、烦躁一下子没有了。

他知道回学校上课的时间还早，他便心情悠然地提起方便袋子，一路步行回租房。

此时，他心里非常高兴，因为他不仅仅为女儿下载好了歌曲，同时还为女儿学习英语带来了方便。

回到租房，他根据老板娘的提示，打开了 MP3，和杨建云一起欣赏起周杰伦的歌曲。万宝强一边听歌一边觉得女儿真有两下子，很有鉴赏能力：周杰伦的歌的确很好，除了格调明快外，歌曲里的歌词也很高雅，感觉很有韵味，并且能够给人以一种奋发进取的力量、给人一种较为高雅的精神享受，真正能够体现当代青年人"精神世界"的价值取向。

万宝强的内心世界很丰富，他在尽情欣赏歌曲的同时，脑海又开始浮想女儿在这些优美的音乐中心情豁然开朗的样子；浮想到女儿心情愉快地打开作业本，认认真真地钻研习题的情形；进而联想到自己的女儿每次月考都有所突破，都有较大的提高，终于能让他躺在床上，心平气和，安安稳稳地睡上一个舒心的觉了，终于驱散了一直笼罩万宝强家庭不和谐的阴影，给全家带来一缕阳光，一片希望。

可是等来的却是更大的失望。他做梦都没有想到，这小小的 MP3 竟然会成为学习滑坡的加速器，买了 MP3 后的第一次月考，一向拿手的数学，一百六十分的试卷竟然考了九十多分。

我写到这里，请你们不要说万宝强心胸太狭窄了，一天到晚就知道小孩的学习成绩，把小孩的学习成绩当作人生快乐的法宝；每天为了提高小孩的成绩，把自己弄得精神恍惚。要知道在高考前夕，像万宝强这样的痴心家长，真是多如牛毛，数不胜数。

万宝强是我的好邻居，我知道万宝强对教育孩子还是有几招的……因为，他很多"老学生"，经常到他家看望他。这足以证明他是一个深受学生爱戴的好教师。

可是，万宝强的教育法宝一碰到了自己的女儿就不灵了。这是为什么呢？因为他把孩子的高考看得太重要了，对孩子的成绩过于敏感了，太过分了，以致把自己正常的心境搞乱了。中国古人有句名言：欲速则不达。要知道事物的发展总需要一个过程，人不能一口就能够吃出一个胖子。但是身处高考前的父母，那种焦急万分的心情，和万宝强夫妻俩相比往往是一个席上一个地下。试想一下，处在这种心境中的人，每天不是两眼盯着分数又能搞出什么新花样呢？

"有什么高招能够让我家的孩子考上名牌大学呢？考不上名牌大学，将来能有好的前程吗？我这个家庭就靠孩子为家庭增光了，孩子考不上好大学，岂不丢人现眼吗？我这个家庭，祖祖辈辈都是靠务农为生的老百姓，不靠自身奋斗考上名牌大学，又怎么能拥有一张通向美好仕途通行证呢？我总不能眼睁睁看着自己的孩子没有出息，也让她过一辈子面朝黄土背朝天的清苦日子吧？"此刻的万宝强，每天心情都是火烧火燎的，除了教学以外，心里想的都是关于孩子的高考问题、孩子的学习成绩问题，因此，那时候，他和女儿三句话讲不完，火气就上来了，并且常常一个人在家里自言自语。

万宝强每天把自己搞得狼狈不堪不算，也要自己的家庭、孩子跟着他受罪。很遗憾！他满天的爱心却成为折磨自己、折磨家庭的枷锁，却成为炙烤家庭快乐的刑具。

请问，我们孜孜追求的幸福是什么？我们苦苦经营的教育理想又是什么？这样的家教又有什么实际的价值呢？我们总不能眼看着这样的痴心父母把他的孩子放在毫无生机的家教环境中白白地断送掉美好青春吧！总不能眼睁睁看着这样的孩子在高考道路上痛苦无助吧！所以，我们这些教育工作者最大的责任就是拯救深陷家教痛苦中的父母和孩子，让他们明白什么才是真正的家庭教育，什么才是最有效、最成功的教育理念。

众所周知，读书是一条非常艰辛的道路，不可能一路顺风的。如果我们大家都能够深谙其中的真谛，我们从中体味到的就不仅仅是一份奋斗的艰辛，更重要的是让我们充分享受到读书给我们带来的温馨、快乐、充实、幸福、喜悦的成就感。而读书所表现的清苦，都是外在的、肤浅的表象，都会在我们读书成就感的光环里化成一缕淡淡的清香，滋润我们每一天的生活。

同学们，我们从读书中了解到人生的真谛，懂得了做人的道理，学会了怎样去幸福地生活，明白了人与人之间应该如何去相互尊重对方，搬开了横在我们前进道路上的绊脚石，打开了展望世界的窗口，拨开了笼罩在我们生活之中的迷雾，让我们满身都披上幸福的阳光。这么多的好处，难道不值得我们去好好珍惜今天大好的读书时光吗？当然，这是一种润物无声的过程，鞭子抽得越快，往往会适得其反。

但是，好马不用鞭子抽。同学们，如果我们都能够认真珍惜眼前稍纵即逝的大好时光，那么，我们的美好前程就会牢牢地握在自己的手上。到那时，满天的星斗就会为我们的成长祝福，皎洁的月亮就会为我们披上节日的盛装，美丽的鸟儿就会为我们歌唱，奔腾不息的长江就会为我们伴奏，高山就会为我们擎起奋勇前行的路标，大地就会为我们敞开宽容的胸膛，小草就会为我们妆点绿色的诗行，鲜花就会为我们绽放出幸福的笑容，清风就会为我们的人生之夏送去阵阵凉爽。连一些不知名的昆虫，也会偷偷地钻出洞口，跑到那些不甘寂寞的人群中，为我们低吟赞美的颂词。

同学们，在你们成长的道路上，有人世间最疼爱你们的父母一路相助，还有那么多辛勤的园丁为你们的健康成长保驾护航，你们还有什么理由不把书读好，不把自己的身体锻炼好？试想一下，在你们读书的航程中，能有这么多的幸福事，这么多的快乐事，这么多的人和物陪伴左右，你们小小的读书之苦，在这些博大的人文关爱里，你们还会感到"不畅"吗？

我想，当你们明白其中的道理后，你们就一定会忽略由读书带来的一点烦恼、一点忧伤，你们就一定会把这些微不足道的读书清苦当作人生快乐和幸福的调味剂；你们就一定会把这一点读书之累，当作人生惬意和美感的调色板。因为，你们不仅可以在读书的天地里弹出清新明快的乐章，还可以从中描绘出一副精美的人生画卷。你们从中失去的只是漂浮在你们身边的烦闷、忧伤、懦弱，你们得到的将是教师的赞美、学生的仰慕、父母的祝福和崭新的生活。到那时，父母还会对你们的美好前途心急如焚吗？

不错，欲速则不达是古训，但是，在今天的素质教育舞台上，如果我们能够辩证地思考其中的真谛，那这个古训将会绽放出更加绚丽的色彩。

二十六　要知道教育的真经是无言而治

自从女儿得到这个 MP3后，女儿一到家里，耳朵上立即塞上耳机到房间里放松自己的心情去了。一开始，女儿的母亲杨建云认为这种行为很正常，她想，女儿刚刚得到这个"宠物"，对它有所偏爱确实是情理之中的事情。可是令杨建云感到不解的是，随着时间的推移，女儿对这个"宠物"的偏爱却有增无减。

杨建云意识到这种反常的举动，是一个潜在的问题，她的心里渐渐地怀疑这个玩物很可能是一个不好惹的东西，很可能把自己女儿这些千金难买的大好时光白白地葬送掉，很可能把女儿的主要精力消磨在这种很具诱惑力的尤物上。

"宝强啊，我看你给女儿买的那个洋玩意，现在女儿把它当成稀世宝物一样……真是如痴如醉，我担心这种'尤物'不但不能改变孩子的郁闷心情，反而会让孩子失去读书的信心……"杨建云很快把自己看到的情形用电话向万宝强作了简要的说明，同时也把自己的一些担忧向万宝强禀明。

"不要那么神经质好不好，在买 MP3之前，我已经和自己的女儿约法三章：这 MP3是学习的辅助工具，不是随心所欲的玩具，它只能充当精神不振时候的兴奋剂，学习疲劳过后的按摩师，晚上睡觉时候的催眠曲。这一点，我们可要相信自己的女儿。"万宝强听了妻子杨建云的汇报后不以为然，认为妻子对这些反常的行为有点夸大其词。

但是，对妻子的学情汇报，万宝强又不能熟视无睹。古人言：知女莫如母。杨建云是女儿的母亲呀，女儿的一言一行都在地掌控之中。

因此，刚刚心情稍微放松的万宝强，听完妻子的汇报后，心情又开始凝重起来……新的担心又出现在他的脑海里：如果女儿把 MP3 的这些基本的功用，用反了、用偏了，把买 MP3 当成阻碍学习的顽石，成为阻碍进步的累赘，自己又该怎么办?……他不敢继续想下去……

但是，他继而又想：我的女儿绝对是那种知恩图报的人，肯定会自我约束自己的。如果她到现在都不能安心学习，那她又怎么能对得起这个一直为她奔波的父母呢?如果她在学习上还是三心二意，收不到一定的效果，又如何向父母解释呢?

想到此，万宝强开始自信起来，认为自己的女儿绝不是三岁小孩，她绝对不会辜负全家人、教师、同学对她的殷切期望的；她会非常清楚这个小小的 MP3 里面所寄托的深厚感情；她会非常清楚 MP3 中所潜伏的利害关系。

因此，万宝强对妻子的提醒并没有认真地考虑。只是在和女儿电话交流的时候，很委婉地对女儿说："在学习上，我和你的妈妈能够为你做的事情，就是力所能及为你提供方便的读书环境，这些我们一直都在尽力地做着，你应该理解我们的心情，其余的话，我不需要深讲，因为我们以前讨论过很多关于学习的问题，你曾经向我表过态，绝对不会因为买 MP3 而耽误了自己的学习，并向我保证买 MP3 只能对学习有利，不会对学习产生负面作用。你应该清楚，我们说过的话，余温还没有散尽，耳边还能够回忆起当时说话的语气、态度。更何况你已经十八岁的人了!你是我们县最高学府的高三学生，你应该知道一个人许过的诺言是不能违背的；你应该承担的责任是不能放弃的。如果你把我们说过的话当成敷衍塞责的幌子，当成大风吹草帽，根本不当成一回事，你应该比我更清楚这里面存在的严重后果。"

"你和我讲这些话是什么意思?你不觉得自己很累吗?你今天除了这个话题,还有没有别的话题?如果没有的话,我可以上学校了……"女儿对爸爸所说的话,感到多余,感到不耐烦,就差一点说爸爸的话就是噪音了。

"我今天是带着万般诚意向你说话的,同时也是带着我们全家人对你的无限关爱来与你沟通的,因为,现在我们今天每走一步,都要在今后的人生留下清晰痕迹。如果你现在还不愿和我们进行真诚的谈心,我怕你一个人内心承载的负荷太大,让你无法排泄心中的郁闷。谈心也是一种排泄心中不快的良方;你老是用沉默来代替家庭正常的沟通,这不是显示你的成熟、显示你的坚强、显示你的智慧,相反,我们还会认为你的这种表现,就是不成熟的表现。现在很多人都在关注你的进步,这你比我更清楚。我们把话挑明,你现在必须放下所有包袱,全身心投入到学习之中,否则,你是无法向爸爸、妈妈、教师、同学交代;连我们以后都无法面对关心你的教师、关心我们周围的人。今天,我该说的话,都对你说了,如果你现在还是执迷不悟,那么我们以后就只能装聋装哑,一切随你自便。"面对女儿的态度,万宝强还是觉得自己今天没有达到和女儿交流的目的。便不顾女儿的反感继续他的说教。

按照万宝强的理论,上述的话都是必须要说的话,都是家庭教育中不得不说的肺腑之言。说是不得不说的肺腑之言,但是万宝强在说这些话的时候,心里还是忐忑的,无法宁静的,因为这些话,软中带刺,柔中带刚,主要目的还是给女儿敲警钟,告诫她不要让所有关心她的人失望,不要让父母的良苦用心化成无形的泡影,不要给这个一直忧心忡忡的家庭增添新的忧伤,要她勇敢地承担起家庭赋予她的责任,担当起时代赋予她的使命。

其实人是有自尊心的,更何况一个面临高考的学生!他们对事物的看法、对人情的理解、对人生的价值追求、对摆脱困境的决心要比我们普通的局外人要高明的多。我们这些做家长的不管是大事还是小事，总以为自己的孩子是一个没有见过世面的小阿斗，总要千嘱咐万叮咛，总是用一个有色的眼睛去看孩子。其实，在你咄咄逼人的眼光中，孩子的自尊心在受到伤害，孩子的进取之心在滴血，你强加在孩子身上的不是必要的关心，而是压在他们身上的千斤重荷。孩子对父母的尊重是自古就有的，对父母的用心良苦是耳濡目染的，根本就不需要父母在面前婆婆妈妈地说个不停，我们都知道物极必反的道理，关爱泛滥同样是极端有害的。

一个成功的家长，对孩子的教育是重在无声的关照，重在对孩子心灵的撞击，智慧的点燃，过多地责问对孩子的教育绝对是有害的，教育孩子绝不是靠打骂、靠三番五次的数落孩子。我认为鼓励性的教育，要比我们动手动脚的教育要胜出千倍万倍。我们教育孩子是一个百分之九十九的脑力活，绝不是一个简简单单的体力活。

很多家长认为孩子是自己最亲近的人，亲近的就像自己的私有财产，可以对孩子进行任意的处置。这种观点是绝对错误的，孩子是你最亲近的人不错，但是孩子是一个有血有肉的独立体；他们也是一个需要别人尊重的人。在这个世界上，最能引起人反感的就是对一个人自尊心的践踏。而任何命令式的语言、任何粗暴的行为都是对人自尊心的蔑视！试想一下，在一个连自尊心都不能得到尊重的环境中，我们能够把教育思想播撒到孩子心中去吗？在一个没有平等、没有自尊的土壤里是绝对开不出灿烂教育之花的。而这一点，恰似我们做父母平时最容易忽略的地方。

"女儿呀，如果你还有一点自尊，还有一点责任心，我想你都不会让我们失望的，不会在我们屡屡受伤的心口上再撒一把盐，因为我们好话歹话说了一大筐，讲话的唾沫星飞得像小雨点，所耗的心血不是三杯两盏，而是浮可载舟，这是谁之过？"这是万宝强教育女儿原汁原味的一段话。

　　当我们细心的读者读到这段话的时候，你也许想到，这哪里是在教育子女?这分明就是在拷问子女!用这种口气在教育子女本身就是在犯错，再加上那些完全责备性的语言更是让受教育者感到浑身的震颤。诚然，教育人的语言不是靠"声音分贝数"的大小来衡量教育功败的，也不是根据向受教育者施加压力的大小来评价教育得失的。

　　当我们向孩子陈述这么多教育之苦的时候，你有没有想到，我们教育的效果问题。有些人，三言两语尽得教育真经，孩子立马回心转意;有些人，口若悬河，讲话全不得要领，全部在陈述自己的教育之苦、家庭生活如何的艰难，仿佛要让自己的孩子背一个破布袋跟着你沿街乞讨，才能对得起你的教育之功。我们的教育目的是让孩子能够健康成长，最重要的是如何引导的问题，绝不是让他们像无头的苍蝇，在没有目标的天地间乱转。

　　教育的过程是一个缓慢的过程，绝不是像坐飞机似的，很快就能够直达目的地。语言的重心应放在引导孩子怎么做上面，绝不能用责备的口吻在数落孩子已经过去的错误上面，语言宜少不宜多，宜精不宜杂;态度宜缓不宜急，宜温不宜燥，次数要恰当，绝不能一日一小教，三日一大教，开口就教育，闭口还是教育。要知道教育的"真经"是无言而教!

二十七　爱心也需要行动指南

现实中，很多家庭为了迷途的孩子早日走上正道，闹得不和谐，工作没劲头，连吃饭都味同嚼蜡，整个家庭的周围到处都像被愁云覆盖，家长的脸上很难见到灿烂的笑容。

"这是为什么呢?"万宝强面对女儿的读书，好无奈，经常在自己内心拷问这样的问题。因为，他只是一个普通的家长，没有什么好的家庭教育经验，更谈不上有什么家庭教育真谛可言了。

"她为什么在学校里就不能安安心心读好书呢?现在的读书条件多好啊!吃不愁，穿不愁，每天所做的事情都是围绕读书二字。不仅如此，我们还要丢下自己的工作一起陪着她读书，全家所有的'方便'都为她准备着，所有的经济收入都为她积聚着。"万宝强经常在妻子面前抱怨自己的孩子……

妻子无语。

"难道，我们爱自己的孩子，也有过错吗?"万宝强只能对苍天追问。

我们爱自己的孩子，也有过错吗?这是一个非常有深度的家庭教育问题。我们家长爱孩子是父母的天性!如果我们爱孩子的方式、方法出了问题，偏离正确的家庭教育轨道，那么我们对孩子的"爱"就会裂变成为对孩子的"害"。

在现实家庭教育中，很多父母都围着孩子运转:孩子是家里的太阳，父母都是为孩子服务的行星。按常理说，这种教育环境对孩子读书是非常有利的。我们似乎在教育孩子方面找不到可以挑剔的任何理由。可是，我们的孩子在这样的呼风唤雨的环境中，不也是把书读得"跌跌撞撞"吗？其实，这种看似逻辑性很强、科学度很高的家教"真经"，当我们静下心来仔细审视时，我们不难发现，这些传统的家庭教育很多地方都违背了教育规律。

"孩子是弱小的，我们家长必须百分之百地服务好自己的孩子，孩子要什么我们给什么，孩子讨厌什么，我们扔下什么。"这种看似非常正确的家庭教育，其实对孩子的健康成长也是相当有害的。

以前，我看过这样的一个小故事：有一个小女孩，看见一只蚕正奋力破茧而出，看那蚕吃力挣扎的样子，小女孩顿生爱怜之心，便拿出剪刀将茧划破让蚕免去挣扎破茧之苦。蚕出来后，鼓起翅膀却飞不起来，最后蚕终于垂下翅膀死了。其实，蚕在破茧时的奋斗可以磨炼它的翅膀，让翅膀变得更加有力。但是，小女孩人为地将茧划破，剥夺了蚕自我磨砺的机会，才使它无法飞起来。小女孩付出的爱心最终却将蚕害死了。

在家庭教育的中，这样的家教实例比比皆是。家里的孩子就是小皇帝、小太阳，所有的一切，父母都完全包办，长期下去，我们的孩子就会失去锻炼自我的机会，就会缺少自力更生的能力，从而无法适应瞬息万变的社会，最终只能被社会淘汰。因此，我们父母对孩子的爱，是需要节制的。

当然，我们教育孩子也不能走向另一个极端，让孩子完全围绕父母转，让孩子完全臣服于父母，让孩子在父母设计好的教育轨道中前行。要知道，天底下所有的人都是独立存在的个体，他们对世界的理解都不是完全一样的，他们的兴趣、爱好、对世界的着力点，都不能用一个尺子来衡量。

什么叫强人所难、什么叫因材施教，这些看似"小儿科"的问题，但都包含很深的学问。它们告诉我们天底下所有的教育问题都要遵循一定的教育规律，不能简简单单地要求所有的受教育者，都朝着同一个方向跑步前行。试想一下，把一个喜欢打篮球的高个"人才"，打造成举重"明星"，这无异于让鱼去学爬树，让鸟去学游泳。因此，教育对受教育者的素质也有相当严格的要求，因材施教这是中国传统教育非常有见地的教育观点，如果我们违背这种教育观点，必定要付出惨重的代价。

因此，我们在可塑的教育对象中，只有顺着教育规律这根准绳，对受教育者进行严格的训练、科学的指导，我们的汗水才不会白流，我们的付出才会得到可喜的收获。

当然，在可塑与不可塑人的鉴定上没有严格的界限，但是，大体方向我们可以根据孩子天生的秉性、对事物的执着、对认知对象的兴趣来识别。因此，在教育孩子这个问题上，我们绝不能用"同一个高度"去要求每一个孩子。

古人言：学之者不如好之者，好之者不如乐之者。这句话也潜藏着很多育人的道理。它告诉人们，兴趣才是天底下最好的老师。如果我们教育工作者能够根据受教育者的兴趣进行因材施教，在学习目标、学习等级、学习内容、学习方法等方面能够有所不同、有所选择，那么我国现在的农村教育将会出现很大的转机。

为了女儿能够读好书，万宝强动足了脑筋，只要是孩子学习需要的，只要是自己能力许可的，他都会不惜一切代价去满足她。但是他没有想到这样的心情，这样的努力，这样的关爱，竟然让孩子和父母都感到疲惫不堪。

万宝强曾不止一次在内心责问自己：我们这一代人，究竟是中了什么邪，为什么不能让自己的孩子，坦然地去面对高考呢?为什么孩子扛不起来的重任，硬要让扛起来呢?孩子已经到了火山就要爆发的岩浆口上，我们还要让自己的孩子奋力向前拼搏，这又是何苦呢？

现在，学校、家庭超负荷的重压，已经把孩子折腾得疲惫不堪，孩子还有什么心思去在书山题海中奋起一搏？如果我们把这种行为理解为"千军万马过独木桥"，这是一点都不为过的。

我们这些可怜的父母呀，你究竟让不让自己的孩子有一口喘气机会呢？如果我们的父母到现在还不能有所醒悟，那我只能对你们说："你们受累活该！受苦活该！不仅如此，我还要请你们高抬贵手，不要在你们受罪、受苦的时候，拉自己孩子给你们垫背！"

我向来喜欢追根求源，喜欢打破砂锅问到底：造成我们这些父母拼命这样做的动机是什么呢？背后那股强大的支撑动力又是什么？他们明知自己和孩子身上的重荷有千斤之多，为什么还要不住地往自己和孩子身上加压呢？是谁逼他们这样做的呢？他们不这样做行不行？你知道我们这个时代造就了多少像万宝强这样的父母呢？

"不去读大学，照样有饭吃！……这样，孩子还能早一点工作。"处于不知所措之中的万宝强，时常会抛出这样一句话。

这一句话听起来很"经典"。但是现实中，有几个家长不是到了万不得已的情况下，才让自己的孩子过早地走上打工道路呢？

"不去读大学，照样有饭吃！"当我们今天认真解读这句话的时候，就会发现：这句话包含了父母多少的心酸！包含父母多少的无奈！

现在社会舆论普遍认为：父母说这句话的时候，就是在宣布自己做家长的无能，就是在对自己多年的家庭教育最无奈的否定，说是让孩子早一点到社会上接受锻炼，其实这是父母最心痛的颤音，这是独木桥上最无奈的怒吼……

但是，也有人说这是父母硬要顾及那二寸半的面子，才发出的"潇洒"托词。现在，我们作为教育工作者，在解读这句话的时候，可不能跟着起哄。因为，当我们走进这些父母的时候，就会发现，他们太卑微了。他们所选择的放弃之路，就是一条忏悔的路，这条路上处处流淌在痛心疾首的血，处处散发出负罪树上开出的"花香"。

万宝强时常在想，自己在事业之中建功立业机会已经到了日落西山的黄昏，孩子可是早晨八九点钟的太阳；孩子人生还是一张洁白的宣纸，很多人间奇迹都可以在孩子手中创造出来……

"为什么女儿进步的脚步这么缓慢呢？缓慢的有点让父母心碎!"万宝强不断地反思自己。因为万宝强始终认为自己的女儿是聪明的、她的未来是充满无限活力和张力的，现在停滞不前的原因就是女儿自己放纵自己。如果自己这个时候，撒手不管，过早地把女儿定型在普通凡人的行列，那总感到自己就是对孩子的不负责任，就是在愧对孩子的一生。但是，他却忽略了"欲速而不达"的道理。

说实在话，谁不希望自己的孩子，生活得更好一些？谁希望自己的孩子在别人的冷眼里生活？谁希望自己的孩子在窘迫的生活中，整天为生计奔波？

如果让他们的孩子沦落到那样地步，这比菜刀架在脖子上还要让他们难受。

人都是有自尊的，谁不到无可奈何的境地才甘心放手呢？所以，当我们认真地解读了现在父母的内心世界，我们再去看现实中为自己的孩子读书疲于奔命的身影，我们就会由衷感到敬佩，讽刺、嘲笑、嗔怪都是对做父母的不尊重。没有身处做父母的境地，我们很难体会做父母良苦用心的。

同学们，即使父母在教育你们的时候过分了一点，你们也要多多体谅父母的仁慈啊！你们有没有观察到，家里最好吃的，都是为谁先端上？家里最漂亮的衣服都是为谁先准备的？家里存折上的钱都是为谁准备着的？

同学们，除了父母，谁能够为你们提供这样最优质的服务？谁肯出最多的钱让你们读最好的学校?哪有父母不疼爱自己孩子的?他们宁愿自己出差(或者在外面打工)的时候多受点苦,也愿意为你们在食堂里面多花点钱,买自己喜欢吃的饭菜。

我认为父母为孩子的所作所为,绝不是在将来要自己的孩子对自己是如何的孝顺,父母对子女的关爱是从来不图回报的,这种最纯洁的、最伟大的爱,那是天底下所有的关爱都是无法比拟的。

"你给女儿买 MP3,我感觉就好像给女儿请了一个魔术师,把女儿的学习时间几乎占光了,你可要当心女儿沉迷下去呀!"尽管万宝强的妻子杨建云一再提醒老公,但是万宝强对女儿的聪明、女儿不甘屈服的精神还是心存自信的。

万宝强心想,女儿对音乐感兴趣,这本身就是一件大好事,女儿在美妙的音乐当中,肯定能够使烦躁情绪冷静下来,能够使女儿的头脑变得轻松。在课堂上课的时候,女儿注意力肯定非常集中,主要精力肯定会投入到学习之中去,学习的效果肯定是非常好。

在万宝强想象的世界里面,女儿对爸爸这次关爱——买 MP3肯定是心存感激。所谓的听听音乐,都是在为学习"擦枪的"。因此,听音乐后再去学习,那学习效果绝对要比没有听音乐的效果好。万宝强心想:要是我在读高中的时候,我的父亲能够给我买一个这种既可以学习,又可以娱乐的工具,我的学习成绩肯定是名列年级前茅的,在高考中肯定会一鸣惊人,考上国家重点大学,绝不会让自己吃了一年"回炉饭",才勉强考入三流大学。也绝不会使自己沦落到今天浑浑噩噩的地步。

万宝强在万般纠结和煎熬中,对女儿还是充满无限期待的,他希望女儿在下一次的月考中,给自己带来最好的成绩,能够给一直在烦躁中煎熬的父母带来无限的喜悦……但是,美好的愿望并不能代替美好的现实,如果我们父母付出的爱偏离了科学的行动指南,也会酿造出"反胃"的教育苦酒。

二十八 没有耐心等待成功那只能用耐心面对失败

"女儿，第三次月考什么时候开始呀？"一天，午饭过后，杨建云一边收拾桌上的饭碗，一边问女儿。

"干吗？你要帮我考试呀……真是……钓黄鳝不急，你背鳝笼的急什么？……"

"你是我的女儿，我不急谁急……别人牙痒了会朝墙上碰……"

"我说你什么好呢？刚才好好的家庭气氛，又被你搞浊了……我现在请你以后不要瞎操这个心，你就知道拼命地抓紧我，抓紧我，让我得不到一点放松的机会，就算我学会一点'缩身功'，也拿你没办法。你好好想一想，我就是一块钢铁也会被你捏变形的……把我捏变形了，对你有什么好处呢？……"女儿最近脾气很烦躁，一听妈妈"关心"的话就生气，现在，她不顾妈妈心里能不能承受了，就想找机会把自己的怨气"发泄"出来……

杨建云被女儿反驳得哑口无言……但是，她的怨气，不敢在女儿面前发泄，只能在电话里向自己的老公倾诉……

第三次月考成绩在万宝强和杨建云万分关切、万分焦急的等待中出来了……

结果怎么样呢？我们作为旁观者，不用问也会知道什么样的结果。

不出所料，万宝强和杨建云的美好愿望又一次被那残酷的现实击得粉碎，他们的担心一下子又变成了沉重的现实。

过分自信的万宝强，也在这现实中变成了泄了气的皮球。因为他女儿的学习成绩已经下滑到女儿进入县城中学以来的最低点：在全班八十二名学生中，她考试的成绩已排到五十八名，两门选修课政治、历史都没有达到合格的级别。

这次月考成绩差得如此可怜，一贯把分数看得比命还重要的万宝强，听到这个不敢相信的分数时，一下子就浑身打起颤来……就好像赌红了眼的赌徒下足了赌本，一下子拿到了"瘪十"一样，本来是压足了赌资，希望来一个"好点子"，吃通所有参赌的人，把自己已经赌输的血本给捞回来，可是最后的结果却是截然相反，不但没有保住自己的本钱，反而使自己血本无归……

万宝强以前所有的骄傲、所有的自信、所有的沾沾自喜都被这镑"定时炸弹"炸飞了……

女儿怎么了？女儿为什么会出现如此不景气的现象？万宝强感到非常沮丧，他不敢想象女儿的成绩会下降得如此之快，他不住地在拷问自己：怎么办？全家该如何去面对这个惨痛的现实？为什么自己的良苦用心会演变成为困扰他的毒蛇猛兽？为什么酝酿好久的好事，却演变成自酿的苦酒？为什么女儿和自己共同研制的一剂良方，女儿"服了"以后不但没有见到"病情"好转，反而让自己感到女儿已经掉进"学情病危"的泥淖。

万宝强非常纳闷，按照常理，女儿身上的那点小毛病，应该是药到病除，不会留下什么后遗症的，更不会因此而产生难以料想的后果，可是事实偏偏让他伤透脑筋，出现了很多始料不及的后果。

万宝强反复品味着由自己一手酿造的"苦酒"，这杯"苦酒"本来应该是性情温和、味甘纯正、香气淡雅、色泽剔透、品质高贵的。慢慢浅尝以后，定有怡情养性之功。如果是低回畅饮，也定会赏心悦目。可是现实很残酷！应该是一方人人喜爱的美酒佳酿，转眼之间变成比黄连还苦的"药酒"。为何这等美妙的瑶池之物，却会带来如此截然相反的效果呢？

奇怪！真正是太奇怪了！万宝强感到自己的智商真是"太低了"，只停留在小学五、六年级学生的水平上……

他有点懊悔自己的鲁莽，懊悔自己为什么不能慎重考虑女儿的 MP3 问题，竟然眼睁睁把那个高等"洋玩意"买给自己的孩子，而这个孩子正处于人生中最为关键的高三阶段，这个玩笑似乎开得太大了……这不仅仅是浪费时间的问题，也绝不是作业做多做少的问题，而是严重影响到孩子的高考问题、前途问题。

"这个损失由谁来负责呢？为什么不经过调查研究、不经过走访老师专家，让他们给自己提一提中肯的建议？……应该多去了解一下这个MP3的作用、影响……不仅要想到它的积极影响……还要考虑到它的负面作用……使自己对它有一个较为全面的认识……只凭自己想当然，根本不去考虑事情的两面性，这不但让自己的家庭物力、人力蒙受损失，更重要的是让自己的孩子在这种错误的引导下，走上了一段难以回归的道路。"万宝强面对女儿第三次月考成绩，心里在不住地追问自己。此时，万宝强对女儿的信心一下子降到令他伤心的冰点。

看问题，我始终认为应该一分为二，绝不能只看事物的单方面，更不能以点带面。我们在分析事情功败垂成的时候，不仅要看到影响事情发展的外因，同时也要看到影响事情发展的内因。所以，对万宝强女儿这次月考的失利，我认为不纯粹是一个简单的 MP3问题，而是万宝强、杨建云以及他们的心态问题。如果他们对读书的心态没有调整好，所有的努力，只能等于空气。

万宝强有责任，女儿自己也有责任，另外我们必须看清楚事情发展的趋势，才能对这次月考失利的原因，做出较为客观的评价。

万宝强的责任，充其量只是一个外因问题，根本不是导致女儿失利的根本原因。其根本原因还应该是在女儿身上。她始终没有调整好自己的学习状态。她买 MP3 的初衷是好的，是希望自己从烦躁的心绪中解脱出来，也想通过自己的努力来改变失败的现状，只不过在运用 MP3 的时候，没有把握好使用 MP3 的分寸。她仅知道它能够改善自己的心情，陶冶自己的情操，却没有对自己目前最主要的任务方面作深层次的考虑，更没有对自己从严要求，从而导致过分地放松自己。她对这种高科技的玩物失去自控能力，把自己的喜怒哀乐完全交给了 MP3，在 MP3 的悠扬旋律之中忘记了自己还是一个即将参加高考的高三学生。

她把对高考的冲刺的紧张连同对高考的拼搏都"水化"在 MP3 的靡靡之乐中。对高考的激情风化了，对高考的信念淡漠了，拿到课本学习的感觉麻木了，MP3 成了一杯消磨人意志的迷魂汤。这杯迷魂汤喝得她变成了连自己都不能识别的大混虫，没有了思维，没有了读书的责任。

在这种情趣之下，即使有一杆枪指着她的头部命令她读书，也没有一点震慑了。因为压力对她已经不起任何作用了。本来买 MP3 是为了减轻高考压力的，这一下倒好，MP3 成了一个危害万宝强女儿正常学习的无形杀手，不但成绩大滑下来，而且使她的内心再一次受到疯狂的打击，所以，这个时候的 MP3 对万宝强女儿来说，就是一点成功、娱乐的价值都没有了，完全丧失了它本身应该有的积极功效。因为 MP3 仅有的娱乐功能，已经完全被它的负面影响给扼杀殆尽了。

这个时候，我想起了一个故事：一位科学家在沙漠考查中发现了一种很奇怪的植物，这种植物是沙漠中的非常耐干旱的林木，它们本来在很少的水分条件下都能够顽强地生活下来。它们为了存活，学会了节俭。它们只有短短的、绿绿的枝条，最令人不可思议的是，它们在烈日下面连一点阴影都没有。可是有一天，有一条河流改道了，河水浸泡了这些林木。没多久，河水又回到原来的河床，水退以后，这些在干旱中坚持存活许多年的林木，竟然都一一倒下了，枯瘦的枝条，就像一个很久没有喝到水的人，一下子喝下太多的水，就胀得"不行"了。

因此，我想，一个好孩子陷入学习困境的时候，如果我们家长不能遵循教育规律，只想通过外因给孩子走捷径，不能从孩子内因方面寻找突破口，那这个孩子很容易在困境中越陷越深。当然，我们家长也必须清楚，天才和傻瓜这两种看似相反类型的人，他们在不同的教育环境中，他们的内因也会发生显著的变化，天才也会变成傻瓜，傻瓜也会变成天才。

所以，我们家长在实施家庭教育的时候，一定要把控好内因与外因的辩证关系。内因决定外因、内因通过外因起作用的道理，绝不能想当然，更不能根据自己的喜怒哀乐、主观臆断给孩子做命运似的安排，一定要尊重孩子的个性、尊重教育的自身规律，一定要综合考虑教育中一些错综复杂的因素。只有这样，我们就会避免犯原则性的错误，更不会因为自己的失误而牵连孩子了。

"如果自己是一个穷光蛋，女儿有非常聪明的天赋，凭她自己的硬功夫考上本县最好的中学，也许她的头脑里不仅仅考虑到好好读书，珍惜来之不易的读书机会，而且还会知道父母养家的艰辛、生活的勤俭。这样，女儿的肩上自然而然就会多了一分强烈的读书责任……多了一分担当……我们做父母的就不会感到如此狼狈、如此烦恼、如此无助。"面对女儿第三次月考成绩，万宝强常常对着和自己一样心情的妻子说。

"不错，一个人只有具备强烈的责任意识、强烈的担当意识，他在面临生活挑战的时候才会想到：只有奋力一搏才是自己的唯一出路，才是改变自己命运的最好选择……可惜，我们的女儿在责任意识方面还是比较淡薄的。"

"哎，我每次给她读书钱的时候，她绝对不会想到这都是靠爸爸妈妈靠点点血汗换来的；她绝对不会领悟到这些钱中寄托父母多少殷切的期望……"

"现在的孩子呀，不知是吃错了什么药，很少有孩子想读书，即使一些想读书的孩子，也是思想不坚定……这叫我们做父母的怎么办！"

"现在不学好的孩子也不是一家遇到的情况，你要他们学习，就是在要他们的命。我们又能有什么办法？"

"没有办法，也得想办法！孩子往后缩，我们做父母可不能往后缩……"

"老婆，你有所不知，现在学校不爱学习的孩子，真是太多了……有些孩子坐在教室里，老师上课，根本就不听……讲一个不怕你笑话的事情，现在，不少班级学生，叫不出老师的名字，他们喊老师，只能说'语文老师''数学老师''英语老师'，更有甚者，还有些学生喊老师，只能说'男老师''女老师'，根本就分不清这个老师教什么课。试想一下，这样的学生，就是神仙老师，教他们也无济于事。"万宝强说这话的时候，自己都感到好笑。

"竟然有这等学生？……"杨建云对万宝强的话感到有些吃惊。

"那还能有假？我经常在县城路上，碰到我们班级的学生家长。他们为了让自己的孩子有书读，情愿早晨带干粮来县城捡破烂、干钟点工，就是在寒冷的三九天，他们也是如此。那些沿着大街小巷、佝着身体、在臭气熏天的垃圾池里面捡着所谓破烂的家长，让人感到心酸，但是，他们的孩子中绝大多数人是不会明白在学校食堂里吃的香喷喷米饭，是从那些臭气熏天的垃圾池中"转嫁"过来的。还有那些'挑沙工'家长，他们在烈日炎炎的酷暑天，挑着满满的砂筐，一步一喘，艰难地跋涉在崎岖的山路上，用自己玩命的血汗钱换来孩子读书的费用，而他们的孩子，很少有人去体谅自己父母甘苦的，他们中很少人能够在别人睡得正香的时候，用一双'饥渴'的眼睛深情地注视着自己课本的……"

"这是不是社会大环境出了问题？……"

"这哪能怪社会大环境呢?我们应该清楚,纵观五千年的文明史,没有一个朝代或者国家能够有如此公平公正的社会。可以这么说,这个社会几乎没有埋没人才的现象发生,真正拥有了一个物尽其用、人尽其能的社会用人环境。面对这样公平公正的社会,你还不去好好学习、掌握科学文化知识,那又能怪谁呢?我看只能怪自己。"

当然,在学校里,也有真正知道感恩父母的好学生,当他们用手接过父母血汗钱的时候,他们就在自己的内心深处感激自己的父母,他们绝对不会忘记那一双长满老茧、指甲里面满是污垢的手;他们绝对不会忘记在寒冷的冬天,仍然在疲于奔命的父母。当他们正想把自己的头朝被窝里面缩的时候,头脑里浮现出父母因过度劳累而出现的憔悴的面庞,他们就会让自己所有的疲惫、所有的忧伤都在父母慈爱的目光中化成无形的动力。他们每时每刻都在努力让父母放心,让父母感受到自己孩子就是大有希望的。

"如果女儿现在能够回心转意,能够迎头赶上,端正自己的学习心态,不断强化自身学习意志,刹住成绩下滑的'车轮',紧紧地跟上高考的步伐,竭尽全力摆脱命运强加给自己的困苦。这样,女儿肯定还会东山再起的…如果女儿学习心态端正了,她也不会今天向父母提出这个要求,明天又向父母提出那个要求了;她的头脑也不会变得如此复杂,她的学习成绩也不会变得如此不尽人意了……"万宝强在内心深处,还在积极地为女儿"脱贫致富"寻找理由。

当然,我们做父母对孩子有些"不正常"现象,一定要怀有平常心,一定要对孩子的进步保持足够的耐心。生活中,我们常说,"心急吃不了热豆腐""一口吃不成胖子""一锄头不可能挖出一口井"等,其实,这些谚语都是在说明:人要有耐力,不可浮躁,不可急于求成。

原子弹之父奥本·海默曾经说过:在成功的道路上,如果你没有足够的耐心去等待成功的到来,那么你只能用一生的耐心去面对失败。

万宝强当女儿两次月考失败后，他的内心浮躁不安，不能认真反思女儿前两次月考失败的根本原因，而是糊里糊涂地希望女儿在 MP3的旋律中很快扭转乾坤，可事实上又是如何呢?他只能是拿自己的石头砸自己的脚。

二十九　靠自己奋斗才有真乐

今天是星期天，万宝强被一阵急促的闹铃惊醒，他揉揉双眼，仍然感到有点疲劳，因为上周国家基础教育司到他学校进行督导检查，他作为教务主任，自然忙得不亦乐乎。他看着窗外雾蒙蒙的天气，真想躲进被窝再躺一会儿。可是，一想到自己女儿学习状态还没有好转过来。他所有的疲劳一下子没有了，精神陡然高涨起来……

"赶快起来，要不去县城的早班车赶不上了。"他想到这里，一骨碌从床上爬起来，脸没洗、牙没刷，提起小包直奔客车出发的地方，更谈不上吃早饭。

他出了家门，看到小客车正好从停车小院子开出。他赶忙招手示意旁边的熟人让客车暂停一下，幸亏这趟客车推迟发车，才跌跌碰碰地赶上去县城的早班车。

"万老师，你今天怎么搞得如此狼狈，你的外套的纽扣都扣错了。"万宝强一上车，见车上空荡荡的，没有几个人，刚坐好位置，抬头一看是自己的老同学郑长伟。

"哎，我这几天忙得上厕所的空都没有，今天星期天，本来是想好好在家睡一觉，可是…女儿高三了…眼看就要参加高考了…我哪能闲着在家睡觉呢。"万宝强趁着驾驶员等人之际，一边和老同学说话，一边把纽扣扣好。

"老同学，你女儿参加高考，又不是你去高考，我看你是假着急，更何况高考还有八九个月呢!我看你管教孩子有点过火了!"郑长伟对万宝强的操心不以为然。

"难道我这个时候,不应该去关心孩子的高考吗?你认为我这个时候应该怎么做呢?"

"我认为…你这个时候…高兴干什么就干什么,你刚才不是说想睡觉吗,我认为你这个时候就应该好好地睡觉!如果你这个时候去教育孩子,那很容易把你工作上的情绪带到教育子女上去,肯定会影响孩子情绪的。"

"老同学,你说的话,有点道理,但是,你现在去打听一下,孩子要高考了,哪一个家长不是全身心投入到为孩子服务上来,现在很多家长,甚至丢下自己本职工作,专门来照顾自己的孩子。"万宝强对郑长伟振振有词,继续说:"世界上最美的风景,是不会让所有的人都喜欢的,正如世界上再高明的家教都有它不尽人意的地方一样。"

"哎呦喂,万老师,不要在我面前拽文,我是大老粗,你的大道理太深奥了……至于你所讲的高明家教,我更说不清楚,现在关键是,那些丢下自己工作全心全意为孩子服务的家长,到头来对孩子帮助又能有多大效果呢?"

"你既然知道这么多,我问你现在孩子为什么学习没有劲头……没有我们那个时候读书劲头大呢?"

"万老师,试想一下,当我们深处高雅之堂、富贵之所,我们还会学着古人头悬梁、锥刺股吗?……"郑长伟在反驳万宝强。

"老同学……当我们身处绝境,谁不想千方百计地逃出地狱?可是,我们现在的孩子就是置之'死地'也想不到'后生',你说该怎么办呢?"

"顺其自然,孩子就是跌倒了,你也不要扶起他!在人一辈子中,谁没有摔过跤?有时候,需要扶,但更多的时候,我们不要去扶!因为人都有自尊心的，他们跌倒了，自然会想到爬起来，并且还会用最大的努力来防止以后再次跌倒。你是一个教师，比我更懂得教育孩子的道理。现在你对孩子的担心太多了，以致让你小心过分了。《圣经》里说，不要叫醒，不要惊醒我所亲爱的，等他，自己愿意。不扶，常常是最大的扶。"

"真是不识庐山真面目，只缘身在此山中！我真没有想到，自己教了这么多年的书，知道那么多教育大道理，今天竟然被'书'咬了手，被'大道理'困了脚，被漫天的'爱心'迷了双眼。"万宝强睡意初醒地说。

"其实，在人性之中，谁都有坚强的一面，所谓的'孤愤而作'也从人性的角度，告诉人们，但凡有所作为的人，都是自己把人生放在绝壁的'悬崖'之上，像雏鹰一样慢慢地研习搏击长空之技，在'危险'的炙烤中，突破命运强加给他的种种艰难与不幸，在熹微的阳光中，磨砺金石之志，铸造不朽伟业，根本就不需要别人在督促他们怎么做！现在很多父母，包括我自己都沉迷于孩子教育之中，不能自拔，这都是家庭教育从众心理在作怪，"郑长伟一边说，一边从自己的皮包里面掏出一本书，这本书的名字叫《温室难出壮苗》。

万宝强一看老同学拿出一本书，连忙接过来，翻了几页，便对老同学说："现在，很多人都说温室里难出壮苗，我认为这句话不完全对。因为，一个人的健康成长虽然是要看这个人有没有孤愤之心，但是，离开良好的物质条件，也是同样难出'壮苗'的。"

"万老师，我们只能认为好的成才环境，是人事业成功外在条件，它绝对不能成为人们事业成功的决定因素。但是，这本书并没有简单地说优裕的环境，对青少年的健康成长不利！而是从科学的角度，来警示处于'温室'之中的孩子，不要贪图眼前的享乐，而忘记自己的奋斗。要想使自己孩子能够更好更快地到达理想的目的地，得靠孩子个人的雄心和孤愤之力……家长仅仅是'旁观者'，充其量是孩子成长过程中的主导者，绝不是孩子成长过程中的主体者！因此，谁能在人生的大道上，常怀孤愤之心，不被嘈杂的尘世、喧嚣的环境所困惑，谁就定能建立不世之功，虎视天下英雄，坐镇不败之地。"

"可是，我们在为孩子伴读过程中，却发现，房子小了，女儿生气；租房没有贴地板砖，女儿生气；租房的周围环境差了，女儿生气……女儿生气了，自然读书的效果肯定就差，要想让女儿不生气，我们必须花大价钱租好房子。这可是事实！"

"老是用享受的观念来读书，那怎么能成呢！如果永远沉迷于这种享乐的生活里，那么，我们就可能折断鹰击长空的'翅膀'，最终得到的将是永生的烦恼。"

"这些道理，我也懂，但是实施起来，却比登天还难！"

"这不是别的原因！都怪我们家长、我们孩子的心态都没有调整好！如果我们能够用积极的心态，捡起那些别人不屑一顾的微小有价值的东西，并且能够坚持不懈，不断进取，我们必定会从时光老人的手中，接过更为珍贵的礼物。我们有限的平凡之心，就会得到最为高贵的褒奖，这种苦后的快乐，苦后的幸福，往往会置于美满之巅。原来所谓的'最美丽的东西'，不是我们肉眼所能够看到的东西，不是我们凡心所极力推崇的东西，而是存在于普通人内心的不堪寂寞、孤愤而作的精神之中。"

"那为什么现在有些'官二代''富二代'，根本就不需要费多大力气、用多大功夫，他们却能够处于事业的顶峰？"

"你当这么多年的老师，你应该清楚：如果'官二代''富二代'能够胜任自己的本职工作，能够把自己的人生事业推向顶峰，那么，我可以断定他们肯定自身很有实力！当我们明白这个道理的时候，我们就不会神话'官二代''富二代'对事业成功的价值，我们就会把'孤愤而作之心'、当作事业成功的法宝。"

"就算你说得正确，可是，现在的孩子又有几个能够具有孤愤之心?因为，你所说的'孤愤之心'太苦了，现在的孩子忍受不了。"

"万老师，你说得有点偏激。如果我们能够把这种'孤愤而作之心'放在读书方面，我们就会从枯燥无味的读书生活中获得非常高雅的读书之乐;我们就会让那些只知伸手向父母要这要那的富家子弟，用一种赞许的目光去羡慕我们;我们就会用自己的杰出成绩来证明这个世界所有的成绩都不是靠金钱来争取的，而是用我们的汗水、我们的实力、我们的顽强拼搏的精神才能获得的。这种靠自己的汗水换来的成绩，要比金钱光环照耀下灰色的成绩要绚烂、辉煌得多。"

"老同学，你现在有没有发现，现在的家长，宠孩子现象太普遍，总希望用物质的诱惑来获取孩子的进取心。这是很难改变的现实。"

"万老师不知你有没有感悟:对孩子过分的宠爱，希望用物质条件来激励孩子的进取之心，这是下策中的下策。我们做家长的不要认为，这是辛辛苦苦用血汗换来的钱，让孩子信手花来，孩子就会更自觉、更幸福、更快乐地读书，这种观点是极端错误的。当我们的孩子在信手花钱的时候，感觉不到这钱来得烫手，孩子就会对你的血汗钱降低本来应有的尊重。你们不要说我的话太幼稚，当你从很多次教育实践中，头脑清醒过来的时候，你就会和我一样，对靠金钱来教育孩子的做法产生一种可怜、可笑、可悲的理性想法，我们就会清醒地认识到用金钱去攻克孩子的读书堡垒，这是一件多么荒唐的事情。其结果，往往是与我们的初衷相差甚远的，甚至是得到截然相反的后果。"

"你的教育方法，有点'另类'，对我的女儿不适用。"

"你们也不要认为我的这种想法有点离奇，因为，事实中很多孩子是被好的物质条件宠坏的。我们好好地想一想，今天的孩子，大多数是独生子女，一直在父母的关爱、爷爷奶奶的疼爱之中，他们之中有多少人能够知道生活甘苦?我们让他们吃好、穿好、用好、玩好，他们中很少有人感恩戴德，绝大多数认为这是理所当然，天经地义。我们即使每天给他们一百元去做无聊的消费，自己每天喝稀饭、吃萝卜干，他们中也很少有人心存怜悯之心的。"

"老同学，车开了，我们不要在车上高谈阔论好不好？今天中午，我请你到我那儿小叙，说不定吃过饭，那里还能有人陪你搓麻将，你看好不好？……"

万宝强的老同学听说要搓麻将，连忙摆摆手……

我们想一想，让孩子在这种伴读环境中去读书，他们的成绩又怎么能很快提高呢？所以，我写到这里，眼前仿佛一亮，难道教育的迷雾就是在农村的上空盘旋吗？不是，绝对的不是！因为，教育的误区，不是贫穷地方所特有的黑洞，其实，不管是城里的小孩，还是农村的小孩，不让他们先尝一尝生活的艰辛、苦痛；不让他们尝一尝人生中困难、挫折，不让他们去了解世界上还有"吃了上顿不知道下顿饭在哪里的人"的生活处境，一味地让他们在蜜水中浸泡，这样的孩子，能够在事业上有所成就，那才是咄咄怪事！因此，我认为，让现代的孩子接受一点清苦教育、耐挫教育，都是很有必要的。应该把清苦教育、耐挫教育作为他们基础教育阶段的必修课，把它们作为孩子健康成长、通向成功殿堂的必经之路。

万宝强的女儿现在已经接近成人了，应该能够理解父母的甘苦，知道父母的良苦用心，不需要让父母为她的读书去烦心了。可是，事实上却让自己的父母放心不下。不是万宝强和杨建云对女儿有过高的要求，而是，女儿对自己要求太低，对自己的所作所为不是谨慎处之，而是有一种唯我独尊的感觉。她不是在前进的道路上寻找积极进取的通道，而是像水流一样，无力地朝着低洼的地方流淌。无限美好的顶峰，只有尺寸之间，她却甘愿做一个放弃理想的羔羊。

不要总认为父母在有意刁难自己的孩子，其实做父母的何尝不想让自己的孩子，独立生活，放马南山，只不过有些孩子对自己的所作所为，随随便便，不负责任，让自己的父母放心不下而已。

有些孩子，自己做错了，父母帮助他们纠正过来，没几天，老毛病又犯了。这样折腾几次，做父母对他们的自制能力、独立生存能力产生了怀疑，心里感觉越来越凉，不敢让他们在这不可多得的、一刻值千金的大好时光中荒废下去，亲自来到他们的身旁，像搀扶弱不禁风的柳条一样，为他们的学习鸣锣开道。这样的父母做法，究竟对不对？其实做父母也认为这样做并不太好，但是，他们总是想不能让自己的孩子在错误的小圈子里面荡秋千吧！

我是一个过来之人，不能对天底下所有的父母下断然的结论，但是，我敢说天底下百分之九十九的父母，都是孩子的保护神，都是孩子健康成长的爱心大使。他们心甘情愿离开自己心爱的工作，离开自己的温暖的"小窝"，付出了常人难以想象的困难，来县城租房带孩子读书。有些孩子非常珍惜有父母伴读的成长机会，总是利用点滴的时间，在学习上孜孜追求，非常感激自己的父母用这种大爱来表达无私的奉献，他们总能以优异的成绩来回报父母。

可是有些孩子，认为父母来伴读是应该的，没有什么感激不感激的，天天嚷着要父母做精致的饭菜，买最时尚的衣服，倒开水，洗衣服，让自己的父母做起居的"闹钟"，甚至是让父母为他们把饭盛到面前，连刷牙的水、牙膏、洗脸水、洗脚水都要父母事先准备好，简直比伺候皇上还要苛刻！

对这些刁蛮的孩子，父母们为了不影响孩子的学业，每天总是忍气吞声、小心翼翼地陪护着，做着自己认为是天底下最神圣的事业。可是这样的孩子又怎么样呢？只要自己的父母动作有点迟缓，时间没有准时，饭菜有点不合胃口，服务质量有点不到位，他们就用冷言冷语数落自己的父母，甚至还有"低劣手段"威胁自己的父母。几百米远的路程，也要让自己的父母找一辆出租车送到学校。每当万宝强看到这些孩子在自己的父母面前表现大不敬时，万宝强总是把自己的脸憋得铁青，忍不住地摇着已经不听使唤的头……

三十　这样的教育苦果真的不能再酿造了

万宝强下了车，径自步行上山，朝租房走去……

刚转过小竹林，就听见很大的训斥声，起初，万宝强认为，又是哪家家长在训斥自己的孩子，但是仔细一听，原来是一个大小伙子，在教训自己的母亲……

"你现在就滚家去……你在这里碍手碍脚的……要不我明天就去打工……让你们一辈子都见不到我，看你还管不管？"只见这个小伙子，一边大吼，一边拖着自己的妈向山下走。

"我这是哪一辈子作的孽啊，怎么生了你这样不孝的儿子！"这位妈妈说这话的时候，脸色已经被憋得铁青，满头的白发被山风刮得凌乱不堪，眼泪像断了线的珍珠不住地往下落，活像一只病猫在绝望中作无力地抗争，看了让人揪心。

万宝强看到这个小伙子气势汹汹的样子，赶忙为他让道，生怕自己的身体，被他的"旋风"带倒。

就在万宝强一转身的瞬间，这位老妈妈猛地挣脱儿子的双手，一下子跪倒在路上，两手不住地扇自己的耳光，并且大声地哭着说："都是我作的孽，都是我作的孽！"

儿子见状，也一下子蒙住了，赶忙把母亲拉起来，不好意思地望了望路上的行人，似乎觉察了什么，但是，还是继续"扶"着母亲向山下走……

万宝强望着他们的背影，心里很不是滋味。但是对这大逆不道的孩子，他又能有什么办法呢?他只能轻轻地摇摇头，继续向前走。

"这个孩子太不懂事，妈妈看到他在房间里抽烟，说他两句，他就对他妈吼了起来……妈妈要打他，他竟然敢和自己的妈妈对打……现在的孩子，真正乱套了……"万宝强走在路上，听到路旁有人在小声议论此事，便故意放慢脚步，走进路旁的小卖部……他想听个究竟。

"这种养尊处优、大逆不道的孩子，即便将来凭借自己的天赋或者在别人的羽翼底下有点出息，考上国家重点大学，我敢断言，这些孩子是不会有什么好未来的。"一个中年妇女在和身旁的老公说。

"一个高中生，动不动就对自己的母亲撒野，这种恶劣的行为，一旦形成习惯，成为一种渗透到血液里的野性，将来还有父母过的日子吗?……即使他将来考上大学，又能有多少人喜欢与这样的人交往?……这样的孩子一旦走向社会，肯定要到处碰壁的……连正常人的生活都无法享受到，甚至可能成为一个很有'才华'的'残废'。"这位中年妇女的老公随声应和。

"能够到这种地步，难道我们家长就没有一点责任呀?"这位中年妇女有点生气地说。

"这都是家长的悲剧……从小处处宠着孩子……现在大了，孩子已经被惯坏了……这个时候，家长再去严加管教……埋怨自己的孩子不争气……还有用吗?……肯定没有用!"

"现在大多数家长教育孩子，就是简简单单地满足孩子这样那样的物质需要，他们从不认为自己所作所为具有很大的危害……要不是我们这些做父母的整天把孩子捧到自己的手心当作小宝贝，害怕孩子吃一点苦、受一点累、挨一点委屈，又何止落魄到这种凄凉的地步?……"

"也许这个时候，这个母亲才会明白，在家庭教育的舞台上，有许多的问题、许多的事情都应该让孩子唱独角戏，或者是让自己的孩子成为第一主角，即使是孩子屡次摔倒，我们这些做家长的，都应该成为站在一旁的引导者，而不是一个简简单单的施爱者，太多的关爱，太多的帮助，对孩子的健康成长并不是百分之百有益的。如果我们的关爱是泛滥的，而不是恰如其分的，那对于孩子来说是极其有害的，孩子们的前途是绝对没有太大造化的，是很难成为一个智力超群、卓然独立、杠鼎似人物的。相反，这种孩子很容易成为一个扶不起的小阿斗……让这些孩子与那些出类拔萃的优秀人才相比……更不能同日而语。"

"在教育孩子的过程中，我们家长知道宠孩子的危害，这仅仅是教育孩子的起码常识，如果我们家长只满足这一点，把教育孩子停留在我们的思想、我们的语言这个层次上，不用自己的实际行动对孩子进行严格要求，那还是远远不够的……我们不能一看到自己的孩子受一点罪，马上在心里就产生过分的疼爱之心，让孩子冷着、饿着、累着、苦着，在现在的时代里，绝不是在故意伤害他们，而是在给他们的幸福生活添翼，而是在给他们一个锻炼的机会，而是在为他们寻找成就梦想的舞台。"万宝强听着这位中年妇女的话，内心感触良多。因为，他以前一直认为，教育是高雅殿堂的"附属物"，原来散落在路旁、草丛间的家庭教育也有"珍珠"，也有"黄金"。

"害怕自己的孩子吃亏，害怕自己的孩子受到伤害，这些都是人之常情，但是，我们这些做父母的往往不能跳出局外，把溺爱当作尽父母教育职责的本能，一看到自己的孩子跌倒，立马就会在头脑中闪现出扶孩子站起来强烈冲动；一看到自己的孩子坐在床上，就条件反射似的给孩子端来洗脚水；一听到孩子要上厕所，就丢下手中的活儿，急急忙忙给孩子准备好手纸……也就是说再细小的琐事，都要为孩子张罗着，不仅仅为孩子准备好吃的、穿的、住的、用的，甚至是孩子学习的桌子、夜里用的尿盆都要为孩子认真地打理好。我敢断言，这种家庭教育肯定是培养不到出类拔萃的'人物'来的。"那位中年妇女继续和老公谈论此事。

"如果说为孩子除去路上的障碍物，那是出于对孩子的安全考虑；如果说为深夜学习的孩子端来可口的点心，那是出于对孩子的身体健康考虑。这种关爱，我们这些家长都是能够接受的。如果做父母的，对孩子的关爱不问青红皂白，把孩子正常的自理活动，都当成自己的服务对象，把孩子含在嘴里怕化了，捧在手心怕摔了。我认为，这不叫关爱，这叫溺宠，这叫帮倒忙!这种关爱是没有任何价值可言的，最终是累了自己，苦了孩子。"

"孩子一旦在这种'无微不至'的关爱'宠养'下成长起来，他们就会像精神上缺钙的瘫痪一样，逐渐失去正常的生活自理能力，逐渐失去战胜困难的信心，逐渐失去在逆境面前磨砺自己的大好机会，逐渐对自己的前途失去了应有的阳光心理，可怜的精神家园也逐渐变得麻木衰疲起来。父母、亲戚、朋友、同学、老师很快都会成为他们眼中的奴隶，认为这些陪伴他们一生的重要人物都是与生俱来为了帮助他们、关心他们、宠爱他们的；认为人世间所有的事物都可以信手拈来，是根本不需要任何代价的；认为所有的幸福、所有的快乐只要他们嘴唇动一下，立马就会有仆人给他们送来的。"

"孩子在这种无忧无虑的生活中，忘记了自己的身份，忘记了自己的肩上应该承担的责任。贪婪、自私、无情很快成为他们人生的唯一的信仰，读书这是他们打发时光的消遣之事，他们根本不认为工作是谋生的手段。'面包总会有的'就会成为他们消极人生的口头禅……"

就在万宝强听得入神时候，从山下冲上一辆装煤气罐的小卡车，那扑面而来的灰尘和刺耳的喇叭声，让路旁的人很快闪进水泥路旁边的小土路上。随即打断了那对中年夫妻的对话，万宝强很想继续听下去，可是，没有办法……

万宝强望着疾驰而过的卡车，面露不快，但是……无可奈何……

同学们!人生的路总是要自己走的,父母、亲戚、朋友、同学、老师都是你人生舞台的配角,父母也不会永远伴你左右。古人言:无才明主弃,多病亲人疏。你们好好想一想,天底下,谁愿意像傻子一样,丢下自己所有的事情,供养一个对自己、对家庭、对社会没有一点价值的人呢?所有的幸福,所有的快乐,所有的美满,主要是靠自己努力争取得来的。城市里豪华的别墅、轿车,都不是靠别人施舍得来的。你们人生所需要的一切,都是血汗的代名词。自己的父母、亲戚、朋友、同学、老师,也不是万能的神仙,他们可能也有过错,他们的教育不一定都符合你们的"口味"……他们需要你们的理解、需要你们的配合,甚至还需要你们给他们送去心灵的安慰。其实,伴读也是一种合作……而天底下最完美的合作必须是双赢或者是多赢的。

同学们!你们绝不是一个纯粹的消费者,而是一个需要为社会带来福利的创造者;你们聪明的头脑,绝不是一个只知吃喝玩乐的计算器,而是一个需要不断开发智能、不断创新,去给人类带来新产品的科学基地。不要只顾躺在父母的树荫下,什么事情都不想做,什么苦累都不愿去尝,这样的懒散,你们失去的不仅仅是自己的美好前途,更重要的是,你们很可能成为新时代的废物,成为这个世界的沉重的包袱。

尊敬的父母!与其让自己的孩子长大后,不知社会人情世态,不知信孝礼仪,不知稼穑艰辛,不知去关爱他人,最终成为一个人人唾弃的可怜虫,我们又何必对孩子的教育滥施爱心呢?如果你们辛辛苦苦培养出来的孩子,不能给你们带来一丝的安慰,不能给你们送去一丝的温暖,不能与你们谈上一句贴心的话,那这样的培养又有什么价值?如果在你们最需要帮助的时候,也不能给你们倒一杯暖心的开水,不能帮助你们洗一件单衣,不能给你们捶捶背揉揉肩,那么,这样的孩子对自己、对他人又有何益?如果在你们最感到孤独寂寞的时候,不能陪你们谈谈心、聊聊天,不能在你们生病无助的时候,给你们安心地守候,那么要这样的孩子，与社会、与家庭、与这个国家又有何益?……

　　因此，尊敬的父母!你们一定要知道，放手教育，要比我们滥施爱心教育要高明得多!多让自己的孩子去体会生活中的甘苦，倒不失为人生中一件省时、省事、省钱的美事。如果你们到现在还执迷不悟，那教育孩子绝不仅仅是劳命伤财的事情了，很可能演变成不可救药的顽症了，只不过是你们毒害孩子和歹徒手刃孩子在处理方式上不一样罢了，其结果都是成为残害孩子的罪魁祸首。

　　迟放手不如早放手，早一天放手，就早一天收效，早一天消除烦恼。为此，我们这些伴读父母在孩子读书的时候，要努力做好三件事情：第一要正确地引导自己的孩子，多给自己的孩子学习方法方面的指导；第二要多关注自己孩子的身体健康，多鼓励他们参加室外的体育活动；第三要多留意一下自己的孩子有没有一些不良的嗜好。

　　我认为做父母能够做到这三点，就是一位非常出色的父母，一个非常有见地的父母，一个非常有责任心的父母，一个"没有太多遗憾"的父母，一个得到子女尊重的父母。

　　就拿买万宝强为女儿 MP3这件事来说吧，MP3是一个非常时尚的玩具，对正在读书的学生来说，我认为你们家的钱太多，经济再好，都不要在此花这份多余的钱。因为，我们从万宝强买 MP3的教训中，已经领略到其中的毒害了。

　　我在这里仍然奉劝那些希望用 MP3为孩子消除读书疲劳的家长们：还是赶快收紧你们的钱袋，不要在这方面做不必要的投资。因为以读书为苦的人，MP3给他们的快乐也是极其有限的。他们很快就会拼命地向MP3索取其中那些微弱的快乐；很快就会把读书这件事情忘到九霄云外去了；很快就会把有限的读书时间、有限的体育时间、统统地荒废在听MP3上去了。

　　当然，也有一些在读书方面非常优秀的孩子，他们是以读书之苦为乐，他们在读书方面很能把握读书和娱乐之间的"度"，因此，我在这里也是要规劝一下天下的父母：以读书为乐的孩子，他们在学习方面毅力是很坚强的，抗读书疲劳的方法是很多的，大可不必让我们家长用这种"耗资"的方法来解决孩子前途问题，我们在"这方面"的操心显然是多余的。

从这个层次上来考虑，我们做父母花钱买 MP3绝对是多余的举措。你可以用这些钱，为孩子买一些比较合理的读书资料，这可是一件非常必要的好事。

当孩子非要你们买不可的时候，你们一定要向他们讲明其中的危害。说明不买的原因：不是金钱的问题，而是对读书的影响问题……你们千万不要装着没有听见，千万不要为不买 MP3找一些旗帜不鲜明的理由来糊弄自己的孩子，这样容易使父母与孩子之间产生矛盾，容易使父母与孩子的关系僵化，容易形成比较极端的对立情绪。

要清楚，这样受伤害的不仅是孩子前途问题，连我们自己也会跟着"受罪"的。如果我们做父母还想一意孤行，还要给自己的孩子买 MP3，那么我要说：你们花了钱，不是给孩子买快乐，而是给孩子买枷锁；不是在关心自己的孩子，而是在作践自己的孩子；不是在为孩子买幸福，而是在为孩子买苦难……而最终受伤的，也不仅仅是孩子。因为，对于一个自制力还很脆弱的中学生来说，MP3所产生的"沉沦"诱惑，很少有学生能够抵挡得了的。这不是危言耸听，而是已经被很多血的教训所证明的！

三十一　成功最大障碍——逃不出失败的阴影

　　自从女儿第三次月考考砸以后，万宝强和妻子杨建云连大气都不敢向女儿喘，他们知道自己的女儿心里也不好受。此时，不管是安慰话，还是埋怨话，对万宝强夫妇来说，都是难以向女儿动口的。因为，万宝强和杨建云都非常清楚自己的女儿脾气与众不同。

　　此时的万宝强女儿，已经像一头受伤的羔羊一样，自尊心和自信心都在昨夜的冷雨中化成无声的叹息。万宝强知道女儿的难处，他多次试图用几句暖心的话，来安慰自己的女儿，可是所有的努力都是以失败而告终。

　　万宝强坐在自己花钱租来的房子里，无限感慨，他内心也是像刀子割得一样难受，花钱来买罪受不算，却让自己非常有前途的女儿，在教育"无方"的空气里，受到了不应该有的伤害。他作为一个教育工作者，深感惭愧。他不住地反问自己，连自己的孩子都教育不好，还配教育别人家的孩子吗？

　　面对孩子的现状，万宝强经常在睡梦中惊醒，梦见自己的女儿在高考后恸哭……他翻遍所有的字典，找不到可以安慰女儿的话，他急得在床上直跺脚……可是在梦里跺脚，老是心有余而力不足，并且时常跺空，把他急得直冒冷汗，有一回在梦里跺脚时候，跺到"点子上"，一下子把他疼得直叫，醒来一看，原来自己的脚，重重地跺在自己家床的栏杆上……幸亏老婆不在身边……夜里坐在床上，抱起受伤的脚，吓得几夜都没有睡好觉。

再看，住在县城的杨建云她们，日子也不好过……

一天中午放学以后，女儿像往常一样背着书包回家，杨建云照常笑脸相迎，给女儿端来洗脸水，给孩子盛好饭，盛好菜，连筷子都放在饭碗旁边……女儿看到妈妈为自己准备的都是自己平时喜欢吃的菜，心里的不快，也在甜甜的气氛中淡化了。

吃完饭，杨建云照常跟着女儿来到二楼的宿舍，女儿朝自己的床上一坐，突然生起气来了……

气谁呢?谁也说不清楚!说白了，谁也没有惹她生气，她是在跟自己斗气。

杨建云不知所以然，像苍蝇不敢碰鼻子似的，大气不敢喘地站在一旁，自己内心也在不住地在问自己，是不是自己在哪里做错了事情，惹得自己女儿生气?

她木立在房间中央，不敢碰出一点声响，害怕响声更加激怒自己的女儿……她上前不好，退后也不好，甚至是想到自己的小床上坐一下，她都不敢向前迈一步。

可是她越是这样的小心，女儿越感到自己的母亲不顺眼。

"书不念了!"女儿说着，便朝自己的被窝里面一钻，连自己的鞋子都没有脱。

杨建云存心想说两句，又怕自己"嘴笨"，进一步激怒自己的女儿，便继续在一旁木然地站立……过了一会儿，她好不容易缓过神来……她神情恍惚地来到自己的床前，坐在自己的床沿上，小声地给万宝强通了电话……

"宝强，我们的女儿……现在……气得……要不念书……正在被窝生闷气……你看……该怎么办?……"

"这是女儿的气话，你怎能当真?……"

"她不当真……我可是当真……，她看来非要把我气死才舒心……"

"现在女儿耍孩子脾气，你可不能再耍孩子脾气了……不然的话，我们可不能在那里闹笑话……"

"看来这个笑话，不闹不行了……你想躲，偏偏遇到一个'牛魔王'……"杨建云对老公越说越气。

"你现在必须忍一忍，那可是我们的女儿，不是我们的儿子呀?现在女孩子都是不好管教的。"

"你让我忍?……我现在已经是忍无可忍了……如果，你现在还要我忍，那我真的要发疯了……发疯!你是知道的……"

万宝强听杨建云讲话的语气，知道妻子现在已经被女儿气得太"严重"了，就开玩笑似的对她说："老婆，何必拿女儿的错误，来作贱自己呢!古人说，宰相肚里能撑船，现在遇到这么一点烦心事，你就想不开，那怎么能行呢?我看现在最好到"午禁路"上与人谈谈心……等你再上楼的时候，女儿保证气消了，再也不会说'不念书了'。"

万宝强好话说了一大筐，希望自己的妻子耐住自己的性子，不要在那个小院子里面闹笑话。不要让整栋楼的人都知道做父母的和做孩子的双重无能。这个问题宜长远打算，要等到女儿心情好些的时候，再去开导她。

杨建云听从了万宝强的话，也就没有多说什么，挂了电话。然后，就走出房间，到小厨房里面刷锅洗碗去了。

等把厨房收拾完的时候，她也没有心情去和别人聊天，只是待在狭小的厨房，对着生冷的墙壁发呆。

到了一点四十的时候，按照每天的习惯，妻子充当固定闹钟的时间到了，杨建云不敢怠慢，赶快到楼上宿舍去催自己的女儿上学。

"闺女，闺女，上学的时间到了，赶快起来洗洗脸!"杨建云蹑手蹑脚地上了楼，轻轻地打开房门，小心地揭开被头，摇摇了女儿的肩头，轻声地对着女儿说。

女儿躺在床上，就是不动，其实她早醒了，根本就不愿理睬自己的妈妈。杨建云没有办法，只好喊一会儿停一会儿，见没有动静就摇女儿的肩膀，就这样连续喊了三遍。眼看就要迟到了……小院子里的孩子一个个都跑到楼下上学去了……杨建云急得像热锅里的蚂蚁一样……气得真想撞墙……就是拿女儿没有办法……

"女儿，你今天怎么了，是谁让你生气了?你是不是今天生病了?你今天不去上学，总得有一个理由吧!"杨建云见硬的不行，只好带着无限"柔和"的口气对女儿说。

"我不念了。要不这样，你现在就打电话叫我爸爸来给我办理休学手续。反正，今天我不去上学了!"杨建云望着没有一点"朝气"的女儿，似乎看到女儿绝望的眼神里，含着晶莹的泪珠。

她碰到这样的女儿，还能说什么话呢?现在正是冲刺高考的关键时候，她只怪自己以前没有教育好自己的女儿，使自己的女儿走到今天的地步。她不敢想自己的女儿还能有什么前途?……

杨建云实在是想不出有什么高招，只好把这个意外的坏消息告诉正在上班的万宝强。

万宝强正准备上下午第一节课，见妻子打电话给他，他赶忙放下手中的课本，对着手机说:"让女儿接电话……"。

杨建云叫女儿接电话，女儿似乎没有听见，杨建云只好把手机放到女儿的耳朵边……

万宝强对女儿的无理要求回答得非常干脆:"女儿，你现在休学是不可能的，你真是要不读书，我们做父母的也没有什么好办法，只能是做到仁至义尽，还是想劝你放弃那种不读书的愚蠢念头，希望你能够回心转意。如果你对我们的忠告当成耳旁风，当成嗤之以鼻的笑话，我们只能对你说，实在是读不下去，你回家就回家，我们做父母的又不能到你们的学校替你读书。"

女儿一听到爸爸让她回家，她竟然一下子从被窝里翻身起来了，她竟然不顾父母多年来付出的心血，不顾父母在家乡父老乡亲的面子，不顾父母在社会上还要生存的尊严，爽快地决定不念书了。

万宝强和杨建云听了女儿的话，两个人都傻眼了。

在万宝强和杨建云看来，女儿一直是他们的骄傲，一直是他们美好未来的理由，一直是自己树立自信的依据，让女儿不读书，只能是说一说玩笑话，如果真的让自己的女儿不读书，那真的是要了他们的命啊!多少心血费进去了，多少困难都挺过来了，多少曲折都迈过去了，让自己的女儿不读书，那还不是天大的笑话呀!难道全家人多少年辛辛苦苦的奋斗，一夜之间就化为乌有吗?难道全家人苦苦经营的美好明天，就这样支离破碎吗?

"闺女呀，读书可是你人生中至关重要的大事情呀!你可不能随随便便、信口开河，你必须对你所说的话，要慎之又慎，要对你所说的话付绝对的责任，你可不能半途而废、自暴自弃啊!你今天闹着不读书、闹着要回家，总要有一个理由吧!总不能因为几次考试没有考好，就失去读书的信心吧!闺女，请你告诉我，导致今天这种情况的真实原因好不好?……"

万宝强在电话里尽量克制自己的情绪，尽量用比较委婉的语气来和女儿说话:"你现在赶快上学去，你提得要求我会认真考虑的……"

"真的?"女儿见爸爸松口，考虑让她休学，她一下子从床上弹跳起来。

"不过，这件事还得让我好好考虑……你要我一下子答应你休学，我是绝对做不到的。"万宝强本想通过缓兵之计来让女儿上学，可是……

女儿见爸爸出尔反尔，便扔下妈妈的手机，再也不愿意接爸爸电话了。

杨建云见状，赶忙来劝女儿接电话，可是女儿仍然表现得那样地冷漠，对爸爸的电话就是不接，把杨建云气得脸铁青，没有办法，她只好从被上拿起手机，贴在女儿的耳边……

万宝强对女儿的冷漠极为反感，但是又表现出无能为力，真想立即飞过去，把她从被窝里拖出来，直接把她"送"到学校去……

"闺女，闺女，请你回答我的话！"不管万宝强在电话里喊话的声音有多大，也不管万宝强此刻的心情是多么的暴躁，女儿就是装耳聋，根本就不买他的账……

"你今天生谁的气？你总不能把自己读书的气，往爸爸妈妈身上出啊！……如果你把我们当成出气筒，能够使你高兴起来，或者能够把书读好起来，那么你现在甚至以后任何时候，都可以向我们发泄怒气，并且我们向你保证，绝对笑脸相迎……可是你现在想错了，你把读书的气，往我们身上撒，这不仅不能解决你的读书烦恼，反而使你读书的烦恼变成勒住全家人脖子的绳索，反而更加容易激起我们的反感。如果你今天把我们气得七窍冒烟，那你今天能够高兴起来吗？我想你肯定不高兴，当然这也是最不愿看到的事情。你没有把这次月考考好，我们做父母的既没有抱怨你，又没有打骂，你跟自己斗气，结果把我们也拖进去，让我们也跟着你受折磨，你认为这公平吗？"万宝强说这些话的时候，尽可能压制住内心的怒火，因为，他知道女儿这个时候和自己一样，内心都在承受着巨大的压力。

"闺女，我现在不管你听不听，愿意不愿意接受我的建议，但是我还是奉劝你，现在可不是你生气的时候，也不是你闹着玩的时候，你应该清楚这是高考的前夜，这是你整个人生中最为关键的时候，你应该好好地振作起来，你应该朝着好的方向去努力拼一下，至于结果是什么现在还不是你要考虑的问题, 目前最重要的是要调整好心态, 千万不要一气之下不顾自己的前途, 不顾父母、老师的感受, 任意使点小性子给我们大家看。你现在正确的做法是不吃馒头争口气, 应该用自己的实际行动, 来安慰受伤的父母, 用自己的能力证明自己不是等闲之辈。你爸爸从来就不愿被命运摆布, 人家说我不行, 我偏偏不信这个邪! 我定会在最'低谷'的时候, 静下自己的心态, 挺起自己的腰杆, 找出自己失误的地方, 记住这些失败给我的沉痛教训, 去更加认真地清理一下自己已经麻木的身心, 去认真地冲击下一个目标, 并且告诫自己, 这些小毛病绝不能重犯……你爸爸也是从读书中走出来的, 考试出现差错那是常有的事情。但是, 我从来不愿打退堂鼓, 我会把出错的题目进行仔细订正, 也经常认真地分析那些能够做但是又做不全完整答案的题目。对这些一知半解的题目, 我会给予高度的重视, 经常向成绩好的同学请教, 直到完全弄懂为止。这样, 当我在下一次考试中, 再遇到同一类型的题目就不会再出现错误。对那些一窍不通的题目, 我认为请教老师不失为最有效的途径, 因为老师对这些问题可以讲得更为仔细、更为深刻一些。"万宝强在电话这一端耐着性子大谈学习之道, 可是在女儿那一端, 还是杨建云举着手机。

杨建云不知道女儿听了没有, 反正女儿的傲慢表情告诉她, 这是在对牛弹琴……

眼看下午第一堂课过去了, 女儿好像对这些没有任何反应, 不上学, 也不愿意说出原因, 这真正要把万宝强和杨建云气得受不了!

面对此情此景, 万宝强也无可奈何, 只好到学校领导面前请假, 谎称自己的家里有点急事, 便发疯似的到校外打的直奔县城而去。

他恨不得立即到女儿所在的地方, 好好地教训她一顿……

万宝强坐在打的车上, 便和杨建云通了电话, 告诉她, 自己正在向县城赶去, 要她带着女儿到县城苏果超市的门口等他……

写到这里，我想起居里夫人曾经说过的话，成功的最大误区就是逃不出失败的阴影。是啊，一旦我们逃出失败的阴影，就会发挥出过去从未意识到的力量；一旦我们重新树立起远大的目标，才能用最专注的力量为理想奋斗。这样，我们就会"轻松"地踏上成功之路。

三十二　教育孩子没有绝对的模式

万宝强坐在车上，心里不住地在想：我今天怎么啦？我这个身为教师的父亲，每天早出晚归，忙里忙外，可谓尽心尽职，天天都在为自己的学生——别人家的小孩操心，自己所教的学生，考上全国普通高等院校的，真是不计其数了，考上清华、北大的也有十多个，最让他自豪的，现在还有两位"嫡系"学生到美国哈佛大学读博士的。

为什么自家的孩子，竟然出了这样的"人才"？真叫他汗颜！真是让他无地自容！……真是家门不旺！……真让他无颜去面对家乡的父老兄弟！真是……他越想越气，越气越感到教育孩子太难。

万宝强回想起自己所走过的读书之路，可谓是一波三折。自己在读小学的时候，由于他父亲是一个读过私塾的乡下知识分子，因此，他较早地受到父亲的启蒙教育，在乡下读小学的时候，总是在全班名列前茅。

在小学升初中的时候，由于成绩出众，他被录取到乡里中学，同龄人真是羡慕不已。可是，他没有去珍惜自己大好的读书机会，在沾沾自喜当中迷失了自我，仰仗自己一点小聪明，上课时候根本不把老师的话当成一回事，总认为自己只要把书"认真"地看一遍就能够把书中所有的问题弄懂、弄透。

在糊里糊涂当中，他看不到自己所要的奋斗目标在哪里，总认为学习的路还长着呢！今天的作业明天去做也不算迟！在虚假的幻想当中，总认为自己是天边金色王国里永远都不可能失败的王子，美好的前途肯定会在鲜花簇拥的明天如期而至；在梦想的彩色花园里面，总认为自己是那朵最艳、最丽、最纯、最香、可以大书特写的"花魁"，可以盛开在雨后那道万人仰慕的彩虹上面自由地俯视天地。可是，天不遂人愿，他最终在父母那双"信任"的目光中，固执地走上了我行我素的、顺流而下的、无所遮挡的乡曲小道，浪费了青春、自误了美好的前途。

而他的父母，却不顾年迈多病的身体，含辛茹苦，不辞劳作，满眼希望自己的儿子能够通过自己的努力，跳出"农门"，为家庭争光，为父母争光，为自己争来齐天洪福……可是，最后高考中，他满怀希望的父母失望了……竟然连普通大学都没有考上。

他回想起身后这条艰难苦涩惭愧之路，多么希望自己的孩子，能够轻松地"绕"过去，以告慰已经升入天堂的爸爸妈妈"坚贞不屈"的灵魂。他不敢想，一直寄予厚望的女儿，今天怎么会走到如此惨淡的境地。

车子在左拐右拐的道路上颠簸着，此刻万宝强的内心也在"大潮汹涌"。万宝强无法忘记自己读书时候那未老先衰的父母身影，五十岁不到，就已经满头银发，并且经常拖着虚弱的病体去割稻、割麦、挑农肥。他的头脑中依稀记得：当父母拖着疲惫不堪的身体回到家里的时候，还要艰难地烧锅办饭。有时饭好了，已经是累得吃不下一点饭，只好躺在厨房门口睡一会儿，再去吃一些难以下咽的、没有一滴油、非常苦涩的、萝卜秧和山芋粉熬得稀饭糊子。

父母经常把家里有限的米、面让他带到学校去吃。可是他自己对父母所付出的艰难困苦，熟视无睹，根本不去体会自己父母的艰辛。在学校里面不能主动地抓住宝贵的读书时间，经常和同学结伴嬉闹，晚自修的时候，有时还和同学偷偷地溜出校门，到校外去看电影……

每每想到此事，万宝强就感到惭愧难当：自己没有在父母含辛茹苦的岁月里，送去太多的安慰，送去太多的幸福。好几年过后，自己好不容易，可谓历经艰难，终于考上了大学，才勉强加入到教师这个队伍当中，可是，这个时候的父母已经是年近花甲，经常病卧在床了。参加工作后，总是以工作太忙为理由，很少静下心来为自己的父母设计一下幸福的晚年生活。多病的父母，总是害怕影响到儿子的工作，"拒绝"儿子为父母提供更普通的服务……而儿子，总是"顺水推舟"不拿父母的多病的身体当回事……以致，他们没足七十岁，都过早地驾鹤西去了……现在想想，这一切都是那么的匆匆，似乎"儿寒乎、儿暖乎"都还在耳边回响……但是，这一切都成为远去的背影，无法挽回！

车子飞驰，他的思绪也在飞驰：当年，自己落榜回家，虽然父母一句话都没有抱怨，但是自己知道父母有多悲伤，有多烦恼，他们为了儿子能够考上好的大学，能够跳出"农门"，能够捧上所谓的"铁饭碗"，他们真正是操碎了心，可是，自己偏偏不争气，让父母在无尽的失望之中，度着艰难的生活。这一切都是他今生今世无法挽回的心痛！

万宝强还想到父母曾经对自己的谆谆教诲："在校要听老师的话，好好读书，将来不要再像我们这样过苦日子……"

而自己总是把父母的话，当作耳边一阵风，根本就没有把他们对自己殷切期望放在心上；根本不去思考自己"荒废学业、名落孙山"的后果；根本不去考虑自己肩上所承担的家庭责任；根本不去考虑那个时候父母因为自己成绩的下降而产生的内心烦恼。自己的母亲终于在无数次的失望、无数次的身心折磨当中，只活到六十五岁就匆匆离开了人世……母亲远去后，自己才如梦方醒，才知道自己的不思进取对自己的父母是有多大的伤害，但，这一切都已经无法挽回。万宝强坐在车里，想起过去读书的往事，心里一阵燥热，他解开上衣纽扣，并且吩咐驾驶员把车窗打开，希望外面的凉风，能够让他的头脑更清醒一些。

万宝强曾经多次对自己说：自己在高考中没有得到的目标，没有实现的理想，绝不能再让自己的孩子重蹈覆辙，再不要让自己无尽的后悔，在孩子人生的舞台上继续上演……

后来，虽然自己通过一定的努力，没有让自己九泉之下的父母失望，但是，自己所取得的一点成绩，所拥有的一切，永远也不能和自己的父母一起来分享"些许"快乐了!这个痛，那是自己生命中永远都无法弥补的事情。因此，他多么希望自己的孩子，在自己的努力下，能够成为一个出类拔萃的人才，以减轻一直压在自己身上的重负，以告慰自己父母的在天之灵，以补偿自己那些曾经流失在宝贵年华中的遗憾，也使自己那份无限愧疚之心，有一个安稳的理由。

万宝强想到这里，他越发感到多年苦苦经营的美好愿望随时都有可能成为一触即破的肥皂泡，自己多年期盼的理想，原来是那样的遥不可及。他感到周围的空气已经变得如此的稀薄，稀薄得让他喘不过气来。

苍天呀!大地呀!他在内心不断地责问自己: 为什么也要让我的孩子走上自己以前的老路?为什么要在我今生今世都无法愈合的伤口上，又狠心地撒上一把给我带来钻心疼痛的毒盐呢?为什么又要让我再去尝试一下自己父母所不愿尝试的绝望痛苦呢?这是老天对我的惩罚、对我的报应吗?

想当年，自己的父母也不是在这种无奈的境地下，气得咬牙切齿，把自己的书包扔到几十米开外吗?也不是在万般失望的气氛中，在烈日炎炎的盛夏，硬逼着自己扛起锄头，跟着他们的身后到庄稼田里去锄黄豆吗?而自己对当初的爸爸妈妈的良苦用心却无动于衷，干活累的时候，还不是谎称自己肚子痛，要求回家逃避吗?直到今天，女儿眨眼已经是高三学生了，仿佛昨天的"好戏"又要在自己和女儿之间上演了。看来这杯自酿的苦酒，还是要自己亲自品尝了。

面对女儿今日的反常之举，他仿佛才看到当初爸爸妈妈的那种焦急无奈的眼神，看出爸爸妈妈对自己的失望继而绝望之情。只到今天，他才从自己女儿的身上，体会到父母为什么当初三番五次地让自己跟着他们收麦、插秧、割稻、打场的"痛苦"感受，而当初自己竟然暗地里埋怨父母是搞"家庭暴政"，是在有意为难他，成心在耽误自己读书时间……成心与他过不去……

到现在才意识到当时自己真正是"太聪明"了!连父母这点良苦用心都亵渎了!难怪苍天也要让自己尝一尝被孩子亵渎感情的滋味……这也许就是苍天对自己亵渎父母感情的惩罚吧。

万宝强认为现在应该好好地反省自己昔日的过错，绝不能再让自己的孩子重蹈那条崎岖难行的山路，应该用现代的教育新思维、教育新理念，彻底改变女儿反常的读书轨迹，让她转过身来，朝着充满阳光、充满生机的金色大道上奋力前行，把自己女儿强行纳入正常的人生轨道上来。对自己女儿的幸福、对自己女儿的前途肩负起一个做父母应该承担的责任来，为女儿的美好未来做好坚实的掌舵人、领航人，绝不能在让自己的女儿在自己的视线里迷失了方向，一定要让自己女儿有一个光明灿烂的人生。

现在女儿在自己的眼皮底下，竟然敢冒天下之"大不韪"，竟然在这个骨子眼上，能够出现这样一个令千万个父母头痛的事情，着实让万宝强感到措手不及……

如何在这个关键的时候，处理好这个很棘手的问题，这是万宝强此时心里最感到纠结的事情，因为，他非常清楚眼前问题的复杂性、危害性。如果自己此时，稍微不注意分寸，很容易把这个问题引向处理问题的反面，很容易在孩子的内心形成一生都无法弥补的伤痛。

过火了，孩子承受不了，极容易使孩子产生破罐破摔的心理;产生绝望情绪，僵化父女之间的关系，产生交流障碍，甚至还可能裂变为无法修复的创伤。

如果自己现在继续迁就女儿，措施过于软弱，对自己女儿仍然没有什么大作用、大改变，这无异于隔靴搔痒。自己女儿就会继续不买他的臭账，很容易使自己女儿继续疯长娇生惯养、蛮狠无理、自以为是、唯我独尊、难以开化的古怪心理：父母气得暴跳如雷，她照样哼着催眠曲，仿佛她自己是一个局外人；父母一转身，她会嘻嘻哈哈去逗她调养的小金鱼……

他坐在车上心里早已像翻江倒海一样，难以平静，如何把握教育子女的尺度？他反反复复、不住地在拷问自己：我究竟该用什么方法去处理眼前这个问题，他深知教育是没有固定方法的，也没有什么固定模式的，也没有什么教育先例供自己参考。而在自己眼前可以与之商量的就是孩子的班主任，还有自己的妻子杨建云。

他非常清楚班主任的为人、为师作风，在万宝强的眼里，班主任是一个对学生要求非常严格的人，大声"训斥"是他的教育法宝。班里百分之九十九的学生对他敬若神明，在他的面前学生是大气不敢出。唯独自己的女儿对他的班级管理极有挑战性，班主任叫她上东，她偏偏上西，根本就不睬他的那一套。班主任不止一次在万宝强面前"表明"她的叛逆性，也不止一次要求万宝强要严加管教自己的女儿，而万宝强对班主任的忠告，总是不以为然，总认为孩子这样做自有她的道理，总认为孩子是可以通过环境的磨合，逐渐会自动变好的，根本就不需要自己在这方面去调教。

此刻，他开始崇拜起女儿班主任的管理才能了，他想到了班主任近乎先知性的良言了。看来女儿班主任就是神仙，自己的女儿根本就是一块欠"揍"的料，不给她敲一次"警世钟"，她是不会"猛回头"的……

但是，班主任有些做法还是欠妥，我能有什么好办法呢？万宝强心里一想到"揍人"就不由自主地不安起来。

"我还能继续惯着她吗？"他在心里问自己。

这时，万宝强深感自己语言的苍白，深感一个做父亲的失败，他愧对自己的女儿，愧对自己所主管的家。他知道自己的妻子在教育孩子方面和自己差不多，也根本没有什么特殊的招数，除了一些简单的交流，一到教育孩子重要的"关键"时期，她就会感到手足无措。

所以，眼前这两个可以商量的人，他也感到那么的遥远，现在对女儿采取什么措施，最终还是要自己定夺。他现在才意识到自己作为孩子的爸爸，肩上所承载的责任是多么的巨大，他学过的教育理论不少，对教育的规律也是有所了解，可是，当下必须解决的教育问题，确是教育理论所无法鞭及的事情。

万宝强面对"此情此景"，真的很纠结……

教育孩子真的没有现成的模式!他终于明白了。

三十三　完美的本身就不完美

出租车在弯弯曲曲的乡间山路上"疾驰"，忽然，万宝强从座位上弹跳了一下，原来是车子在过"小洼地"的时候，没有减速。

万宝强似乎有所领悟，他回想自己给孩子伴读以来所遇到的奇奇怪怪事情，心里真像翻倒了五味瓶：孩子脾气大了、孩子的"任性"频繁了、孩子对读书的兴趣变淡了、家庭教育走上了难以驾驭的"山路"……

他竭力地反思自己：是不是自己的家庭教育过于疲软？是不是自己的家教方法过于简单？是不是对自己的孩子过于溺爱？是不是该给自己的孩子来一次小小的"震动"了？……

"震动"这个念头一出现，他就想到了体罚，但是，他又深感这个方法的欠妥：因为现在要去"教育"的孩子，是自己的闺女，在教育方面绝对不能等同于男孩子。女孩子是不易用体罚来教育的，女孩子生起气来，很难对付，轻则睡在床上不吃不喝，重则离家出走，再重一点问题就会变得更为严重……

如何拿出一个比较平和、但又是立马见效的好方法呢？他到现在还没有具体的策略……眼看车子就要到县城了，万宝强显得猴急一般！他反复在想教育女儿的万全之法以及教育孩子过后的伴读之路。

他开始琢磨自己女儿有哪些优点，又有哪些缺点。因为万宝强知道要想教育好一个人，要使这个受教育的人，对你所实施的教育方法，心服口服，必须对这个教育对象有足够的了解，你必须抓住这个人的弱点，不然的话，你去训斥她，她肯定不服，不服就意味着"教育"的失败。

万宝强非常清楚，教育孩子的时候，孩子看不起你、眼里没有你、孩子肯定不服你的教育。如果到了这种地步，教育孩子就会演变成为低级的、相互对抗的无聊游戏。这样的教育是绝对不会起到任何作用的。

回想这几年，自从女儿到县城中学，他就没少操过心。自己女儿以前习性顽皮，学习不踏实，这都还属于父母能够"原谅、接受"的小问题。因为这些小问题，只要与女儿简单地交流一下，女儿很快就会改变自己身上的小毛病，几天之后，就会见到很好教育的效果……

谁承想自己的女儿在学习上会下滑到如此的地步！

自从进入高三以后，自己的女儿完全变了，变得让爸爸、妈妈、老师都无法适应。她反而认为自己成熟多了，根本就不需要家长在鞍前马后为她操心。有许多事情的看法上总认为父母是太多虑了，父母的思想开始落后了，对世界的看法跟不上时代潮流了。她觉得自己现在可以"君临天下"了，可以对自己的父母发号施令了。他经常看到女儿坐在她的小床上、饭桌旁边，一本正经、很有风度地为杨建云上"政治课"，甚至有时还为她的母亲指点江山……

为了不伤害自己女儿的自尊心，为了不打消女儿对家庭的责任心，体现现代家庭民主气氛，对女儿一些坏毛病、坏习惯，自己和杨建云一直采取宽容、体谅、粗放的态度，对女儿一些比较新颖、有正面价值的问题，及时地给予赞美与鼓励，甚至对女儿点滴成绩还给予"稍高"的赞赏，从而使自己女儿的自信心，一直处于有增无减的状态。哪知自己的女儿，根本不是一块质地非常优良的材料，赞赏却演变成为自负的动力，自负演变成对父母、对老师的不尊，对友情的傲慢。

自己在此之前，他对女儿的反常表现虽然已经有所觉察，认为自己的女儿毕竟是晚辈，对长辈说话的态度、语气不能过于随随便便，应该让自己的女儿在这方面有所收敛，但是自己在这方面还是错误地认为，孩子的自负与傲慢也是一种人生的需要。她可以在走上社会的时候，避免被人欺负，避免让别人小看。他万万没有想到，自己女儿会酿造成今天的后果。

现在明白了这个道理，万宝强仍然觉得还不算迟，认为亡羊补牢对事态的发展也能够起到一定的作用。他还希望通过自己的努力能够改变这种毫无生气的家庭教育。

眼看就要到目的地了，眼看就要见到自己的女儿了。见到自己女儿，第一句话该怎么说，此刻，万宝强倒觉得导致女儿今天的结局，自己有着不可推卸的重要责任，可惜世界上没有后悔的药，现在唯一的途径就是不能让事态继续蔓延扩大，尽可能让自己的女儿在较短的时间里，对她所犯的错误有一个较为清醒的认识，及时悬崖勒马，并且能够尽最大努力使自己在今年的高考中免受灭顶之灾，让"灾情"减少到最低的限度。

万宝强知道在这个时候自责是没有任何作用的，但是，他不希望自己在这方面走过的错误道路，让后来者再去重复自己昨天的"故事"。他现在最关心的事情，就是处理眼前比较棘手的——对自己女儿的读书问题。

车子继续向前开，他的头脑思维也开始异常活跃起来：小孩子平时在家里对自己的父母亲言谈过于随便，举止粗俗，把对长辈应该具有的礼仪、尊重抛在脑后，这是极端有害的！这样的孩子走向社会，一时是很难适应这个社会的，是不容易一下子懂得如何去尊重老人、尊重师长、尊重领导的，我们试想一下，如果我们这些走向社会必须具备的基本常识都不能做到，又怎么能去正确面对这个错综复杂的社会呢？

万宝强的想法非常有道理！说实在话，我们做父母的，在家庭教育过程中，不要小看我们这些做父母在孩子面前的一言一行，什么叫耳濡目染，什么叫潜移默化，它们所存在的玄机可真是大着呢!它们所产生的作用那是无法用语言来形容的。如果我们的家长，在孩子面前语言放纵，不论是否得体，都像机关枪一样扫射出来，自己孩子在这样的环境中成长，就会错误地学习家长的样子；如果我们的家长做事情一向不能善始善终，拖拖拉拉，今天的事情拖到明天、后天，无止境地向后延续，我们的孩子自然会效仿起爸爸妈妈的做事风格；如果我们的家长，该严肃的时候，仍然在孩子面前表现嘻嘻哈哈，没有一点做家长的尊严，我们的孩子就会认为爸爸妈妈都是一个善菩萨，在爸爸和妈妈面前可以高一句低一句乱说一通，认为爸爸妈妈永远不会让他们难看。

　　所以我们认为，家长在孩子面前是要有一点威严，要有一个做家长的样子。如果这方面做不到，肯定是做父母的败笔。作为家长，我们应该做到威而不露，宽而不慢，辩而不争，察而不激。如果我们这些做家长的，在自己的孩子面前，所做的事情、所说过的话，连自己的孩子都看不起、都不屑一顾、都当作耳旁风、根本就不值一分钱，那么要想使自己的孩子有太多、太大的作为，那是绝对不可能的。万宝强想到这里，似乎找到了解决问题的答案，孩子的失败，追根求源，真正的罪魁祸首不是别人，而是自己。

　　如何彻底地改变自己以前错误的形象?如何使自己的"小"形象在孩子的心里高大起来?如何让自己所说的每一句话都有分量，并且能够让自己的女儿在听后心里面感到快意，能够产生共鸣?如何让自己的威信重新在女儿的面前确立起来，不再把自己爸爸妈妈当作自己成长过程中的配角，只是一个跑龙套的小角色?如何让自己的女儿知道父母亲永远是她成长过程中的最忠实的呵护者，永远是陪伴左右的不二选择?那才是现在亟待解决的问题。

　　当然，作为一个旁观者，往往是站着说话不腰疼，要做一个孩子心目中真正的好父母，那绝不是一件容易的小事情，需要不断加强自我修养，不断自我教育，不断强化自身素质，不断和自己孩子交流，达成共识。绝非是举手之劳、一气呵成的事情。

万宝强非常清楚自身教育子女的实力还不够强大。他的语言方面也不是一个严谨的、亲和力特强的人；他在行为方面也不是一个十分端正、得体的人；他在态度方面也不是一个和蔼可亲、十分专注的人。总之，他绝不是女儿心目中的好爸爸，一个十分称职的好爸爸。

看来一场重大的考验在等待着万宝强，成功与失败维系自己一身，就自己目前的能力、目前的处境，很难把自己的孩子教育"怎么样"。在这个时候，能够稳住这个读书的局面，才是最为关键的。他似乎在自己的心里也觉察到自己的语言对孩子的作用是相当软弱的，就目前的处境，形同隔靴搔痒，现在唯一可取的就是要给自己女儿一点"颜色"看看，也要让自己的女儿知道爸爸妈妈不是她所想象的那样无能，那样没有一点威慑力，也是一个具有柔弱和威严并存的爸爸；也要让女儿明白自己的不良行为也不是肆意可以发泄的；也要让自己的女儿从内心深处知道，爸爸、妈妈也是具有一定尊严的长者，并不是自己随便就能够"忽悠"的人。

看来，万宝强对体罚教育开始产生幻想了!目前，他心里想得最多的就是在体罚女儿方面所要把握的"度"的问题了……他明知在实施体罚的过程中存在一定的风险，但是，他的"愤怒"已经掩埋了他的理智。错误的情绪告诉他：今天对女儿实施体罚那是最为"明智"的事情!

当他为自己体罚找到借口的时候，万宝强的内心已经丧失了家庭教育的理智。他开始错误地认为：虽然自己称不上一位好爸爸，但是今天的体罚就是证明自己是一个负责任的爸爸!今天对女儿进行"体罚"就是避免明天被别人体罚，就是最完美的家庭教育!

对!为了避免女儿明天被别人体罚，我今天必须对女儿实施体罚教育，做一个负责任的爸爸！做一个完美的爸爸！他在心里痴痴地想。

美国心理专家理查德·卡尔森曾经说过："完美的本身就不完美。要冷静，要理解别人，承认事情的多变性。任何人都不是完美的，任何事情都不会按计划进行。"

不是吗，生命的降临，给予世界的第一声清脆的啼哭，根据佛家所言，那一声啼哭，不仅仅是代表着生命的出现，也意味着人生从此将与挫折相随。人的本质，说简单一些，不仅仅是让生命享受属于生命中自我幸福与快乐，同时也感受到生活中苦与痛。因此，我们不管身处何时、何地都要清醒地记住：请忘记事事都必须完美的想法，您自己也不是完美的，只有这样，您才能在生活中（包括我们的家庭教育）变得轻松起来、快乐起来、幸福起来。

三十四　谁都可能成为家暴的实施者

万宝强刚上打的车时候，天空只有几朵白云在飘，现在，万宝强透过车窗，看到先前的几朵白云已经"蜕变"成为浓密的乌云了，眼看一场大雨就要降临了。

万宝强显得很着急："师傅，你能不能再快一些?……我处理完事情以后，还要赶到学校上课呢!"

"老师，心急吃不了热豆腐，你要明白，这是山路，我的车子已经够快了，再快恐怕要山交通事故了。我可不能为了挣你几十块钱，而冒那么大的风险。做什么事情都不要急躁，都要注意安全，都要对自己、对家人负责!千万不要做那些让自己后悔一辈子的事情。"

其实，万宝强心里明白这时的车速已经相当快了，只不过自己心里太着急罢了。他只好微闭上眼睛，好让自己的心情冷却一下，但是，他的心里很乱，似乎自己不是去见自己的妻子和女儿，而是去面临一场措手不及的大考……

万宝强怀着这种复杂而沉重的心情，一直让驾驶员把出租车开到苏果超市门口的停车场。

他下了车，根本不见女儿和杨建云的踪影。他焦急地拿起手机联系，接通电话以后，才知道她们早就到了这个地方，正在苏果超市的对面一家商店闲逛呢!

万宝强挂了电话，越过马路径直朝她们所在的地方走去，远远地看到自己的女儿，穿着县城中学的校服，背着书包，挽着自己的妈妈走出那家豪华的商店，这道"优美"的风景，立即定格在万宝强的脑海里，这道风景真是太"美"了，夹杂在来来往往的人群中，显得格外抢眼……

"这是我的女儿吗？不对，我的女儿是一个非常有前途的准大学生！她……辍学者……流浪街头的'小混混'，这哪能与我的优秀女儿相提并论！"万宝强简直不敢相信自己的眼睛。

此刻，万宝强的心陡地一震，浑身感到一下子凉了半截，连站立的力气都没有，仿佛自己一下子被悬浮空中，很快失去了重心，他赶紧扶住人行道边上的栏杆，才不至于被眼前的"美景"吓倒。

"这下完了，女儿的事情还没有解决，自己就被女儿震住了……不能，自己在这个时候，可不能先倒下！"万宝强在内心不住地暗示自己，同时也不住地提醒自己。

万宝强努力地抓住人行道上的栏杆，努力地定了定神……

大约过了一分钟，万宝强的心情才算安宁下来，他努力地提醒自己，在这个繁华的闹市区一定要冷静，一定要克制，一定要保持平和的心态，不然就可能贻笑大方……

女儿已经高三了，女儿到了高三已经快三个月了，女儿距离高考的时间已经没有多长了，自己的女儿还能有这样的心情！还能闹出这样的笑话！这比无缘无故用巴掌抽他的脸还要难受百倍。

他顿感无地自容，一种与生俱来的耻辱之心直冲自己的心头，他的血压在急剧上升，他血管里血流速度在成倍增长……

万宝强隐隐约约感到在教育上一知半解，是多么的有害！比那些一窍不通的人还要无用！如果自己在教育方面没有独到的见解，在教育子女的这张白纸上，乱画一通，这不仅仅使自己的孩子，在错误的指导上偏离教育的正道，还会使自己跌入灾难的深渊。

此时，万宝强在内心所顿悟的教育经验，不是没有道理的，因为，我们知道，如果一个人行走的方向改变了，他努力的程度越大，他背离目标的距离就越远。所以我们这些做家长的应该多去阅读一下教育理论的专著，看看那些大师们是如何教育孩子的，从中借鉴出一些很有价值的教育理念，来指导我们的孩子。

如果我们在教育上仅凭自己想当然，又不肯去钻研教育专著，就必然注定家庭教育失败。因此，我认为在家庭教育方面还是不要去冒充行家，也不要对自己的孩子滥施不科学的教育方法。各位家长们，我们千万不要小看这些"小小的误导"的蔓延作用，也千万不能忽视这些"小小的误导"危害性，甚至是致命性。

如果这个时候，我们甘愿做一个小学生，崇尚自然，只在孩子的面前做一个勤劳的父亲或者母亲，也不失为一个成功的渠道。因为，在我们的农村，有些目不识丁的父母亲，只知道用自己勤劳的双手为孩子树立榜样，他们的孩子，也有考上北大清华的，甚至还有到美国哈佛大学留学的。

此刻，万宝强的心情糟透了，不仅仅感到自己家教的无能，更感到自己就不配做一个人民教师。他认为自家的孩子在读书上都出了大问题，这已经证明自己在教育上是极端失败的。

面对此情此景，万宝强身心憔悴。他非常清楚，孩子的健康成长一直是自己的半壁江山，一直是自己孜孜追求的奋斗目标。可是，现在自己已经四十多岁人了，正值不惑之季，反而感到迷惑深重。人生的价值在哪里?人生所追求的幸福、理想又在哪里?

他非常清楚自己向来是一个不甘屈服的一个人，是一个从不言败的人，为何到现在在孩子的身上却表现出自己"赤裸裸的失败"呢?他不敢再去深想，他知道自己对女儿的教育缺乏科学性，没有在有关家教的专著上面去借鉴它山之石。他承认自己在孩子面前没有足够的威信，孩子对他缺乏足够的信任，在孩子面前经常许诺一些小事，而背后很快把它忘记的一干二净。现在，即使在孩子的督促下，把事情做好了，也无法挽回自己在孩子面前的足够的威严。

谁愿意让别人用轻蔑的眼光来看自己的失败呢? 谁能把自己应有的自尊像小草一样任人践踏和蹂躏呢? 谁愿意让别人指着自己的脊梁骨说无能呢? 谁愿意让自己的左邻右舍，用一种鄙视的眼光来窥视自己的"劣作"呢?

他已经感到自己没有任何退路了! 他的理智已经被天边的狂风吹走了，他要对自己以前的家教来一个狂风暴雨似的大反动，他要对自己女儿来一个脱胎换骨的洗礼! 他决心不再去迁就孩子任何方面的过失，不再认为孩子做一些家务事会影响孩子的学习，绝对不容许孩子对父母有半点的不敬。他要严格限制她与同学交往的时间，决心不再用那些苍白无力的话语来批评自己的孩子，"软弱的家教形象"要在以后的家庭教育中从根底下拔除。

当然，他的美好愿望还包括对自己要严格要求，绝不在孩子面前伤失诚信，绝对不再以后轻易地向孩子许诺什么! 要拿出一个做爸爸的应有的尊严，要拿出一个做教师应有的先进家教措施来，让自己在孩子的眼里具有足够的威慑力。

他决定触摸一下家庭教育的高压线，彻底改变自己一贯的家庭教育方式，尝试一下新的教育模式，希望对自己的女儿有所帮助。

看来，在万宝强家庭教育的舞台上，一场风雨即将来临，谁也无法阻拦……

前几天，我读了一个虚拟的故事，觉得很有趣味。一个教育专家在电脑里发现一个名为"父母家暴成长轨迹"的游戏，于是，他根据电脑提示不停做出"合乎情理"的选择，居然在短时间内就"蜕变"成为一个滥施家暴的"暴父"，受到社会、家庭的不耻，吓得这位教育专家冷汗直冒，暗自庆幸自己的孩子当初没有这么好的家庭条件，孩子对享乐的欲望不太强烈，当时社会对孩子的诱惑太少，否则后果真是不堪设想。出于好奇，我也照着演示了一番，并且邀请了几位朋友进行测试，结果令人失望：基本上都重蹈这位教育专家的覆辙。

这个文本一针见血地揭示了这个道理：父母把孩子当作心肝宝贝，谁都有潜在的包办孩子成长的欲望。

现在的家庭教育是建立在爱心基础上，把孩子预设为"私有财产""第二个自己"。把孩子的成长轨道早已设计好的父母是大有人在的，孩子稍有偏离，他们就会大发雷霆，绝不姑息孩子犯点滴错误，绝不甘心孩子成为社会的"普通人"。其结果只能一步步地成为家庭教育的"暴父、暴母"……

作为教育工作者，我们一定要知道家庭教育是润物无声的过程，等到了"无法挽回"的地步，再去实施"体罚性的措施"，是起不到实质性作用的。

三十五　冲动能泯灭教育良知

万宝强带着无比愤怒的心情，带着"君临天下"的威严，向杨建云和女儿走去。女儿不知是什么原因，一看到爸爸这个模样，撒腿就往万润发超市旁边一条向南的街道上跑……

万宝强和杨建云两个人都没有意识到自己的女儿会来这一招。

万宝强下意识到这样不行，如果自己的女儿在这个时候，一时离家出走，那就会招来天大的麻烦了。于是，万宝强不顾周围人的张望，他赶紧顺着女儿逃跑的方向，去追自己的女儿。

道路旁边的人，一个个面面相觑，不知道发生什么事情，有的纯粹站在路旁看着万宝强去追赶自己的女儿，人家不知道他们是父女两个人，都以为是警察在抓小偷。偌大的街道，已经不再是普通的街道了，而是一个万人瞩目的舞台，舞台的主角就是万宝强和自己的女儿。

万宝强那时扮演的角色绝对不像一个父亲，也不像一个接受高等教育的知识分子，更不像是一个素养较高的人民教师，活脱脱像一个马戏团里专门扮演那些滑稽可笑节目的跳梁小丑，其狼狈、荒唐、可笑的样子，足可以让所有的观众笑掉大牙……

此时万宝强女儿所扮演的，绝对不像万宝强的女儿，也不像是一个正在本县最高学府读高三的学生，而是一个正在被人抓捕无法藏身的少年犯人……

这种独特的紧张气氛，着实让万宝强感到平身以来第一次做过的最激烈、最愚蠢、最搞笑、最失态的事情，其场面的精彩程度，绝对不亚于年度获得奥斯卡金奖的好莱坞大片，着实为县城广大观众省下一笔价值昂贵的入场券，真正让亲爱的县城市民大饱眼福……

而此时的万宝强已经顾不上自己的丑态，更顾不上自己的名誉、荣誉了。大街上人狂笑也罢，指责也罢，谩骂也罢，反正自己已经被当作了动物园的狼狈不堪的猴子了，也就爽性地表演给观众看罢!……

当杨建云回过神来的时候，万宝强已经跑出百米开外了，万宝强听不清后面杨建云在说什么，就知道后面有人在大声地喊。但是，这个时候，任何语言对万宝强来说都是极其苍白的。

此时的万宝强心里想的，绝不是简单地想教训女儿一顿，而是有一种比教训女儿还要强烈百倍的可怕念头，就是很怕自己女儿离家出走!在万宝强的脑海里这个想法像毒蛇一样缠绕着他……

他非常担心自己的女儿，一气之下躲起来，从此杳无音信。所以，他两眼死死地盯住自己的女儿，脚底下使出所有的力气。

女儿想乘机逃到一家大型商场里躲起来，哪知万宝强很快赶上去，就像老鹰抓小鸡一样，被万宝强抓个正着。

万宝强用手紧紧地抓住她的手臂，她几次想挣脱都没有成功……

万宝强一言不发，尽量掩饰自己的行为，尽量放松自己的心情，尽可能装着无所谓的样子，虽然自己知道这是掩耳盗铃，但是自己还是努力地去做这件事情。

因为，他心里非常清楚，要想把这件急火攻心的事情平息下来需要一段时间。

大街上的行人，似乎明白了其中的真相，也都收回了那种好奇的眼神，个个都像没有发生什么事情一样，热闹的大街，很快恢复了原来匆匆行色的模样。原来静止的人流，也都像放开阻水的草坝一样，又缓缓地朝着各自的目的地出发了。

万宝强当时没有注意到大街上人群的变化，当时，他隐隐感到自己不像是警察抓小偷，倒像警察有什么把柄捏在小偷的手里，小偷正在死命地拖他到说理的地方去，没有了做父亲的荣耀，没有了做父亲的自尊、更没有了做父亲的仁慈，只有做父亲的狼狈、无奈和残忍……

我们大家都非常清楚，在这个时候，万宝强最怕的不是陌生警察来上前盘问，而是最怕遇到自己的亲戚、自己的同事、自己的同学等与他较为亲近的熟人。

可是，上苍好像在有意撕破万宝强那廉价的虚荣，偏偏在这个时候，迎面遇到了几年不见的、在市区工作的老同学，老同学看到万宝强这个样子，他只是朝万宝强善意地笑了笑，万宝强本想撒谎来掩盖这种无奈的举动，老同学似乎也看出了万宝强的心思，本想多聊一会儿，只好借故说有事离开了。

万宝强站在原地，满脸通红，内心惭愧得真想钻到地下的缝隙中。他同学那善意的微笑，比一把锋利的尖刀扎进自己的心里还要难受。自己"比人矮一截"也就罢了，可是连自己的后代也跟着凑热闹。看来真是"一代"跟不上人，"十代"都落后……

什么叫鲜廉寡耻?什么叫尊严扫地?什么叫无颜见人?

万宝强像木雕一样站在原地足有两分钟……

连老同学分手时候与他握手他都没有回过神来。

他心想，自己多年打拼出来的点滴荣耀，已经都被今天女儿在大街上的"精彩"表演，消耗得荡然无存了。

也许，损失得远远不止这些，如果今天的所作所为能被一个"好心"的记者，撰写成为本县城的特大新闻，今后自己还有什么颜面在同学跟前露出笑容?自己还有什么颜面与同事同处一室呢?自己还有什么颜面在学生面前传道授业解惑呢?今天的事情除了说明自己的无能还能证明自己什么呢?

此时，他的内心想得很多……很多……自己多年引以为傲的教育之道，自己多年苦心锤炼的教育修养，自己二十几年的知识积累，自己二十几年的教育战线上获得的荣耀，教师高级职称，还有本县的骨干教师头衔，都在此刻化成一缕无味的轻烟，撒落在尘埃中，没有了任何自豪的价值。

此刻，他心里唯一的念头，就是把自己的女儿带到县城租来的房子里，狠狠地教训一下自己的女儿，免得以后再有类似的情况发生。

"既然你不争气，你就休怪你爸对你不客气，本来你是应该有很多荣耀在人面前呈现的，可是你偏偏往邪路上跑，今天所有的后果都应该是你造成的。"万宝强一边走，一边语无伦次、吞吞吐吐地说着抱怨女儿的话。

杨建云看到自己的老公抓住了女儿，看到自己的女儿早已被吓得服服帖帖地跟着自己的爸爸走，原来的反抗心理，到现在已经成了泄了气的皮球。她看到此情此景，心里很快产生了对女儿的怜悯同情之心，她觉得自己的女儿，太可怜了，很想为自己的女儿说些好话，但是一想到自己这些天被女儿折腾得破碎心情，心里不住地提醒自己，是要给女儿一点颜色看看了，不然的话，高考之前还不知要耍出多少花样来呢！

爱孩子是父母的天性，如果只是感情投入而缺乏理智，就必然走向家庭教育的死胡同。其实，父母都知道溺爱孩子有很多危害性，可是又有几个家长能够知道溺爱与真爱的界限。因此，很多父母走进了家庭教育的误区。父母最害怕孩子发脾气，一看到孩子发脾气就心疼，就会向孩子"示弱"，几次"示弱"以后，孩子就会找到制胜父母的法宝，这样，我们的父母很容易被孩子牵着鼻子走。

等到木已成舟，我们父母再去严格管教孩子就非常困难了！因此，爱孩子一定要把情感与理智紧密结合起来，一定要把握爱孩子的

"度"，对重要的"是与非"问题，绝不能无原则地迁就。

有时候家长的正确主张，孩子不能接受，我们做父母的，当时可以不必强迫孩子接受，但是，我们绝不能因为疼爱自己的孩子，而放弃正确的观念。我们暂时把那些孩子"不能接受的问题"放一段时间，让孩子以后与我们父母讨论解决。切不可体罚孩子，因为这样很容易使正常的亲子关系恶化，使正常的父母与孩子沟通次数减少，最终导致家庭教育的失败。

我年少的时候看过一个小故事：1990年，德国科学家魏格纳因过度思考、研究地球如何变迁问题而患上重病，他不得不躺在医院的床上休息，墙上挂着一幅地图。在闲得无聊的时间里，他就很随意地观察这张地图。一天，他突然发现，大西洋的两岸地形好像是互补的，南美大陆巴西东部突出的部分与非洲西海岸的赤道几内亚、加蓬、安哥拉陷入的部分相对应，可以把它们完全拼凑在一起。

这个发现，让魏格纳兴奋了好一阵子，并且由此引发了他一连串的思考。这两个大陆是不是原来就是连在一起的？如果是的话，那是什么原因使它们分开的呢？于是他不顾病痛，着手收集了大量的地质学、古生物学的资料，终于证实了一个理论：大陆板块漂移说。由于这个发现，解决了自己多少年都无法解决的问题，心情大悦，身体也奇迹般地恢复了健康。

其实，在家庭教育的舞台上，一旦遇到非常棘手的教育难题，我们往往会自认倒霉，经常茶饭不思，都会去想：我们家的孩子怎么会变成这样呢？甚至有人还会失去理智地去体罚孩子。其实，在很多时候，"天才教育家"和"愚蠢教育者"的区别就在于能比"愚蠢教育者"多想那么一步，多理智那一步。

所以，我们在家庭教育的过程中，只有我们多想一步，不要简单、草率地处理家庭教育问题，我们定会从看似复杂的孩子教育中，找到我们意想不到的教育真经，我们普通的家长也会成为教育的行家。

　　要不，魏书生怎么能会把全校公认的一些"差生"都转化成为"优秀人才"呢？

三十六　教育的真经拒绝本末倒置

　　杨建云被老公突如其来的"精彩演出"吓蒙了，她万万没有想到自己的老公会有如此"特技"，看来自己还是低估了老公所具有的"能量"。人都说知老公莫如妻，可是杨建云今天终于知道这句话也不是什么放之四海而皆准的"真理"了。

　　此时，杨建云已经没有办法再去责怪自己的女儿了，她所担心的问题，不再是女儿的读书，而是自己的老公对女儿不知轻重地"教训"。

　　为了缓解一下这种剑拔弩张的气氛，杨建云还是小声地埋怨起自己正在气头上的老公："你是一个学校教师，自己家的小孩，今天出了这样不光彩的事情，你这个做爸爸的也应该好好想想了!总不能把所有的罪过都强加在孩子的身上吧!"她的声音不大，但是对万宝强来说，仍然起到一定的收敛作用。

　　万宝强绝不是一个无情无义的爸爸!此刻，他也在为刚才发生的事情，产生懊悔之意，也情不自禁地开始反思起自己的过失来:自己是一个教书育人的人，孩子都是可以教育的，自己多年的教师涵养都弄到哪里去了呢?自己是一个接受过高等教育的人，为何今天不能较为冷静地处理孩子的问题呢?为什么不能让女儿心平气和地走到爸爸面前陈述不上学的理由呢?为什么不能用一个很友善的方式方法来与自己的女儿进行思想沟通呢?为什么不能在心情舒畅的时候，让自己的女儿道出心里的委屈呢?为什么自己不能做一个很友好的倾听者呢?为什么不能抽出一定的时间，好好地研究一下出现这些问题的原因呢?为什么不能针对问题的纠结点，对症下药，找出解决问题的突破口呢?为什么不能把那些矛盾化解在萌芽中呢?为什么把好好父女之间的友好关系，弄到今天如此僵化的地步呢?

想到这里，他感到自己身上有一种无形的压力，这个压力使他喘不过气来……

当这个压力继续向他膨胀的时候，他开始寻找解脱的理由了：只可惜自己没有读过高深的家庭教育理论，更没有仔细研究过关于家庭教育的真经……

此时，他还想到了万能的马克思……马克思的辩证思想告诉他，事物的发展都不是孤立的，都是普遍联系的。并且在普遍联系的时候，都存在着矛盾的观点和全面的观点。

因此，他似乎有什么发现，隐约感到自己也有很多委屈的地方。若不是自己女儿"自由散漫"惯了，自己又何来这么大的气呢?自己又怎么能跑到县城来教训自己的女儿呢?看来好好教训女儿一次也是理所当然的事情，也已经成为自己眼前必须履行的义务了……

他在心里不住地"告诫"自己：对女儿进行严厉训斥的时候，绝不能心慈手软的;这个决心也是绝对不能改变的。

"你再这样折腾下去，不要说今年的高考成了问题，就连我们这个家庭也要崩溃的。你到现在还不知悔改，你究竟要把这个荒唐事情，闹到什么程度?"万宝强一边往回走，一边训斥自己的女儿，目的是让自己的女儿产生忏悔之意。

可是他的女儿到现在还没有从惊吓之中缓过神来，对爸爸的话没有丝毫感觉……

杨建云见到如此情景，她不再是同情自己的女儿，而是开始直接袒护自己的女儿了……

　　"你能不能少说两句，现在不读书的孩子多的是，难道不读书就无法生存了，隔壁的吴老二儿子，初三没读完，现在还不照样成为瑞祥服装厂的总经理吗!说起来每月的工资，比你的五倍还要多，你不要把读书看得太神奇……"

　　"我现在不是在和你斗嘴，社会上不读书当大官我见到过，但是，那毕竟不是社会的主流……你不要让我相信守株也能待到兔子吧……"

　　"孩子读书是孩子自己的事情，她不愿读书我们也拿她没有办法，将来受罪、享福都是她自己的事情，我们做父母的只能尽到仁至义尽。但是，我们做父母的绝不能硬强求孩子做什么，我们只能向她陈述利害，听与不听，只能让孩子拿主张……"

　　"让孩子拿主张?你看她还能拿出自己主张来!……"

　　"我现在只能请求你们父女俩，不要再折腾下去了。我现在真的受不了这个罪了!谁还能够承受这样的打击?三天两天地闹别扭?再聪明的孩子都要变成傻瓜的，再坚强的家长，也会变成神经病的。就是魏书生来了也会变得方寸大乱的。今天，你们的洋相出足了!再这样僵持下去，你们不疯，我先疯了。"杨建云面对如此局面，她也显得身心憔悴。

　　本来，万宝强是来教育女儿的，是来劝说女儿上学读书的，可是现在，却演变成为夫妻之间的争吵了。

　　回到租房后，万宝强一言不发地坐在宿舍的床上……

　　此刻，万宝强心里也非常清楚自己的女儿现在特别恨爸爸，在那样的大庭广众之下，没有顾及她的面子、她的尊严。现在她对爸爸一点的好感都不会有，她与爸爸的关系已经形同陌路:什么亲情，什么人间大爱，在女儿眼里早已贬得一文不值。

　　这时候，万宝强女儿的内心的确存在很多怨恨，其中怨恨自己的爸爸的心情最为强烈。当然她怨恨爸爸最多的是:爸爸是一个对自己女儿读书不负责任的人，明明在调班问题上，爸爸能够很轻松地通过关系，调到师资配备最好的"火箭班"，可是就是三天两天地向后推迟，根本不愿为自己的女儿前途考虑，完全不考虑自己女儿的真实感受，使自己的女儿每天都带着沉重的思想包袱，艰难地过着所谓的高三生活……

除此之外，万宝强女儿还有另外一种较为痛苦的心情：她想到在这样的心境下继续读书，根本就是一件非常折磨人的事情。再加上这个班的班主任是一个严厉有余温和不足的老师，在班级中很难看到他露出温暖的笑容，这使本来就感到很压抑的万宝强女儿，更是雪上加霜……

确实，万宝强女儿每天坐在这个班级里就好像坐在蒸笼上，自己的心情很难舒畅地融合在这个班级里，而这样的感觉曾经不止一次地讲给爸爸和妈妈听，可是每次交涉的结果，爸爸都认为她在无理取闹，爸爸总是认为这是她没有把心态放好。因此，她逐渐对父母的要求无形之中产生了一种强烈的逆反心理。你看这样的书还能够再读吗？当我们明白了万宝强女儿的"难处"，对她提出不读书，也就不足为奇了。

就在这种逆反心理无法疏通的时候，万宝强还不止一次告诉她："假如爸爸没有什么可以找的关系，你分配到哪个班就只能在哪个班读书。"可是这样的话对女儿没有起到任何作用，只能徒增女儿烦恼而已。

要知道这些话，对万宝强女儿来说，说了不如不说，因为他说了只能加剧她对爸爸的怨恨，因为，她认为天底下所有称职的父母亲，在教育子女方面都是从积极的方面去寻找解决问题的办法，只有那些不称职的父母亲才学会逃避困难，才会想出这种最无能的"办法"。

就这件事情的本身而言，我们不难发现，万宝强和女儿发生冲突的主要原因，就是各自固执己见，都是始终坚持自己的观念。他们都不愿设身处地地站在对方的角度去分析问题、解决问题，都埋怨对方对家庭不负责任。

万宝强责怪自己的女儿：到现在这个骨子眼上，还没有丢掉一切思想包袱，全身心地投入到备战高考的大事情上去；而女儿则责怪自己的爸爸：不能生出三头六臂，把她调到最理想的班级，把天底下所有的好老师聚集起来任她来挑选，把班级最好的座位留给她。

我们作为旁观者，对这个父亲与女儿之间的思想隔阂，我们都有一个较为清楚的认识。说白了都是不愿朝着解决问题的方向，努力一下，都不愿抛弃各自的虚荣心，勇敢地面对现实，承认自己的错误，承认自己都是一个普通的凡人……

万宝强认为这个年头，找一个熟人去"打通关节"，都不是嘴说说就能解决的问题，都需要用钱开道，才能得到自己预期的目的。再说自己在"找人帮助"方面还真是一个地地道道的门外汉，确实没有一点实战经验。

不是万宝强不想去找熟人帮助，关键有两点顾虑让他一时下不了决心。第一就是认为找人办事，就是在巴结别人，就是向别人说明自己的愚笨，就是在说明自己的无能；第二就是找人做事太麻烦，根本不是一件很光彩的事情……要是没有这些顾虑，万宝强早已把问题给办妥了。

而女儿也有自己的想法，她认为自己今年是高三，乃是自己十年寒窗的关键，能够进入自己非常称心满意的班级，在一个学习气氛非常浓厚的班级，有一个素质比较高的老师任教，那是一件最为高兴的事情。当然她也非常清楚自己非常向往的"火箭班"，绝不是任何学生随随便便都能进去的地方。但是，她知道自己的爸爸有一个在这个学校干副校长的老同学，只要爸爸肯去找同学帮助，这根本不是一件难办的事情……

她不知多少回催促过自己的爸爸，爸爸总是不愿意，这使她感到非常的伤心。因为，她认为这是自己人生中最为关键的时候，爸爸都不愿帮助，这实在是让她感到万分地沮丧。因此，她认为爸爸是一个非常自私的爸爸，是一个对子女读书极不负责任的，爸爸说"不进火箭班"是培养女儿的独立能力、培养女儿发奋努力精神的最好时机，这完全是自欺欺人的借口。

万宝强总喜欢对女儿说："假如你的爸爸没有这个老同学怎么办？你是不是还要固执地来调班？"其实女儿也知道，爸爸是用这句话来为自己不愿找老同学帮忙而制造借口的。

万宝强心想，自己的那个老同学只是一个关系普通的老同学，根本就没有去深交过。加上自己仅仅是一个普通教师，没有什么特殊社会地位。万宝强在这个老同学面前确实存在一种自卑。更何况，这件事并不是一件"扬眉吐气"的事情。

万宝强的女儿对进入"火箭班"的激进思想，一直表现得相当强烈的，但是，当遇到挫折的时候，她没有把这种强烈愿望转化为激励自己学习的斗志，而是异化为同自己斗气，同父母斗气，同高考斗气的怨气，整个好端端的读书家庭，因此而一下子蒙上了灰色的阴影。

万宝强的女儿毕竟是一个未谙世事的女孩子。在她的思维当中，如果爸爸能够满足自己进入"火箭班"这个愿望，他才算是一个称职的爸爸；如果爸爸还能在县城挑选到最好的租房，有一点嘈杂声，就立马更换，他也才算是一个称职的爸爸；另外，她自己需要娱乐的工具，爸爸都会为她一应俱全，这样她爸爸才算是一位好爸爸。只有这样，她每天才会对爸爸有一种比较甜美的笑容。

由于这个条件太苛刻，万宝强很难做到。如果你要问到万宝强的女儿为什么会有这种执着的念想呢？这要从女儿的性格说起。我们别看万宝强的女儿平时沉默寡言，但是，她从来都是一个不甘示弱的女孩子，最喜欢挑战。其实，这种性格并不是什么坏事，对学习还是有很多帮助的。可是，当她积极进取的时候，若是遇到较大困难的时候，往往选择逃避，使很多有望成功的事情遭遇滑铁卢。

除此之外，她内敛能力较差，眼前所发生的事情，往往都是写在自己脸上的；她的脾气、她的自以为是，你是短时间很难去改变她的。如果你要是迁就她，那她对你更是懒得理睬。她追求完美，但是她并不清楚完美的东西，在这个世界上是无法拥有的。

万宝强面对女儿的这种独特的性格，面对难以正常沟通的家庭教育局面，他也感到万分的无助。他试图改变这种家庭教育局面，可是，每次都是收效甚微。因为万宝强和自己的女儿都不能从根本——找原因，一味地在挑别人的毛病，不能好好地反省自己的过失……

以前，我在杂志上看过一个小故事：一天，动物园管理员发现袋鼠从笼子里跑出来了，于是开会讨论，一致认为是笼子的高度过低。所以，他们决定把笼子的高度，由原来的十米加高到二十米。结果，第二天他们发现，袋鼠还是跑到外面来，所以，他们又决定再把高度加高到三十米。没想到，隔天居然又看到袋鼠全跑到外面，于是管理员们，大为紧张，决定一不做二不休，把笼子的高度，加高到一百米。一天，长颈鹿和几只袋鼠在闲聊，"你们看，这些人会不会再继续加高你们的笼子？"长颈鹿问。"很难说。"袋鼠说，"如果他们再继续忘记关门的话！"

这个故事告诉我们，事有"本末""轻重""缓急"，关门是本，加高笼子是末，舍本而逐末，当然就不得要领了，这正如《礼记·大学》中所说的"物有本末，事有终始，知所先后，则近道矣。"的道理一样：做一件事情，掌握本末始终、先后次序，是非常重要的。

我们知道，万宝强在解决女儿"火箭班"问题上，总是推三阻四，想出很多不去和学校沟通的理由。我要说即使这些"理由"再"完美"，也都是"末"的问题。而万宝强的女儿一心想进"火箭班"，说到底那也是"末"的问题。因此，今天万宝强在解决家庭教育方面出现的小闹剧，完全是由他和女儿本末倒置原因造成的……

其实，在家庭教育的舞台上，本末倒置现象还是比较普遍的：人人都想把自己的孩子教育好，人人都在努力为自己的孩子勾画美好的蓝图，但是，遇到难以处理的问题，不少家长就像万宝强那样，只是从细枝末叶中去寻找借口、寻找解决问题方法，而不能从根本上去解决问题。这样的家庭教育，只能以失败而告终。

三十七　失败的行动往往比成功的经验更重要

深秋的天气真是让人难以捉摸，刚才还是乌云压城，一阵冷风过后，竟然露出了灿烂的阳光。阳光透过窗户射进房间里，把万宝强的身影，拉得极度变形，很像皮影戏中的木偶。

万宝强看着这些完全"失真"的身影，想笑，但是笑不出来。因为刚才的"家暴冲动"还在自己的内心发酵……

"女儿的读书之路，难道就这样断送吗？不能，我们一家都不是轻言放弃的人……但是，眼前的残局，又该如何收场呢？我得一定拿出好办法、好主意才行。什么才是好主意、好办法呢？关键是现在女儿的思想有没有变通，如果女儿思想变通了，那就好了，我还能用体罚来达到教育目的吗？不行！我得想一个万全之计。"万宝强坐着床沿上，想得很多，很多。

不知是刚才的山风吹的，还是山风过后阳光晒的，反正一家三人的情绪都开始慢慢地冷静下来了……

"我们可不能这样耗下去，我现在最想知道你不读书的真实原因，如果你能够说出让我们信服的理由，我和你妈绝不阻拦你。其实，我知道你仅仅是为了和你爸、你妈赌气才出此下策。现在，我们都应该好好地冷静一下，我们再不能任由自己的性子这样继续下去，对谁都没有好处，而且可能使我们从此在别人面前抬不起头来。我们为什么都不能好好地振作起来大干一场呢？"万宝强首先打破僵局，心平气和地对女儿说。

沉默……

"闺女,你说话呀!"杨建云走到女儿的床前,坐下来,轻轻地抚摸着女儿的手,极其和善地对女儿说。

"我没有什么好说的,你们如果还想继续让我读书,你们可不能再这样对我的读书环境熟视无睹。你们也应该清楚,我不读书,是因为我的读书环境太让我失望,太让我感到郁闷,甚至是喘不过气来……你们应该清楚,我是一个人,也有自己的尊严,绝不是可以踢来踢去的皮球。难道,我一直维护自己的尊严也有错吗?请问你们到现在有没有考虑到我的内心感受?"面对父母的耐心,万宝强的女儿心情也开始好转起来。

万宝强从女儿的谈话中,发现女儿也不是一个不懂道理的孩子,只不过现在被一些事情困扰住了。现在自己最要紧的就是为女儿松绑,就是要从女儿的实际出发,解决女儿现在目前最感困惑的事情。看来有些事情,必须得到彻底的解决,不然的话,真的要影响女儿读书了,尤其是"火箭班、住房"问题,一定要做个了断,能不能上,自己必须拿出自己的实际行动。想到此,便对自己的女儿说:"'火箭班''住房'问题,我现在什么事情都丢下了,来为你解决这个问题,但是,你也要做好思想准备,如果真的进不了'火箭班''换不到好房子'你也不要再继续纠缠下去,你也不要责怪爸爸妈妈的无能。"

万宝强这次没有食言。第二天正好是星期六,不用上班,万宝强吃过早饭,从银行里面取出一千元钱,到街道超市里买了一箱价值七百二十元的酒,老板和万宝强是熟人,为了表示熟人之情,这箱酒只收万宝强五百四十元。万宝强见这位老板很讲哥们义气,不知如何感激是好,连声说:"谢谢!"。

正准备出店门,遇到他以前的同事,这位同事见万宝强老师买这么高档的酒，感到很惊讶："呦，万老师买这么高档的酒喝，是不是最近在哪儿发大财了?"

万宝强抬头一看，忙说："我以为是谁呢!这酒不是我喝的，而是送朋友的!"

"哎呦，你那朋友那么高贵呀?送这么高档酒?看来这个朋友非同一般啊!哈哈……"

万宝强被这位旧同事问得不知怎么回答，脸一下子就红了起来，看来万宝强老师在同事面前撒谎也不在行，连忙改口说："对不起，不是朋友，而是自己的岳父大人，自己的岳父大人，你现在应该相信了吧!"

万宝强不敢再往下说，连忙扛起酒箱往家走。他把酒朝家里一放，又开始焦虑起来，这酒怎么送到那个当官的亲戚那里?现在送还是晚上送?白天人多，被熟人看见了怎么办?看来，只有晚上送。

晚上，万宝强打电话叫来出租车，趁着夜色好不容易把酒送到亲戚家里，说了半天客气话。

就为这些非常搞怪的客气话，万宝强到家后，一夜都没有合眼，因为，他感到做了二十多年的教师，尊严一下子被丢得干干净净。

后来，万宝强那位当官亲戚并没有把万宝强女儿调到"火箭班"，原因很简单:因为万宝强那天买了一箱假酒!亲戚一发怒，认为万宝强在忽悠他!

就这样，万宝强为了兑现女儿的诺言，他不仅厚着脸皮找亲戚、找同学，还亲自找到女儿的班主任，商讨解决问题的策略。结果既没有解决女儿要上"火箭班"的事情，也没有为女儿调到好房子，可是女儿与父母之间的关系有了较大的转化……父女、母女之间的沟通已经不再充满火药味。原因很简单，万宝强已经尽力了，女儿已经知道社会很多事情并不是自己想象得那么容易。

　　原来，这次万宝强女儿赌气不读书的原因很小：就是万宝强在为女儿争取"火箭班""换房子"的时候，只停留在口头的说教上，很少用自己的实际行动，去为自己的孩子争取心目中可能得到的"利益"。其实绝大多数孩子都是知情达理的，只不过看不惯自己的父母"光说不做"。尤其在孩子眼里，那些至关重要的事情，更是看重父母的参与和必要的帮助，并且孩子在这个时候依赖父母的心理很强，他们往往会弱化自己的实际能力……如果我们能够从孩子的角度看问题，并且把孩子的问题当成"重要的事情"来付诸行动，那么，我们的孩子就会从内心感激你，至于能不能得到孩子的要求，孩子往往不会去过分计较的。当我们明白家庭教育中这些道理的时候，我们再去考量万宝强女儿的"过激行为"，我们家长就会为自己对不起孩子而感到"惭愧"……

　　万宝强有时也在想，自从女儿进入高三，仿佛自己、妻子、女儿就变成"监狱中的罪人"，很少睡上安心觉，这究竟是哪方面出了问题？他想到几个月以来，不知受了多少罪、不知吃了多少苦、不知遭遇多少委屈，就这样，他还不知道以后还会发生什么事情？还有多少罪在等他去慢慢"享受"……

　　这究竟是为什么？也许地球上所有人都可以回避"回答"，但是，我们作为教育工作者是不能回避"回答"的，因为，这是我们的责任所在，这是祖国人民赋予我们的神圣使命所在！

　　我们都知道在孩子的读书道路上，每一个家庭都非常注重高中阶段的孩子学习问题，都非常清楚高三是高考的前夜，是高考的冲刺点，是通向高校的跳板，是一个人读书发生质的飞跃关键时期，是一个人接受高等教育的蓄势待发阶段，是一个人成就大事业的最为重要的时候。

　　由于高三阶段在人生中的"战略地位"非常重要，所以我们的孩子，我们的家庭，都非常看重这个黄金时期。由于我们大家都非常看重它，所以我们在看重它的时候，很容易夸大它的作用；很容易把这个阶段神话；很容易把这个阶段看着是人生的"生死穴"；很容易使我们的孩子过分地重视它，以致这个太平常不过的时期，无端地镶上了这样那样的金边，以致把我们正常的生活机制打乱，让我们每一个普通人都带上刻意的敬畏心理，使正常的学习演变成为刀尖上起舞，绝壁上学跳。从而最终导致很多家庭方阵大乱，惶恐不安，让孩子美好的读书过程蒙上一层用泪水浸润过"神秘面纱"。

由于人在高度紧张的时候，很容易把不能够实现的目标，归结为外界这样那样的原因造成的，很难对自身存在的问题作一个较为客观的分析，总认为自己已经尽力了，进而产生种种难以言说的痛苦。其实他们所说的"尽力"，仅仅是他们在没有调整好心态的时候，错误地把他们自己引向奋斗的低谷，把他们自己自身存在的潜能给忽视了，以致使他们自己身心双重疲惫，直至从积极走向消极，从消极走向消沉下去……

我以前在《印度故事集》里面看过这样一个小故事，说佛祖为了消除人们的疾苦，就从人间选出 100 个自以为最痛苦的人，让他们把自己的痛苦写在纸上。写完后，佛祖说："现在，请你们把手中的纸条相互交换一下。"结果，这 100 个人交换看了别人的纸条后，个个都非常惊奇。过去，总以为自己是天底下最"不幸"的人 ，现在才知道很多人比自己更痛苦！这样还有什么消沉的理由呢？我们试想一下，家庭教育中，当事人遇到一些痛苦、遇到一些挫折，就感到心灰意冷，就感到垂头丧气，从此就想逃避现实，自遁"空门"，这不是无知是什么？

难怪有一位哲人曾经说过，天底下所有的借口都是为失败者准备的，因为一个成功的人士从来不愿把失败看着失败，总是把失败看着是成功道路上必不可少的铺路石，总是用积极的心态去拥抱失败，在失败中汲取营养，为下一个成功打下结实的基础。

万宝强女儿，面对自己的一次又一次的失败，老是感觉自己是被人"捉弄"的人，老是感觉自己是天底下"最吃亏"的人，除了对外界的抱怨，对家长的不满，对老师的不满，另外就是对班级的不满、对所学学科的不满，总之就是很少责怪自己所做得不对，最终产生放弃读书的念头。这件事源头在哪里?难道不值得我们教育工作者好好反思吗?

三十八　育人的天空不能被私欲熏染

自从那次"闹不读书"风波之后，万宝强一家三口过上了一段相对比较平和的日子。可是好景不长，万宝强女儿又上演了一场更为精彩的好戏。

那天，离高考还有一百〇八天，万宝强批改完作文后，已经是晚上九点多钟，正准备上床休息，突然手机响了，万宝强一看是自己的女儿打来的，赶忙接听，就听见女儿在手机另一端非常气愤的声音："我真的不想再进那个班级了！"

万宝强慌忙细问原因，原来上次月考过后，班主任对班级的座位进行了一次较大规模的调整，目的是为了更好地管理，纷纷把那些在高考中能够取得好成绩的学生调到班级最好的位置上，让他们在最后的冲刺关头，竭尽全力，更好地发挥自己的潜能，为班级争光，为自己争光，为学校争光。而她女儿被"发配"到班级中的"西伯利亚高寒地区"。

万宝强对女儿又一次的赌气"不念书"，感到很大的震惊。因为，万宝强经过上一次"折腾"过后，心里一直对女儿以及这个家庭愧疚。

他仔细地听完女儿的诉说，对女儿因为班级座位调整产生的抱怨，心里也有些难过。他非常理解班主任老师的调位难处，也为自己的女儿不冷静表示无限的伤感。但是面对此情此景，万宝强又能够说什么呢？万宝强满心的话，堵在自己的舌头下面，暂时只能向自己的女儿说了一些安慰的话，目的是让自己的女儿暂时心情平静一下，理智地调整一下自己的情绪。

安慰好自己的女儿以后，万宝强迫不及待地拨通了班主任的手机，向班主任询问了孩子近期在学校的表现情况，希望能够从班主任的嘴里得到更多的消息。万宝强把刚才女儿反映的情况又向班主任细细地汇报了一下，以便和班主任在教育孩子方面能够形成合力，对症下药，最终找到解决孩子调位问题的突破口。

其实，每逢班级调位，班主任往往是很伤脑筋，希望能够调到班级好座位的同学非常多，希望给予关照的家长电话接连不断，确实让班主任应接不暇。有时候实在感到招架不住！更有甚者，有些对孩子的读书过分关心的家长，往往还会牺牲自己的工作时间，为班主任准备一些薄礼，专门拜访班主任。

这样一来，一些面子很软的班主任，对这些送上门的薄礼拒绝起来确实很困难，原因很简单，因为这些薄礼大多数是一些家里的"土特产"，绝对不能等同于行贿或者是受贿，价值大多数是在二百元以内，还有几十元的小意思，你不收吧，你总觉得对不起人家，大有嫌弃人家的意思。

可是，一旦把这些"土特产"收下来，调座位的就不能"随随便便"按照自己的心意来组织班级的座位问题，对那些"热心肠"家长的小孩，总不能一点面子都不给，把人家的小孩放在班级不起眼的"偏地方"吧！

这样一来，正常的班级座位调整变味了，演变成为一场充满铜臭味的人情大战。有些家长为了使自己家的小孩子在班级能够有一个较为理想的座位，甚至动用官方关系，对班主任进行行政干预，给班主任工作带来很多的不便。当然也有些班主任因为这些错综复杂的问题，尽收这些蝇头小利，使自己"小肥"一把（我认为，我们教育工作者，必须在这方面廉洁自律，不要让这些灰色的蝇头小利，把自己的光辉形象玷污了）。

当万宝强的女儿看到前几排好座位都是被局长、书记、老板家的孩子们占有了，心里确实感到不舒服。因为，在她的眼里，这些好座位应该给那些成绩非常好的同学，还有那些因为视力、个头等原因而看不到黑板的同学。而这以前，自己一直是班级老师受宠的对象，历届班主任都对她格外地照顾，从来没有在座位方面为难过自己，自己高兴到哪个地方，只要自己同班主任说一下，班主任都是格外地开恩，很快就能够满足她的要求。

可是现在这些优势在这个班级已经没有了，班主任根本就没有把她放在眼里，对她的要求根本就不去考虑。这当然会刺激她的敏感神经，觉得自己太委屈。她做梦也没有想到因为自己成绩的下降，而使自己的班级"地位"发生了明显的变化。

当然，她的那些"无理要求"班主任怎能够给她满足呢？万宝强的女儿觉得自己实在是太委屈了，为什么我们普通百姓家的孩子，就不能够到班级前面几排的中间位置去享受一下那些特殊的待遇呢？她的头脑纯洁得就像一张没有经过书写的白纸一样，根本就不知道这个世界还会有这般稀奇古怪人情的罗网；还会有让她迷惑不解的"强权统治"。

她的头脑实在太幼稚，幼稚得就像一个刚刚涉世的三岁小孩子一样。对这个五彩缤纷的大千世界，充满无限的幻想，好像这个五彩缤纷的世界都是以她为中轴，都是为她的精彩生活而特意准备的，别人只是给她陪衬的份儿。她认为自己才是这个世界的真正主人。她根本就不清楚这个小小调位问题，里面还深藏那么多的玄机，那么多让人感到窒息的奥妙。

当万宝强面对自己近乎白纸一样的女儿的时候，心里着实不想让她过早地涉及社会这些灰色的一面，因此，万宝强在同女儿进行交流调位问题的时候，非常谨慎地向她说明那些非常阳光的操作问题，根本就不敢向自己的女儿道明调位背后的一些难以"咀嚼"的人情大戏。他不希望自己的女儿在没有涉足社会的时候，就使她纯洁的心灵蒙上一层自己难以"消化"的阴影，希望她继续保持那种较为纯真的思想情操，去思考人生，去自信人生，去拼搏人生；他不希望自己的孩子，过早地感受到即便是比较纯洁的"清水衙门"也有被世人污染的斑点。

万宝强在和女儿精心的交谈中，女儿把自己的委屈和想法全部向万宝强倾诉出来，大致有下面四点：

第一，她认为班主任自从她升入高三以来，一直就没有重视过她，尽管自己是以全班第一名分到这个班级，班主任从没有把她当作优生看，她心里老有一种被人遗忘的感觉，心里一直有一种委屈的感觉，所以，进入高三以来，心里老是感到有一种东西在堵着，不要说什么优越感，就是一种被人尊重的感觉也没有，所以心里的那份激情始终没有发掘出来。

第二，自己作为班级的尖子生，刚进高三就被班主任安排在后排的座位上，加上这个班级有八十二个人，班级的人数特别的多，座位十分拥挤，而自己视力一直不好，对黑板上面的字，根本就没有办法看清楚。按常理说，班主任不应该把全班成绩最优秀的学生，放在冰冷的最后一排，即使是在考验自己，也不能这样不长不团地把自己扔到那个地方呆很长时间，虽然后来调了一次座位，但也没有调到较为满意的位置，确实有一种被班主任轻视的感觉，学习的成绩也因此受到影响。

第三，希望自己能够调到第二排与自己相处比较融洽的姜丽丽同学坐在一起，因为姜丽丽这个同学不仅仅学习用功，成绩好，而且性格随和，内向，平时不爱说话，很容易与同学相处，同学有不懂的问题，她会认真地帮助同学解答，所以自己一直希望班主任能够把自己调到那里。

第四，自己愿意向班主任保证，如果能够让自己和姜丽丽同学坐在一起，自己的学习成绩就一定在高考中进入全班前十名。

万宝强认为孩子能够把自己的想法和建议全部向自己说出来，这本身就是一件非常不错的事情。因为自己自从女儿进入高三以来，很少了解到女儿内心中的一些真实想法，今天能够听到女儿发自肺腑的声音，心里着实感到很高兴。

他觉得女儿自从上次"闹不读书"风波以后，女儿确实有很多长进的地方。同时，他也感到自己有很多地方对不住自己的女儿，也希望自己通过和女儿的交流，得到女儿的谅解，希望自己的女儿不要老是纠结在过去的阴影之中，要跳出束缚自己的樊篱，乘着还有努力余地的机会，好好地努力一把，把以前的损失弥补回来。

说真的，万宝强上次对女儿进行"教育"，总感觉自己有点对不住孩子，是因为自己的孩子已经不是三岁小孩子了，已经成人了，那种近似"体罚"的教育，当然有损于女儿的自尊，有损于女儿在这个小院子里面的形象。但是，万宝强认为，这个"教育"不是一无是处，还是小有收获的，它不仅仅对自己有所触动，对女儿也有不小的触动。这个触动也不仅仅表现在孩子外表上，更重要的是，他看到了女儿有一种跃跃欲试，努力进取的激情在萌发。因此，这次"近似体罚"的教育，万宝强除了深深的自责以外，他的眉间还有一份淡淡的喜悦。

万宝强认为有必要把女儿的近期表现以及女儿对班级座位调整的想法和一些看起来比较自私的请求与班主任沟通一下，希望班主任能够体谅一下自己的女儿，能够看在同行的面子上，能够对自己女儿的近乎无理的要求给予一定的帮助，以满足女儿一个小小的愿望。

万宝强和女儿班主任商量，如果这一次调位不方便，可以在下一次的调位中给予必要的关照。万宝强也是老师，他不好意思在同行面前说一些建议之类的话，因为，他不敢在同行面前"妄自菲薄"，害怕这位班主任对他女儿照顾"不周"。

但是，我作为一个"局外人"，我真的希望天底下所有的班主任在以后教育学生的时候，能从学生的自身利益出发，能够兼顾全班学生的心理感受，绝不能拿班级学生的利益作为换取自己利益的砝码，使学生们从内心感受到老师的伟大，感受到学校的圣洁，感受到不管老师做什么事情都是本着合情合理、公平公正的原则。

这样，即使老师在调位子的时候有失"水准"，他的学生也会较为平静地接受，绝不会与老师产生对立的情绪，更不会对老师产生不恭的行为。

以前，我从网上看到这样的一件事：有位年轻人到奔驰公司买一辆轿车，看完销售大厅里三十多辆车后，竟然没要一辆中意的。他表示想要一辆灰色黑边的车。销售员那天由于急着约会男朋友，便带着火急火燎的心情对这位顾客说，本公司没有这种车。公司的销售部主任得知情况后十分生气，他对销售员说："像你这样做生意只能让公司关门歇业。"销售部主任设法找到那位年轻人，告诉他两天后来取车。两天后，年轻人看到了他想要的灰色底边的车，但还是不满意，说这车不是他要的规格。经验丰富的销售部主任耐心地问："先生要什么规格的，我们一定满足您的要求。"三天后，年轻人高兴地看到了他想要的规格、型号、式样的车。可是，他试开了一圈后，对销售部主任说："要是能够给汽车安装个导航就好了。"当时，汽车导航刚刚问世，但是销售部主任犹豫了片刻仍然对年轻人说："先生下午来可以吗？"挑剔的年轻人终于从奔驰公司买走了他中意的车。

其实，在学校教育的舞台上，总会遇到这样那样的困难，这就要求我们的老师不仅要在业务上精益求精，还要有一颗全心全意为学生服务的博大爱心，努力抛开有损教师形象的那些"私欲"之心，只有这样，我们的教师才会深受学生的爱戴、才会得到社会最广泛的认可，我们国家的教育事业才会有较大的起色。

三十九　被功利污染过的试卷没有答案

万宝强始终相信天底下所有的老师都是善良的，都是对学生没有任何恶意的，都是希望自己的学生在一个轻松愉快的环境中去读书的，都是希望自己学生将来能够成为国家栋梁之材的，所以，万宝强认为把女儿关于调座位子的看法告诉班主任，这有利于班主任进一步理解女儿，更好地关心女儿，更有利于班主任能够想出一个更好的方法，这样就可以使自己女儿尽快地消除不良情绪，尽快恢复到以前最佳的学习状态，全身心地投入到神圣的高考当中……

万宝强想：绝不能再因为小小的调座位事情，使自己的女儿已经受伤的心灵，再遭遇不良的刺激。他想。

此时，万宝强的女儿刚刚从以往的灰色阴影当中走出来，在学习方面稍微呈现出一点"喜色"，此刻她的心理还是相当脆弱的，不能再有任何闪失，否则，万宝强女儿在高考之前是很难恢复以前元气的。

如果得不到及时帮助，万宝强女儿的高考只能以失败而告终！所以万宝强认为在这个"峰回路转"的关键时候，班主任一定会考虑到他的女儿的特殊情况，会像一位仁慈的长者，想尽一切办法，满足他的女儿的要求，让他的女儿撇开一切的私心杂念，以一种崭新的精神风貌，在十年寒窗的紧要关头，发奋图强，全力迎接高考。

万宝强的女儿的班主任是一个看上去很热心的老师……

一天上午，万宝强从百忙中抽出时间，专程来到女儿班主任办公室。他和班主任促膝沟通了关于女儿调位子事情。班主任很耐心地听完万宝强的"汇报",原来很晴朗的面庞,视乎看到了一些"花一样的浮云"在脸上飘荡。这些"花一样的浮云"虽然没有沁人心脾的芬芳,但是这些浮云仍然是保持着玫瑰花的姿态。

万宝强心里非常清楚眼前这个比较"深沉"的班主任,对自己"所作所为"仍然保持独有的自信,仿佛在向全世界展示他完全是一个以教育为一生努力追求的人,一个以学生的幸福为终身快乐的人,一个把自己的一切都奉献给孩子的人,一个从来就没有半点私心杂念的人,一个脱离尘世浮躁的人,一个纯洁无瑕的人,一个十全十美的人,一个紧跟毛主席干革命的人,就眼前的调整座位是他经过深思熟虑没有半点瑕疵的人,是绝对按照教育规律、自然规律、客观规律办事的人。

他听完万宝强的"汇报"后,也与万宝强推心置腹讲了他肺腑之言。这肺腑之言的核心就是"我是一个百分之百的布尔什维克""好座位你家孩子能坐,别人家小孩也能坐"……

但是,万宝强不听倒罢了,一听就让万宝强有一种"小巫见大巫"的感觉,完全吻合了当初女儿对眼前这位"顶天立地"老师的描述,他就是一个极尽"完美"的人……

以前,万宝强不信有什么教育圣人,自从与女儿班主任交流以后,他却改变了自己多年来对教育的肤浅认识,原来教育圣人终于在这个县城中学现身了,简直把万宝强佩服得"五体投地"……

在万宝强面前,这位超"三界"的班主任,露出一脸的无奈……

万宝强的女儿究竟坐在班级什么位置呢?让万宝强的女儿如此生气!原来,班主任把万宝强的女儿排在离"前山墙"还有二尺远、"离后沿墙"零距离、两面环墙的第一排边拐位置。根本无法看到黑板的"脸",更不用说黑板上面的"毛"!

"这已经是对你女儿特别照顾的了!我纯粹是看在同行老师的情分

上，才让你家孩子享受到这种特殊的待遇。不然的话，肯定会把你女儿调到更加糟糕的地方。我们班级学生座位比你女儿更为糟糕的地方多得是!"

没等万宝强开口，班主任又继续说开了:"你也要理解我的苦衷，我也是有苦难言呀!我那个班级是一个比现在标准教室还要小、还要暗的老式教室，现在全班学生已经超过八十位，达到八十二位学生，这本身就是一个'奇迹'!现在我们学校高三就有二十六个班级，连物理实验室都腾出做教室了，这让我们班主任有什么办法呢?"

万宝强根据女儿班主任对班级实际情况的描述，使万宝强想起少年时期在家逮鱼时候用来装鱼的竹笼子，为了多装几个鱼，根本就不考虑鱼的死活，拼命地往里面塞，直到无法再装的时候为止。万宝强非常清楚对于这个塞得满满的一口教室，班主任要想找一个比女儿现在的座位更"差"的地方肯定是不费吹灰之力的。

万宝强听了班主任这番"肺腑"之言后，真是百感交集……

他太"感激"这位班主任太给自己面子了，"感激"他没有给班主任事先"打招呼"还能够照顾到他这个穷乡僻壤的地方小学老师的面子，确是让万宝强感到有一种"受宠若惊"的感觉。

再看看隔壁的"火箭班"，一口同样的教室，里面只有三十名学生，那空空荡荡的感觉确实让万宝强大倒胃口。

万宝强想到自己的女儿现在所处的环境，想到女儿一心想到"火箭班"的心情，心里感到一阵揪心的疼痛。不要说女儿拼死拼活想到"火箭班"，就是任何一个想读书的孩子，只要有一点优先条件，就会竭尽全力争取到"火箭班"。

如此拥挤的教室，这着实让万宝强大开眼界，自己教了二十几年的书，真是头一回见到如此"不堪重负"的班级……

而这情形恰恰和隔壁的"火箭班"形成鲜明的对比。一个挤得要命，一个是空得要命。

现在的教育究竟怎么了?这功利心未免也太强了吧!

你用"火箭班"学生的优异成绩来宣传美名;你用"计划外"招来的学生来敛取钱财;你让普通老百姓家的孩子接受所谓的"优质"教育,于心何忍?这哪是班级?这分明是烤羊肉串!

万宝强感到茫然,虽然自己是一名人民教师,也属于一个教育工作者,但是自己个人的力量太小了。可谓是人微言轻!根本无法撼动根深蒂固的、急功近利的教育痼疾。

后来,万宝强又把自己女儿愿意与她在一起能够相处得比较融洽的好同学姜丽丽坐到一起的想法了告诉班主任,希望听听班主任给他一个好建议,并且希望他女儿这个美好愿望能够得到班主任的首肯。

"光知道你的女儿喜欢跟人家坐在一起,却不知道姜丽丽愿意不愿意跟你的女儿坐在一起,你仅仅考虑你女儿愿望,那可不行的,我向来做事情是认真的、公正的,从来不会给别人踩脚后跟的。"万宝强听了班主任的话觉得有道理,但是,令万宝强做梦也没有想到,这个班主任他不说自己不同意,而是说出了他自己对姜丽丽的关心,而是向万宝强展示出一个班主任应该具有的坦荡无私的胸襟。

班主任说这些话的时候,满脸的自信。这一点,着实让万宝强长了不少见识,真正让万宝强有一种"听君一席话,胜读十年书"的感觉!因为,班主任讲这些话的时候,深知自己干了"好心"事,但是他对外表现还是相当出色的,脸上肤色一点都不红,根本就不知道天底下还有"大言不惭"四个字!这再一次让万宝强"受益匪浅"!他真正感到女儿的班主任确实是一个"城府"极深的人!

万宝强从班主任的一席谈话中,了解到眼前的这个班主任,可不是一个普通的教师,确实是一个很了不起的"大人物",绝不能以"同行"视之。他字里行间都充满"咄咄逼人"的气势,很能抓住对方的心理，很会在错综复杂的事情当中独占鳌头、退守有词。他就是站在垃圾堆上，他也能说出满口的香话来！

就班主任的一席话，也着实让万宝强愣了半天，特别是班主任讲话的语言魅力使万宝强惊叹不已！别看这位班主任天生一副厚道样子，却是一个见过世面、闯过江湖、道行非浅的"绝世豪杰"！万宝强以前对他的敬佩之情，一下子被一阵"鲍鱼之肆"薰得增加了少有的"厚度"。他的形象也在万宝强心目中"疯长"了许多……

尽管万宝强心里无数次掀起"决堤"的浪潮、无数次感到"反胃"滋味，但是理智还是告诉万宝强，眼前的这个班主任，还是有很多骄人的地方，还不失为一个受人尊重、受人尊敬的师长。不然的话，这个学校怎么会把这么重要的工作岗位交给他。据说，他是这个学校的优秀班主任，只不过，现在万宝强对他还是不甚了解罢了。

学校本是一个教书育人的地方，教师是阳光下最高尚的职业，它是人类灵魂的工程师。我们既然选择了教师这个职业，就应该为我们的职业保持操守，就应该用自己的满腔热血为之努力、为之奋斗，我们可不能被世俗的霉气熏染得让人看不清你的尊荣。当然，能够在这块圣洁教育殿堂，独守孤贫、保持操守的教师，绝对是大多数！

在这个世界上，我们绝对不会强求一个品德低劣的人去做一个高贵圣人的。但是，我们是教师！我们担负着教书育人的重任，担负着培养21世纪未来现代化建设接班人的历史责任；我们是为了中华崛起而教书的人；我们绝非等同于"范跑跑"似的人；我们应该有教师的价值追求，我们应该对"所有的学生"健康成长负责，我们绝不能让私利的绳索捆住自己的双脚；我们绝不能让贪婪的私心迷住自己的双眼，因为我们是人民教师，是学生心目中的"神"！

万宝强心想，自己还没有责怪他的"条件"，因为，自己也是一个班主任，也曾经做过这等卑微的事情，只不过在解决问题的尺度上没有具城中学这些班主任做得这么"火"，做得这么"厚"，只是吃了人家的一些"骗"酒。今天自己以一个家长的身份来咀嚼这里面的酸甜苦辣，使自己内心充满了无限的自责，觉得自己以前在这方面的所作所为，有愧于人民教师的称号，有愧于社会对人民教师的厚望。

以前，我在杂志上，看到一个非常有趣的小故事：美国的某家报社举办了一项有奖征答活动，因其所设的奖金太丰厚而吸引了众多的应征者前来参加。这家报社所设的题目是：三位科学家共同乘坐一个热气球做环球探险，航行中途，因为气球漏气、充气不足而即将坠毁，唯一可行的办法就是将三人中的某一个抛出去。可是，三位科学家都关系到人类的兴亡。他们之中的一位是环保专家，他的研究成果可以改善人类的生存环境，避免因为环境污染而导致人类的噩运；一位是原子能专家，他研究的成果可以防止因为全球性的核战争而给人类带来的灾难；另一位是一个植物专家，他研究改良的植物品种能够在盐碱地或者在不毛之地生长，能够解决整个人类所需要的粮食问题。应答者众说不一，并且说出很多让人"信服"的理由，然而一个小男孩因其答案是将最重的科学家扔出去而最终得到了巨额奖金。

其实，在教育这个舞台上，我们教师的眼光也会因为受到利益的制约而失去了明辨是非的能力。因此，我认为作为教育工作者，必须站在时代的高度，必须跳出"私欲"和"贪婪"的怪圈。只有这样，我们才能在教书育人的天空中自由地飞翔!……

到那时，我们失去的将是极其卑微的懦弱和偏见，我们得到的将是学生的爱戴，整个社会的信任和尊重，我们国家的教育事业才能有望突出重围，才能真正踏上万民敬仰的、举世瞩目的"阳光大道"!

四十　不能将顾客买了会后悔的鞋子卖出去

万宝强从女儿的班主任那里回到租房的时候，已经快到上午九点钟了，他看到自己女儿正在厨房里赌气不上学，心头的火气就直往外蹿。他从班主任那里所憋的闷气，一下子就找到了"爆发点"。

"你怎么到现在还没有上学！你是不是要把你爸、你妈气死才舒心？"万宝强一边呵斥，一边抓住女儿的手，就往学校拖。

走在路上，万宝强的手一直紧紧地抓住女儿，直到走到通向学校的一条陡峭的山路上，他才放开手。但是此时，万宝强的心情还处在高度激动的时候，他全然不顾女儿的感受，不停地催促女儿快走，像是一个警察正吆喝着一个刚刚被抓住的一个小偷往派出所赶一样。只要女儿脚步稍微慢一点，他就严厉呵斥，不给女儿一点情面。

此时的万宝强，头脑仍然是气得发胀，整个人好像是吃错了药，满脑子都是女儿近期的不好表现：女儿先是要求调班，给他们夫妇俩带来很多伤害，真正是伤透了脑筋；后来女儿嫌这个房间小、嫌这个地方人多嘴杂、噪音太多，让他们夫妇俩没安一天心；接着女儿又要求调房子，让他们夫妇俩为租房子奔波，吃尽了苦头；再后来闹不念书，使他们夫妇俩"洋相百出"。

作为局外人，我们都清楚万宝强女儿在这样的环境里，要算是一个"挑肥拣瘦"的孩子。她根本就不清楚自己在这个伴读天地里所要扮演的角色是什么。说白了，在读书方面，她不是一盏省油的灯。

　　古人言: 心静自然凉。如果一个人常怀浮躁之心, 即使这个人来到一个十分安静的地方, 他的"触角"也不会在这个安静的环境中安稳得太久。他总会千方百计地寻找这个地方的极其细微的灰色角落, 并且把这个微不足道的灰色角落, 在自己浮躁不安的内心深处, 无限制地放大, 以致慢慢地淹没自己……

　　此时, 万宝强心里也非常清楚: 眼前的女儿绝不是上小学、初中时候的女儿, 她的内心已经变得那样地古怪, 很多想法都是那样的不近人情: 简单、幼稚、固执、对自己要求不严, 似乎就是她生命的底色。"不念书"的小闹剧才刚刚落下帷幕, 现在, 又闹着要"调座位", 何时才能让我过一点舒心的日子!

　　很快, 他们来到了学校大门口。

　　万宝强望着熟悉而陌生的县城中学大门, 内心很不是滋味, 他不由自主地摇了摇头, 长长地叹了一口气, 仿佛要把自己心中所有的怨气都倾吐出来。

　　到了学校, 万宝强把女儿带到了班主任的面前, 班主任被万宝强的诚心深深打动了。为了给万宝强一个下坡的台阶, 他破例给万宝强的女儿调了一个座位。但是, 这个座位既没有按照万宝强女儿的要求和姜丽丽坐在一起, 也没有按照万宝强的想法(格外照顾他女儿, 把他女儿安排到教室中间第三四排座位), 这仅仅是把万宝强女儿的座位, 向正后方移了三个座位。

　　这个座位虽然不太好, 但是, 比起万宝强女儿原先的座位要好得多。因为, 万宝强女儿只要把头朝左斜视一下, 就可以看见半个黑板。

　　临别时, 万宝强拉着班主任的手, 弓着身子, 千恩万谢, 感谢的话, 真正说了"一箩筐"。万宝强心里想, 总算自己的努力没有白费, 看来我万宝强的脸面还是值钱的!看来这个同行还是蛮在乎他的!想到此, 万宝强心里甜滋滋的, 回来的路上, 竟然高兴地哼起不成调的小曲。

可是，第三天中午，就在万宝强准备午睡的时候，女儿打来电话，要万宝强找她班主任一下，再给她调座位。原因是她嫌同桌话多，严重干扰她的学习。其实她的同桌也是一个教师家的小孩，一个很不错的学生。

她嫌弃人家根本没有什么可以说服别人的理由，仅仅是她跟这个同桌相处不来。而所谓的相处不来，也是根据自己一时喜好来确定的。但是，万宝强不知道这里面存在什么问题。

万宝强没有办法，只能厚着脸皮又和班主任讲明情况。这一次，万宝强女儿的班主任很赏面子，很快答应了万宝强女儿的要求，给她安排在班级中间位置。但是万宝强女儿又嫌这个位置太靠后，上课看不到黑板。

万宝强不好再麻烦班主任了，心想停一段时间，女儿自然会适应那个新位置。可是他万万没有想到自己的女儿竟然每天花很长时间与万宝强通电话，要万宝强立刻找班主任，给她重新调座位。

万宝强只能好言相劝自己的女儿，可是女儿全然不听。万宝强只好把自己的手机设置为静音，不再去理会自己的女儿。他希望女儿头脑能够尽快冷静下来，好好地反省一下。可是令万宝强大吃一惊，他万万没有想到自己的女儿却"匠心独运"、另出高招，她竟然改发短信。

有一天下午，万宝强女儿竟然在课堂上给她爸爸发了十二条短信，万宝强根据先后时间计算，这短信从写到发送短信成功，累计不会低于三十分钟。万宝强这才真正意识到这个问题的严重性。

第二天一早，万宝强向校长请了假，便火速赶到女儿的学校，找到班主任老师，为女儿"卸担子"。虽然，他和女儿班主任是同行。但是"多病亲人疏"的道理还是懂的。他认为隔三岔五要求班主任为自己的女儿开恩关照，这麻烦班主任不说，自己也感到难为情。

他心里非常清楚这个班级不是班主任的私有财产，班主任也不能隔三岔五地折腾自己的班级。如果班主任对他女儿格外关照，让班级学生看出其中的端倪，损害到其他同学的利益，那么班主任以后的工作，也就很难做得"有声有色"了。

但是，万宝强面对女儿的处境，他又不能无动于衷，只好硬着头皮去见女儿的班主任。万宝强把自己的来意简单地和班主任交流一下，一向"友善"的班主任，也显得有点反感起来。

"你隔三岔五对学校跑，关心你女儿学习我们不反对，但是，如果你仅为女儿那些鸡毛蒜皮的小事，我认为你就没有那个必要了。你女儿是人，我们其他学生也是人，这个班级不是我家开的，我也没有那么大权利对班级学生的座位随便调换，你这次要求，我实难从命，只能等下一次月考过后，我再去考虑这件事。"万宝强非常清楚班主任的处境，他也非常理解班主任的无奈，因为自己一直在干班主任工作。

面对班主任的拒绝，万宝强那几天的心情特别差，一会儿唉声叹气、一会儿抓耳挠腮，心急得简直就像热锅里面的蚂蚁一样，走也不是，坐也不是。在办公室里面，连备课也没有心思去做；上课也显得无精打采；晚上睡觉，倒在床上，两眼睁得像火舌一样，根本就无法入睡。他头脑里全部都是关于女儿调座位的事情。

无奈之中，他开始反思自己的女儿，女儿为什么在这个时候，不能为自己的父母心情着想呢？为什么不能站在老师的角度去考虑问题呢？

万宝强努力地寻找这里面的答案，希望在女儿身上以及自己身上，能够找到解决问题的灵丹妙药来。他苦思冥想，难道女儿对自己的前途，就一点不去关心吗？难道女儿就这样稀里糊涂地和自己的爸爸妈妈唱反调？难道女儿就一点不给自己留下清静的空间吗？难道她就不知道，再这样无休无止地瞎闹下去的严重后果吗？

众所周知，一个人当遇到困难的时候，眼看那是自己无能为力的事情，都希望自己绕过这一道槛，去另辟蹊径，以求更大的突破。可是，为什么万宝强的女儿却表现得相当另类，根本不按常规"出牌"，根本不去遵循客观规律。

"难道自己的女儿偷偷地上网吧学坏了吗?难道自己的女儿……"万宝强把自己的想法告诉妻子杨建云。

"我们家的女儿绝对没有时间上网吧，因为她的时间绝大多数是在学校和租房里度过的，况且自己的女儿在这方面表现得非常好。"哪知杨建云回答得很干脆。

"难道自己的女儿在与别的同学谈恋爱吗?"万宝强在胡思乱想。

其实，万宝强和杨建云自从女儿进入青春期之后，天天都在注意女儿在这方面有什么异常的举动，发现女儿除了喜欢在卧室里面张贴一些明星画之外，就有一段时间，在放晚自习的时候，经常与一个男同学一起回来。杨建云觉察后，每天亲自在女儿下晚自习的时候，到校门口去等女儿一起回家了。女儿似乎感觉到什么，也就很自觉地改变了自己的行为，免去了父母亲在这方面的顾虑。

难道女儿还有什么隐情没有表露出来，让父母还蒙在鼓里不成?万宝强回想自己女儿的近期表现，根本看不出女儿有什么反常行为，也没有什么可疑的地方。

万宝强转而一想，即使自己的女儿在这方面有什么想法，也是太正常不过的事情!因为进入青春期的男孩和女孩子都一样，对异性产生好感，对爱情有所幻想，我们都不能过分地加以指责。只要他们都能够很理性地控制自己的情感，不要把对异性的好感发展为谈恋爱，我们这些做父母的都会理解他们的。

万宝强是一个非常传统的家长，对子女这方面的要求向来是非常严厉的。他绝对不赞成孩子在读书的时候就去谈恋爱。因为这样不仅浪费了大好的读书时光，而且很容易把自己的前途葬送掉。

因此，万宝强和杨建云根据目前种种迹象表明，认为女儿是一个相当本分的学生，她绝对不会在谈恋爱。

那导致女儿学习异常、脾气烦躁的原因究竟又是什么呢？

万宝强现在苦思冥想，希望能够从自己残缺的记忆里，寻找到女儿的"病根"所在，以便对症下药，快速把女儿这种失常的举动，给"医治"好。不然的话，大有"大厦欲倾"之势！再这样下去，不要说大鱼吃不到，就连小虾也很难捉住，恐怕十年寒窗，只能是一场绞人心痛的黄粱美梦了。

面对这样的一团乱麻，他开始同女儿细心交流，希望女儿能够放下心中的那份偏执，调整好心态，重新拔锚起航，丢下人生中所谓的不快，先退一箭之地，给自己人生的冲刺多留下一段助跑的空间。但是，同女儿的交流，不知怪自己的嘴拙还是自己的女儿心如磐石，就是不接他的招。万宝强无法读懂女儿，为什么自己女儿会在调位这个细节上会如此固执？万宝强也无法读懂班主任，为什么在处理调位这个细节上会如此"随随便便"？他也无法读懂自己，为什么在处理女儿调位这个细节上，表现得是那样的弱智？

万宝强心想，女儿可以对自己的前途不负责任，但是作为父亲，可不能把自己女儿的前途当成儿戏。古人言：养不教父之过，子不学师之惰。也就是说，女儿现在可以无知地看待这个世界，但是作为一家之主的爸爸，可不能把自己的眼睛蒙上。万宝强眼看自己的女儿往荆棘丛生的荒凉之地行进，他只有挺身而出，对女儿美好前途负责，绝不能置之茫然。看来，此路不通，他只有另辟蹊径了。

在万宝强的心目中，女儿的读书问题，就是天大的事情，是来不得半点疏忽和大意的。因此，尽管女儿的班主任对万宝强有点"感冒"，但是万宝强却不敢对班主任有半点不敬之意。心想：自己是麻烦他，是在求他做事，心中只有常怀感恩之心，才能与他有一个相互交流的余地。

我们应该清楚，万宝强在处理女儿调位问题上，是积极主动的，在细节处理上，也较尽责，可是这位班主任的做法，就显得过于"草率"，以致使本已受伤的万宝强女儿，得不到一丝心灵的安慰，以致使调位问题变得更为糟糕。

以前，我在一本杂志上，看到这样一个小故事：台湾有一位博士，在意大利某名牌鞋店买鞋。最合脚的尺码卖完了，选了一双小一号的，但是有一点紧。反正鞋穿穿会松的，于是要掏钱买，可是售货员拒绝卖给他，理由是顾客试穿鞋时表情不对劲，"我不能将顾客买了会后悔的鞋子卖出去"。其实，这样的小事在一般人眼里，根本就不当一回事，但是，它却成就了经久不衰的品牌企业。这样的实例还有很多：国际名牌 POLO皮包凭着"一英寸之间一定要缝满八针"的细致规格，20多年立于不败之地；德国西门子 2118手机靠着附加一个小小的 F4彩壳而使自己也像 F4一样成了万人迷；宁波市一位副市长在飞机上因为帮助一位香港客商捡眼镜而引进巨额投资。

因此，在教育舞台上，凡事无小事，简单不等于容易！我们作为班主任，绝对不能因为学生调位是一件小事就可以敷衍了事，我们可以根据学生的实际情况，做一些人性化处理，抓住解决问题的最佳时期，找到解决问题的最佳策略，绝不能妄想"随随便便"就能够成功。我们应该清楚这是一个细节制胜的时代！我们作为教育工作者只有在教育中花大力气做好小事，这样才能使我国的教育事业蓬勃发展，早日屹立于世界之巅！

四十一　解决问题的关键需要对症下药

　　面对女儿的调位问题，万宝强后来也慢慢意识到，班级条件有限，班主任有时也是爱莫能助。他认为自己女儿在学习方面走到今天这个地步，绝不能把责任推到别人身上，女儿身上还有很多看不见的毛病在发酵。他决定深入到女儿的学校中，多接触女儿平时学习生活，从而挖出制约女儿学习进步的"病根"来。

　　于是，万宝强利用课余时间，走进女儿的班级里、走进女儿的任课教师中。经过多次的实地考察，万宝强对女儿的近期的反常表现，有了一个较为清晰的认识：班主任认为他女儿有迟到的习惯；老师处罚她，总保持一种无所谓的态度；同学认为他女儿早自习心事重重，读书心不在焉；任课老师说他女儿数学、英语作业不能按时上交，找她谈话也显出爱理不理的样子……

　　万宝强对于班主任、任课教师、同学所反映的问题，感到无比惊讶。万宝强认为他们所反映的问题，也正是自己反反复复所要寻找的答案，这也许就是自己女儿成绩下滑、无心读书的重要原因。

　　万宝强对此非常慎重，决定认真听取班主任、任课教师对这些问题的看法，征求解决问题的方法。

　　关于根治迟到的方法，班主任告诉万宝强他以前在乡下中学教书的时候一些比较有实效的做法，他说："如果有同学早晨在宿舍里面睡懒觉起不来，不要管它他是在夏天还是冬天，我看到以后，既不打他也不骂他，走上前去，把他的被子一揭，上去就浇一碗凉水，然后头也不回就走开。你猜结果怎么样?那个效果特别的好，几次过后，竟然把那个学校长期存在学生睡懒觉坏毛病给治好了。只要学校起身铃一响，没有一个敢懒睡觉的，一个个像弹簧似的从床上跳起来。这样不仅治好了学生懒睡的坏毛病，奇怪的是，从此，学生们见到我，个个肃然起敬，我的威信也急剧上升。我知道这个做法有点偏激，缺乏仁爱，它是教育孩子的下策，但是这对于那些屡教不改、精神接近麻木的学生来说，这种最原始的、近乎野蛮的教育做法，却是一针见血的高招，我希望你不妨用这种方法试验一下，对付一下自己当成宝贝一样的孩子，也许这个方法就是一剂行之有效的灵丹妙药。"

万宝强听了班主任的"锦囊妙计"以后，心里确实有一种茅塞顿开的感觉。因为，这种方法虽然有一点陈旧，但是这种方法却有很多的合理成分……现在的孩子大多数是在温室里长大的，从小到大没有受过一点罪，没有吃过一点苦，对现实社会缺乏清醒的认识，更谈不上自己将来怎样去创造美好的未来，见到一点苦就退，感觉到一点累就睡。

万宝强认为这样的孩子，不去严厉地惩罚他们一下，让他们在"冰冷"的世界里好好地清醒自己，这样的孩子是很难从温室里面自觉地醒悟过来的。

我们很多教师也有同感，因为这些孩子的头脑，很少存在顽强拼搏、积极进取等一些充满阳光性格概念的，只知道过一天了一日，做一天和尚撞一天钟，并且有相当一部分孩子，老是抱怨自己的学习太苦、太累、太单调、太无聊，对学习缺乏浓厚的兴趣，过分强调生活环境的优越，从不愿用一种积极的心态来适应周围的生活环境。父母们给他们指明的金光大道，他们偏偏想脱离正常的成长轨道，总是千方百计地想游离美好理想的家园，去建立一个超乎现实、超乎正常的世外桃源。

如果这个世外桃源，能够有百分之五十成分符合我们这个时代的要求，我们这些做父母的也许还会心存一丝安慰，可是，他们所建立的世外桃源，偏偏是靠三流的智慧，把粗俗的、龌龊的、短视的、只图一时快乐的、荒唐的生活垃圾，统统地揽入怀中，把人生的理想同庸俗的生活紧紧地包裹在一起。

如果我们这些做父母的还能够对这样的孩子心存宽容、怜悯，这等于我们在纵容一个失去自控能力的孩子，一味地朝着悬崖断壁前行；如果在这个应该大声呵斥的时候，不去痛下决心，让孩子麻木的神经彻底地清醒一下，我们就不是合格的父母亲。

他决定借助妻子杨建云之手，小试牛刀。让他感到惊喜的是，杨建云并没有真正把水倒进女儿的被窝里，只是端来一碗水吓唬女儿一下，其效果竟然大大出乎杨建云的意料，女儿喜欢睡懒觉的毛病得到较大的改观。

对女儿其他"毛病"，万宝强认为最主要的是女儿没有强烈责任意识，学会偷懒造成的。要想根治，必须让女儿在惰性方面找原因，如果女儿做不到，那只能是"回天无力"！

有人说，人人都有惰性，如果一个人缺乏责任意识，那么他们的惰性表现得就更为强烈。他们不仅可以睡懒觉，还会与别人上网聊天，而聊天正事不能谈，只知道谈一些俗不可耐的话题。因为，现在不少学生比较稚嫩，世界观、价值观、人生观都没有"丰翼"，他们不愿意和别人探讨一些做人道理，即使谈一些正经的事情，也是几分钟就下线了。能够在一起有话可说，而且是大有相识恨晚之感的网友，不是臭味相投的那是非常罕见的。

据我多年的观察，一个没有强烈责任意识的孩子，是很难有一个优秀学习成绩的。要知道，现在社会还存在很多不良诱惑，而这些不良诱惑对年轻的学生而言就是一个特大的灰色"大陷阱"，只要哪家的孩子，朝里面一钻，那是很难不被灌上迷魂汤的，哪怕这个孩子以前是全校出类拔萃的优等生，他也会成为第二个王安石笔下的仲永。

我说得这些话，并不是空穴来风，危言耸听，我是根据多年班主任经验得出的结论。如果你能够多了解现在的街道网吧老板，你就会清楚，网吧哪天不是二十四小时都有人？如果来这里包夜的是极个别现象还好说，偏偏这种现象在全国每一个街道上，都是极为普遍的现象，所占的比例绝对不是一个小数字。

作为家长，你拼命地往他们头上念紧箍咒，可是，他们却使劲地往悬崖下跳。我们无法理解他们那样做究竟是为什么，他们的短视行为，为什么还有那么多的同学去效尤，也许你会大呼世道的天空中为何会出现如此不和谐的因素？孩子们的头脑为何变得如此简单，如此颓废，是不是灌进了地狱的污水？金光大道为何偏偏不走？

我们这些做家长的，无时无刻不再努力寻求拯救孩子灵魂之路，这种努力都是刻骨铭心的，从来都不敢有半点懈怠之意。可是，我们的孩子有谁能够刻骨铭心地体会父母们的良苦用心呢！

当然，这里面肯定有部分孩子对自己的父母亲是用善意、感恩的心态去拥抱父母，去尊重父母。但是还有一部分，对父母这些无微不至的关爱，却换来了对父母亲的无端埋怨，甚至是对父母亲的大声吼叫。不少孩子认为父母善意的关心，这是在有意地刁难自己，限制了他们的自由、限制了他们的快乐，用那些看了就乏味的数学题、英语单词，来给他们穿小鞋。

其实，我们这些做父母的没有一个不希望自己孩子快乐、幸福的，孩子讨厌数学、英语的那种心情我们也能理解。虽然学习数学、英语很难，但是精通数学、英语知识却是孩子走向社会、走向幸福的跳板！

现在，很多父母"大爱无边"，愿意为孩子多承担痛苦、烦恼、磨难，要是孩子学习长知识的差事能够代替，他们也会对着"账册"为孩子"买单"。

同学们，世上的难事、苦事、烦事很多，但是我们必须清楚这些难事、苦事、烦事的本质，它们是否对我们未来有很大作用。如果我们今天能够承受磨难，能够在未来的人生道路上获得成千上万倍的快乐、幸福，哪我们又何必对眼前的磨难深恶痛绝呢？梅花的芬芳不也是从苦寒中凝练出来的吗？我们现在拒绝学习上的难事，来换取眼前肤浅的快乐，就是拒绝我们一生的幸福，一生的快乐。

同学们，你们是否明白了人生这些朴素的道理？如果你们能够明白其中的道理，你们就不要一遇到学习上的难事就打退堂鼓。你们应该好好地想一想，如果这个世界每一个人都变得像秋天的小草那样"懦弱"，都变得像王安石笔下的仲永那样自甘平庸下去，那么，我们这个世界，岂不成了一个低能、弱智充塞的世界？整个人类还会有什么光明前景可谈？

同学们！你们也应该好好想一想，烈日炎炎的盛夏，谁愿意为你们扛着锄头，不顾烈日的烘烤，不顾焦土的熏蒸，在禾田里除草？三九隆冬，谁愿意为你们冒着凛冽的西北风，送去温暖的毛衣？这些超越自我的大爱，目的只有一个，他们就是希望自己的孩子，能够轻松跳上高校的跳板，在高等学校里面接受良好的教育，将来能够有一个美好的前程，能够有一个不再像他们那样，为了挣得几十块养家糊口的钱，他们即使干得头昏眼花，也还要硬撑着柔弱的身体接受辛苦劳作的煎熬。要知道，他们多么希望自己的孩子，能够凭聪明智慧，获得更多的劳动报酬，获得更多的人生快乐，获得更大的人生幸福。

同学们！暖烘烘的被窝里是不会诞生爱因斯坦的，灯红酒绿的舞厅里面是不会诞生曹雪芹的。这个世界的本身就是强者的天下；就是属于敢于向困难做无畏抗争挑战者的天下；就是属于那些不愿贪图眼前短暂享乐、着眼于美好未来智者的天下。

因为这个世界上真正的幸福、真正的快乐永远都是在历经千辛万苦、历经死神的拷问过后才能够真正拥有的。作为这个世界上普通的凡人，我们的生存环境也许不一样，走向幸福的道路也不尽相同，但是有一点却是共性的，那就是，你的勤劳、你的真诚、你的艰苦奋斗的精神，永远都是走向幸福、快乐的助推器。

作为一个自然人，谁不希望有一个优美的生存环境？但是当我们的生存环境已经很难改变的时候，我们千万不要去一味地苛求。我们应该用一种积极的心态去开辟新的途径，不要在困难的环境里作茧自缚，要充分发挥自己潜在的能力，努力来改变自己，变换自己的人生坐标，去积极地适应自己仅有的生存环境。

所以，作为学生，不要寻找任何不愿学习、不愿承担家庭责任、不愿承担社会责任的理由，因为你们所有的理由，无非就是你们为自己寻找怕苦为难的借口。

如果你们在这方面寻找的理由越多，就越证明自己是一个懦夫、是一个经不起风霜的弱者；如果在"难"字上面下不了狠心，你们就永远走不出自己所设的小圈子，就不可能在有限的人生中做出一番骄人的业绩来。

作为父母，总不会眼睁睁地看着自己的孩子成为一个众人不齿的废物吧！也总不会眼睁睁看着自己的孩子走到悬崖边上往深渊里跳吧！因为，这是天底下所有的父母共同心声！他们绝对不容许自己的孩子，在这样无限美好的时光中，消磨了战胜困难的意志，失去了渴望胜利的信心，熄灭了理想灯塔的光芒，成为这个社会的人渣。在这样冷酷的现实面前，如果我们的孩子，还心如磐石，还是把自己父母的话当作"对牛弹琴"，那是天底下所有父母亲都不能原谅的事情。

当我们所有的策略都无济于事；当我们所有的能耐都已经成为茫茫大海波谷浪尖上面失去平衡的一叶孤舟；当我们所有的希望都化成无可复加的泡沫；当我们的语言已经变成薰风掠过耳际的催眠曲；当我们的

为了孩子

爱心已经被孩子当作可以任意踢耍的"足球"；当我们的辛苦劳作而弯曲的佝偻背影已经成为孩子任意嬉笑的"资本"；当我们的眼泪已经成为猩红沙漠上最后一滴水。如果你们作为一个具有良心的、有作为的孩子，你们还能不能调转船头，为了使自己未来免受"凋零无果"之痛作最后一搏(哪怕牺牲自己再多的时间、再多的精力)呢?如果不能，那你们就是天底下最软弱的可怜虫。

如果你们的心源已经干涸，你们仅有的生存之地，也风化成为戈壁沙漠。那么父母之心，也会因此被撕成七零八落的碎片；也会在怒云翻滚之际，演变成异常愤怒的雄狮。即使他们以前都是一只只温顺的羔羊!

因为，此时父母眼前的孩子，早就不是以前所希望的"小皇帝"、"小公主"；早就不是自己今生所有美好的精神载体；早就不是能够给自己带来心灵安慰的天使；而是一只专门吸取他们身上的寄生虫。

试想一下，在这种情况下，父母亲还会用爱抚的目光去看待眼前这等"不长骨头"的孩子吗?

你们为什么不能争口气，也让自己的父母灿烂地笑一下?父母最希望看到自己的孩子在学业上有所长进，在做人方面有所发展，哪怕是微不足道的进步!可是现实中很多的孩子，只知道自己给父母制造一个又一个烦人的闹剧，自己的头脑里老是灌满私心杂念，自己年轻的心老是缠在没有一点生气的枯藤老树上，根本不去为自己的美好未来多去理性地想一想。

你们是世俗眼里怪胎么?我认为绝对不是!我不相信处罚能够改变一切，因为你们的本质不坏，是可以通过自身努力开辟出属于自己新天地的!你们也应该清楚:自己健康成长，不仅仅是我们教师、家长、社会的责任，你们能够加强自身修养、加强自我教育、密切配合各方面教育，也是非常重要的。

四十二　要明确我是谁

万宝强通过很大努力，他发现自己女儿成绩下滑的主要原因，并不是自己所想象的那么简单。尤其是他女儿上课不注意听讲、老师布置的课后作业不能按时完成，这着实让他感到很意外。

他没有其他好办法了！他只得向学校班主任、任课教师提出严加管教自己女儿的要求，这使得学校教师对万宝强的女儿格外留心。英语教师责任心更强，帮助万宝强女儿学习的态度更认真，为此他让万宝强女儿每晚都要参加班级英语个别辅导活动，希望提高她英语阅读理解能力，但是，万宝强的女儿根本就不拿这个额外辅导当回事，高兴就去参加辅导，不高兴就不去参加辅导，不仅如此，万宝强女儿竟然"变本加厉"，对正常英语课上的课堂作业，都不愿老老实实地做，这着实让英语老师很生气。

"万老师吗，我是你女儿的英语老师，今天，她在课堂上不愿做随堂训练题，还和她同桌闲谈无聊的事情，我在课堂上训斥她几句，她竟然当着全班学生的面跟我顶嘴，然后，一气之下，背起书包说回家不上我的课了，几个同学都拦不住她……希望你能立即到县城来一趟，跟她谈谈，做做思想工作，让她好好反省自己。"英语老师没有办法，只能打电话求助万宝强。

当万宝强火急火燎地从学校赶到租房的时候，已经快到上午十点钟了，他看到女儿正和她的妈妈顶嘴，气得浑身发抖，满肚子的火气更是难以抑制。他认为现在的女儿不再是他一直引以为傲的女儿，而是一个极端不负责任、没有上进、没有自尊的可怜虫，今天绝对不会容忍女儿这样胡闹下去。想当年，自己就是一个读书场上面滚打多年的"伤号"。今天绝对不会答应自己的女儿再被所读的书"咬"得遍体鳞伤，也绝对不会答应自己的女儿在读书方面半途而废。

他相信自己一定有这个能力，还能够用自己的"文治武功"来使自己的女儿在读书天地里，一鼓作气地冲上去。同时他也相信自己女儿有这个实力，并且还会在他的"强势关爱"下，能够摆脱眼前的"荒凉"之境的。现在女儿对自己的前途茫然若失了，女儿对自己的美好人生不思进取了，女儿在困难面前选择退缩了。万宝强感到由衷的悲哀，悲哀得就好像有人用无数把利剑在刺向他的胸膛。

他想，如果再这样继续下去，不要说女儿失去到大学继续读书的机会，就连让自己的女儿做一个普通的平民也是很难。现在正是逆水行舟的时候，如果自己再不向女儿大喝一声，就很有可能使自己的女儿走向前功尽弃的荒凉之境。如果到那时，再想努力，恐怕是过了这个山就没有那个店了。人生中最难得的就是第一次就获得成功，因为第二次努力，他总会有一种吃了被别人嚼过馍的滋味，再美丽的青春也会被大大地打上折扣的。

想到这里，万宝强满腔都是愤怒，他一把就把自己的女儿从凳子上拉起来，用房间里面的扫帚杆狠狠地朝自己女儿腿上打了几下，并且把房间里的书、鞋子等杂物摔得满地都是，把小小的租房搅和得天翻地覆。

再看，眼前的万宝强的女儿已经完全变成了一只没有任何招架之功的受伤小鸟，早已被万宝强的激怒吓得不敢有半点本能的反抗。此时的万宝强，不再是平时慈眉善目的父亲，已经成为一只高岗上怒吼的狮子，眼里绝对没有星点怜悯之情、星点仁慈之光。

因为，万宝强满腔的父爱，早已被眼前这个不争气的女儿冰封在千年石窟里了。万宝强此时所想得到的，就是让自己的女儿明白不好好读书，是绝对没有好下场的；是绝对不可能在自己的眼皮底下就这样颓废下去的；是绝对要让自己的女儿明白天底下还有比读书更苦、更累、更让她吃不消的罪在等着她；而眼前的体罚仅仅是一个向她警示的信号。

同时，他还要让自己的女儿明白：让自己的聪明头脑不用，让自己的美好年华就这样无辜荒废，让这么好的读书机会白白地葬送掉，那就是对自己父母的愚弄，那就是对自己父母的劳动成果不尊重，那就是对自己父母极端的蔑视，那就是对自己美好生活极不负责任，那就是不懂得去珍惜眼前寸金难买寸光阴的大好时光。

最终，他还要让女儿清醒地认识到：如果再这样一意孤行，那是绝对要付出更加惨痛、更加悲凉代价的，失去的不仅仅是自己的前途、自己的快乐、自己的幸福，还有周围很多关心她的人应有的快乐、幸福；那得到的也只能是自己老师的叹息、自己父母的责难，还有社会上很多人的冷眼……

其实，万宝强也非常清楚，自己在教育子女方面还是比较不成熟的，他也知道体罚孩子是一种极不好的教育方法。但是，万宝强此时再也想不到其他合适的方法了！因为他已经尝试了很多教育子女的方法，都没有得到预期的效果。他感到自己已经是黔驴技穷了！他想到女儿眼看就要下滑到无可救助的地步，现在唯一能够促使孩子猛回头的方法，那只能是体罚女儿一顿。

但是，当他向女儿进行体罚的时候，他的心情却是格外的担心，很怕自己的女儿产生逆反的心理，根本就不吃他的那一套。所以他在下手的时候，他是不敢下"劲"的，心里不住地告诫自己，打人的动作不要"凶猛"；当扫帚落在女儿身上的时候，心里不住地告诫自己，动作要尽量放轻一些，打的地方千万不要落在要害部位，打她只是起到警示、威慑的目的，只是希望她能够牢记这个教训，让她发热的头脑彻底地冷静一下，反思一下自己有哪些不对的地方；让她学会如何面对这种冷酷的现实，明白更多做人的道理；让她心里清楚，不要再给父母添麻烦，也不要再给她的老师添麻烦。

作为万宝强，他此刻最大的希望就是自己的女儿能够好好地平静一下自己的心态，明白这个人世间所有的美好都是需要用汗水换取的，并不是像那些懦夫们所想象的那样可以坐享其成的，好好地读书，能够在自己的高考中取得一个较好的成绩，能够有一个比较满意的未来⋯⋯

万宝强的女儿被她爸爸狠狠地"揍"了一顿，她从头到尾不敢哼一声，一点反抗的情绪都没有，这是因为她已经意识到今天所有的过错，几乎是她一手造成的。要让她知道这在全县最高学府——一个非常严肃的、非常高雅学校里，并且当着那么多学生的面，敢于"冒犯"老师，敢于"无缘无故"地旷课，那就是冒天下之大不韪；那就是学校无法容忍、老师无法容忍、当然更是家长无法容忍的事情。因此万宝强的女儿受到爸爸的严厉教训，这应该是她意料之中的事情。

说实话，这些望子成龙、望女成凤的父母亲，他们大多数家庭是心甘情愿牺牲自己的欢乐，牺牲自己的工作，来到这里陪伴孩子读书的。目的很简单，就是希望自己的孩子将来能够有一份称心的工作；就是希望自己的孩子将来比自己日子过到好一些。至于那些升官发财的幻想往往是父母希望之外的事情。

现在万宝强和杨建云看到女儿学习成绩在一天一天地下滑，其实他们心里早已像油煎那样难熬。他们恨不能自己跑到女儿的学校代替女儿的学习，但是他们清楚其他事情可以代劳，而孩子读书的事情那是其他人无法代替的⋯⋯

他们不能眼睁睁地看着自己的女儿前途日落中天，不能眼睁睁看着自己的女儿的幸福成为泡影。此时，他除了"体罚"，再也想不到一个自己认为可行的教育方法了。

　　他知道自己的女儿绝不是扶不起的小阿斗。论智商自己的女儿绝对的一流；论学习用功的程度，自己女儿绝不是一个肤浅如"纸"的孩子。自己女儿曾经在省级奥数大赛中获得一等奖，省级奥林匹克物理大赛中获得二等奖，省级奥林匹克化学大赛中获得二等奖。她不仅是学习用功的孩子，而且是一个对未来充满无限期待的孩子。她现在为什么会出现这种反常的现象，确实让万宝强感到非常痛心。

　　万宝强认为女儿今年高考失败，考不上一类本科或者二类本科，他觉得这不仅仅是一件丢自己脸面的事情，更是一件丢孩子前途的事情。因此，他非常清楚眼前女儿的学习状态是最为关键的"砝码"。他曾经在心里无数次盘算女儿的高考，为女儿点滴进步欢喜，为女儿点滴落后沮丧。他也无数次告诫自己的女儿，人不应该在关键的时候掉链子；人不应该在点滴失败面前失去进取的决心和勇气；人不应该在人生中最美好的黄金岁月中失去驾驭未来的机会。可是，眼前的女儿不仅没有听从他的忠告，不愿承担自己应该担当的责任，反而拿她美好未来和自己的父母亲开起国际玩笑，这未免有点太不近人情了，这着实让万宝强夫妇感到身心憔悴。

　　杨建云面对老公发脾气，本来在心里就默认自己的老公做得对，但是转念一想，我和老公最终目的是来劝女儿上学的，我不能再让女儿生气了，还不如换一个方式吧！

　　"闺女，前几天你爸从里面学校回来，班主任、任课教师都对你前一段时间的表现给予你很高的评价，说你从原来的班级六十五名上升到三十二名，这个飞越似的进步，着实让班主任、任课教师感到你在今年的高考中，还是有很大希望的。"杨建云一边说着，一边拉女儿坐在自己的身旁。

　　"现在还有三个多月，你的学习基础向来就非常好，如果你现在能够抛开那些不必要的烦恼，你一定会取得圆满成功的。爸爸打你也是关心你，希望你不要再折腾自己了，我们为什么始终对你不放弃，就是因为我们还是相信你有考上国家重点本科院校能力的。再说，班主任已经答应你，等下次月考结束，班级的座位首先任你挑，等你座位定下来的时候，他再给全班学生排座位。闺女，你总得给班主任、任课教师、爸爸妈妈一个台阶下吧！假如你以后做教师，你会特殊照顾成绩下滑学生的，你一定会比你爸爸强的。"

万宝强女儿本来是准备挨妈妈批评的，可是却得到了很意外的宽容，这是她万万没有想到的。所以，一直准备反抗的万宝强女儿，后来竟然很爽快地答应上学校了。

以前，我欣赏过世界著名画家保罗·高更的名画，其中有一幅经典作品，名字叫《我是谁？我从哪里来？我到哪里去？》，这幅画确实让我震惊！它不仅浓缩了画家对生命的反思和追问，还表达了我们现代社会上一些人对自我的迷惑和茫然。

因此，在科技教育日新月异、大力倡导素质教育的今天，很多人（包括父母亲和他们的孩子）对自己的认识和了解只停留在幼儿园孩子的水平。一旦遇到生活的挫折，就感到无所适从，不知道去开发自身的优势，也不知道自身的缺陷在哪里，由此种下的人间悲剧也就屡见不鲜。

由此可以看到：不管是在家庭教育、素质教育的舞台上，还是在浩如烟海的历史画卷中，悲剧人物都可以从个性失衡、失去自我中找到最正确答案。

四十三　降低飞行高度才能有所跨越

万宝强对女儿进行了从来没有过的"体罚"，这让他感到后怕。他担心女儿因此与他"结怨"，造成家庭教育失败。因为自己从教二十余年，深知体罚会给学生造成难以修复的创伤。他非常清楚，在自己的学校里，百分之八十以上的辍学生，往往都是与体罚有关。

为了让女儿重返校园，他的妻子杨建云调整了教育方向，使他女儿本已受伤的心，得到了一丝慰藉，使本已陷入僵局的家庭教育出现了转机。他的女儿竟然良心发现，"愉快"地回到自己的班级。

但是，这个小成功并没有那么完美，因为万宝强和女儿的正常沟通已经失去往日的"友好"，即使勉强沟通几句话，也显得相当"别扭"，女儿的笑容没有了。和谐的气氛没有了，女儿身上却多了一份少有的"拘谨"，更让万宝强感到万般无奈的是：他女儿在学校的表现并没有起色，对各科教师布置的作业，他的女儿还是不能按时完成。万宝强问其中的原因，女儿只是很冷漠地告诉他：老师布置的作业量太多，比自己老家门前的陡湖水还多。万宝强不相信女儿所说的话是真话。

万宝强从女儿近期的表现来看，知道女儿所有的"杰作"绝不是一件偶然发生的事情。他认为女儿内心已经开始"结冰"！他似乎感到有山雨欲来风满楼的征兆，着实让他有一种在天空飞机中突然机长告诉他飞机出现了严重故障的感觉，危机、失败、耻辱瞬间都在万宝强的眼前晃动。

此时万宝强心里难受的程度，远远比失去一笔巨大的财富还要痛苦得多。

"究竟该怎么办?怎么办?……"他不止一次在内心追问自己。

他知道现在唯一能够挽救自己女儿的，只有自己奋力抗争，哪怕出现一点转机也好!他知道自己现在的所作所为是多么的愚钝、是多么的缺乏理智，但是，他更知道与其坐以待毙，还不如奋力一搏。他认为自己现在努力了，做到仁至义尽了，即使自己女儿将来考不上自己所想象的重点大学，他也感到问心无愧!

在万宝强想象的世界里，作为现代有责任感的孩子，他们必须对美好未来有一个清醒的认识，必须树立远大理想，必须具备忧患意识，必须富有顽强拼搏的时代精神，绝不能对自己的美好未来三心二意，心存侥幸心理。而现在自己的女儿，已经偏离了正常的教育轨道，能够无缘无故旷课，这怎么能不让他对自己的女儿感到心灰意冷呢?因为在万宝强看来，他女儿近期所作所为，就是没有责任心的具体表现，就是自暴自弃的结果。

万宝强是一名人民教师，当然知道体罚孩子有很多的危害性。但是当这个没有高超教育方法的万宝强到了山穷水尽的时候，他认为体罚就是最后的撒手锏，体罚就是没有办法的办法。他认为自己不能眼睁睁看着女儿在这个至关重要的紧急关头，被自身人为因素所困惑，渐渐落入平庸的洪荒之中，成为时代的垃圾，成为时代的陪葬品。

万宝强铁心已绝，只要有百分之一的希望，哪怕就是现在自己闯进刀山火海，也要为自己的女儿找到理想的突破口，也要让自己的女儿在今年的高考中取得优异的成绩。至于这个教育方法的合理性、科学性，他却很少理性思考，这不能不说是家庭教育的失策之举。

万宝强深深地知道自己在女儿这样年龄的时候，有多少美好的机遇，都是因为自己虚度读书的时光而失之交臂，使自己的人生留下太多的遗憾，让自己的灵魂始终背负着沉重的十字架，"苟且偷生"在没有"灿烂阳光"普照的日子里，使自己的事业到现在为止还没有一点较为满意的建树，使自己今天的生活质量大打折扣，离自己应该得到的幸福生活还相差十万八千里。虽然自己在步入社会"狭窄胡同"的时候，他狠下了一番苦功夫，但是，他不管流了多少汗水，不管战胜多少挫折，至今所取得的成绩，还是难以弥补读书时代留给自己的遗憾。即使他在事业的征途上煞费苦心，泪流满面，也还是收获甚微。因为万宝强始终认为到最优秀的大学深造，那是一个人通向事业顶峰的关键。

　　现在正是自己女儿在白纸上书写历史的时候，他最不希望自己的女儿，在这个千金难买的时刻，把自己的历史图画得一塌糊涂。他要力挽狂澜，为自己的女儿换来回春之笔，让她尽情地描绘自己绚丽多姿的彩色画卷；他要绝地反击，绝不能再让自己的女儿踏进自己曾经走过的荒凉凄清之地，绝不能再让自己女儿在那张书写的人生历史画卷上，书写出"懊悔"的答案。我们都知道白的变黑容易，要是黑的变成白的那就难得多！因为我们在白纸上写错之后，不管我们采取什么方法去涂改，都是很难恢复当初的圣洁。

　　万宝强在这方面是感慨良多，自己在读书年代悔下一步棋，导致今天虚度年华，把很多唾手可得的幸福都让一丝微风吹走，丝丝白发已经悄然傲立"枝头"，生命的芳香，已经渐成背影。自己每天拖着疲惫的身体，在播种的岁月里，艰难而又小心地耕耘，可是，到了收获的季节却露不出灿烂的笑容，快乐和幸福的指数是那样的低微。但是，他心中的那份少年时期就有的梦，却时时在燃烧着他的心，既然命运如此拷打他的灵魂，他无计脱逃，他也不想脱逃，心甘情愿守着这份孤寂，点着烛光，在黑色的、崎岖的、土路上艰难行进，他不愿去打扰别人，不管自己所受的苦有多深重，他都无悔地呵护好自己的家，无悔地眷顾自己的一双儿女，陪着自己的爱人一直朝着心中的理想迈进。

他曾经许下宏愿，以前走过的错路、错过的大好机遇、没有跨进全国优秀的高等学府、没有得到优秀大师们的精心栽培，绝不让自己的一双儿女再走自己的老路。他要用自己毕生精力，对自己的儿女负责，对自己的爱人负责，对自己的事业负责，绝不让自己的遗憾留到世界的尽头。

他现在多么希望自己的女儿，能够在自己一张圣洁的、属于自己的历史白纸上，用她一双灵巧的手，认认真真地书写最满意的答案，而且这个答案一定要比他所有答案都精彩、都完美。当然他甘愿做一个"臭皮匠"，给她一点场外建议，给她物质生活的帮助，给她精神上的安慰，给她情感上的体贴。尽管自己的女儿有点"乖巧"，在读书方面还存在不少天赋，但是他从来就没有想过要"放任"女儿。

因为，在万宝强看来，即使体罚女儿也是出自对女儿深深的关爱。自己的女儿没有这个权利要放弃父爱、放弃母爱、放弃家庭的"温暖"、放弃社会的关爱，也没有这个权利放弃现在所处的人生中最美好的时光，更没有这个权利在这个明媚的春光里面磨洋工、开小差。说千讲万，万宝强绝不能再让自己的遗憾"遗传"给他的家庭，遗传给自己的女儿；绝不能再让女儿的遗憾给整个家庭以及关心她的人带来委屈、带来牵连。在万宝强看来，自己的人生已经是"千疮百孔"，四十几年的风风雨雨、坎坎坷坷，世俗的风霜已经把自己颠簸得行色憔悴，青春萎缩。总之，他不希望自己的曲折人生延续到自己的孩子身上。

女儿到了今天这个局面，他无论如何也要鼎力挽救的，不管别人眼里怎么看他，不管自己的女儿如何的不理解，也不管自己的女儿怎么恨他。他都会按照自己的家庭教育理论，一步一步实施下去。他觉得自己绝对不能再继续"温柔"下去了，即使周围的人骂他是"暴君"，说他是希特勒，他也不会在意。因为，事已至此，他身心已经被愤怒淹没了。他的自尊、他的爱心都"化解"在自己的手脚上，不管这个体罚有没有效果,他已经全然不管了。

万宝强一直认为学生读书就应该认认真真、规规矩矩的,目不斜视,心态端正,尽力做到应尽职责,把自己的主要精力放在自己的学习上,绝不能去沾染不良习性,绝不能无缘无故浪费自己大好的读书时光。这样,即使学生得不到自己父母亲的理想目标,他们的父母亲也不会心生怨恨,因为他们父母亲也是人,他们不会强迫一块"石头"去完成"金子"使命的。

近日,国际幽默大会在瑞士闭幕,大会发表的声明显示:随着商品经济的快速发展,人们的生活水平得到了空前的提高,可是人们脸上的笑容却急剧在减少。这究竟是为什么呢?细细想想自己,恐怕自己每天连十分钟都笑不了。这种奇特的社会现象,绝不是哪一个国家的事情!中国的相声能够出彩就那么几个,小品更是让本山大叔苦苦支撑,这都说明这一点。也就是说,要逗人发笑简直是太难了!几十年前能够让人哈哈大笑的节目,现代人看了却无动于衷。

现代人,人人都在拼命地表现自己,期望获得更大的成功,得不到自己预期的标准心里就不痛快,便产生耻辱感。在这物欲横飞的世界上,培养出来的金钱意识、金钱情节,只会使人变得更加贪婪,更加好高骛远!试想一下,这样的人还能够满足什么!人必须适当地降低飞行高度,才能有所跨越!人以适意为悦,乐莫善于如意!面对无法跨越的"高山"、肩负沉重的压力,人又怎么能轻松笑出来!

其实在家庭教育中,丑小鸭变成白天鹅也是常有的事情。在我们孩子成长的过程中,总会遇到这样那样的挫折。如何让孩子的挫折变成成功的基石,我认为,父母亲的心态转变是至关重要的。仰头看天,俯首看海,降低自己的飞行高度,只有宽广、超脱的胸怀,坦然面对挫折,学会给自己减压,学会在纷繁复杂的社会中放松自己、取悦自己,才能有所跨越,才能让自己更清晰地认清自己的本真,才能更为轻松地投入到家庭教育中去。

　　孩子暂时的脆弱是在所难免的，我们做父母亲所要做的，就是科学地寻找到根治"脆弱"的良方，尽可能缩短这个"脆弱"的过程，让孩子在学习过程中能够找到快乐的源泉、找到愉快学习的理由，我们做家长的绝不能过于急躁。只有这样，才能真正体现家教活力和价值。

四十四　过分了和做得不够火候同样有害

在惩罚的字典里，我们是很难找到一个非常完美答案的。我们这些做父母和老师的，通过体罚孩子能否得到教育目的，可谓是众说纷纭。古往今来，"伟大"的老师也会体罚学生，"伟大"的人也会受到老师和父母亲的体罚。孔子曾经就体罚过他的弟子宰予，并且用"朽木不可雕"来"激励"宰予；毛泽东在年轻时，因为做家务事"挑粪"后，"偷"看书，被父亲误解而"体罚"过。

当然这些事例可谓举不胜举。要不，哪有严师出高徒、棍棒底下出孝子等这些具有一定哲学道理的警句呢!但是，任何体罚都是暴力行为，都摧残人的自尊、伤害人的身心，并且这些负面影响都是不容回避的事实。很多有作为的人才，在蓓蕾初放之时，遭受"体罚"的霜雪冷雨，从此一蹶不振，甚至有些优秀人才从此灰心丧气，"堕落"凡尘。更有甚者，走上轻生的道路。所以很难说清楚体罚是对是错!根据我从教二十多年的看法，体罚是不能一棍子打死的，但是，体罚是很有考究的，必须严格把握体罚这个度。

这个度有：轻重的度、时间的度、用力的度、次数的度，还有体罚效果的度、爱心的度，因此，作为实施体罚的老师、家长必须具备较高的文化、道德修养。唯有这些具有较高修养的人，才可以去较为准确地掌握其中的分寸、轻重缓急；才有可能去跳好这个教育孩子的"钢丝舞"；才有可能弹好这个教育学生的"手风琴"。如果你是一个不懂教育内涵的人，一个没有爱心的人，我认为你还是不要去冒这个险，因为，体罚孩子很容易造成两败俱伤，很容易走上教育孩子的反面，得不偿失。

我认为，如果你是一位教育工作者，如果你能够在自己的家庭里、自己的教室里、在跟受教育者的互动中保持高标准要求，那你就很有可能成为一名优秀的教育工作者。但是，我们还必须清醒地认识到，在对受教育者施行管理教育的时候，别以为有了爱心就足够了，因为一条成功的教育之路，往往都不是一帆风顺的，随时都可能遇到困惑，甚至还会充满艰辛。

如果你的教育效果能够远远超出他人的教育效果，那并不能证明你有什么教育魔法。我们应该知道，孩子的变化都是缓慢的，我们绝不能认为，只要我们把什么好的教育方法朝孩子的头上一套，魔杖一挥，一夜之间，我们就能够把孩子的品行、习惯和学习成绩都转变过来。如果你有这些想法，那只能证明你是一个教育的"狂妄者"。

因此，我们必须抛开一切荒谬的教育观念，踏踏实实地和孩子建立起良好的互动关系，如果我们离开了这个"原则"，那么，我们所有的付出都只能变成徒劳。

几年前，万宝强班有一个学生，非常的聪明，可惜他把聪明的头脑不是用在学习上，偏偏是用在旁门左道上。尽管学校管理得非常严，他总是想尽一切可能用的方法，变戏法似的往游戏机室、网吧里面钻。他的父母都在外地打工，很少去照顾他，留在家里照看他的是一个年近七十岁的爷爷。

学校老师对他使用多种方法，都无法将他"制服"，他只能在学校"勉强"就读。学校采取封闭式管理，晚上宿舍大楼的门都是用锁锁住，可是他为了晚上上网、打游戏，他竟然用学生床上的床单从三楼慢慢地系下来，翻过学校的墙头，径自到街道网吧去包夜去了。如果到了星期六、星期天、节假日，他更成了一匹脱缰的野马，没有人能够管住他。

这个孩子在网吧、在游戏机室，那个专注程度，简直可以用废寝忘食来形容。如果他能够用此一半的功力花在读书上的话，考上全国重点大学根本就是小菜一碟。

别看他个头小，他可是一个很有名气的捣蛋专家。有一年春节，他的父母亲都回家过年，当他的父母亲看到自己朝思暮想的儿子竟然变成这样，心里像打翻了五味瓶，各种滋味都涌上心头，眼泪禁不住地唰唰直流，心里感到格外地委屈，自己长年累月在外面受苦受累、东奔西跑、忙这忙那满心希望能够给儿子的健康成长提供更好的读书机会、提供更多的钱财、更优越的生活环境，指望自己的儿子能够体会做父母的一番苦心，能够在学校好好读书，用优异的学习成绩来报答父母亲的养育之恩，为自己的家庭争光，也为自己将来能够走上一条"体面"而又幸福的人生道路，从此摆脱祖祖辈辈面朝黄土背朝天的清苦生活。

可是，现实却令他们倍感伤心，心头的理想之帆，很快变成了一只黑色的无头苍蝇；满身的激情也很快瘪得像泄了气的皮球。他们无法接受这种残酷的现实，他们不甘心就这样成为没有奋斗目标的"奴才"，他们要在自己的孩子身上寻找最后的可以挽回败局的希望羽翼。

谁能够为他们的儿子唤回人性的良知?谁能够为自己的儿子送去"醒酒的仙汤"?他们使出浑身解数，都没有任何进展。他们认为：连万能的上帝都对他们的儿子无语摆手。于是，他的父母亲便把这些绝望的委屈，疯化成为一种冲天的怒气，用一种比较过激的行为——拳打脚踢，来强迫自己的儿子走正道。如果对一棵已经长成歪脖树，我们要想把它理直了那可不是一般的等闲之事，没有三年五年的功夫，是绝对不可能有太大的转变。

心急偏偏遇上热豆腐，他们的儿子根本就不领这份情，和他们打起游击战。尤其对父母的体罚甚是反感!因为他觉得自己比父母更委屈!他认为自己的父母一天到晚就知道去挣钱,根本就没有把自己当作儿子看,半年都不打一次电话,父母把他留给爷爷看管,其实那是把自己留下来照顾爷爷。

爷爷常年身体不好,自己经常留在家里为爷爷烧饭喂药,荒废了大量的读书时间,自己成绩渐渐地落了下来,要说文科语文、政治、历史成绩落下来还能够补上去,对于理科的数学、物理、化学成绩落下来就很难补了。其实最要命的就是英语,一旦成绩落下来,根本就没有办法提上去。他坐在教室里听英语课,就好像听天书一样,一句都听不懂,坐在教室里就好像蹲牢房一样,读书很快在自己的心里失去了应有的吸引力,很快自己的爱好、兴趣都转移到比读书有更大吸引力的网吧、游戏室。在那里,他终于找到了可以麻醉自己的地方。

我们试想一下,等到他儿子在网吧、游戏机室变成了一具行尸走肉的时候,到了已经无药可治的时候,再拿起棍棒、抡起拳头来教训,难道不知道这是徒劳无益的么?难道就不知道这样对孩子会有更大的伤害吗?但是,他的父母亲认为不能眼看着自己的儿子就这样颓废下去。于是,他们对儿子实施了多种体罚措施,结果不仅没有使儿子诚服,反而是自己与儿子之间的矛盾越来越大。

第二学期,这个孩子一直没有到校报名,万宝强非常着急,以为这个孩子辍学了,和他爸爸通了十多次电话也没有效果。他顾不上工作劳累,又到这个孩子家五次,就是看不到这个孩子的踪影。他的爷爷告诉万宝强:"这个孩子整天不归家,家里电话也因为长期欠费打不通,我们真拿这个孩子没有办法。"他爷爷说话时气得直摇头。

一天上午,学校已经开学一个多星期了。万宝强正在上课,那天风很大,教室的门是虚掩着的。大约在上课十分钟以后,突然教室的门被人推开,也就在门被突然打开的一瞬间,万宝强就看到一个人从教室的门口一闪，紧接着听见咚咚咚一阵急促的脚步声。万宝强以为发生了什么大事呢，赶忙跑到门外，一看，只见一个四十多岁的男人，去追赶一个孩子，当万宝强仔细一瞧，原来这个四十多岁的男人追赶的孩子不是别人，正是自己班级的、一个大家都很熟悉的"捣蛋大王"。"捣蛋大王"在前面飞跑，父亲在他后面拼命地追，终因孩子的力气比不上自己的父亲，这个"捣蛋大王"被父亲"生擒活捉"，其滑稽的程度，要比赵本山的相声小品还要精彩。

父亲把孩子拖到万宝强的班级后，当着全班同学的面，对着孩子的脸抽了两巴掌，随即还用脚狠狠地踹了孩子一下，万宝强见此情形，立即上前阻止，这个学生乘机朝教室的后排跑去，并且立即打开窗户。万宝强以为他被父亲追得急，跑热了，要打开窗户吹吹风，令万宝强万万没有想到的是，只见这个学生迅速地跳上桌子，登上窗户，一个飞身跳了下去，等万宝强、这个学生的父亲，还有全班的同学缓过神来，这个学生已经迅速地爬上教室外面两米多高的围墙，纵身跳了下去，逃跑了。万宝强和这个孩子的父亲迅速地赶到学校门外，孩子已经跑得无影无踪，这位家长气得两腿发抖，半晌说不出话来。

前几天，我在论语中看到这样的一个故事：有一次，孔子与他的学生子贡闲谈。谈到对他的弟子看法时候，子贡问道："老师，子张和子夏两个人，谁更好一些？"孔子回答说："子张呢，做事有点过头了；子夏呢，做事有点不够火候。"子贡说："那么是子张好一些吗？"孔子说："过分了和做得不够火候同样有害。"

这个故事告诉我们什么道理呢？当我们仔细品味的时候，我们就会觉得孔子说得太好了。我们父母亲在家庭教育孩子的时候，都应该考虑一个"度"的问题。我们只有把握好一个"度"，我们就会把做事中出现的缺点改正过来，才能不断地完善自我，超越自我，得到解决问题之目的。

四十五　体罚的天空很容易折断梦想的翅膀

"怎么回事？你怎么又去打孩子呀！"万宝强看到"捣蛋大王"从教室的窗户一纵而下，吓蒙了！

再看"捣蛋大王"的爸爸见此情形，也被儿子的举动惊呆了，一下子就天旋地转起来，他靠在教室的墙壁足有一分钟才缓过神来，等他缓过神来的时候，孩子已经跑远了。

这个时候，他不再担心孩子"学好学坏"的问题了，而是担心自己孩子跳下窗户是不是安全了。他已经意识到，这样教育对孩子是起不到任何效果的。

"别这样好吗？你要继续这样下去，会出事的！假如我的教室是在二楼、三楼、四楼，咋办！"万宝强顾不得上课，赶忙走到窗户跟前，看到这个"捣蛋大王"飞奔逃走，他的心才平静下来。他立马回过头来，非常严肃地对这位家长说。

"你可知道这个小兔崽子，他又上了一夜的网吧！我昨天晚上刚从无锡回到家，还以为我儿子到周围亲戚家去了，我便和周围所有亲戚家通了电话，都说没有见到这个孩子。我就怀疑这孩子肯定去街道的网吧去了！由于我回到家太迟了，加上我对街道的网吧不熟悉，我不知道去什么地方去找他，只好待在家里睡觉。说是在家睡觉，我哪能睡着呢？我一夜翻来覆去，眼都没合一下。"

"你到我办公室去坐一会儿，这里是教室，学生在上课，等我下课了再说，好吗?" 万宝强见这位家长有许多苦要诉，赶忙示意他暂停。

等到下课后，这位家长继续在万宝强面前诉说自己的痛苦:"今天早上，天还没有大亮，我气得早饭都没吃就跑到街上网吧来找孩子了。我到网吧的时候，我家的儿子正坐在电脑旁边，游戏正酣。我考虑到老板做生意、自己孩子已经不小了，我就没有在网吧揍孩子。哪知儿子根本就不把我放在眼里。我实在气愤至极，才当着老师和学生的面揍了他一顿，结果他还是挣跑了。" 这个孩子的父亲在万宝强面前噼噼啪啪讲了"一大堆"，并且告诉万宝强，他对自己儿子的教育已经到了山穷水尽的地步了，除了体罚，再也找不到任何可以教育的方法了。

万宝强把自己的椅子挪到这位家长面前，让这位家长坐下来，他负责任地提醒这位家长:"如果一个家长对自己孩子的教育，已经管到这种地步，做家长的就应该好好地检讨自己的过错。如果你一味地责怪自己的孩子，你肯定是得不到自己所料想的结果。这个时候，我们做家长的，就必须好好地冷静下来，积极地去探讨其他的教育方法，转变一下自己长期无效的教育孩子方法。用一种真诚的态度去寻找更适合孩子成长的教育方法，积极地拓宽与孩子交流的通道，放下家长的铁面孔，努力和自己的孩子建立一个平等的、团结的、融洽的、无抱怨的、无体罚的新型父子关系。"

"万老师，你认为我现在该怎么办呢?" "捣蛋大王" 家长带着恳求的眼神，请求他。

"让自己的孩子认识到自己的错误，让自己的孩子在内心产生一种强烈的悔过自新欲望，从而对自己父母亲产生一种感恩的心情。能够让自己孩子内心产生一种感恩的心，这就是一种很大的教育成功。" 万宝强在向这位"仁兄"布道，其实自己内心也在反思，自己和这位"仁兄"相比，家庭教育方面又高明在哪里呢!

同学们!你们的父母亲有时虽然没有尽到自己应尽的责任，但是，他们也是有难言之隐的。如果你们父母亲不到外面打工，全家就指望家里的几亩地的收入来支撑这个家，那肯定是不行的；你们应该清楚，他们常年在外做苦工，其实每时每刻都在牵挂着你们，他们每受一份罪，每吃一份苦，目的就是多赚几个钱，就是让这个家庭用足够的经济收入，让你们能够读得起书、读得好书；就是让你们有一个美好的未来。

众所周知，只有当孩子们的内心产生对父母劳动的尊重，孩子们就会在自己的内心产生一种感恩之心，就会在犯错误的时候，产生主动认错的动机，从而轻松地得到家庭教育的目的。

应该可以这么说，孩子犯错误以后，体罚的效果往往不尽人意，最好的方法就是和孩子进行良性互动，一道找出犯错的原因，并且立即给孩子一些科学的指导、为孩子设计一些改正错误的快捷方案，尽快帮助孩子走出错误的盲区，尽快恢复孩子积极向上的雄心，重新找到直达理想通道的快车，让温暖的阳光重新照耀着孩子健康的心灵。而体罚往往会加剧教育者与受教育者之间矛盾的激化，不利于问题的解决。

写到这里，我真要为万宝强班级的那个"捣蛋大王"孩子说几句良心话。我们做家长的，别整天只顾在外面打工挣钱，你们的孩子正处于长知识、长身体的关键时期，你们一定要弄清楚孩子与钱究竟孰重孰轻的问题，不要等到孩子无可救药的时候，再回来管教孩子。

孩子的健康成长要比任何物质上的东西都重要得多！大把大把的钞票、金光闪闪的珠宝、宽敞舒适的都市楼房，甚至还有令人心动的宝马轿车，我们失去这些都不要惊慌，都不必为之难过。因为这些物质生活，我们今天失去了，明天还可以再得到，而我们的孩子，一旦失去了美丽的心灵；一旦失去花一样的青春年华；一旦失去宝贵的读书季节，就永远不可以复制，就永远不可从来。失去了这些，就意味着没有得到的机会。

因此，我认为，做父母的一定要在孩子读书阶段，抽出你们的宝贵时间多和孩子沟通交流，孩子的读书事情绝不是多付出钱财就能够解决的事情。我们做父母的一定要记住：失去的庄稼是一季，失去对孩子的教育那可是一辈子。

最让万宝强万万没有想到的是：今日的自己竟然演变成昔日自己班级"捣蛋大王"的爸爸，他为自己体罚女儿感到难过。他曾经劝说"捣蛋大王"的爸爸在教育孩子的时候，无论发生什么了事，无论有多艰难，都不要使用家庭暴力。他也曾经告诫自己：一定要相信自己、一定要相信自己的女儿。为什么今天会遇到这些难题呢？为什么自己在这些难题面前会保持这么不冷静呢？

他认为他的家庭教育似乎走到了悬崖边！他觉得自己已经丢失了教育中最美的灵魂。他不知道这个小院子里的伴读父母是如何看他，也不知道了解这件事的人是如何看他，更不知道这件事将使他所付出的努力，除了在孩子之间增加一些"伤痕"外还能够得到什么！

就在对女儿进行体罚后的第三天，万宝强的四十二岁生日到了。生日本该是人最值得好好庆贺的日子，但是他的内心毫无喜庆可言，因为，他还在为自己体罚女儿难过。

晚上，他在独自坐在家里的饭桌旁边的长凳上，端起为自己庆祝生日的美酒，喝了一口，总觉得这口酒太苦涩，他赶忙咽进肚里，可是肠胃根本就不适应这苦酒，让他的嘴里直冒酸水。他认真地看一看酒瓶上面的商标，发现这商标还是以前的商标，美酒还是以前的美酒，为什么今天就没有一点酒香呢？难道这酒香也因为女儿成绩的下降而失去应有的浓度吗？

不会吧！这可是我们家中最好的美酒了，为什么自己就品尝不出其中的真味呢？看来自己现在的味觉细胞已经溃疡了，再也找不到当初的感觉了。

清冷的月光像冰水一样洒落在他身上，忽然一阵凉风从门缝中吹过来，他这才意识到无边的凉意正朝他袭来，他不由自主地打了一个哆嗦。他夹起一个花生米，放进嘴里想掩盖胃里冒出来的苦味，却加重了胃的反抗。他想把教育女儿的事情全部托付给自己的妻子，因为，他此时很沮丧，他对家庭教育已经失去了自信。

来吧，来吧!就让天底下所有的痛苦都让我一一品尝吧!来吧，来吧!就让天底下所有的磨难都来折磨我吧!他突然推开酒杯，抓起酒瓶，扬起脖子，把满满一瓶酒向自己的嘴里灌去。

他曾经多次劝说自己班级的学生家长不要放弃对孩子的教育;他也曾经多次告诉自己要坚定家庭教育必胜的信念。可是现在……

那天，从来不喜欢喝酒的万宝强，竟然喝了半斤多本地特产明宫白酒，他想通过酒精来麻醉自己。可是他越是想逃避这件事情，越是感到自己就不应该做这件事。他觉得自己在家庭教育方面已经失去了最重要的东西……

"我还能够坚持下去吗?我还能为孩子的读书抗争到多久!"万宝强带着十分醉意对着空荡荡的墙壁说，"绝对不能，无论如何我都要坚持下去，一直坚持到这个县城中学关闭为止!就是到生命最后一刻，也不会抛下孩子不管，独自一人走开!"

古人言:学无定法。同样家庭教育也是没有一成不变的法则。应该可以这么说，教育孩子是一项浩繁复杂的综合工程。袁隆平的水稻基因工程，曾经摘取"中国最高科学技术奖"的桂冠，让中国人乃至整个世界得到更多的实惠，使中国的农业发生了翻天覆地的变化，农村的水稻产量从原来的三四百斤一下翻到一千余斤，这可谓是我国水稻生产方面发生了一次重大的农业革命，其价值绝对不亚于当年英国历史上发生的第一次工业革命。是的，农业上的"袁隆平"、工业上的袁隆平都产生出来了，为什么在教育方面迟迟没有出现一个"袁隆平"似的领军人物呢?

一个成功的、"袁隆平"似的教育变革，应该能够让全天下所有的学生、所有孩子从中得到更多知识、更多技能、更美品德，应该能够让全天下所有的孩子能够健康成长。我们知道人类文明史已经近万年，为什么这种变革还不能横空出世呢？因此，从某种意义上来说，教育变革要比其他领域的变革来得更慢更复杂，其实用价值要比任何领域的变革更加珍贵。因为，我认为，一旦在教育领域方面爆发一次轰轰烈烈的"教育革命"，就会使大量的新型的高科技人才脱颖而出，就会促使更多的工业革命、农业革命相继爆发，势必对整个人类的发展产生巨大的推动作用。

一个爱因斯坦能够打开世界的原子大门，一个比尔·盖茨，能够让世界的信息化产业变得"面目全非"，但是如果全世界拥有成千上万个爱因斯坦，成千上万个比尔·盖茨，或者说产生更多的创造型人才，那么整个世界的变化，就不会是加减乘除的变化，而是幂次方，或者是天文数字的变化。

那个时候，我们就很难想象出我们的世界是一个怎样的崭新模样。人们所期待的、盼望的快乐幸福天地肯定是触手可及！你还羡慕那些腰缠万贯的大亨吗？你还为没有奔驰轿车而发愁吗？你还为自己没有美丽家园揪心吗？我相信我们那时拥有的将不仅仅是物质上面的享受，精神上的满足。我认为那时物质世界的富有、精神上的愉悦也必定因为科技的发达，而呈现出更加丰富多彩、更加历久弥新。

那如何才能使我们的孩子尽早尽快地成才呢？这已经成为每一个致力于教育工作的人都必须亟须认真思考的问题了！

从目前的种种迹象表明，新课程改革已经在全国各地如火如荼地开展。教育上的"袁隆平"正向我们一步一步地走来，教育的冬天已经过去，教育的布谷鸟已经飞到我们的头顶，崭新的春天号角已经在中国的大地吹响，我们国家的教育已经步入崭新的时代，教育的飞跃已经成为不可阻挡的历史潮流，它必定伴随着惊天动地巨响，骤然而至。

　　但是，有一点，我们必须明确，我们国家的教育不管发展多快，我们的孩子要想乘着教育的强势东风，成为一个无愧于时代的出类拔萃的人才，家庭教育仍然是孩子健康成长的先天性的摇篮，学校老师的教育仍然是所有教育的最重要的部分。靠体罚学生来达到教育目的，那等于是白日做梦，因为，体罚的天空很容易折断梦想的翅膀。

　　当然，我们还必须重申，我们的孩子健康成长的关键仍然是离不开自身的发奋努力，它永远都是个人成长的最不能忽视的问题。不管我们的国家教育制度是多么的优越，也不管是我们的老师才学是如何的博学，也不管我们的家庭教育是如何的恰当，如果我们的孩子本身努力跟不上，缺乏积极进取的动力，那么孩子的健康成长仍然是无法实现的空中楼阁。因此，孩子的健康成长必须要国家、社会、学校、家庭、个人等多方面相互协调、相互配合、相互促进、相互补充。只有这样，我们的孩子、我们的下一代才有可能成为国家的栋梁之材。

四十六　不要玷污阳光下最神圣的职业

"妈妈，学校要发放助学金了，你看我们这样的家庭要不要申请?"万宝强女儿放学回家把书包挂在墙上，便对正在盛饭的妈妈说。

"什么助学金?这件事你和你爸爸说。"杨建云认为这助学金问题自己不知内情，便要女儿打电话和万宝强商量。

"爸爸，今天班主任对我们说，谁家庭困难的，可以申请国家助学金，申请人必须到所在村委会或者居委会办理困难证明。最后，我们学校将根据学生家庭经济困难程度，发放不同数额的经济补助。你看我们家这么穷，是不是也要申请国家助学金?"

"闺女，你看我们家穷吗?"万宝强没有想到自己的女儿建议他申请国家助学金。

"我们一家四口人，妈妈没有工作，弟弟正在读初三，外面还欠一万多元债，只有你一人拿工资，每月仅仅两千元左右。这不叫贫穷叫什么?"万宝强女儿非常肯定地说。

"闺女，我们的生活比起农村贫困户要强得多，我们这样的家庭是没有资格申请国家助学金的!学校的助学金主要是给那些读书确实存在很大困难学生的，我们可不能违背自己的良心啊!"万宝强在开导自己的女儿。

"爸爸，你不要太善心，我们班的黄飞虎，他的爸爸是村里会计，他家里还有一个米厂，村里公章就在他爸爸手里，他开来贫困生证明。

其实，他几年前就开始拿国家助学金呢！"万宝强女儿对爸爸的话，不以为然。

"有这等事？难道你们班主任就没有到学生家里了解情况吗？"

"那还有假！这件事，我们全班学生都知道！我们县城中学班主任哪有时间到乡里去了解情况，只要你能够开到贫困证明，那你就是我们班级贫困生，甚至你就是特困生。这年头，贫富有时让你弄不清楚！据我了解，我们班里的'小燕子'是一个单亲家庭，可是，'小燕子'偏偏就拿不到贫困证明，结果，一分钱助学金都没有拿到。"

万宝强认为自己做了近二十年的班主任，如果今天不是充当家长的身份，是绝对不会感悟到小小的助学金里还存在这么多学问，也不会从内心明白小小的助学金问题上也会有那么多酸甜苦辣。看来，作为一个人民教师，他的所作所为是需要多么的慎重！

因此，我认为人民教师再苦、再累，也不能不问青红皂白，就凭想当然，把国家助学金当作人情任意施舍。我们作为人民教师，国家托付给我们做的事情就要认真负责，就要克己奉公，绝不能做出有辱人民教师尊严、有悖于人民教师形象的事情来。神圣而又阳光的职业，它需要我们每一位老师精心的栽培呵护，它是需要时间的考验、世俗的防腐。如果不这样，再崇高的职业，也会变得黯然失色的。

但是我们话又说回来，再阳光的事情，也会遭到别人的非议，再公正的事情，也会得到不公正的评判。就在前不久，万宝强在给本班贫困生发放助学金的时候，有一位同事找到万宝强，要万宝强在发助学金的时候对他外甥给予关照。

众所周知，这一点小事情对于一个班主任来说确实是太容易了。因为，班主任发助学金的理由多得车载斗量，根本不需要多考虑，随便编一个理由，就可以了。同事上午打招呼的，三天后，他整个班级学困生的助学金发放工作就全部结束了。

万宝强给同事外甥发的是学校二等助学金。当时万宝强根本就没有多想，认为同事只是说他的外甥家里姊妹四个，两个姐姐都在大学读书，还有一个姐姐在读高中，家里经济来源主要靠农村几亩地，所以万宝强在分配班级助学金的时候，考虑到同事的外甥并不是他班级最贫困的学生，所以给他同事的外甥二等助学金也是合乎情理的。万宝强觉得这不仅满足了同事的要求，还做了顺水人情。

哪知这位同事，知道自己外甥只拿到二等助学金，比一等助学金少了一千元，他很生气，认为万宝强小看了他，对他的外甥不够照顾。这真正让万宝强哭笑不得。

万宝强是一个办事追求完美的人，对事情小细节也非常在心。他知道这位同事的外甥在家庭经济方面虽然不太好，但是比起他班孤儿还是高强很多的。他不能背着骂名让班级学生看不起！他知道一千元对一个经济条件好的家庭来说，真的不当回事，可是，这对于一个在贫困线上挣扎的家庭来说，那就是救命稻草，那就是希望之光。

万宝强在那一次国家助学金发放过程中，把一等助学金的名额给了班级中的一个孤儿。因为他知道班级中这个孤儿的家庭经济条件相当差：他爸爸死于车祸，他妈妈是贵州人，多年前失踪，现在，仅仅依靠年过古稀的爹爹奶奶生活。多给这个孤儿一千元，就可能把这个孤儿带出困境，就可以帮助他减少一些经济上的困扰。

其实，还有一个重要原因，就是这个孤儿，是他班级尖子生，不仅学习成绩好，而且是品行端正的好学生；而他同事的外甥，学习基础太差，又很调皮，在班级里根本就不听老师的课。万宝强曾经多次去改变他，他都是阳奉阴违。没有笔，万宝强买给他，书丢了，万宝强找给他，上课不听万宝强总是想方设法让他听，他伤风感冒了，万宝强回家拿药给他吃，可是，他就是我行我素，根本就不拿老师帮助当回事。

在万宝强"教育"字典中，他不祈求学生将来能够对他有什么回报,只希望现在每一个学生都能够端正学习态度,使学习成绩有所提高,并且在做人方面养成一个良好的品性,上对得起父母、老师,下对得起自己。

上帝可以作证,万宝强在发放助学金时候,虽然不是百分之百的公平公正,但是,他是绝对不存在灰色交易的。只希望通过发放助学金,更好地帮助那些贫困学生,让这些学生,把自己的主要精力投放在学习上,更好地调动贫困生学习的积极性,更好地保护贫困生的合法权益,使每一个贫困生都能够在一个比较祥和的班级大家庭中,无忧无虑地学习下去,避免因为家庭经济困难而发生辍学的事件。至于同事或者领导的要求,他只能在遵循"不伤害班级学生利益"的原则情况下给予一定的"照顾",绝对不希望因为发放助学金而产生一些难以化解的矛盾。

但是,这一件发放助学金事情,万宝强的善意并没有得到同事的理解,同事事后嘴里虽然没有说什么,但是心里不高兴,他认为万宝强不就是一个小班主任,一点能力都没有,连一个助学金都"发放不好",还能当哪家子班主任!

这件事,虽然他和个别同事产生了一些小隔阂,但是万宝强一点也不感到后悔。因为他知道这个班级不是他个人的,他始终认为国家助学金,绝不可以拿来照顾有身份、有地位、善于拍马屁人家孩子的,而是用来资助班级中贫困生的。有人说他太"幼稚",但是他还是坚持不改初衷,他认为任何人都会有"幼稚"的时候,只要自己的幼稚符合天性,符合大众的利益,符合真理的要求,即使有人说他愚笨透顶,他也无怨无悔。

班主任在中国的官衔体制当中,是找不到位置的。但是它毕竟又是一个官。如果把县官比喻成为九品芝麻官,那么这个班主任就只能是沧海一粟大的小官了。他们管辖的区域只有几十个平方米,管辖的人数也只有五十人左右。

　　随着改革开放的不断深入，中国教育也从单一的公办学校，向公办和民办双轨并存转变，私有的成分在不断增加。这个公办学校班主任的权利也在不断地"膨胀"，也不再局限于这个小小的发放助学金权利，他们权利的触角已经伸入到招生区域，因为公私学校之间，每年都要演绎生源大战。

　　有一天，万宝强到县城做客，吃饭间，同桌有人闲聊现在的班主任。他说，有一位小学六年级的班主任，他从开学第一天起就很少回家吃过晚饭，不是班级这个家长请吃饭就是那个家长请吃饭，忙得不亦乐乎。除此之外，手中的购物卡屡屡换新，换新可不是自己所为，都是班级学生家长"孝敬"的。

　　这位仁兄，见万宝强这些旱鸭子们对这些话题感兴趣，就更显得激动："为什么这些班主任如此吃香呢？因为这些班主任一个个都是很有商业头脑的人，他们能够把身边有限的资源充分地挖掘出来，充分地让这清水衙门里的高官，发挥他们的敛财潜能和帮扶作用，并且极力把帮扶工作做得天衣无缝，让人说不出半点不公。就拿班级课外辅导问题，这些班主任本不想从中谋取蝇头小利，可是，社会上一些有钱有势的名流不让他们保持廉洁。这些有钱有势的名流们把孩子送到学校读书，就是希望自己的孩子能够得到最优秀的教育资源，处处都想让自己的孩子'领先'其他家小孩。"

　　"你说，不就是课外合作小组吗？为什么会让那些有权有势的人去巴结班主任呢？"万宝强觉得很好奇。

　　"老兄，你有所不知，这些有钱有势的家长们眼睛之所以盯上了班级的课外合作小组，就是因为这些课外合作小组，是最讲究'责任心'的地方，班主任可以把你家的孩子调到由全班精英组成的合作小组中去，接受班级精英同学对你孩子的辅导，以最大限度地提高孩子的学习成绩。而这些有钱有势的家长们平生最讨厌的就是'钱财'问题，他们总是千方百计地往孩子班主任手里送，真教那些班主任'活受罪'。所以，这些'受罪'的班主任只得把自己的主要精力、班级最好的辅导小组'专门'服务于那些有地位、有身份、'有成绩'的学生。表面上看，课外合作小组的学生既有平民家的孩子，又有达官显贵家的孩子，既有成绩好的，也有成绩差的，既有男的又有女的，完全有一种'一碗水端平'的感觉。但是这对于我一个深谙其中玄机的人来说，完全跳不出我的火眼金睛。我认为小小的课外合作小组就是一个'深水'的地方。如果你是一个不知其中'密码'的家长，不肯破点皮，就想让自己的孩子，进入那个金光闪闪的合作小组，你就是磨破嘴皮，嚼烂舌头，也不会打开那个'通天之门'。"

万宝强听后除了啧啧称奇之外，总认为：这位"老兄"有点夸大其词，但是社会上这种风气还是存在的。其实，我们这些做老师都知道一个学生在班级中成绩的提高，老师、学生对后进生的辅导，并不是起到关键的作用。因此，我们家长必须认清孩子的读书，绝不是金钱所能够左右的问题，关键还要靠孩子的勤奋努力！

但是，话又说回来，在一个偌大的教室里，总有一些同学被老师容易淡忘的，总有一些同学被老师特别青睐的。而被老师青睐的学生，他们在课堂上，接受老师提问的次数最多、听到老师讲解题目的声音最清晰、纠正错位的地方最多。身临其中，往往有一种"主人公"的感觉。如果你是一个被老师容易淡忘的学生，又让一些调皮捣蛋的学生和你同桌，那肯定会对你的学习有影响的。

学生是平等的，也是无辜的，我们每一个学生都应该受到老师和同学的关心和尊重。如果，我们班主任把班级中所谓的"好处、优势资源"当作巴结领导、取悦同事、向家长敛财的资本；把班级中所谓的"坏处、劣质资源"当作惩罚学生、冷眼家长的工具，这未免大错特错了。这肯定难免背后有人说你是一个不近人情、不能公平公正、趋炎附势的小人。作为老师，应该为人师表，应该从根本上摒弃这种迂腐陈旧的世俗观点，应该彻底把这种劣质的观念统统地清扫出教育这块圣洁之地。

教师这个职业是高尚的，我们老师的一言一行都会在学生的心目中留下很深的烙印。学生是一张洁白的宣纸，我们老师不能随心所欲把社会上一些陈腐的观念，拿到我们课堂上进行褒扬；我们不能用粗俗的世俗观念来误导孩子的理想追求。我始终认为没有一个高尚情操的人是不配走上讲台的。你个人的品德影响的不是个别的孩子，而是一个庞大的社会群体；你的为师风范不仅仅对孩子个人成长有影响，而且还可以影响到整个社会，甚至影响到一个国家。因此从这方面考虑，我们老师的素质该是多么的重要！

我们的老师啊！我们可不能低估我们的作用，不要低估我们每一句错话，不要低估我们每一个粗俗的动作，也不要低估我们每一种不健康的思想。我们是祖国未来人才的缔造者，我们是祖国未来人才的引领者，我们是圣洁灵魂的培养者，我们是未来人才精神家园的拓荒者，我们身上所肩负的不是我们个人的得失，而是承载着一代人的幸福安康，因此我们国家在选拔教师人才的时候，一定要把选拔教师的品德标准定得再高一些，高举"德才兼备"的大旗，坚决杜绝唯权是举、唯亲是举的陋习。

因此，我们国家在师资队伍建设中，应该让那些粗俗的势利小人望而却步，让那些品德低下的人望而生畏；应该彻底净化我们的师资队伍，为培养更多的优秀人才打好坚实的基础。只有这样，我们国家的教育事业才能阔步向前，实现伟大的中国梦才能指日可待。

四十七　粉笔模拟的教室矛盾多

随着时间的推移，高考的气息在县城中学的校园里变得越来越浓，高三的学生坐在教室的时间越来越多，高考不考的"副科"，早已退出历史舞台，就连每周两节体育课也成为挂在墙上的摆设……即使偶尔看到高三体育教师在上课，也有一大半学生待在教室里不去上体育课，在班级做作业，美其名曰：为冲刺高考献身。

万宝强看到自己的女儿整天无精打采的样子，心里很不是滋味，他多想为自己的女儿分担一些重任，可是这读书的事情，不比担水、劈柴等事情，别人帮助做一件就会少一件，可是这读书的事情，别人的帮助往往还会加重读书人的负担，因此，万宝强看着自己女儿疲惫的身影，只能干着急。

"我不能眼看着女儿受罪无动于衷，总要为她做一些事情才好！"万宝强有时睡在床上还在思考这些高深的、别人很难理解的问题，"女儿最近最需要别人帮助的事情是什么呢？烧一些好吃的饭菜……这个妻子比我在行；帮女儿买一些好喝的饮料，这件事情……妻子做，还是比较合适；帮女儿买一些好资料，这件事情，还是女儿亲自买才好；那这个时候，自己最好为女儿做什么呢？"

他想到以前女儿想调座位的事情，至今班主任还没有兑现承诺。近期女儿表现良好，周测成绩有显著进步，课堂作业也能够按时完成。这可不可以作为女儿调位子的理由呢？他决定瞒着女儿到学校找班主任商量解决这件事。

万宝强本以为凭借这张老脸去说服班主任把孩子的座位调好，可是，女儿的班主任根本就没有打算"这步棋"。这下倒好了，女儿的座位不但没有调好，反而使自己和班主任之间的关系弄得很僵化，彼此心里都感到很不是滋味。

在万宝强看来，他与班主任关系不管搞得如何僵化都是次要的，最关键的是怕自己的女儿知道这件事会大失所望。万宝强本来想利用这件"好事"来提高女儿学习的积极性，来激发女儿冲刺高考的热情，来弥补以前给女儿带来的心灵上的创伤。可是现在，这些都成了难以企及的梦想。

他无话可说，内心除了对女儿的愧疚，还是对女儿的愧疚!他不知道女儿下次月考过后，又要花多长的时间才能修复好调座位给她带来的忧伤；他不知道女儿又要花多长的时间才能化解她与班主任因调座位而产生的内心的隔阂；他不知道女儿什么时候才能把调座位而产生的内心纠结想通了；他不知道女儿什么时候才能丢下这个包袱愉快地投入到紧张的学习中去。他想，到目前为止，本来就没有完全平静下来心情的女儿，又该面临什么样的挑战呢?

这个时候，万宝强想得最多的，就是不应该把那些没有一定把握做好的事情抢先去做，因为这样事情勉强做了，不仅仅得不到解决问题的目的，还会给自己带来沉重的心理负担。他回想起自己以前给女儿带来这样那样的麻烦、这样那样的痛苦，大多数都是因为自己对女儿所遇到的问题在处理上过高地估计了自己能力造成的，心里未免更加郁闷起来……

其实，万宝强对孩子所遇到的问题向来是很在意的，处理的过程也是很投入的、认真的，只不过，他没有这个解决问题的"实力"罢了，以至于使"简单"的问题没有得到很好的解决。

　　因此，他努力过后，总免不了遭到孩子的抱怨，抱怨他对问题处理不力。其实，一个人没有这个实力的时候，就是自己丢下所有的工作，专门去处理那些问题，也是徒劳的。他现在已经四十多岁了，从事教育已经有二十多年了，但是，对处理问题的社会经验还是相当的"幼稚"，低估了人情世态的"含金量"。他不清楚在这个物欲横流的社会上，纯真的心态、真诚的话语、古老的人际关系，往往是值不了几个铜板的。我不是在慨叹人心不古，因为，我们的世道，往往很难遵循自然之道的。这个，读者比我更清楚。

　　万宝强现在开始认识到对自己的过分自信，就是对处理问题的公然亵渎，就是对孩子的不负责任，就是对自己人格的自虐。结果受伤的不仅仅是自己，更重要的是伤害了自己的孩子。

　　一向非常自信的万宝强，以前经常在孩子面前承诺"事情"，可是，几回"空气"一放，孩子自然对他难以信任。要知道孩子每天都用一颗"虔诚"的心在等待着自己所想象的、最满意的答案(这是父母轻诺事情的结果)，试想一下，这种乌托邦式的、梦幻一般的等待，又能够有什么好结果呢？

　　孩子每一天的等待都是倍受煎熬的，都是要花很长时间去完成的。如果是短时间的等待，我们大可不必去讨论对正常学习、生活的影响，如果这个等待是一个近乎马拉松似的等待，我们就绝对不可能低估对孩子正常学习生活的影响了。因为，这不仅仅是对身体的伤害，而且是对孩子的健康心灵都是极其有害的。

　　如果我们的孩子花去那么多的时间、那么多的精力，换来的是"失败"的结局。这样对孩子的伤害就绝不是三言两语所能表达清楚的了。万宝强回想自己辛辛苦苦干了近二十年的班主任工作，只知道在自己的"三分田"里转悠，和自己女儿的班主任接触后，方知自己乃是井底之蛙，原来"方寸"之间竟然有那么多的学问要学习，这当然不是反话！

因为，女儿的班主任总体上还是一位比较优秀的班主任。现在，他总算开了眼界，长了不少见识，添了不少"智慧"。

说实在的，万宝强女儿本身就不应该嫌弃自己的座位不好，班级里面再好的座位自己可以坐，别人也是可以坐的，再差的座位别人坐的，为什么自己就不能坐呢?全班同学都是平等的。

但是，在现实中，这种平等是很难操作的!绝对的公平是没有的!我们大多数班主任对班级的"黄金座位"是瞄准那些成绩非常好的同学;是为了调整班级学习气氛的;是为了调动班级学习积极性的;是用来照顾视力、听力比较差学生的。你能够说这些班主任办事不公吗?当然不能!因此，作为班级普通学生，根本就不应该在调座位上大动脑筋，你只能用这种思维告诉自己:是金子，坐在哪里都是要发光的!这样，也许就不会有那么多烦恼可言了。

其实，导致万宝强女儿要调动座位这件事情发生的"罪魁祸首"不是班主任，而是这个县城中学。作为一个很有实力和影响力的学校，不应该为了多招一些学生，多敛一些钱财，而违背教育教学规律，把全校三十个学习突出的学生聚到一个班，用全校最好的师资、最好的管理、最好的设施，来为极个别的学生服务，而把普通班级的人数编入八十余人。这种极不公平的做法，本身就挫伤了学生的自尊心。

如果再让这些普通的学生，在这样拥挤的班级里面学习，就更容易引起学生这样那样的不满了……

万宝强到过女儿那个班级，那个班级根本就不像一个班级，学校根本就没有把这些学生当作人看。从外面看教室，整个教室就像一个收集破烂的垃圾房;从教室外面向里面看，教室就像一个排满粉笔的模子。学生一个紧挨一个，真像粉笔模子里的粉笔，直愣愣镶在自己的位置上。

万宝强一到那个班级，他立即就跑出来了。因为他感觉到那个班级空气稀薄，连自己的呼吸都有点困难了。他以为自己老了，自己的呼吸系统出毛病了。他根本就不知道坐在这里面的学生，都和他有一样的感受，只不过学生年轻，抗缺氧能力，稍微比万宝强强一些罢了。

其实，这些学生也想到外面去呼吸一些新鲜空气，但是他们都是本县城读书孩子中的佼佼者，都不愿把自己的痛苦说出来，都在默默地扛着，忍受着这个学校给他们带来的非人待遇。

我们试想一下，学校这种极不负责任的做法，又怎么能把学生的成绩大幅度地提上去呢?教室四周学生的座位几乎和四壁接吻了，这根本就不像一个班级!如果把这么多的学生分成两个班，那倒是较为合适的。可是让学生坐在这样拥挤的一个班级，又怎么能不让学生为自己的座位而心存烦躁呢?坐在靠墙最前面的学生，不管是左边还是右边，他们都无法看到黑板的字;坐在教室最后面的学生，他们根本就听不清楚老师所说的话。

没有到过那个班级的人，也许不相信这是事实。物体之间的间隙具有吸声作用。我们的心都是肉做的，如果让你家的孩子坐在一个看不到黑板上的字、听不到老师、同学说话声音的座位上，你的心情会是什么滋味?我们把小孩送到学校里面读书的，不是来到学校面壁坐牢的!我们是花学费来这里求学的!作为学校决策者为什么不去从学生的利益出发，不去考虑学生在教室的切身感受呢?如果说你们没有教室，为什么"火箭班"的学生仅仅只收三十个呢?你又为什么要收那么多"高价生"?如果你们说老师不够用，为什么还要另外开设"火箭班"?这分明是别有用心!这分明是沽名钓誉!这分明是拿学生的前途当儿戏!这分明是对我们的教育事业亵渎!这分明是对我们交学费的家长极大的侮辱!

四十八　重塑教育新观念已势在必行

按常理说，仲春过后，各式各样的花儿都应该进入怒放阶段，但是县城中学的校园里却闻不到花香的气息，整个校园到处散发着从教室里溢出的热烘烘的味道，如果你不是校园的常客，你一旦闻到这些气息，立即就会让你感到头昏目眩。

随着高考的临近，高三学生的课外作业在急剧增多，各门功课的辅导练习，就像雪片一样，散落在高三学生的课桌上，让这里的学生们应接不暇。我们先别说高三学生每天要做多少练习，就看学生手中每天更换的圆珠笔，我们就会一目了然。

不知什么原因，万宝强的女儿自从进入高三以后，一向对自己要求很严、上进心很强的她，居然把不能按时完成课外作业当作自己的家常便饭，这对把女儿高考看得比生命还重要的万宝强来说，真有一种雪上加霜的感觉。同时这种反常现象也给万宝强夫妇俩的内心带来很多的痛苦。

现在我把万宝强的女儿不能按时完成课外作业的真实情况写下来，目的让广大的家长、教育同行好好地解剖一下其中的原因，找出导致他女儿频繁不能按时完成作业的真正根源，力避这种不正常的教育现象继续发生。

按常理说，按时完成课外作业是学生上学过程中最正常，可是，就是这一件不起眼的小事情，却成了万宝强女儿高三生活中无法抹去的伤痕, 这个伤痕也是万宝强女儿整个求学生涯中最感"揪心"的问题。

万宝强女儿认为现在的课外作业数量之多、频率之高, 让她无法下手。

可以这么说, 在这个学校高三年级里, 学生不能按时完成课外作业那才是很"正常"的事情, 如果这里高三学生能够按时完成作业, 那才是极不正常的事情呢!

"闺女, 你为什么不能按时完成老师布置的课外作业?你们的班主任老师对你可关心呢!他经常打电话给我, 要我督促你按时完成作业。"万宝强对女儿不能按时完成作业很不理解。

"难道你也让我欺骗老师吗?难道你也要让我不动脑筋去抄同学的作业吗?你从小就教育我, 自己的作业要自己做, 不懂的作业要向老师、同学请教……可是, 现在的高三学生, 每天都要应付那么多的作业, 他们哪有时间去按时完成作业!"

"闺女, 你说这些话, 让我听不懂。我现在问你, 为什么你们班级中有很多同学能够按时完成作业呢?"

"老爸, 你教了二十多年的书, 难道这一点小常识, 也要让我跟你说?你可知道整个班级的作业只有几个版本!本来我真的不想跟你说, 我看你现在真的想知道这里的真相, 那我就没有隐瞒的必要了!我们班级大多数学生, 为了按时完成老师布置的课外作业, 他们都是在相互抄袭。表面上, 这些学生按时完成作业了, 其实, 他们和没有按时完成作业有什么两样!只不过比我多练几下'抄功'罢了。更何况, 这些作业都是老师从电脑里随意下载下来的、没有经过认真修改的'佳作', 含金量太低!你要让我按时完成这样的作业, 你是不是也认为我是'龙虾', 头脑有屎呀!更何况这些作业完成了, 很少得到老师的及时批改, 请问老爸, 这样的作业, 做与不做有什么区别呢?"

"闺女, 你这些话有点道理, 但是, 并不是完全正确的。教师布置课外作业是完全正确的，一个老师上完课以后，必须要布置作业，这是教育'真理'。老师布置的作业，不是学生想做不想做的问题，关键是现在老师布置的作业有没有含金量……你现在必须明白，你老师布置的作业，你必须做。但是，你可以有选择地去做，对那些含金量不高的题目，你可以忽略它。你不愿抄袭学生作业，这一点老爸支持你。"

万宝强为女儿不能按时完成课外作业进行了一次较为深度的沟通，取得一定的进展，最终达成一定的共识。

在万宝强眼里，女儿的班主任是一个"敬业"有余，"宽厚"不足的语文老师，他对班级的管理的确算得上军事化管理。凡是他规定的班纪班规，他隶属的广大"子民们"，都必须不折不扣地遵守，绝不容许越雷池半步。如果用一丝不苟来形容他的工作作风，他暂时还没有达到这个水准；如果用拘谨呆板来形容他，却又有点过分。他处处"彰显"自己是马克思主义理论的忠实信徒，可是，他至今还没有加入中国共产党党员的行列；他经常大谈西点军校的治军韬略，可是他却把西点军校的国籍弄错了；他在讲课的时候，从来不用备课笔记，乍看肯定是语文界名流，可是他经常在给学生分析课文阅读理解题的时候，却经常出现"卡壳"现象。

他爱"面子"，我们都知道爱"面子"的人，自尊心往往都很强。因此他的同事很少跟他开玩笑，因为都很怕伤了他的自尊心。他从来脸上没有笑容，所以，不光学生惧怕他，同事也对他敬畏三分。

他的穿着很有风格，寒天他用羊毛衫、毛线衣把自己裹得严严实实，外面固定还要罩上黑色的毛呢外套，嘴上有时还要戴着口罩，就连耳朵上都要嵌上两个毛茸茸的耳套，活像俄国 19世纪末期安东·巴甫洛维奇·契诃夫笔下主人公——装在套子里的人；夏天不管天气有多炎热，他都是穿着长袖衬衫，从来不会把袖子挽起来，他似乎害怕自己洁白的皮肤要被天上酷热的太阳烤焦一样。其实，我们苏北的"六月心"

气温往往低于三十摄氏度的。

他的教学语言非常严谨、规范、字斟句酌，吐出的字就像受潮的鞭炮点着以后，在慢节奏地响着；他的教育理念大多数非常"古典"，就像从西汉马王堆冒着香气的古董，似乎在有意躲着时代"瘟疫"的传染。"自主""变通""开放""创新"的教育理念都被他装进他的密不可分的"皮葫芦"里面，很少看到他开仓"放粮"。

他班级的很多学生背后喊他为"顽固的孔夫子"。虽然这个词有点大不敬，但是他偶尔听到这方面的称呼，他也能够心情愉悦地接受。因为，他知道孔夫子在中国教育界的地位那是相当高，就连印度的诗人泰戈尔都是倍加推崇。泰戈尔曾经说过，世界上有两位最值得世人尊敬的圣人，一个是西方希腊的亚里士多德，另一个就是东方中国的这个孔夫子。

可是，对于这个尊号，万宝强一直严格要求自己的女儿，要她千万不能喊班主任是孔夫子。万宝强告诉自己的女儿，喊班主任老师为孔夫子就是对老师的不尊重，就是对你爸爸的不尊重，你一定要像尊重爸爸一样尊重你的班主任。

其实，万宝强通过几次接触，也知道女儿班级学生喊班主任是孔夫子还是比较符合女儿班主任个性的。因为这个词语所拥有的内涵还是能够和班主任"古典作风"相匹配的。

这个班主任在管理班级的时候，制定严格的规章制度，绝不容许有学生越雷池半步。如果学生有半点冒犯，他就会通过很多的惩罚措施，让这个学生下不了台。

他规定，班级的学生每天早晨五点半到校上早自习，比学校规定要早到十分钟。并且以此来标榜自己与众不同，以此来突出自己班级的地位，以此来显示自己在管理班级的时候有独到的见解，好让领导觉得他的班级是处处争先的，处处优秀的，处处是一流的。

　　我可以这么说他，为了自己的班级，为了管理好自己的班级，为了自己班级能够出类拔萃，真可谓是煞费苦心。但是，他忽视了一个教育教学的自然规律，真正的成绩并不是靠延长学生在学校学习的时间来获取的，也绝不是靠你"高压"政策强求的，如果你这方面有过分的追求，那么我敢断言，你班级的管理肯定会适得其反。

　　我曾经在这方面做过调查，我们县城百分之九十的初、高中学校，学生早上五点半起床，洗漱完毕，上早自习，七点钟吃早饭，然后准备上课，十一点半吃午饭，中午半个小时的午休，紧接着自习、上课、吃完饭，然后又开始上晚自习，非毕业班晚自习一般到晚上九点钟。毕业班的学生最苦，一直到晚上十点半才能结束晚自习(教师也上课)，晚上到宿舍洗衣服、刷牙、上厕所、吃零食完毕，一般到十一点半，这些学生真正睡眠的时间只有五个小时。

　　我也曾经问过我的学生，你们认为在学校学习累不累，几乎所有的同学都说经常感到腰酸背痛。好在学生恢复体力要比成人快，第二天一醒来，就和夏天酷热下晒"软"的青菜被第二天晨露"滋润"过后，新鲜如旧，就跟"水洗"一般"娇嫩"。但是，我从来不认为这是教育的真谛所在!

　　我们都知道孩子在中学阶段都是处于长身体的关键时期，疲劳过度会直接影响孩子的身体健康。我们看孩子的身体，其他方面我们肉眼看不出来，只要我们去看一下我们学生的眼睛就会大致了解在校学生的身体健康状况。

　　初一年级戴眼镜的学生所占的比例在五分之一左右;到了初二戴眼镜的学生所占的比例就升到五分之二左右;到了初三戴眼镜的同学就占到五分之三以上;到了高中这个比例还会攀升。我们都是教育工作者，我们教育的目标是把受教育者培养成为德智体美劳全面发展的有理想、有文化、有道德、有纪律、有身体，具有实践和创新能力的新型人才。

可是我们在实施教育的过程中，却违背了我们的教育宗旨，把一个身体健康的中国公民，却培育成为身体残疾的人！我们作为教育工作者，却坐视事态的恶化，难道我们不觉得这是在犯罪么？

万宝强的女儿的班主任，不止一次在班级向同学们灌输："我到过很多非常知名的学校，听过很多全国著名的教育专家的讲座，不管他们的教育理念是如何的先进，如何的匠心独运，但是，归根到底都是离不开两个字。这两个字是什么？就是'死揪（就是让教师玩命教、让学生玩命学）'。"

因此，他教育孩子的撒手锏，就是始终追随着这两个字——"死揪"。

在这种理论的指导下，他有很多的教育方法都是和"死揪"一脉相承。他认为自古天才都是靠时间打拼出来的，都是靠"高压"政策来让天才展翅高飞的，很多北大、清华学生都是在题海中"泅渡"出来的。他根本就不知道怎样用最少的时间，来获得最大的效益；他从来就不去思考如何给我们的学生减压，如何教我们的学生自我减压。

我们作为教育工作者，要想高效地提高学生的学习成绩，不去寻找让孩子们提高学习成绩的捷径，自己不去认真地钻研考试大纲，不去认真地钻研高考教材，不去好好地把握课堂四十五分钟的功效，不能够认真研究最新的教育理念，不能够突出教师的主导地位，不能突出学生的主体地位，不能积极地培养学生的实践能力和创新能力，总希望学生通过题海战术、疲劳战、死揪的方法来获得教育教学绝对的制高点，我们想想这可能吗？那是绝对不可能的！

我们都知道这种题海战术、疲劳战、死揪战术，曾经在20世纪末产生一定积极影响的。这使很多教师，自认为得到了"纵横教育""驰骋疆场"的真经。

因此，现在不少教师，对很多的教育新理念充耳不闻，他们头脑老是停留在这些迂腐陈旧的教育思维框架里，结果自己每天拼命地让学生抓紧时间学习，这不仅让学生累得筋疲力尽，喘不过气来，更把自己搞得身心疲惫。

试想一下，我们教师每天把学生头脑里面的那根弦绷得紧紧的，几乎没有一点伸缩的空间，这样教学能有什么效果？我敢断言，不要说效果甚微，甚至还会产生反作用。

其实，这个道理，不光我们都知道，甚至连那些没见过世面的三岁孩童也都知道！这样的班级又怎能在高考中脱颖而出，取得优异成绩呢！

万宝强女儿班级绝大多数的学生认为班主任管理的太严了！认为班主任在管理班级上花去的时间太多了！

很显然，万宝强女儿班主任由于在班级管理方面花去时间太多，自然他在备课、上课、教研活动等方面就没有足够的时间保证。因为，人的精力都是有限的！

那如何才能平衡、合理地利用我们教师的办公时间呢？那又如何来统筹我们教师的教育教学活动呢？这个答案要想回答得非常准确，这确实是"非一日之功"！俗话说"庄稼田里无力汉"，其实把这句话挪到教育教学上也是同样恰当的，意思是说，在教育教学活动中，只要你肯去努力，再多的力气都有枯竭的时候。其实，不管是种地还是教书育人，都要讲究方式方法，妄想靠多体力来夺取成功的做法是错误的，尤其，在教书育人更要注重艺术性。

四十九　批评学生绝不是一种简单的体力活

在做课外作业方面，万宝强女儿和她的爸爸达成共识：可以在老师的"题海"中选择自己喜欢做的题目。可是他们的共识并没有得到任课教师的认可，所以万宝强的女儿在她老师心目中还是一个不愿按时完成课外作业的"活跃分子"。

再说，万宝强也非常清楚自己的女儿也并非就是一块精美绝伦的"宝石"，她一直在父母亲的羽翼下成长起来的。父母亲对她的教育一直是处于包容的弹性管理状态，从来没有在孩子面前表现出严格的、泾渭分明的教育面孔，所以对她成长过程中出现错误问题，也没有严格的划分界限。这对她自由懒散个性的产生，提供了滋生的土壤。

因此，万宝强女儿一开始来到这个高三班级，让她每天都去接受这种严格的管理制度，她是没有充分心理准备的，也没有这个足够忍耐性的。所以她对班主任以及部分任课教师的这种教育教学模式很是反感！

我们这些教育工作者都清楚，信其师，才能尊其道。因此，当我们老师发现班级有学生对教师的教育教学行为产生抵触情绪的时候，我们教师必须停下自己手头的工作，仔细了解这些学生的个性和品行，最大限度改变我们的"不足"，让我们的学生都能够接受我们的教育教学行为，尽可能让我们所有的学生都能够尊重我们。这样我们的教育教学内容，才能发挥最大的教育效能。

当然，作为学生要想取得好成绩，你们必须以最大的耐心、最大的信心去接受自己的老师的教育教学观念，最大限度地改变自己的"缺点"，让你们的老师能够最大限度地为你们服务，否则你们是不可能在他们的教育教学中取得优异成绩的。

由于现在的孩子大多数是在娇生惯养中长大的，万宝强女儿对不能配合教师教育教学行为抱着无所谓的态度。哪知班主任老师以及任课教师，对她的这种无所谓态度，感到非常震惊。尤其班主任老师对她这种我行我素的风格更为反感。因为他从教多年来，他遇到各种各样调皮、不遵守纪律的孩子，他们都在他的高压政策下一一改邪归正了。

其实，每一个班主任都有自己的个性，而万宝强女儿的班主任更是一位个性十足的老师，他通过对万宝强女儿几次教育以后才真正地发现，今天总算遇到"生鱼刺"了。

这位班主任老师对"顽固不化"的学生向来不留情面，只要有敢于挑战他极限的学生，或者是他三令五申后仍然不知悔过的学生，一律拒之门外，不准踏进教室，直到学生主动到他的办公室，当着所有任课教师的面低头认错为止。

万宝强女儿由于娇生惯养惯了，所以，她的班主任以及任课教师经常对她进行严厉"制裁"，让她在上课的时候，到教室外面罚站。由于她对所有学科的课外作业都是个态度，所以，她每天被老师罚站的频率相当高。据不完全统计，万宝强女儿平均每天被老师罚站的时间，绝对不会低于一个小时。而且罚站的站姿要端正，不准靠墙壁。

万宝强女儿第一次没有完成课外作业而遭到罚站，心里感到很委屈，原因是自己完成的课外作业丢在家里，忘记带到学校。女儿罚站后极力向自己的班主任教师禀明情况，希望老师给她一个改过自新的机会。可是不管女儿如何向班主任怎么解释，班主任老师就是铁石心肠，根本就不原谅女儿。于是，这个倔强的女孩，带着满身的怨气在班级的门口站了一个多小时。第二节上课，教师让她回到教室，她也不肯回教室——她在跟任课教师赌气。

班主任老师一直以为，对自己的学生应该从严要求，不管学生说了多么让人信服的理由，都不能对学生"心慈手软"。

有一天，班主任早上迟到二分钟，他为了给全班学生做出表率，他主动向学生承认错误，自罚在本班级的门口站了一个多小时。这件事情在班级乃至全校引起强烈的反响。这位班主任老师所任教的班级很多学生，非常"尊重"他的为师风范，非常"佩服"老师严于律己、以身作则的高贵品德。

可是万宝强的女儿偏偏就不是这样想的，她认为作为一个班主任，作为一个教育工作者，不管在管理班级的时候是多么的严格，他都应该通情达理，不应该整天板着面孔来教育学生，老师应该给学生一个犯错误的机会，同时也给学生一个改正错误的时间。不然的话，很容易激起学生的反感，对学生的身心健康造成极其不利的影响。

万宝强女儿始终认为，自己到学校是接受教育的，绝不是留给老师体罚的。老师应该是一个宽厚待人的长者，不应该是一个整天把学生管理的像一个个关在笼子里面的小鸟，应该给孩子一个非常宽阔的自由空间。

如果老师缺乏这种自由、包容、仁爱之心，把他们的学生都规定在他们设计的条条杠杠的框架里，决不让自己的学生到自己比较开放的、较为自由的空间里，做一些自己喜欢做的、有益于自己身心健康发展的事情，那么，这个老师就不配做教师，就是教师中的"暴君"、就是教师中"希特勒"。因为万宝强女儿始终认为这样对学生要求过高，未免是太绝情了、太霸道了，很容易使班级学生产生逆反心理或者偏激行为。

由于万宝强的女儿在对教师的罚站现象与班主任老师存在着比较严重的分歧，所以，万宝强女儿始终认为自己被老师罚站，就是班主任在学生面前树立威信，就是杀猴儆鸡，就是教师有意对她过不去，就是让全班学生都臣服于班主任。

因此，她连班主任自己迟到自罚，她也非常反感，并且对班主任这种"自我作践"也是深恶痛绝。她认为这是班主任在有意炒作自己，给他自己进一步体罚学生在全班同学中找到最可信的舆论支持。就这样万宝强女儿与班主任在管理班级的制度和观念上，产生了难以逾越的鸿沟。

万宝强的女儿没有按时完成教师布置的课外作业，虽然被班主任、任课教师罚站了，但是她始终在内心不服自己的班主任和自己的任课教师，她仍然没有从自己的内心接受老师体罚的教育，一点悔过自新的意思都没有。

我们都是教育一线的老师，对这种"独特的罚站"的教育观念，我们绝大多数教师都不能认同。如果有人认为保持"赏识教育"和"变相体罚教育"两条路都能走，但是，我要奉劝大家，赞成"罚站"道路能走的老师们，你们绝不能人为地封杀另外一条"赏识教育"的道路。

因为，体罚毕竟是具有人为暴力倾向的事情，是对学生要求"过严"的。我们教师应该知道，任何体罚教育都是一种暴力行为，都会伤害学生脆弱的自尊心，这很容易使学生产生逆反心理，给教育工作带来很多意想不到的、极具"秒杀"功效的后果。甚至，有些学生还会产生近乎无知行为的自残行为。

但是，话又说回来，一个班级没有严明的纪律，没有一个非常严肃的班风，过分地放纵学生的自由，也很容易使班级形成一盘散沙的局面。上课纪律涣散，学生不听老师的调遣，这样也很容易使学生产生一种对老师产生不恭不敬的"放浪行为"，给班级造成混乱不堪的后果。因此，对"严厉""宽松"这两种教育观念，绝不能顾此失彼，应该两手都要兼顾，并且两手都应该有"度"。

对万宝强的女儿这样特殊教育案例，我们千万不要感情用事。因为，我们教育孩子的目的是希望孩子健康快乐地成长起来。如果孩子们在内心中对我们老师的教育观念不持赞同的意见，那么我们一定要仔细分析原因，适度改变自己管理学生的方法。我们千万不要认为自己是老师，学生应该百分之百地服从老师，应该无条件地接受老师的教育方法，其实，我们身边的学生，都是一个个有头脑、有思维、有自己独特的对事物评判标准的人。如果我们老师一意孤行，不去考虑学生的心理感受，这样的教育绝对是毫无价值的。这种教育的危害性是很大的，不仅会影响孩子现阶段的学习成绩，还会影响孩子对美好未来追求，甚至还会对孩子造成一生都无法弥补的心灵创伤。

为了发泄私愤，万宝强的女儿故意制造了第二次"不按时完成课外作业"的事件。照例，万宝强女儿又被老师罚站。万宝强女儿没有做任何说明，对罚站毫无羞耻之心，她竟然在罚站的地方，与班里的学生小声说话，真正让人有一种不以为耻，反以为荣的感觉。班主任老师觉得自己被万宝强女儿"戏弄"了，于是他在对万宝强女儿罚站的同时，又对女儿进行了严格的批评。这更是一直处于矛盾激怒情绪状态中的万宝强女儿，再次掀起"怨恨老师"的热潮，对老师的批评也更加反感。

我们想一想，当一个老师批评一个学生，你不能用自己的语言去打动这个学生，让这个学生从内心里面感激你，让这个学生明白你所说的话、所做的事情都是出自对他的关心和帮助，那么这样的批评就显得毫无价值。所以我们老师绝不能小看批评学生的学问。有些老师三言两语就能够让学生心悦诚服，学生挨了批评却能够使学生感到如释重负，大有茅塞顿开的愉悦感。而有些老师批评学生当成家常便饭，不管什么时间，不管什么场合，也不管孩子当时处于什么样的心情，对学生的批评根本不加思考，高兴这么说就这么说，这势必会产生不良的后果。

不要说你的初衷是多么的友善，也不要说你的愿望是多么的美好，可是我们都必须清楚，老师对学生的批评教育是让学生接受的，是要让学生带来益处的，是充满对学生无限关爱的，是一种对等的情感交流，绝不能带有相互争论性的、似是而非的、"整理学生"观念的。

因此，我认为，批评教育学生必须找到他们犯错的地方，必须找到证明你正确的、"真理性"理由，并且让学生感到老师在真心地关心自己，真心地在爱护自己，绝不是在有意找茬子，绝不是在有意整自己，这样的批评才有可能形成高效的批评。

如果你在批评学生的时候，还能够针对学生出错的地方，分析出学生出错的真正原因，给予一些行之有效的改正方法；还能够根据学生的具体情况对学生给予一定的人文关怀，在物质上给予一定的帮助、在精神上给予足够的鼓励、在生活上给予适当的体贴，那么，这样的批评才是一种有效的批评。这样的批评，学生往往对你不但没有抱怨之心，反而会对你怀有感激之心。

所以，批评学生绝不是一种简单的体力活，而是一种充满爱心的脑力活。如果我们老师对学生所犯的错误，一律用体罚来代替充满爱心的教育，一律用传统的说教来代替平等的情感沟通，那么，我们的教育就会走向狭窄的死胡同，甚至走向教育的反面。

如果我们的老师想不到这一点，你就是一个不称职的老师；如果我们的班主任想不到这一点，你就是一个不合格的班主任；如果我们的学校领导想不到这一点，还能够纵容这些老师、班主任在教育工作岗位上，我行我素，那么我们的学校领导就是一个学校的悲哀；如果，我们的教育界，还没有想到这一点，继续让这些落后的教育作风盛行于祖国大地，那将是整个中华民族的悲哀了。

五十　世界上既没有丑的树,也有没有丑的花

当万宝强的女儿第五次被罚站的时候, 班主任老师已经是无法容忍了。他立即打电话通知万宝强和杨建云, 立马赶到县城中学, 商讨解决女儿不能按时完成课外作业的问题。万宝强很快向本单位领导请了假, 一刻都不敢怠慢, 赶忙租车前往县城中学, 当万宝强到达县城中学的时候, 已经是上午第二节下课了。当时, 班主任老师正坐在自己的办公室, 专门等候万宝强夫妇的到来。

没有寒暄, 只有周围凝重的空气。班主任老师一开始就把万宝强的女儿这一段时间在学校的主要表现向万宝强夫妇作简短的说明, 字里行间流露出对女儿的不满意。并且特别强调万宝强女儿对学校和班级的规章制度一直不放在眼里, 根本就不当一回事, 对老师的严格要求, 不但没有感激, 反而滋生了一些不良的动机, 跟老师唱对台戏, 希望万宝强、杨建云能够配合学校和班级的管理, 在教育孩子方面能够和学校保持高度的一致, 从而使孩子更加严格地要求自己, 遵守学校班级的纪律, 把自己的主要精力全部用在学习上; 同时希望万宝强夫妇不要给孩子留"退路", 迫使孩子乖乖地纳入学校和班级设计好的、正确的运行轨道上去, 并且让他们的女儿在这条正确的轨道上埋头苦干, 不存任何私心杂念, 为考上理想的大学而发奋努力。

万宝强深知班主任老师的良苦用心, 深知班主任老师在教育学生的初衷都是为学生好。但是他也深深地知道, 在教育学生方面是没有固定

法则的。学生不是铁水,你设计好的模子是不能够把你的学生,按照你的想法铸造成为你所预定人才的;他也知道学生是一个充满无限生机的万物之灵长,他们是生长在这个世界的"种子",你把他们播撒在不同的环境中,他们就会长出形态各异的"人才"出来。如果我们人为地为孩子的健康成长设置很多的条条框框,这势必会泯灭孩子的天性,这势必会对孩子健康的个性成长有所压抑。

的确,教育绝不是单纯的智力培养,它是培养孩子多方面素质的阵地,绝不是我们老师想当然的事情!我们天天都在说要走素质教育道路,可是前进的锣鼓敲得叮叮咚咚,就是没有太多的人响应。即使有人响应,也是"左瞧瞧,右望望",很怕自己掉进素质教育的"泥坑"里面去,给人感觉就是举步维艰。

面对此情此景,我们作为新课改的践行者,应该在教育的道路上好好反思一下,为什么我国的素质教育老是原地踏步?为什么不能给我们的学生"减减压""呼吸一下新鲜空气"?要知道应试教育中受伤的应该不仅仅是我们的孩子、我们这些站在孩子教育前沿阵地上的老师们,应该还有我们这个可爱的祖国。

我们教育工作者应该清楚,在教育的道路上,可以这么说条条大路通罗马,殊途也能够同归。我不否认,在应试教育过程中,学生按照老师精心设计的成才道路,在学生的勤奋努力、顽强拼搏下,最终走上红地毯的学生是大有人在的。

但是我们这些做教育的工作者,也要清醒地认识到,在这个地大物博的地球上,素质教育是一本长满"一切皆有可能"的书,什么奇事都能够发生,什么奇人都能够出现,它们不按照我们传统老师的应试教育常规,让课堂成为学生的自己的舞台,让教师成为学生学习、探究、创新的"配角""参与者""点拨者",充分展示学生自己独特的个性,让学生在轻松愉快的学习环境中学到真知、学到真本领,大大地缩短学生成才的时间，减少了学生成才的代价。

我们都知道，山涧的竹笋，它们从嫩芽的时候，就凭借自身的"天赋"，凭借自身的"坚忍"，没有人为地限制竹子的成长空间，让那些嫩芽儿在光照、雨露、空气的滋润下，自由地成长。因此，那些当初的嫩芽儿就会力挺压在自己身上的千斤巨石，从万般不可能的境地中，"过五关斩六将"，延伸着自身的"不屈的形象"，横空出世，充分展示自己刚直不阿、宁死不屈的个性生命，成就为绿色世界的"精英"，成就为自然界的"绝色佳人"。

有人说应试教育中"逼出来"的是充满奴性的庸才，而素质教育中"走出来"的才能算真正的人才，这句话虽然说得有点过分，但是，我们却能够嗅到"真理"的味道！

所以说，中国传统的教育模式、教育观念在这个特定的社会大变革时期，必须挺立在时代的浪尖上，来一次脱胎换骨的大洗礼，让素质教育成为时代教育的主旋律。我们的教师必须放下高高在上的师道尊严架子，做学生心灵的守护神，做学生情感的交心人，做学生知识的引航员，做学生生活的关照者，应该树立全心全意为学生服务的全新教育观念，把老师那种凌驾于学生之上的迂腐教育观念加以彻底地摒除，应该把中国传统应试教育的大旗，从高高在上的山巅上拔下来，换写成为素质教育鲜红大旗，这样中国的教育乃至世界的教育，才有可能发掘学生得天独厚的强大潜能，才能激发学生无与伦比的斗志，才能使学生能够在一种相对自由、相对宽松、相对人性、相对安全、相对和谐的教育大环境中，茁壮成长为现代化建设的栋梁之材。

万宝强的女儿对爸爸妈妈的到来很不是滋味，她感到自己所有的自尊心都被这件不起眼的小事情彻底地撕碎了。以前老师喊爸爸妈妈来学校都是作为优秀学生家长代表来学校介绍经验的；在高一、高二的时候，万宝强女儿一直是爸爸妈妈的骄傲。而今天，万宝强和杨建云被班主任老师喊来，说好听的，是找班级学生家长来谈心的，说不好听的，是找班级反面学生家长来接受老师对他们"批评教育"的。

万宝强女儿对班主任老师这种做法感到迷惑不解，她怀疑班主任老师在教育理念方面出现"故障"。她认为学生在学校犯点错误是再正常不过的事情，何必兴师动众把学生的父母亲都找来!因此她认为班主任老师在教育学生方面存在着过于严格的毛病，没有"必要"的宽容心理。这样做虽然能够对学生起到一定的"威慑"作用，但是从长远的教育来看这种方法是极其不妥的；她还认为，做老师的在批评学生方面一定要慎重，如果你的批评理由，还存在着很多有待商榷的地方，你这样随随便便就把学生的家长喊来，你不但不能教育好学生，反而更容易激化你与学生之间的矛盾。因此她对班主任今天把自己的爸爸妈妈找来"批评"的这种做法，除了怨恨没有感激!

万宝强的女儿今天感到自己非常没有面子，她感到十二分的委屈，在内心非常痛恨班主任老师。因为，她觉得班主任的做法根本就适应不了当今社会的教育，他根本就没有现代老师应该具备的平等、宽容、仁慈、开放的思想。她认为今天班主任老师完全把她的父母当作"奴役"的对象，当作班主任个人任意左右的"木偶"，当作没有思想的"棋子"，这是对她巨大的侮辱。此时，班主任的美好形象在她的眼里已经彻底地"掉价"了。

万宝强对班主任老师的从严要求学生的做法没有非议，但是他也认为班主任老师在教育学生的方法上存在着不敢苟同的地方，学生不能按时完成课外作业是当今农村学校中较为普遍的"风景"，在采取教育的方式方法上，绝不能单一化、一概而论，应该因材施教。制止这种不良的行为，应该采取积极的沟通，多管齐下，针对学生不能按时完成课外作业的原因，为学生找到解决不能按时完成课外作业的途径。在惩罚中体现爱心，在爱心中让学生明白老师的这样做的良苦用心。

万宝强的女儿认为，挖苦、体罚、变相体罚、"请"父母到接受班主任训话等教育方法，都是带有侮辱、损伤学生自尊心的暴力倾向行为，这些都是教育工作者要努力摒弃的、过于简单的教育行为。她还认为，这些过于简单的教育行为，都是注定得不到预期教育效果的，甚至还会走上教育学生的反面；这不仅不能有效地处理好问题，反而容易使师生的关系进一步恶化，甚至演变成为势不两立的"敌人"关系。

也许我们做教师的有些不服，认为我们都是一个堂堂正正的老师，一个和学生父母亲年龄相仿的长者，怎么可能让这些毛头孩子与自己平起平坐呢?怎么可能让自己的学生持反对意见呢?这样做老师的尊严何在?

但是，我们这些做老师请不要忘记，我们的学生也是有自尊的，也是有耻辱之心的，我们在管理不好学生的时候，为什么不去好好地反思一下自己的所作所为呢?为什么不去另辟蹊径去积极寻找更能适应教育学生方法呢?为什么我们一味强求我们的学生必须无条件、无尊严地屈从于我们这些做老师的呢?我们老师希望自己有面子，为什么不顾我们学生的面子呢?我们为什么要求学生见到老师毕恭毕敬，和老师说话要低声细语?为什么我们老师可以向学生大声呵斥、这样那样的体罚，而不能和学生和风细雨地进行交流呢?

相反，很多老师认为，只有对孩子"严加管教"，我们的老师才有尊严，才有身份，殊不知上帝在造老师脸面的时候，同样也给学生们造了一个和老师一样的脸面!一样的尊严!

"你们女儿自从进入这个班级以来，我一直在关注她的学习，开始我把她的座位放在后面，我是在考验她的锐气，希望她能够顶住这种压力。后来，我知道她想到'火箭班'，我认为这是好事呀，可是，学校又不同意。她应该想到自己应该脚踏实地在本班级学习了，可是当我检查她的作业的时候，她几乎没有一次能够按时完成老师布置的作业的。

我曾经多次把她喊到办公室进行训斥, 可是收效甚微。学习成绩从原来全校三十来名, 也逐渐倒退到现在全年级六百多名。她自己不去好好地反省自己的过失, 反而在错误的基础上变本加厉, 胆敢无视我们班级的管理规定, 把班级的管理制度当作耳旁风。”班主任老师把万宝强女儿进入高三以后的在校表现向“远道而来”的万宝强夫妇做进一步阐述。万宝强夫妇只能在教师办公室里面唯唯诺诺地听着。

“她多次不能按时完成课外作业, 教师在班级门外对她罚站, 希望她能够引以为鉴, 希望她头脑好好地清醒一下, 认识到自己的错误, 结果她不但没有改变这种坏毛病, 反而与我唱起了对台戏。她站在门外, 连一点羞耻的感觉都没有, 一点改正的意思都没有。今天我喊你们过来, 希望你们配合学校做好教育你们女儿的工作, 让你们女儿尽快改变这种懒散的习性, 让你们女儿重新找回自尊和自信, 重新找回她以前在学校学习的感觉, 顽强拼搏, 早日实现自己心目中的伟大理想。”

万宝强听后, 感慨良多, 他认为这种套话, 几乎和所有老师与家长交流的开场白没有什么两样, 都是在寻找孩子在学校的错误表现, 似乎要这些父母知道: 你家的孩子在学校根本就不是好东西, 天生就是蠢材。殊不知, 天底下所有家长都不愿让别人说自家的孩子“一无是处”!

万宝强面对女儿班主任的谈话, 不敢有半点不敬。但是他对班主任这种教育方法还是心存“怀疑”, 他认为教育学生, 绝不能一味地惩罚孩子。其实, 赏识教育与耐挫教育都有他们适应的范围。

“我们今天来主要目的, 是向你赔礼认错的, 我们女儿曾经向我反映这些问题, 她说自己太累了, 一拿到那么多的课外作业就头疼, 于是, 我私下答应, 如果你实在做不了, 你就算了。所有导致今天的后果, 我有推卸不了的责任, 希望你能够原谅我。”万宝强在与班主任交流的时候, 不敢谈老师布置课外作业太多, 不够精简, 不能够考虑学生的实际情况；也不敢说老师这种"死揪"方法，很容易让学生产生反感。

以前，我到过一个花园去参观，看到园中的花正在盛开，树都苍翠，忍不住赞叹地说："这些花和树是多么美呀！"

花园的主人笑起来，说："在这个世界上既没有丑的树，也有没丑的花。不要说是这花园，即使是路边的被人遗弃的花和树也都是很美的。"

花园的主人的说法令我感慨良多，至今难以忘怀……

我们知道我们的孩子都是祖国花园里面的"花朵"，如果我们的老师都能够有花园主人的心态，我们的眼里就没有"缺陷"的孩子，他们都是可以塑造的美丽"花朵"；如果我们的老师都能够有花园主人的心态，我们对待犯错误的孩子还会怒气冲天吗？我们还会对美丽的"花朵"实施体罚吗？如果我们这时候再有体罚之心，那么，我们就应该好好地反思花园主人的"箴言"了！

五十一　谁能够挡住那揪心的一跃

万宝强受到班主任老师的"特殊邀请"，他除了在教育观念方面心存一点分歧外，没有其他不快的想法。因此，他代表全家对班主任的良苦用心，表示衷心的感谢。同时，万宝强也把自己最近和女儿相互交流的一些"成果"向班主任老师做了交流，希望班主任老师能够在教育自己女儿的时候，多给家庭教育提出一些宝贵的经验。

班主任老师对万宝强这种谦虚的态度，表示赞赏。他告诉万宝强：你女儿为什么会不能按时完成课外作业？答案就是四个字"怕苦""懒惰"。

对此，他给予万宝强夫妇家庭教育的建议也非常简单：就是六个字："你们的女儿欠揍"。

紧接着，班主任老师又向万宝强介绍了关于自己教育孩子的经验，字里行间处处流露出体罚的妙用，似乎他家孩子就是靠体罚才考上大学的。

万宝强被班主任老师的家教听懵了，难道班主任老师的教育字典里面就是两个字——体罚？难道班主任老师所接受的高等教育，除了体罚就没有其他的教育之道吗？万宝强感到茫然，眼前一片黑暗。

现在，很多老师在学生犯错误的时候喜欢把学生的父母亲找过来，不是想通过学生的父母亲来处理事情，而是有意在刁难学生，让学生产生恐慌，产生震撼，促使这些学生在恐慌和震撼当中"猛回头"。

可是，这种方法并不是放诸四海而皆准的真理!这种教育学生的方法，对那些比较调皮的学生，能够产生一定的教育效果。但是，根据我多年的教学经验来说，这种教育学生的方法，对于那些自尊心比较强、在校表现比较好、成绩较为突出的、偶尔犯一些小错误的学生是不适用的，甚至是非常有害的。

众所周知，哪家的父母亲不疼爱自己的孩子?孩子在学校的一丝一毫的表现，都会牵动父母亲的心。而这些较为"优秀"的孩子们，知道父母非常疼爱自己，知道父母在含辛茹苦的劳动都是为自己在学校好好地读书，因此，这些"优秀"的孩子们总希望自己在学校有一些好的表现，来安慰自己的父母。当这些"优秀"的学生们犯一些小错误的时候，最忌老师们把他们的父母亲请到学校。

因此，我们看似这些简单的教育常识，却很容易把一些细小的问题上升为影响老师、家长、学生三者之间关系的障碍，把原来相对比较和谐的局面，搅成一锅糊涂粥。

那怎样做，才较为合适呢?

我们应该知道，这些"优秀"学生来到学校学习，最希望拥有的环境不是老师、家长鞍前马后的呵护，而是希望一个属于自己比较安静、平和的读书环境。不然的话，这些非常聪明的学生也会因为周围的"噪音、杂音"太大、自尊心严重受挫而荒废最宝贵读书时光。

所以，我们千万不要认为，我们老师、家长的"百般呵护"就是孩子健康成长的法宝，现在孩子的教育是需要有一个相对独立的成长环境。我们学校、家庭只是孩子健康成长的摇篮，而孩子在现实生活中，通过家庭教育、学校教育、社会教育的正确引导，在自己心田里所培养出来的那种抗击风雨的能力、实践创新能力、团队协作能力才是孩子健康成长的七彩阳光;才是孩子健康成长最为关键的内部基因。

我们做老师的，应该相信自己的学生!他们在健康成长的道路上是需要不断的磨合、不断的洗礼，因此，我们老师需要有一颗足够大的耐心，对学生健康成长道路上出现的小问题，绝不能视之为洪水猛兽，应该用一颗平常的心态去关注它，给他们足够改正错误的机会，绝不能迎头棒喝。

其实，孩子读书时代是应该接受教育的时代，也是一个容许学生犯错误的时代，不经过风雨洗礼的大树，是绝对长不成参天大树的，不经过三九严寒的蜡梅，是绝对没有沁人心脾芬芳的。如果我们老师都能够从这方面考虑，我们对学生犯错就会有一个清醒的认识，我们就会在教育学生的时候，不再认为靠父母、老师两面"夹击"才会产生好的教育效果。我们就会在教育孩子的时候，力避有伤孩子自尊心的教育手段，而会用一些比较理性、宽容的、充满无限大爱的方式来教育我们的孩子。正如一位大教育家所说：我们要把孩子平时犯的错误放在嘴边上，要把孩子的优秀成绩写在日记上。

因此，我们老师要不断开发教育孩子的潜能，"淡化"学生的错误，"牢记"学生所取得的成绩，这样我们才会在纠正孩子错误中见到非常显著的成效。我们不怕孩子犯错误，我们也不要"随随便便"地把学生的父母亲请来学校。如果真要父母亲参与，我们不妨就在电话里面交流就足够了。

当然，老师和家长的沟通是必要的。我认为，这种沟通最好是在学生"犯错误"之前，这样的沟通往往会更好地融洽老师、家长、学生三者之间的关系，更进一步拉近三者之间的距离，更加突显沟通的实际价值，更有利于学生的健康成长。

在我从教的二十多年当中，我知道还有些老师，自己想偷懒，往往会把自己认为很难处理的学生之间的矛盾、把自己应该担当的责任转嫁给这些学生的家长。当然，我在这里并不是说在处理学生之间的矛盾不需要学生的家长参加，而是，说我们的老师应该在教育学生方面牢记自己身上所承担的责任。

我们应该知道，这些农村学生的家长，他们大多数没有读过几天书，他们在家庭教育方面的素质要远远低于我们学校的老师。他们在处理自家孩子问题的时候，往往是一些简单的、粗暴的、不分青红皂白的、传统的家庭教育方法——体罚。这很容易把细小的矛盾升级为复杂的、难以消化的大矛盾，给自己和孩子造成不必要的损失，很容易让孩子的心理造成难以愈合的创伤，使孩子的进取心受挫、自尊心锐减，更有甚者，有些孩子自从被家长"体罚"过后，觉得自己的颜面尽失，在同学面前抬不起头来。于是，这些孩子很快就走上了自暴自弃的道路。这样一来，这些学生原有的学习激情、学习动力也就很快丧失殆尽。

因此，我建议我们家长不要体罚孩子，我们老师也应该尽量少让孩子家长到学校来处理学生在学校所犯的错误问题，多给孩子留一点自尊，减少家长在家庭教育中的思想压力，多为孩子的健康成长留下一片纯净的天空。

据我所知，我们周边有些学校班主任老师，由于在处理学生"犯错误"的小事情当中，由于方法不当造成几起悲剧，确实让人感到触目惊心。

有一个学生，他在学校成绩非常优秀，平时学习也非常用功。一天下午，他因为一件小事和班级同学发生口角，导致他和同学打架。这位同学班主任知道后，非常生气，认为他是班级的优等生，应该好好地教育他一次。要不然，很有可能蔓延为恶性事件。于是他立即打电话告知他的父母亲。很巧他的父母亲出远门，要晚上九点钟才能回到家。但是，这位班主任没有因此作罢。而是强烈要求他的父母晚上十点钟之前赶到学校来处理问题。

当这个同学父母亲赶到学校的时候，已经是晚上十点半钟。这个学生看到因为着急而憔悴不堪的父母亲，觉得自己太对不起自己的父母亲，无脸见自己的父母亲，因此，这个学生一时想不开，便从六楼上一跃而下，当场死亡。

顷刻，献血染红了学校绿色草坪。父母抱着死去儿子捶胸蹬足，以头抢地。很快，父母、老师、学生的眼泪淹没整个校园，前来采访的记者不忍将镜头对准孩子的面容，前来救护的医生也禁不住失声痛哭，因为，这朵美丽、馨香醉人、即将怒放的花蕾，在满眼缤纷的春天里凋零了。

如果你目睹白发送黑发的场景，那你肯定会为那撕心裂肺的恸哭而深深震撼。母亲不住地用头撞击儿子的"小木屋"，一心想把儿子从木屋中抱出来，好仔细看看儿子远去的笑容，但一切都为时已晚。

其实，近几年我从报纸杂志上了解到这种类似的悲剧时常发生，不少学校成为社会攻击的靶子。因为这种不应该发生的悲剧，已经在社会上造成很多恶劣的影响。因此，我在这里再次希望我们广大教育工作者一定要以此为借鉴，遇到学生犯错误，一定要冷静、理性、克制，要多方寻求解决问题的良策，多从孩子的内心世界出发，多给孩子一些人文关怀，努力使教育孩子的天空更蓝、更美。

我在前面已经提过，老师和学生的家长面对面进行交流是必要的，但是在学生犯错误的时候，我们老师当着很多学生的面或者当着很多老师的面和学生父母进行"交流"，这本身就带有渲染夸张气氛，很容易让学生、家长产生一种"无地自容"的感觉，这势必给学生以及家长造成一定的心理伤害。

作为学生总不希望把自己的缺点错误让"很多人"都知道，让所有的学生老师都在背后议论自己的言行；作为老师，你这样做目的是要求学生改正错误，而不是喧嚣"教育孩子的气氛"；很多学生为什么不能按照你所设定的轨道走下去，就是因为学生们总希望自己在改正错误的时候，没有过多的思想包袱，没有过多的行为牵制，这样，他们才会在自己改正错误的道路上，愉快地接受老师的指导、同学的帮助、父母亲的建议，很快把自己的主要精力用在学习上。

我们国家很早就三番五次禁止体罚或者变相体罚学生，防止这种严重伤害学生自尊心行为的发生。可是这种禁令它的实现率却是相当的低。体罚学生和"挖苦"学生对青少年的健康成长是不利的，可是为什么校园里却屡禁不止呢？这里面的学问很大！我们可千万不要认为教师体罚学生就是百分之百为学生好！

我认为，体罚学生和挖苦学生只能使学生对实施体罚的老师产生莫名的恐惧，从而使孩子的心理容易产生一种对学校教育的逃避心理，而我们这些实施体罚的老师从来就没有对这些受到体罚的学生做过一些必要的跟踪教育，也没有对这些学生的心理健康做一些有益的辅助教育，因此，我们这些实施体罚的老师就缺乏对自己实施的体罚作客观公正的评价，从而，这些教育方法只能对那些犯错误的学生起到暂时的收敛效果，绝对起不到持久的教育效果。

去年，我根据县教育局、学校领导的要求，对学校的流生进行家访，希望这些辍学的学生能够在我们家访的过程中改变自己不成熟的行为，能够重新回到我们的学校读书。可是我走访的二十二名流生中，百分之八十以上的学生不愿重新回到温暖的学校怀抱中，问其原因，基本上都和老师体罚或者变相体罚有关，很少因为家庭经济条件困难，而导致辍学的。

有一位流生讲得非常可怜，他说："开学不久，我就是因为不能按时完成课外作业，被任课老师狠狠地抽了一个耳光，我的心冰凉冰凉的。因为我在学校的表现一直不错，学习成绩也不差，我也希望自己能够在读书方面取得成功，可是老师竟然当着全班同学的面，把我抽得满脸发火。我觉得老师真是太过分！我觉得我的自尊心都被老师的一记耳光击得粉碎，我的颜面也被老师打得丢尽了！因此，我无奈地选择了辍学。"

还有一位更可怜，他说："老师，我是多么喜欢读书，可是，我看到班里很多同学被老师罚跪，他们不愿下跪，就被老师用脚踢，用棍敲，我的心就像被针乱刺一样，连精神都要崩溃似的，我没有办法，只有选择辍学。"

当我回到学校和一些老师进行交流的时候，我们有些个别老师还振振有词，现在的学生，非常难管，如果你一开始不用体罚给他们一个下马威，让学他们对你产生畏惧，你是很难驾驭这些学生的。并且还有随声附和着的老师，特别是那些年轻的老师，在一些老教师的怂恿下，更是跃跃欲试，都希望通过体罚把学生征服过来。

真是可悲！可叹！可怜！

尽管，我也知道体罚教育在帮助学生改邪归正方面也有一点"功劳"，但是现在我还是要对我们的教育工作者说，我们在教育学生的时候，我们的老师还需要学会忍耐，要高抬贵手，不要使用体罚或者变相体罚。

因为这种教育必定是伤人自尊的，必定会给学生留下后遗症的，必定会让学生有逆反心理的，如果我们去采访所有的学生，说他愿意不愿意接受体罚教育，应该可以这么说，应该有百分之九十九的学生都是持否定态度的。

我们想一想，一个与学生观念不一致、容易让学生产生厌恶的教育；一个与学生希望的结果产生分歧甚至是与学生的愿望背道而驰的努力，又怎么能会产生良好的教育效果呢？因此，我们教育工作者，在实施教育的过程中，一定要找准学生产生错误的根本原因，发挥我们的聪明才智，选准实施教育的突破口，彻底摒弃那些过于简单的教育方法。也只有这样，我们才能在教育的舞台上，留下我们精彩的人生，显示出我们独到的"教育智慧"，才能真正从源头挡住那揪心的一跃！

五十二　没有策略爱得再深都不会感到温暖

　　提到体罚，我想起了我们学校一位德高望重的老校长。他在教育那些犯错误而且屡教不改学生的时候，他的教育方法很特别、很受用。我认为他的得道教育经验应该在我们教育界大力推广，让我们的家庭教育和素质教育渗透无限的关爱。学校老校长能够用无限关爱之情在受教育者内心深处埋下非常珍贵的感恩种子，从而使受教育者产生改过自新的动力和激情。

　　我们这个学校虽然校规森严、校园内高墙林立，可谓是全封闭管理，但是学校内极少数的调皮学生对"高墙"内的学校生活感到单调、枯燥。因此经常有一些调皮学生上过晚自习以后，趁着夜色，越过高墙，到学校外去上网吧、逛游戏厅。学校里这位老校长是一位心地非常善良，他了解了情况后，决心要改除这种散漫的局面，但是他又不希望采取简单的体罚使那些调皮学生的自尊心受到伤害。因此，他苦思冥想，终于想到一个高招，让学校内的调皮学生不敢再犯。

　　他的做法是这样的：有一天，他看到有一位调皮学生，趁着夜色，偷来一个小凳子，放在墙下，一个上窜，很快翻上墙头，这位老校长不动声色，等到这个调皮学生翻墙之后，他才出现在高墙下。他知道这个调皮学生之后肯定又要从这个地方翻进学校内，因此，他就把这个凳子挪开，而自己却趴在那个地方，等那个调皮学生归来。

　　这个老校长一直在那里趴着，几个小时过后，只听"嗖"的一声，有人从墙外翻到墙上，并且从墙上朝这位老校长的身上一跃而下，正好踩在这位老校长的身体上，这位老校长并不声张，站起来走到早已吓坏了的调皮学生身边，问寒问暖，嘱咐他，现在寒冷冬天，出校门容易着凉，并且老校长不用眼睛去认识这位调皮学生是谁，让他径自离去。这位调皮学生从这件事深有感触，决心与过去诀别，决不再犯类似的错误，不辜负老校长的良苦用心，潜心读书，发奋努力，终于在几年过后的高考中，以优异的成绩考上南京大学，并且现在成为我们家乡远近闻名的南大博士生。

我们从这位老校长教育调皮学生的方法可以看出，教育的天性要富有爱心，正如有一位教育专家所说，没有策略，爱得再深都不会感到温暖。所以，我们在对待学生犯错误，我们首先要多动脑筋，一定要给学生多留一点自尊的空间。如果方法简单，那你所付出的劳动就会付之东流，这不仅对学生无益，还容易伤及自己的身体。教育是不需要空洞的说教，更不需要太多的唠叨，有时候一个抚慰的动作，却能够激发学生内在的巨大潜能，并且还能够使学生的头脑反省复苏。

教育需要因地制宜，不能千篇一律，但是我们老师不管在实施什么样形式的教育，我们都要用一颗诚挚的爱心，去感化学生，不要肆意践踏学生的自尊，不要婆婆妈妈地向学生灌输一些隔靴搔痒的大道理，多向这位"得道"的老校长去学习，才能在教育学生方面水到渠成，才能使自己的学生都朝着健康幸福的方向稳步前行，使每一个学生都能够成为国家的可造之才。

另外，我们老师绝不能在处理学生过错的时候，带着个人的成见，甚至带着打击报复的心态故意去整自己的学生。

关于这一点，亲爱的读者，我说这些话绝不是危言耸听，因为，我知道有极少一部分老师心理不健康，把孩子犯错误当作有意在刁难自己，有意给自己找麻烦，有意在学校领导面前给他出洋相，于是，他对学生的教育，不再是一个老师对学生的爱心教育，而是用来发泄个人私愤的"皮球"。

这些老师在教育"那些"学生的时候，往往体罚的深度都是有一定的"痛"度，很容易使学生受到不同程度的外伤，甚至有流血现象。对于这样的教育，学生永远都不会在心里佩服自己的老师，相反，他的惩罚很容易在孩子的内心深处产生永久性的伤痕。

学生由于年轻，力量与一些成年的老师相比较弱一些，在"摔跤"上根本不是老师的对手，加上整个校园所有的"真理"都是掌握老师的手里：不管学生的行为有多"正确"，学生永远都是错误的制造者，都是真理的无缘者，永远只有被"打"的份儿；不管老师的行为有多么的欠妥，老师打人有多的不应该，老师永远都是教育真理的化身，永远都是打学生的主动者。

按道理说，学校是个说理的地方，可是这里有时也会出现"有理讲不清"的现象。我们的"先生们"，你们一定要知道，这些学生虽然现在还不是你的对手，他们可不是一个头脑简单、四肢发达的动物，而是一个有血有肉的万物精灵，他们会把你们老师那些不妥的地方，牢记在内心。而这些牢记在学生心中的这些怨气，它不是什么容易变质腐烂的东西，而是一颗颗暂时没有发芽的种子，只要他们离开学校、走上社会，这些带着体温的种子就会在一些适当的时机，破土而出。

虽然，这粒"种子"，往往不会给我们老师带来太多的麻烦，但是他们会在一定的场合，给我们老师难看；在某些大场合，叫我们有些老师下不了台。当然，这粒"种子"除了在老师身上发泄外，他的"怨气"还会辐射到社会深处，给很多无辜者带来意想不到的伤害……

这些看上去"很自然"的打击报复，如果我们教育工作者能够努力去研究这些"叛逆"的现象的根由，那么我们就会发现，这些看似报复的行为往往是我们老师由于自身的缺点和不当的教育方法造成的。当然，这些学生也有感恩心理，只不过他们的感恩心理已经被那些"强大"的报复心理所湮没。

我记得，有一位教育专家，在研究希特勒的时候，他发现希特勒为什么会对犹太人那么深恶痛疾，原因是希特勒在上中学的时候，他的老师是一位犹太人，曾经和他有一点"小过结"，这便在他幼小的心里产生难以磨灭的伤痛，于是这种伤痛，便在后来恶化成为：他对像他那位老师一样的人种都产生了不共戴天的厌恶情绪。结果，他给全人类带来深重的灾难。当然，我认为这种观点，有点牵强附会，但是，这种观念却能够给我们教师敲响了体罚学生的警钟。

现在，万宝强对眼前女儿班主任这种处罚学生的方法，虽然有一点看法，但是他是一个非常知书达理的人，绝对不会在这样公众场合给人难看，他尽可能找一些礼貌性的语言来和谐气氛，尽量让对方的心里平和下来。

为更好地解决问题，为了最终把这些"皮毛小事情"化解成为空气，不再在各自的心里产生一些不必要的反面影响。因此，万宝强不管班主任老师怎么说，他都顺着班主任老师的"毛"吹，努力使这次特殊的"家长与学校"的交流朝着友好快乐的方向进行。

万宝强也知道班主任老师毕竟是为自己女儿好，他同每一个学生都是无冤无仇的，只不过是在教育方式方法上有点偏左罢了。同时，他认为班主任的"变相体罚"教育并不是一无是处的，它对班级有些同学还是起到一定的积极作用。据我所知，他班级的学生，见到他就像老鼠见到猫似的，对他毕恭毕敬；他班级的老师上课，学生很遵守纪律，往往会出现奇特的安静。这一点，往往让很多年轻的班主任，惊艳不已。

但是，他没有考虑到任何教育方法都有它适应的人群，也有它不适应的人群。万宝强女儿乃是他"变相体罚"教育中最不适应人群中最突出的代表。

万宝强认为，如果班主任在开始实施"变相体罚"过程中，能够及时发现错误，并且能够积极采取必要的变通方法，改变一下自己教育学生的方式，那么他在教育方面就不会出现今天这么"严重"的后果。

万宝强不能用完美这个词语来"赞美"女儿的班主任老师，因为，班主任老师也毕竟是一个县城中学的高中老师。他的敬业精神还是值得年轻老师来学习、来追捧的，但他绝对不能用简单的教育方法来处罚学生。要知道这些学生，可是经过中考严格赛选出来的"小宝贝"。

因此，万宝强认为，在教育舞台上，做一个普通的老师很容易，如果你要努力做一个杰出的教师就不是那么容易的事情了。他不仅需要丰富的学识，同时还需要一个善于变通的教育思想。

如果我们深知自己是一个普通的老师，而满足自己的现状，不思进取，那么我们就是一位不称职的教师；如果我们对学生教育的时候已经知道自己教育方法出现错误了，我们仍然不知悔改，而且继续在错误的道路上越走越远，那么我就会认为这是我们老师的可悲了。

我们应该知道学生也是人，他们也需要一个成长的过程，如果我们老师知道自己在教育上已经出现很多红灯了，仍然不愿去钻研业务技能，仍然在平庸的麻将桌上、刺激的游戏中寻找最低级的乐趣，这就不再是可悲的问题了，而是最可恨的事情了。

其实，我们老师身上所承担的责任是巨大的，我们的工作不仅仅关系到学生的健康成长，还关系到社会的进步、一个国家的繁荣昌盛、一个民族的兴旺发达；我们的每一个微笑、每一个手势、每一句话，都有可能成为学生健康成长的阶梯，相反，也有可能成为学生健康成长的障碍。

如果我们的老师都能够认认真真地反思自己每一天所扮演角色的成败得失，并且不断完善自己的教育行为，规范自己的一言一行，我认为，不管你现在教育教学水平有多低、你在教育界所处的地位是如何的谦卑，我相信你的"教育"明天一定会绽放出耀眼的光芒。

今天，万宝强对班主任老师教育方式只能是表示"理解"，而对自己女儿在班主任老师这种不思变通的教育中所承受的痛苦则感到无比的惋惜。因为，他知道女儿如果在老校长这样教师的教育下，是绝对不会发生这么多烦恼事情的。

想到这里，万宝强感到身上的担子沉重了许多，为自己以前没有走好的教育之路惭愧，为自己不能更好地为孩子、学生服务而伤心。他知道自己的学生中也有不少因为自己教育不当而走上"不归路"的；他也知道自己的这种"自觉"已经成为迟到的"爱情"。他觉得自己现在唯一能够弥补这些过错的，就是在自己的本职工作中，发奋努力，多去借鉴那些先进的教育理念，多向魏书生、李镇西、秦德林等当代教育家学习，把自己教育教学能力提高到新的水准，为中国教育春天的到来贡献自己的满腔的热血。

现在，万宝强感到一丝安慰的是：自己还年轻，四十刚出头，未来的教育之路还很长，只要自己能够牢记教育之道，多向老校长学习，多为学生的长远利益着想，多用自己实际行动来弥补以前教育的不足，就可以迎头赶上。

万宝强认为自己只不过是当今教育战线的一分子，教育的春天是需要鲜花、绿草、鸟语、细雨等共同打造的；他也知道"一枝独放不是春"的道理。因此，他多想通过自己的努力，来唤醒教育的良知，让更多的教育工作者，走出真空的"小作坊"，回归教育的本性，让更多的受教育者，接受更多的阳光、雨露、风霜的洗礼。

他知道这种革新的思想，现在已经在祖国的大江南北的上空"弥漫"，但是，由于我国农村教育积垢太重，现在很多教育新理念只能是"大风吹草帽"，很难有它生根、发芽的沃土。

面对如此境地，他仍然对中国的农村教育充满信心，他希望自己能够用自己微不足道的努力，来改变农村教育"陋习"，不愿做今天农村教育的配角。

我认为他现在的教育教学能力，还没有达到一定的"档次"，尤其他对女儿的教育，我更不敢恭维，就他目前的教育水平而言，他的教育水平只停留在"业余"的层次上：他非常理解自己的女儿，但是他又不能立即能够改变自己女儿已经成为天性的固执之心；他也非常理解班主任老师的教育方法，但是他又不能转变班主任老师一贯所坚持的教育"理念"。

我这里并不是说万宝强比他女儿班主任在教育方面有什么高明之处，我只是向我广大的读者陈述一下他可贵的教育变通思想。因此，我始终认为一个优秀的老师和普通老师在本质上并没有太大的差别，只不过在教育理念方面存在着一些差别，他们之间绝对不存在什么难以逾越的鸿沟！如果普通教师都能够放下自己高贵的架子，善于听取别人的意见，学习别人的教育长处，变通自己的教育理念，并且在先进的教育理念的指导下，不懈努力，我相信任何一位普通的老师都能够成为一个出类拔萃的人民教师。同时，我也坚信在素质教育的舞台上，没有策略，爱得再深也不会感到温暖。

五十三　原谅失败者之心，注意成功者之路

在万宝强的潜意识中，女儿高二时候的班主任算是一位很懂教育规律的老师。当万宝强在教育女儿遇到几次碰壁以后，他更加崇拜女儿高二时期的班主任老师。他认为如果这个老师能够继续担任女儿高三的班主任，那今天所发生的一切发霉发酸的事情，肯定不会发生，女儿的学习成绩也不至于倒退到今天这个地步。

这个时候，万宝强对女儿能不能考上二本心里都没有底。我们做教师的都知道老师教育理念不同，他们所培养的学生所产生的结果肯定不一样。因此，为师者一定要潜心研究教育教学方法，不能把遗憾留给学生，同时也不能把遗憾留给自己。

有时候，我常想为什么有些老师会变得"如此的平庸"，而且他们却自认为是"非常的高明"。原因很简单，他们永远是站在高山上看别人，忘记了自身的"本原"。喜欢把微风吹小草的事情当作天大的事情来做，结果折腾了"微风""小草"不算，连自己也感到身心疲惫。古人言："庸人自扰。"同样"庸师自扰"，在教育行业当中，这"定律"也是非常适用的。

现在学校有不少老师认为，作为学生必须完全服从老师的教育。老师叫你不要迟到，你必须提前到校；教你去打扫卫生，你就必须要把指定的卫生区域打扫得干干净净、整整齐齐。不然的话，你就不是一个好学生，你就更不会有好成绩的。

用这种逻辑评判学生的得与失，这是很多学校、很多老师普遍认可的方法。他们心目中没有辩证的教育观念，没有矛盾的统一、全面观念。老师教育学生，老师开口都是真理，学生开口就是狡辩；老师的一言堂就是合情合理，学生稍有一点反对的情绪，老师就会火冒三丈。老师可以坐着批评学生，学生只能站在一旁，毕恭毕敬地听老师的教育道理；老师可以拍桌子使拳脚，学生只能是低声下气地唯唯诺诺。否则，学生就有欺师之嫌，就有大不敬之罪。我们试想一下，在这种教育环境中，自由、平等、民主等素质教育思想又怎么能生根、发芽、抽青、开花、结果？

比如：学生上课迟到，它是有很多原因造成的。如果我们教师不问青红皂白，对学生随意处罚，那么就很容易造成师生的"对立"情绪。现在大多数学校课时抓得紧，晚上学生做作业的时间太长，学生睡觉迟了，早上懒睡了一会儿，迟到了几分钟，我们大可不必与学生"斤斤计较"。我认为，作为老师就应该多体恤孩子学习的艰苦，多用一些仁慈的眼光来看待这件事情，绝不能采取简单的教育方法，横加指责，应该多指导学生在学习上合理地使用时间，正确地处理好学习与休息之间的关系。

如果学生还是调整不过来，那我们老师就要考虑学生的实际情况，在不影响学生整体利益的情况下，给予多多的宽容，绝不能青红皂白滥施惩罚。

我们做老师应该非常清楚，越是大考来临的时候，我们学生的压力就会越大，我们老师在这些时候，就更不能对学生施加任何压力。考前学生能够有一个非常平常的心态，一个宽松自由的环境，一个较为理性的教育氛围，这比任何老师的辅导都很重要。因此，我认为这个时候老师行使批评教育权利的时候，"文字"教育是上策，"手势"教育是中策，"婆婆妈妈"的说教乃是下册；如果在这个时候再去对学生实施体罚，我认为这是下策中的下策。

所以我们老师在学生大考前期，一定要注意自己教育方式方法，要多理解学生，多给学生一个"下坡"的机会，力避蛮横的批评，禁止使用"体罚"和"变相体罚"。这样，我们老师不仅放松了学生，而且也给自己的"美丽心情"放假了。

我们教育队伍中，也有极少一部分教师，喜欢在批评学生过程中找乐；喜欢在批评学生的时候，发表你所谓的高见，强迫学生接受你的主张，强迫学生听你的一家之言；喜欢拿学生当作"习武"的靶子，以此来炫耀自己的"文治武功"，并且把这些当作在学生中树立威信的手段。我想，这种人是不配做人民教师的！

万宝强学校有几个非常严厉的老师，他们都是靠自己独特的武功来制服学生的。学校的学生不管是新生还是老生，没有人不认识这几位严厉老师的。只要学生一听到这些老师的名字他们都会情不自禁地浑身发抖。这些老师班级的学生一个个都是相当温顺的，课堂发言的时候，他们都是把声音压得低低的，很怕在回答问题的时候，出现差错。

其实这些老师平时的心情都不错，只不过是在教育出错学生的时候，往往难控自己的情绪，把学生当作一棵不动的大树来体罚，结果这些老师的名声就被广传出去，全校的学生都被他们"英雄事迹"所"感染"。

你如果在这些班主任老师所在的班级任教，课堂的纪律那真是绝对的"好"，只不过学生的成绩往往是非常的平淡，很难有一些出类拔萃的学生。如果要有智商突出的学生，就会因在这样的班级中受到精神上压抑，从而得不到施展才华的机会，逐渐沦落为平庸之辈。即使这些学生有较强的抗"酸碱性"，他的能力也会被时间打磨成为没有半点特色的平庸之流。这是当今农村教育中的"巍巍奇观"！可是，我始终不赞同这样的教育。

　　所以，在万宝强眼里过分严厉的老师绝不是一个好老师，更不是一个优秀的老师。有人说他太固执，太不理解做老师的心情了，但是，他对这种评价总是"一笑而过"，因为他始终认为，全天下所有的人都不喜欢整天板着面孔说教的人。

　　人们常说，严是爱松是害，严厉可以使学生产生对老师的敬畏，可以使学生不敢在教室里大声喧哗，可以使学生不敢对老师有任何"不恭"的行为。也就是说老师应该具有一定的威严，最好是"威尔不露"。这个观点我也赞成，但是，你们不要曲解我的意思。我否定过分严厉的老师，并不否定一个正常严厉的老师。因为过分严厉的老师，他们往往能使学生的内心产生一种惧怕的心理，能使学生在学习过程中蹑手蹑脚、唯唯诺诺，孩子的学习积极性将受到严重的压抑，学生的进取心态被无形的双手阻难住，学生这棵具有一定潜质的"禾苗"，就会始终在"威严"的寒流里面，受到"不科学"的待遇，很难遇到"温暖湿润"的春风沐浴，所以这些教师的学生，往往会在教育过程中变得"发育迟缓"。

　　现在，很多学校都喜欢把那些最严厉的老师，放在班主任的位置上，这种做法，我认为是相当有害的，学校是一个容许学生犯错误的地方，也是一个容许学生改正错误的地方，过分严厉的班主任，往往就会把学生正常的天性毁灭掉，让学生整天在老师设计好的圈子里面，围绕学校老师的指挥部木偶一样地学习、木偶一样的生活、木偶一样处理问题。

　　试想一下，在这种环境下成长起来的学生，他们的挑战精神、勇于实践精神、充分展示个性精神又怎么能生长出来呢?他们的创新能力又如何培养出来呢?况且这种最严厉的老师，大多数脾气暴躁，很容易把一些细小的问题升级，很容易把班级和学校引向风口浪尖上，不利于学校的远景发展。

　　其实，我在否定过分严厉老师的同时，我也否定过分温柔的老师，因为这种老师往往喜欢一味地迁就班级的那些调皮捣蛋的学生，使这些调皮捣蛋的学生犯错误的胆量越来越大，学生的正常自我约束能力不断弱化，正常班级纪律都很难维持，老师上课教学效率得不到有效保证，课堂上随随便便做小动作的学生大有人在，老师上课四十五分钟，正常要用十分钟用来维护班级的课堂纪律，所以这样的班级又怎么能形成良好的学习氛围呢？

　　这样的班级学生的个性虽然得到了最大限度的"张扬"，但是也把学生那些放任不羁的性格埋在"蓄意蔓延"的土壤之中了。所以，最优秀的学校老师，应该是一个"严""松"有度的老师。如果你是一位老师，你把握不住自己对学生的"严"度和"松"度，就请你多多在爱心上下功夫，因为付出的爱心，可以协调教育学生的"严""松"度。

　　先哲有言：原谅失败者之心，注意成功者之路。也就是说我们不要因一个人一时的失败而将他一棍子打死，既要给"犯错"的机会，也要给老师"犯错"的机会。我们要"认真"考察他们"犯错"的初衷是不是好的，然后决定能不能原谅；同样，也不要因一个人一时的成功而将他捧上天，要观察他能否善始善终，然后再做出最后结论，否则就可能"葬送"当事人的美好前程。我虽然不知道这句话出处，但是，我非常喜欢这句富有哲理的语言。因为它就是今天我们每一个教育工作者应该具有的教育智慧，就是今天我们每一个教育工作者应该具有的教育美德。

五十四　只有先明白教育真理,方能不断超越自我

　　人非圣贤, 孰能无过?因此, 我们做老师的千万不要把学生想得太坏, 学生毕竟是一个接受教育的弱势群体, 我们在学校的一举一动都应该多为学生的健康成长考虑, 我们老师应该是学生健康成长的引路人, 学生健康成长的服务者, 应该多在学生健康成长的方面反思自己的不足, 多去寻找一下能够适应学生健康成长的新途径, 多在培养学生的实践能力和创新能力上下功夫。

　　如果我们所有的老师都有了这样较为"质朴敦厚"的先进教育思想, 都能够得到这种"理想"的教育境界, 我们的学校、我们的家庭就不会出现这样、那样不愉快的闹剧, 我们这些老师就会得到更多学生的尊敬和爱戴。

　　有了这种"和谐"境界, 老师与学生之间的心理距离就会大大地缩短, 就不会出现相互闹别扭的尴尬局面, 就不会产生学生对老师那种敬而远之的情况; 有了这种"和谐"境界, 整个班级乃至整个学校就会出现相互融洽的师生关系, 就会产生一种比较宽松、比较愉快的学习环境; 有了这种"和谐"境界, 我们老师与学生之间、我们老师与家长之间、我们老师与整个社会之间, 就会产生一种其乐融融的和谐关系, 也就不会发生家长、孩子、老师之间种种不愉快的事情, 那家长、老师也就会受到所有孩子的尊重和爱戴。

　　我敢断言, 如果班主任、老师能够有这样的敬业精神、这样的"仁

慈"心态,他们一定能够在现代教育舞台上,成就一番了不起的事业。我们试想一下,一个学生在这样轻松愉快的环境中去学习,去为自己的理想去拼搏,那产生的学习效果,肯定是非同寻常的。

当然,我们也不能把话说绝了,如果一个班主任对班级的学生迟到、不能按时完成作业不理不睬,那也是一个不称职的老师。因为现在有些学生,在家娇生惯养,父母亲更是任凭孩子使性子,孩子把床"绑在肩膀头上"、把学习当作可有可无的"摆设"也不管不问,对于这种情况,我们做老师的就应该"另当别论",就应该积极与家长沟通,对孩子严格管教!

对于这种情况,我们不仅要向学生多施加压力,还要多与父母亲配合,使这些顽皮的学生认识到,在这种竞争比较激烈的时代里,应该克服懒惰的心理、把自己的主要精力都放在学习上,勇敢地向前闯。不仅如此,我们家长、老师还要多给这些学生提出克服懒惰习惯的指导性意见,多去激发学生战胜困难的勇气,让学生明白流连眼前"舒适安乐"的生活,只能毁掉自己的美好前程,只能成为时代的"殉葬品"。如果我们老师能够用这样的沟通方式,这样的教育思维,去引领我们的学生,走出人生的低迷阶段,那一定会大有收获的。

万宝强女儿所在的县城中学,要求学生每天只睡四至五个小时。如果我们做老师的再因为学生因多睡了几分钟而去责怪他们,那我们做老师的是不是未免有点太过分了?也许你作为班主任,觉得班级出现学生迟到现象,不利于班级的管理,就应该对迟到者从严处理。对此我只能深表遗憾。

但是,我认为只要学生在这方面做得不过分,只要不影响整个班级的形象,只要不影响这个学生和其他学生的学习,我认为此时手下留情,多去对学生进行一些身心方面的关爱,这个学生反而会痛改前非,反而会用佩服的心情来感激你、敬重你。这要比你简单的体罚或者变相体罚要高明得多、要高效得多。

如果一个学生能够对老师产生敬重，产生感激，他就会在内心产生一种无穷的动力，把老师的话当作"圣旨"，把老师规定的一些制度当作自己日常生活中信奉的戒律，就会把自己的偶尔"迟到"现象，当作鞭挞自己的动力。这种动力与激情所起到的作用，应该比老师直接的批评、直接的体罚所产生的作用，要高强很多倍。

万宝强女儿的班主任，他所信奉的教育方法、着力点不是在如何使学生从内心产生感激的力量，而是希望用严厉的惩罚到达教育学生的目的。对于这样的学校教育，万宝强从内心深处总有一种"不以为然"的感觉。

最近一段时间，万宝强女儿经常放晚学以后还要学习到深夜一点多钟。她在这种情况下迟到，班主任不但不去安慰她，反而用一种罚站的教育方式让她在寒风中饱受很多班级学生轻视的眼光，这已经严重挫伤了她可怜的自尊心。她深夜看书学习，这已经表明她已经在承受来之高考的巨大压力，她已经把自己人生目标，定到了自己难以企及的高度上，她的自觉性已经成为一张拉满张力的弓，这时候，她最需要的是人给她减压，可是，我们班主任老师，偏偏在这个时候，又给她已经拉满张力的弓增加了一份很大的"压力"。

我们想一想，她没有被高考压力击垮这已经证明她够坚强。我要说，万宝强女儿是一只绑在高考战车上的小羔羊，她实在是太可怜了！如果老师在这种情况下对着这个已经疲惫不堪的羔羊奋起扬鞭，这是不是有点太残忍了呢？

此时，我不仅仅觉得万宝强女儿可怜，同时我也觉得自己可怜，甚至还觉得我们今天农村教师也是太可怜了！但是，我可怜今天农村教师，不是他们的"身心疲惫"，而是他们对教育"真理"的无知。

著名教育家陶行知先生曾经说过：千教万教教人求真，千学万学学做真人。道出了教育的本质——"真"。"千教万教,教人求真"就是说教师最根本的教学目标在于教导学生追求真理;"千学万学,学做真人"就是说学生最根本的学习目标在于学习做个真诚的人。总之,他告诉教育工作者,教育的根本目标就是:用一颗真诚的心,去追求人生的真理。

可是,现在有些教师,他们的教育目的,是建立在金钱之上的。说来好笑,就在万宝强学校,发生不少感到很可笑的事情:前几年,县局要求教师到外地参加优课比赛,学校不管如何动员,老师都无动于衷,最后只能由领导高压让某某老师去,即使这个老师去参加比赛了,也是一肚子的委屈:"学校领导,就是看我好欺负!"

几年过去,县局政策进行大调整,教师要上高一级职称,就必须参加县级以上优课比赛。这样一来,参加县级以上的优课比赛活动就成为学校的"香饽饽"。有的教师,为了争取参加县级以上优课比赛名额,真是"机关算尽",托哥哥、拜姐姐,可谓是"风景迥异"。更感到不可思议的是,有些农村学校为了避免教师之间闹矛盾,竟然采取"抓阄"的方法,来解决争端……

按照常规,学校应该推荐最优秀的教师去参加县级优课比赛,可是,在今天的功利教育面前,这种美好的愿望,只能成为镜中花,水中月……

万宝强女儿曾经为迟到、不能按时完成课外作业问题与自己的爸爸万宝强交流过几次,而每次交流都流露出对班主任老师罚站表示极大的不满,她认为与其迟到被班主任老师罚站,还不如自己在上学路上多看一会儿书。万宝强对女儿这种逆反心理表示震惊,他苦苦地说服女儿不要和老师闹别扭,要尊重老师。

可是不知怎么回事,女儿偏偏是着了魔似的,就是不听万宝强的劝阻,大有让班主任老师改变初衷不可的意味。而这个班主任老师也算是一个"铁骨铮铮"的汉子，明知这种教育行不通，可是他又不愿意为此而改变自己所立的规矩。他强调全班同学要对他的"威严"尊重，而尊重他的"威严"就是不折不扣地遵守他规定的班级制度。万宝强的女儿偏偏不是一个他所要的那种比较"温和顺从"的学生，而是这个班级的"菱角"，因为，她对这个班主任老师产生了非常抵触的情绪。

在这种情况下，万宝强女儿心理开始扭曲了：班主任老师越叫我不迟到，我偏要迟到；爸爸妈妈越叫我早起床，我偏偏睡懒觉；你们让我生气，我偏偏也要你们生气；你们叫我没有好心情，我偏偏叫你们睡不好觉。这样一来，孩子、家长、老师都变成了一个个"被愚化"的敌人。这种相互敌对的情绪，它比最恐怖的原子弹的杀伤力还要强！它的破坏性，那是千言万语都无法说明的！

万宝强的女儿在这种教育方法面前，不是寻找适应老师的教育的途径，而是去寻找与老师相抵抗的方法；不是去寻找与老师、家庭相融洽的途径，而是去寻找制造学校和家庭矛盾的"火药桶"；她根本就不按照老师和家长的要求去克服自身的缺点，而是独辟蹊径去开辟与老师、家长不和谐、相矛盾的道路。

"你不是喜欢罚站吗？我偏偏就教你罚不到我！你不是喜欢把鸡毛大的小事都要让我父母知道吗？我就偏偏让你明白就是父母天天到你那里都不会改变我不迟到的；我就是要和你们对着干、拼到底！你不是喜欢鸡蛋里挑骨头吗？我就是要你对着鸡蛋干瞪眼！我一定要你在我面前成为泄气的皮球！你让我四面受敌，我偏偏让你八面遭殃！总之，你想通过体罚我来达到某种目的，我就偏偏不信这个邪，偏偏让你不成功。"

我们想一想，在这种冒着火药味的教育环境中，培养人才，那是一件多么困难的事情！应该这么说，不要说像万宝强女儿这等"智商"的学生，就是比尔·盖茨这样的人才，在这种苦苦相逼的教育环境中，也会失去天才的灵感,失去成为优秀人才的机会。写到这里,我多么想对同行们说句心里话:学生的健康成长,我们作为老师,在推行你的教育思想、你的教育方法时候,一定要知道这些思想、这些教育方法对学生们产生的作用应该有多大,它们有没有较大的杀伤力,如果对孩子教育产生不了积极作用的,一定要杜绝推行。

因此,我再敬请诸位同行,当我们看到学生犯错误的时候,我们一定要多加开导,多加慈爱,多加宽容,多去给孩子指明改正错误的道路。我们的执着关怀,对一个正在成长中的孩子来说是多么的重要!我们身上所承载的责任该是多么的巨大啊!它可以使一个平庸的人,引向成功的殿堂,它也可以是一个天才走向愚蠢的地狱。

总之,我们今天搞教育,只有先明白教育真理,方能不断超越自我。再说,这个世界上从来就没有一劳永逸、终生坐享的教育真知,如果我们的主观世界,不能随着客观世界与时俱进,抱残守缺、孤芳自赏,肯定痛苦多多。这样,我们的教育境界,又怎么能跟上时代的步伐呢?

五十五　抓得太紧连上帝都不会原谅你

　　"你以前喜欢晚上看书,现在就来一个八十度大拐弯,干脆来一个早起早睡,这样你不就迎合了学校和班级的规章制度了么?我们不就和班主任老师关系缓和了么?你不就成为老师心目中的好学生了么?你又何必跟老师、父母对着干呢?要知道你在学校不听老师的话,到头来吃亏的总是自己,我和你妈现在能做的,就是在生活上能够给予你帮助,至于你在学习上,我们实在是无能为力!"自从万宝强、杨建云与女儿的班主任老师交流之后,万宝强的女儿虽然没有说班主任老师是一个老顽固,但是她与老师、父母对抗情绪越来越多。有一天,万宝强心平气和地开导她,要她积极地来适应这种环境。

　　哪知女儿听了这些话,立即就火了起来,一贯温文尔雅的女儿竟然对着自己的爸爸耍起脾气来:"你们都说天天在关心我,又有谁真正了解我,有谁能够从我的角度去考虑一下呢?你就不能让老师改变一下教育方法吗?让老师来适应我的生活规律呢?你们都说这是为我好,那么你们为什么老是与我为难,给我设坎,天天跟我闹情绪,学校每天早上规定五点半到校,可是班主任老师每天都要求我们班级五点二十到校,这是为什么?班主任老师为什么不能冷静、设身处地为自己的学生考虑一下呢?你们每天上几节课,其余的时间都可以自行调节,你们与学生比起来要轻松很多,可是你们每天还在叫屈自己累得不行了!你们这个时候,为什么还是要给我们学生加压呢?难道我们现在学生身上的压力还小吗?我们高三学生，每天只睡五个小时的觉，你们为什么不去考虑我们累不累?你们为什么不去考虑我们轻松不轻松?如果你们在这种情况下，还要给我们施加压力，让我们气都喘不过来，难道你们非要把我们逼到悬崖边上吗?"

万宝强的女儿一口气说了这么多的话，就像多发炮弹轰炸在了万宝强的心坎上……

万宝强被女儿满腹的委屈所震撼了，眼角不由自主地湿润起来，他知道女儿身上所承载的压力真是太大了!他这个时候，才深深地意识到自己的女儿不是一个不知上进的学生，不是一个只知顽皮而不顾个人前途的孩子，老师和父母能够想到的学习和做人道理，自己女儿早已是心知肚明。

看来我们这些做父母的、做老师的在孩子面前所有的婆婆妈妈的说教，大多数是多余的废话，甚至是多余的噪音。我们家长和老师"种种不放心"的顾虑大多是多余的。

其实孩子到了高三时候，已经是比较成熟了，很多人生道理已经超越了我们这些做父母的了。看来导致女儿今天这个衰落的局面，很多不是孩子自己造成的，而是我们父母、老师强迫孩子做自己不愿意做的事情造成的;而是我们老师和父母在教育孩子的方法上存在"瑕疵"造成的;而是在引导孩子健康成长的道路上过分施加压力造成的;而是我们家长和老师过分地关心孩子造成的……

要知道当我们的关心过分的时候，我们的关心就是孩子身上一种多余的负担，当我们处处拿他们当成不懂事的小孩看待的时候，我们就已经在给孩子带来精神压力了;当我们在他们面前婆婆妈妈地向他们灌输教育大道理的时候，我们就已经在给孩子增加"思想"负担了;当我们面对他们繁重的学习压力，而无知地又给他们增加压力的时候，我们想一想此时的孩子还能有什么好心情呢?没有好心情又怎么能好好学习呢?

如果孩子没有好心情是一天两天，这些对孩子的学习影响还不会造成太大的影响；如果我们的无知持续在"每一天，每一刻"，那么给孩子造成影响，就可能对孩子造成"毁灭性"的打击。我们的老师，我们的父母你们能够体会到这一点吗？

"我说呀，你们这些做家长的，不知道如何去教育孩子，就知道每天在想如何去包庇自己的孩子，一味地纵容自己的孩子。现在的孩子，哪能由着他们的性子，他们想玩就玩，想睡就睡，想看电视就看电视，这样怎么能取得好成绩呢？外面的世界太热闹、外面的世界诱惑太大了！你们不去严格地管理他们，不去想方设法让他们多看书，稍不注意就会被外面的世界迷住了。这样又怎么能让自己的孩子考上名牌大学呢？你的女儿经常迟到、经常不按时完成作业、经常和老师唱对台戏，不就是一个'怕'字当头吗？如果你们再去听之任之，不要说考上名牌大学，就是连一个二本也是很难考上的！你们做父母的也不好好想一想，如果你们的女儿怕苦为难，连上课迟到都改正不了，这样的学生都能够考上好大学，那天底下的大学生还值钱吗？那大街上的大学生不就像走马灯那样热闹啊！"万宝强原打算把女儿近期思想变化与班主任交流一下，哪知女儿班主任却先在他面前像机关枪似的发起飙来，让他难以招架，因此，交流只好作罢。

万宝强再也不愿去拜见这位班主任了，因为，万宝强已经领教过这位班主任的厉害了，已经越发清楚女儿班主任的"牛气"和他的教育观念了。

其实，家长是学校教育与家庭教育重要的链接点，可是万宝强总觉得他是女儿学校教育与家庭教育中的夹缝人物。他一直对女儿的教育倾向于：自然、自我努力、自我加压，他不希望自己孩子就像整天背着一个沉重十字架的基督教徒。

万宝强认为任何刻意的追求都是有伤害性的，都会对孩子个人的健康成长带来一定的负面影响。

但是，当万宝强面对残酷社会教育现实的时候，觉得自己自然、平和、温馨的教育思想与整个社会"高压"教育存在着严重的分歧。因为，他也知道一个靠自己天性读书的孩子，是很难闯过现在高考那座"独木桥"的。

所以，他看到自己女儿每天忙忙碌碌、疲于奔命，在艰难"经营"自己学业的时候，他为女儿在学习上受到很多的委屈而感到无比的痛心；当他看到像他女儿的班主任那样的"勤劳、高度负责"老师的时候，他心里总有一种说不出的滋味。因为这些辛勤的老师，为了自己的学生在高考中能够脱颖而出，自己每天是披星戴月，全身心地扑在自己的教育教学上，学生犯一点错误，他们都要紧紧抓住不放，对孩子严加管教，他们对学生没有任何的"恶意"，心里只有一个信念为学生的未来着想，他们这种忘我的工作精神确实让万宝强敬佩；同时，万宝强也为他们付出的心血没有足够的回报感到沮丧。

万宝强深知班主任在教育学生方面存在不少欠妥的地方，但是他又不忍心去怪罪他。他不知多少次想"坐下来"与班主任好好地交流一下，可是，女儿班主任老师根本就听不进他的半点意见，总认为自己的教育理论是风行天下的真理。所以万宝强此时总觉得上前不好退后也不好，他不知道在教育孩子的问题上，谁是真正真理的拥有者。

明知山有虎偏向虎山行，万宝强从内心来说，他十分不愿意与女儿班主任沟通，但是，为了女儿的学习，他还是硬着头皮，在老师与女儿两头做起说客，尽量来缓和老师与女儿之间的矛盾。但是这种"强扭的瓜"，往往是"事与愿违"的。

他真正感到自己就像钻进风箱的老鼠，两头受气。结果女儿抱怨他：明知老师不对，又不能为她做主；班主任认为他：袒护自己的女儿，不支持学校的工作。

此刻，万宝强的内心感到万分委屈，自己从教这么多年，根本就没有遇到今天这么大的难题。

他多么希望这个班主任能够对自己的女儿高抬贵手，不要对女儿这么严厉，这么刻薄；他又多么希望自己的女儿能够委曲求全，做一回父母、老师都喜欢的"良民、顺民"，不要与自己的老师、父母较劲、动"真格"。可是万宝强偏偏没有那个才能，根本就不是一个做"说客"的料。

时间在一天一天地过去，而这个僵持的局面始终保持那种不温不火的状态。万宝强只能眼睁睁地陪着自己的妻子杨建云在等待"奇迹"的出现。

以前，杨建云从来不信上帝，也不相信有什么得道的神仙，但是从那以后，她就经常到县城那个山上的寺庙里抽签烧香拜佛，祈求天上和地下的各路神仙能够为自己的女儿多多指点迷津，希望这些高贵的神仙能够在冥冥之中能够帮助女儿摆脱眼前家庭、家校教育上的危机，能够保佑自己的女儿能够在高考中一举及第，考取国家名牌大学，为家庭、为自己、为老师带来更大的福音和荣耀。

万宝强听说离本地有五百多里的一座千年古刹，古刹里端坐着一位千年古佛，那里香火缭绕，善男信女络绎不绝。每天求签拜佛的人多达上万人，很多善男信女从这里得到真经。有病的：求签问药；有灾的：求签消灾。很多的高考学生家长来这里求签：希望自己的孩子金榜题名。这位古刹"大佛"，不仅能给这些善男信女预测未来，还能给这些善男信女消灾解难，因祸得福。所以去那里的人，遍及世界各地。

万宝强利用业务进修的机会，专程来到这座千年古刹跟前，在这个古刹里面为自己的女儿求得一签。由于里面开签的出家人要五百元钱，自己身上没有带那么多钱，只好非常"痛心"地失去高僧指点迷津的机会。

万宝强本来心想：来到这个千年福地，只要自己心诚即可，哪知道这个神仙之地，也要金钱开道，看来这个尘世间，爱钱的，不仅仅是凡夫俗子，连天上的神仙也是爱钱的，这是万宝强万万没有想到的！

万宝强为了表示对这座千年古佛的诚意，一般人在古佛面前只跪了十几秒钟，可是万宝强为了自己的女儿能够考上名牌大学，足足跪了两分多钟，并且在嘴里念念有词，心里默默地祈祷天上的神仙不要小家子气，高抬贵手，保佑自己的女儿能够在今年的高考中一举成名。要不是同行的同事催促，他还想再跪几分钟，以表达自己无钱敬奉之诚意。并且心想：要是这座古佛显灵，让自己的女儿金榜题名就是再跪十个小时他也愿意。

由于自己的经济实力没有跟上，连那座非常灵验的古佛，也不能原谅他，古佛神仙并没有帮助万宝强改变班主任老师的那根固执的神经，也没有帮助他为女儿的"大脑"吹进一点智慧神奇的清新空气。

也就是说，万宝强的百分之百的诚心并没有感天动地，天上的神仙没有帮助他改变那个危机四起的教育困境。不仅如此，神仙不但没有保佑他女儿学习进步，反而让他女儿月考成绩比上一次又少了十几分。

五十六　孔子终于搞清楚了粘知了的秘诀

　　高考一天一天地在逼近，万宝强此时已经意识到女儿高考败局已经露出端倪，女儿的教育问题已经到了无可救药的地步了，因为，万宝强已经从女儿的眼神中看到了对教师的失望，看到了对父母的失望，进而对眼前即将参加的高考也失望了。

　　自从万宝强女儿与班主任闹矛盾以后，同学们经常看到万宝强夫妇"做客"班主任教师的办公室，他们都用一种异样的眼光来看待这件事情。以前班级的学生对万宝强女儿都是特别的友好，可是现在，他们对万宝强女儿的态度，开始发生了显著的变化，先从不温不火开始进而变得日益冷淡。本来学习就是一种团结合作、相互帮助的事情，而万宝强女儿现在连向同学问一个简单的问题都没有同学愿意为她解答了。万宝强女儿感觉到亲情、师情、同学之情都走进了一个狭窄的死胡同了！

　　这是谁之过呢？谁能够为万宝强女儿今天的结局买单呢？苍天呀！大地呀！你若有灵，你为何不在此时来关心一下眼前这个感到万般无助、而天资又并不愚钝的万宝强的女儿呢？让万宝强女儿的灵魂变得开窍一点，变得随和一些，变得聪明一点；让她能够好好地反省一下自己存在的错误，努力地改变一下自己的教育观念，改变一下自己的为人处世的态度，能够抛弃所有的不快，把全身心都投入到自己学习上去，争取能够在下一次的月考中有所起色。当然这些都是万宝强以及全家的美好愿望。

　　万宝强此时已经非常清楚，在这种教学环境中不要说取得很大的进步，就是成绩不倒退也应该是不幸之中的万幸了。再多的渴求，再多的期盼都是不现实的。因为女儿不是一件物品，被别人高兴怎么装饰就怎么装饰，她是一个有血有肉、具有强大自身动力的人。

　　也就是说，万宝强的女儿不是不愿接受教师的教育，而是不愿教师"机械"地教育着。在她的心里，更是不愿被一个"自称"为高明的人"奴役"的。她需要一个能够适应自己健康成长的舞台，她需要一个阳光的、充满活力、充满自由的教育环境，任何强加在她身上野蛮的行为，都是徒劳的。

　　因此，如果我们一味地强求她走我们已经设计好的人生轨道，让我们改变她已经形成的、比较稳定的、能够适应她自身健康成长的道路，那我们只能是自设陷阱、自设障碍，那是注定要失败的，而且将失败得很惨很惨！

　　学生需要一个阳光的、充满活力的、充满自由的教育环境，这就需要我们教师付出很大的努力才有可能实现。现在社会上有很多人认为教师这个职业是比较轻松的，每周有两个休假日，每个月还有这样那样的法定假日，每年还有近八十天的寒假和暑假，真是神仙一般的日子。

　　但是我却不怎么认为。相反，我还要说教师这个职业是天底下所有职业中比较辛苦的职业。因为我是教师出身，对教师这个职业是相当了解的。要知道教师这份工作，看上去很轻松，其实这是一个表面现象。我们教师所干的活，不是体力劳动，而是一项繁重的脑力劳动。

　　如果你要做一个教师"混子"，那么，确实可以说教师这份工作是轻松的。因为你可以在课堂上一句话不讲，让学生自习；你也不用备课，拿起课本直接进课堂，课后，你还可以认为自己是一位老教师：这些课都是教了多少年的老课，就是课后一下都不去看新课，也能够根据以前的老思路，把所教的那节课上得"神采飞扬"，让学生感到神乎其神；学生不懂的问题，你可以过两天再去作答也可以，你也可以根据以往的教学经验、专业知识把学生不懂问题，说得"天花乱坠、头头是道"；学生犯一点小错误，你可以装作没有看见；你也可以在学生容易犯错误的时候（比如午饭后一个小时、晚饭后半个小时），绕开自己的学生；你也可以在学生犯错误的时候，不去多给学生指导；你也可以一下课，就快速回到办公室，朝椅子上一坐，点一支香烟，尽情地享受一番吞云吐雾的快乐。我要说这样的教师不是好教师，而是教师中的滥竽充数者，甚至可以说他们是不配做教师的。

真正的教师，他们付出的辛苦是巨大的。他们正常上班的日子，每天都要五点半起床，紧接着晨练、吃早饭、熟悉教学内容准备上课，不上课的时候，就在自己的办公室批改作业、辅导学生、备课、出练习试卷、批改试卷、听教师上课等，也就是说上午四个小时、下午四个小时，都是在紧张的工作中度过的。

当然，一个对工作认真负责的教师，仅仅靠上班八个小时来完成教学任务那是远远不够的。晚上加班、休息天加班，那是太正常不过的事了。现在住校生比较多，普通教师还要安排晚自习辅导课，早自习辅导课。因此，学校正常的教师的工作量要远远大于十个小时，晚上学生都睡好了，值班教师才能去睡觉。

真正的教师，他们付出的爱心是巨大的。学生成绩跟不上，你要动脑筋帮助他们补课，而补课大多数是利用课余时间帮助学生解答疑难；学生在食堂没有吃到饭，你要丢下饭碗为学生解决吃饭问题；学生生病了，你要帮助他们联系医生，你要带他们去看病；同学之间顽皮时候闹出矛盾了，你要丢下手头的工作，为学生去调解矛盾；学生没有值日，你要提醒他们去值日。总之，学生在学校的一切，我们教师都要责无旁贷地去为学生服务，确保他们在学校能够健康快乐地成长。

真正的教师，还要不断地"充电"。我们都知道在这个日新月异、知识不断更新的时代，我们教师要跟上时代的步伐，就必须不断地学习新知识，不断地掌握更先进的教育理念，不断地去专研新的教学模式，不断地参加教育实践活动，不断培养自己高尚的师德，不断提高自己的业务水平，不断开发自身教育潜能，不断挖掘自己的教育创新能力。当然这些素质的提高，都是要我们教师做出巨大牺牲的，是要我们教师付出巨大代价的。它不是触手可得的雕虫小技，而是"刀尖上学跳舞"的真功夫；它绝不是三月两载就能够驾驭的事情，而是一个用教师毕生心血都要努力进取的事情。用终生奋斗来形容教师这个职业那是一点都不为过的。

真正的教师，他是耐得住寂寞，耐得住清苦。有人把学校比喻成为清水衙门，我认为清水这两个字修饰的很好，但是，后面的衙门这两个字就有点俗气了。因为衙门这两个字，还没有丢掉浑浊之气，还有点追腥逐臭的味道。因为，在教育这块圣洁的土地上，它远离世俗的铜臭味，它远离官场尔虞我诈的浑浊之气，它远离市侩经济的浮躁之风，它的圣洁是在于它的超凡脱俗，是在于它能够独守清贫、拒绝"污染"的高洁情操。在这物欲横流的时代，教师们能够为天下莘莘学子健康成长，独守一方净土，坚守自己纯洁的精神家园，酣然而歌；他们能够使生活、学习在这片净土的人，心静如水，目无尘杂；他们能够抛开尘世间的功名利禄，在春天里对着万紫千红的景色，怡然自乐；他们能够拒绝尘世间"纷繁复杂"的诱惑，在夏天里对着蝉鸣蛙声，全然当作无与伦比的天籁丝竹之音；他们能够在秋天里对着金灿灿的稻穗，弯下弓形的脊背，为天底下最朴实的劳动者谱写一曲赞美的歌；他们能够在冬天里对着皑皑白雪，挽起双袖，为天底下最圣洁的"天使"，雕琢一座永久的丰碑。

真正的教师，他们内心永远停留一份淡定的笑容。他们认为世界上永远没有物质上的贫穷，只有精神上的乞丐。他们眼里的高贵标准永远定格在美好的精神家园中。像陶渊明不为五斗米折腰，箪瓢屡空仍然能够悠然见南山；像苏东坡历经坎坷之路，仍然高歌也无风雨也无晴；就像一曲张若虚的《春江花月夜》那么清新，那么自然，那么素雅，那么从容，那么宁静，那么致远。

真正的教师，永远拒绝低俗的媚气。他们在这片蓝蓝的天空中，永远为顽强拼搏的智者留下星斗般的记忆；永远为含苞待放的春蕾添上温馨的芬芳。他们酷爱小草，为小草播撒阳光；他们酷爱小树，为树苗送去清爽的甘露；他们酷爱小鸟，为小鸟送去青翠的山峦；他们酷爱生命，为生命的本源歌唱，为生命的高贵歌唱，为生命的不屈歌唱，为生命的大爱歌唱！

有些人，没有走上三尺讲台，但是，他们拥有高尚的灵魂，我们尊他们为教师。有些人，虽然走在教师的行列中，但是没有人尊他们为教师。因为，这些人的心中已经污染上世俗的龌龊！这样的人，历史的耻辱就会在他们的身上打上痕迹！连三岁小孩都知道：看到他们都要离他们远些，因为，妈妈告诉孩子，这些人都是社会的人渣，他们的灵魂比喜欢追腥逐臭的苍蝇还有肮脏。

孔子的论语上记载这样的一个小故事：有一天孔子看见一个老者在粘"知了"，孔子看得很入迷，就去问老人："您粘得那么准，一定有什么诀窍吧？"老人头也没回，只是在意地"唔"了一声。孔子继续施礼向问，老人终于转过身来问孔子："你是谁？"孔子说："我是鲁国的孔丘。"老人一听，连忙说："你是大学问家，我怎么能教你呢？"孔子说："教师是不能论资格的，只要某些方面比人强，就可以为师！"老人这才说出粘"知了"的"学问"来。孔子终于搞清楚了粘知了的秘诀。

这个故事没有什么高深的学问，但是对我们做教师、家长、学生的很有启发性。不管我们是教育工作者还是受教育者，我们都必须要了解自己的不足，必须有自知之明之心，不要自认为自己多么高明，其实每一个人都有自己的不足。只有了解自己的不足，并且能够不耻下问，不断提高自身素质，不断地寻找解决问题的办法。我们只有这样，才能更好地解决疑难问题，才能真正成为有学问的人，才能真正成为人们心目中的"好教师""好家长""好学生""好孩子"。

五十七　不要让美德在教育阵地上沦丧

"这难道是我们教育子女的'宿命'吗?我真的要崩溃,崩溃!我现在终于知道人为什么会死了,因为人都是被气死的。你想,如果人要是没气生,每个人都会长命百岁!"万宝强的女儿不能按时完成课外作业的风波还没有平息,她与同桌的纠纷又不期而至。

万宝强的妻子杨建云面对"踏浪而至"的教育难题,实在难以招架,她在仰天长叹。

"你不要悲观好不好?如果我们现在不冷静,我们的女儿真的会'崩溃'。你去到大街上问问街坊邻居,或者你去问问我们这个小院子里所有的伴读父母,他们的孩子是不是一点挫折都没有遇到?"万宝强对妻子的唉声叹气,只能在一旁安慰。

其实,在孩子成长的道路上,难免会遇到磕磕碰碰,难免会出现这样那样的不顺心,这些都是个人成长的小插曲,我们这些做家长的、做教师的,一定要保持一个平常的心态去接纳它们、分析它们,努力去寻找解决问题的方法。我们绝不能用一种不理解的眼光去看待这些事、这些"槛",要知道人生的道路不可能一帆风顺,不可能处处都是明媚的春光,不可能到处都是鲜花和掌声。也许我们很难把那些很不开心的烦心事与那些庆祝成功的美酒联系在一起,但是,我们总该理解"不经历风雨怎能见彩虹"这句话的哲学道理吧!

当我们明白这些道理的时候,我们就会释然开朗。原来这尘世间,所有的事物都是相互联系的，相互作用的。如果我们都能够积极地面对困难和挫折，我们就不会在困难来临的时候，撒开两腿想逃；就会在不知不觉中多了一份正视困难的勇气；就会在克服困难的过程中，学会了很多关于实践方面的真知；就会在战胜挫折的时候，不断地提高分析问题、解决问题的能力。

所以有人说，在人生的道路上，我们所有的经历都是沿途的风景，我们不要只对着"成功"的风景微笑，同样，我们也要对那些"失败"的风景微笑。因为，这两种微笑，对于我们人生来说，都是非常重要的内容。拒绝任何一方，都是不现实的，也是不正确的。因为他们双方是一对孪生的"兄弟"，他们谁也离不开谁，只有"兄弟"两个在一起并肩作战，才能使我们拥有最幸福、最美好、最精彩的生活……

谚语说，温室里培育不出壮苗，这句话是很有哲学道理的。这就能说明生长在温室的孩子是很难适应现实生活的！这类孩子在接人待物方面，往往停留在很幼稚的懵懂期，他们不懂得去如何处理"放在眼面前"的人际关系。他们对待任何人、任何事都是以自我为轴心，总认为，天底下所有的东西，必须当"我"满足的时候，才有别人的份儿，根本就不懂如何去"尊重、理解"别人的"得失"。所以，万宝强的女儿和同桌闹出"可笑"的纠纷也就不足为奇了。

万宝强女儿的同桌，名字叫秦文倩。万宝强初见这个小女孩的时候，她有点拘谨，一脸的稚气，根本就不像高中三年级的学生，但是，万宝强还是比较喜欢这个女孩子。

万宝强心想，能够坐在本县最好中学高三班级里，应该都是本县读书学生中的佼佼者，应该在智商方面都是相当高的。如果不是这样，除非是花"高价"进来的。当然，靠"高价"这条路踏进县城中学大门的学生毕竟是非常少的。因为这个学校的择校生也大都是非常优秀的学生(录取择校生的分数线和录取计划内学生的分数线往往只相差七八分）。因此，万宝强有理由相信，在县城这所中学百分之九十九的学生都是在学习上非常有实力的，都是一些知趣、懂礼的好孩子。

"你为什么要和同桌闹矛盾？我看你们以前相处得那么好，怎么说变脸就变脸了呢？你能够告诉我发生纠纷的原因吗？"万宝强对女儿和同桌闹矛盾，还是保持特有的耐心，他要从女儿嘴里知道事情发生的"真相"。

"爸，是为了座位！"女儿对爸爸的提问，回答得很干脆。

"怎么又是座位问题！你的班主任不是把你的座位调好了吗？"万宝强对女儿的回答很不理解。

"是的，班主任上次已经给我调好座位了，我对调好的座位也很满意，不过我的同学秦文倩也看中了我的座位，我把那个好座位让给了我的同学秦文倩，当初，我仅仅答应她坐三天，现在，我要求回到我的座位，结果，我的同桌秦文倩反悔了，她要我再向班主任要一个好座位，你看，这能怪我吗？真是好心当成驴肝肺！"万宝强听完女儿的话，他对这次同桌纠纷更感"好奇"。

"秦文倩不是和你同桌吗？怎么还要和你调座位？"

"爸，你有所不知，我们的座位都是靠墙边的位置，而且是前三排，当时，班主任给我调到外边靠走道的位置，看黑板还能'将就'，而秦文倩的座位是在靠墙边，平时她看不到黑板上写的字。她告诉我，她的眼睛有毛病，以前跟班主任说过，希望班主任给她调座位，结果班主任把她的要求给'忘了'。于是，她便打起我的主意，认为我神通广大，可以再要求班主任调一个好座位，你说气人不气人！"

"这……这……原来如此！"万宝强到现在才知道，女儿班级的很多学生，对这种拥挤的教室，早已深恶痛绝，只不过放在心里不说而已！

其实班级的座位，对于一个正常的班级来说，确是一件很无所谓的事情。但是，这对于一个严重"超标"的班级来说，就显得很"重要"了。因为，这些班级的同学们，他们每天坐在蜂窝煤一样的教室，在心理上面很容易出现烦躁不安的情绪。

据万宝强告诉我，她女儿这个班级的学生，最容易产生小矛盾，忧郁、寡欢、缺乏阳光般的朝气这些是全班学生的通病。我对学生的心理学不精通，但是，我的"第六感觉"告诉我，万宝强的女儿这个班级的学生，为什么会出现那么多的"毛病"，这与班级人数过多绝对脱不了干系。

在这样的一个班级，能够分在第三四排的位置应该很不容易，尤其第三四排中间的位置更像是一个国家的首都、一个班级的政治、经济、文化生活的中心。一般情况下，班主任都会把这些座位留给班级成绩非常优秀的学生，还有少量的关系户。万宝强的女儿的座位被班主任安排到第三四排边缘位置，这已经很不错了，这已经证明班主任很给万宝强面子了。

万宝强在做班主任的时候，每到调位子的时候，往往是让学生到教室外面排好队，然后，他就拿出最近学校统测的考试成绩表，依照考试的名次读名字，依次让这些读到名字的学生，到教室里面选择自己最喜欢坐的位置。这种排座位的方法，虽然有失公平，但是，这在应试教育为主导的义务教育中，这是一个非常有说服力的做法。学生坐到哪个位置，绝大多数学生没有半点怨言。

因为，他们是凭自己的"实力"坐在自己所选择的位置上。他们心服口服！即使有些不如意的学生，他们也不责怪老师的不公，只埋怨自己学习的无能。他们内心都有这样的共识，要想坐到自己最满意的位置，就一定要好好地在学习上下功夫，争取在下一次调位时，能够抢住先机。而万宝强女儿的班主任老师却有自己的高明之见，全班的座位，都是他一人任命的。

　　而在班级，看一个座位好与不好，关键要看这位学生坐在哪里，老师所讲的上课内容能不能听清楚，黑板上的字能不能看清楚，自己周围同学有没有出类拔萃的同学，能不能在自己学不懂的时候为自己教两招。

　　这些看似小问题，但是，这种小环境对孩子的潜移默化作用，那也是绝对不能忽视的。如果你处于一个像万宝强女儿的这样的班级，学生数接近八十，你绝对不要相信个别老师的谎言——他们总是说：这样的班级全班座位都一样，不管是最前面还是最后面，也不管是最左面还是最右面，只要你是一块金子放到哪里都会发光的。如果我们轻信这样的话，那就是对自己的孩子不负责任。

　　不过，万宝强的女儿的班主任也有他的难言之隐，对于这样班级而言，班级的黄金地段就那么一点点，如何合理地开发和利用这些有限的自然资源，最大限度地发挥出它潜在的"效益"，这也是他煞费苦心的事情。虽然自己手里有最终的裁决权，但是自己总不能把那些调皮捣蛋的学生放在黄金地段，像一个"害群之马"一样影响周围成绩特别好的学生；但是也不能把那些个子非常高的学生放在黄金地段，像一个旗杆竖在班级的前面影响后面学生的视线！即便是这些学生的父母亲是县委书记家的小孩，或者是腰缠万贯的大亨家的小孩。因为，他不愿背起太多的良心债，所以，他只能"艰难"地行走在班级的学生中间！

　　当然，并不是说，班级所有的优生都能够坐上那些"宝座"，这还要看你和班主任的缘分了。假如你有一天你触犯了班主任的"金科玉律"，你就很可能被班主任罚出这个班级的"首都"，将你发配到周边的"不毛之地"，或者将你遣送到最后面的"西伯利亚"，让你远离"繁华的都市"。

　　当年，才华横溢的李白，因为得罪圣上，圣上一怒之下把他发配到夜郎。若不是天下大赦，李白只能成为客死异乡的"屈死鬼"。可是，你一旦被班主任贬下"凡尘"，你就很可能"永世不得超度"了。因为，高三的"黄金时间"太短了。往往等班主任心肠变软的时候，你已经出"壳"了。所以，你若是一个非常优秀的学生，可千万不要调皮，千万不要失去班主任对你的信任。

不管这么说，能够被班主任安排到"黄金位置"的学生，都是班主任非常器重的学生。这种器重，不管是凭借自身的实力打造出来的，还是靠"歪门邪道"得来的，对学生来说，能够分配到这些地方，应该是非常幸运的。一旦班主任把你当作"黄毛野鸡"安置在"偏远山区"，那就证明你自己没有实力，或者自己的家庭没有足够让班主任敬畏的"背景"，或者证明在班主任的眼里，你是一个无足轻重的角色。这种尘世间无限辛酸的潜规则，只要是有人的地方，它就向那里延伸，它像一根很难摆脱的"菟丝子"，专把势利的触角，尽可能地延伸到天之涯、海之角。所以，这种潜规则伸到学校、伸到教育殿堂，你就不要那么太惊讶了。

在圣洁高雅的教育殿堂，这个教书育人的地方，也不是到处都充满阳光的，也有在阴暗潮湿的角落里操作的事情。

女儿进入这个班级的时候，按照高二期末市统测考试成绩，她是班级的第一名。按照惯例，一开学就应该被班主任安排在前几排黄金地段的座位。由于万宝强女儿闹着要调班，所以班主任把她安排在倒数第二排拐角的地方就坐。

那是一个听课效率极差的地方！当时女儿不在乎，坐在后面无所谓。万宝强的女儿心想：只要我以后考试考得好，班主任就不会不考虑我的座位。而万宝强也没有太在意这件事情，只是非常委婉地向女儿的班主任提过关于女儿的座位问题。

"你们太多虑了，我们全班的座位都一样，坐在最后面的角落里，也照样考到清华北大，当年比尔·盖茨在湖滨中学读书的时候，就是坐在最后一排、最里面、拐角的地方，考取哈佛大学的……"

当时，万宝强听了班主任说的话，很是"震惊"，那咄咄逼人的气势，确实让他一辈子都不会忘记，真正使他增长了很多见识；那"君临天下"的自信，使万宝强想起了当年在德国国会大厦竞选国家总统的希特勒。至今，储藏在他的脑海里，偶尔还能泛起层层波澜。

我们作为教育工作者，我们所说的话，不能违背自己的良心。教育的真谛是在于培养高尚的人格，而不是培养哗众取宠的行为。受教育者在被教育的过程中，必须是快乐的、幸福的！如果离开这一点，那无异于崇尚野蛮、崇尚罪恶！

作为教育工作者，要想成为一名优秀的教育者，不管我们现在的地位是多么的"高贵"，我们都要把美德放在首位。因为，只有这样，我们的教育理想、教育价值才能被社会认可，我们"卑微"的生命才能得到全社会最广大受教育者的尊重，才会赢得全社会最响亮的掌声！

五十八　都是一样的——她是我母亲

"座位就真的那么重要吗?不就是一个'身子'的距离吗?干脆把座位让给她算了!何必跟同桌过意不去呢?"万宝强的妻子杨建云不希望自己女儿和同桌继续闹下去。

"妈,妈,这已经不是简单的换座位问题了,而是一个人的诚信问题了,如果她当初不答应'只换座位三天'要求,那我对你的观点还是可以考虑的,但是,现在她不让出座位就不行。"

"闺女,你要知道这样闹下去,对你、对秦文倩都不好。你今天就听妈妈的话,把座位让给秦文倩。这样,秦文倩会感谢你的。"

"我不要她感谢,我只要我的座位。"

万宝强见女儿没有原谅同桌的意思,便从凳子上站起来走到女儿跟前,语重心长地对女儿说:"你还想和同桌继续交往吗?你要知道秦文倩的眼睛确实有毛病,这你是知道的,她现在也是有苦难言,她多次要求老师调位,只不过她没有你幸运,你如果在这个时候,豁达一些,宽容一些,也许将来她就是你最要好的朋友!"

"我才不稀罕这样不守信用的朋友呢!"没等万宝强说完,女儿就抢着说出了自己的"愤怒"。

"闺女,你可不要小看中学的同学,你要知道,在你的人生旅途上、在你今后人生的交际圈中,中学同学往往就是你的左膀右臂,就是你的贴心朋友,你要知道当今世界巨富比尔·盖茨,他之所以成功创办微软公司，这都要得益于他在湖滨中学的同学鲍尔默、保罗·艾伦。闺女，你听爸爸的话，把座位让给她，她不是三岁小孩，她会在内心感激你的。"

经过万宝强苦口婆心的开导，女儿认为爸爸的话有些道理，她没有提出反驳意见，表示默许。

"我们还会恢复以前的友谊吗?你还会像以前一样信任我吗?你放心，现在，我欠你的，将来我会加倍还你的。"秦文倩对万宝强女儿的"宽容"很感激。

同桌风波在万宝强和杨建云共同努力下，圆满解决了。但是，留给读者的疑问还没有解决。

万宝强的女儿为什么会和同桌在"座位问题"上"大动干戈"呢?

这里的原因，让我慢慢给你道来:

万宝强永远也不会忘记女儿进入高三的第一次月考，他女儿考得非常惨，成绩由原来的全班第一名，一下子下滑到全班二十多名，两门选修课政治历史中，还有一门没有得到B级。

万宝强面对难以相信的女儿月考成绩，万宝强当然知道这里面存在很多原因:一是女儿天天在跟父母亲闹调班;二是跟班主任闹情绪，嫌这个班级的人数太多;三是跟自己过不去，自己无法得到的东西，还是想方设法在争取;四是女儿坐在倒说第二排的那个座位，每天听课的效率低下(因为万宝强女儿也有近视眼的毛病)。

我们应该清楚，让学生在这种"内外夹攻"的环境中去接受教育，就是神仙也考不出好成绩的。更何况万宝强女儿是一个极普通的农家孩子，并没有什么高人的天赋，再加上万宝强的女儿本人也没有很强的学习主动性，没有高明的学习方法，因此，对于这种结果，万宝强认为是情理之中的事情。

按照这样的成绩，如果自己女儿不去争取调换座位，自己也不去关注这件事情，班主任肯定不会主动给他女儿调位子的。这一点，万宝强心里比谁都清楚!

在这种结果面前，女儿可以不顾，老师可以不顾，但是万宝强却不能坐视不管呀，因为，他知道父母亲在孩子教育方面所承担的责任。

万宝强认为自己的孩子虽然已经接近成人，但是做起事情来还是一个十足的幻想派，喜欢用"想当然"来给自己未来下结论，感情用事比较多，责任意识根本就没有在头脑里面储存过。况且，女儿根本就没有这个能力处理这些难题!

看来这些难题只能由万宝强来解决!

万宝强已经到了不惑之年，对女儿的幼稚、不成熟，不能不管不问。他从女儿的月考成绩中已经知道这个问题的严重性和紧迫性。但是，他不可能像三岁小孩子一样，站在树底下，歪着脖子、张开小嘴，天真地等树上掉枣子下来，他要努力寻找解决问题的良策。

良策在哪里呢?没有人给他答案。他心想:如果在这个时候，有一个世外高人，能够在极短的时间里，让女儿的心态调整过来，让班主任改变对他女儿的个人成见，让女儿重新拥有高二时期那种学习环境，他愿意付出"给这位世外高人当牛做马"的代价，一辈子听这位世外高人的使唤，而且无怨无悔。

他非常清楚这种世外高人大有人在，而且在县城中学也不乏其人。只可惜:自己女儿班主任不是这世外高人;自己更不是什么世外高人。

第四次月考过后，万宝强实在是无计可施，只得硬着头皮上下疏通关系，经过多方面的努力，终于取得"明显"的效果:女儿被调到第三排靠右墙的位置，跟我上文提到的秦文倩同学用一个桌子。

这个位置不论从听老师讲课还是看黑板字其效果都非常不错的。而第三排靠右墙的那个长桌子坐两个人，坐在最里面的和坐在外面的人看黑板的范围就不一样，如果坐在最里面的学生，就是歪着脖子也只能看到黑板的一个边角，有幸的是，万宝强的女儿被班主任调到最外面那个座位，她相对秦文倩来说优点就非常突出。大家不要说我危言耸听，你若到万宝强女儿那个近八十名学生的班级，你就知道，我说的话，太真实不过的了。

万宝强女儿是一个极富同情心的孩子，对秦文倩的"不幸遭遇"深表同情，主动地让秦文倩到她的位置上去享受一下被班主任照顾的福气。由于这个位置紧靠走道，能够给拥挤不堪的环境带来些许的宽松，要知道普通的教室一般安排七排座位，而万宝强女儿那个班级安排了十排，所以这个班级的学生，出入座位，那是要下很大工夫的。难怪万宝强女儿班主任说自己是这个县城中学专治看书直不起腰驼背学生的专家，原来这个专治驼背的学问就藏在这个十排座位里，这实在让万宝强佩服得五体投地。

这个秦文倩原来就是饱尝"专治驼背"之苦，她曾经为此跑到班主任跟前诉说："别人有看书直不起腰的毛病，需要学校特殊治理，可是我身体有点'瘦小'，向来看书都是直腰看书，根本就没有驼背这个毛病，我坐在里面的位置上，就像坐在当年重庆集中营渣滓洞里面的老虎凳上，我想请班主任看在我'瘦小'的份儿上，给我安排到靠近走道位置上，多给我一点'喘气'的机会。"

"秦文倩同学，你要知道，我们是来读书的，不是来享福的，古人读书是头悬梁锥刺股，囊萤映雪，凿壁偷光，你现在遇到了星点困难就感到浑身不适，像你这样怕苦为难，不思进取，专在鸡蛋里面挑刺，你又怎么能在读书方面技高一筹呢?所以我请你收起那种贪图享乐的心理，不要人为地自寻烦恼，把自己的主要精力用在学习上，多向苏秦之类的古人学习，学习他们发愤读书的精神，争取在今年的高考中考入理想的大学。"班主任对秦文倩的"无理"要求给予"义正词严"的批评教育。

　　秦文倩同学是一个学习非常用功的学生，对班主任这"义正词严"的批评，"激动"得热泪盈眶，再也不敢到"敬爱"的班主任面前诉苦了……

　　现在万宝强女儿主动跟她调座位，这可是她多少天"处心积虑"的事情呀，她坐到外面的座位上，就像一只病鸟出笼的感觉。她可以把屁股朝走道方向的挪一下，这样就可以把自己一直绷得很紧的肌肉，朝走道的方向放松一下，这种好久没有享受到那种惬意又回到了自己的身上，那种快乐的心情，真是很难用语言来表达。

　　但是她一想到这种惬意的感觉，认为是短暂的，只是万宝强女儿临时换给她的，仅仅只有几天的时间，她的心一下子就揪了起来，泪水也往往就在不知不觉当中流了下来。她不知道是心酸的泪，还是感激的泪。

　　她知道读书是苦的，读书是需要付出巨大代价的，是要克服常人难以想象的困难的，是要向"学问"低头的，是要向"挫折"抗争的。同时，她也清醒地认识到，如果自己的学习能够在一个宽松的环境中、能够在一个相对比较自由的生活中进行，又何必要求自己进入头悬梁锥刺股、囊萤映雪、凿壁偷光的苦难中完成学业呢？天底下谁不愿意自己能够在一个轻松自由的环境中实现自己的宏伟目标呢？

　　她知道东施效颦的悲哀，她也知道老师的话大多数是用来激励人精神的，"可行度"都是可以用来"参考"的，就像"愚公能够移山"这些美丽的传说一样。

　　时间在一天一天地过去，秦文倩在尽情地"享受"着万宝强女儿给予她的"舒适与欢笑"。她的学习劲头也好像被一种超自然的神力为她释放了巨大的潜能，一下子增加了很多倍。她的骨子眼里面都充满欢快的因子：只要自己的身体朝走道的方向倾斜一下，就可以看到百分之八十的黑板，这样，不管老师口中讲的、手里写的，基本上不用课后厚着脸皮去向同学或者老师讨教。这对秦文倩来说，这不仅仅是满足了身体的需要，更满足了自己学习的需要。虽然这里比不上班级的黄金地段那么优越，但是对于秦文倩来说，她已经感到很满足了。

因此，她多么希望就这样一学期都不改变地坐下去，她多么希望同桌的万宝强女儿就这样一直地"傻"下去。

要知道靠友情施舍的"同情"，只能是饥饿中的一粒米，口渴时候一滴水。如果你心生"贪心"，这必然要伤及友情了，这势必会对纯洁的友情带来不愉快的影响，甚至友情的色彩会因此暗淡下来，友情的纯洁度会因此受到污染，友情的含金量也会因此而大打折扣。

我们都生活在一个比较现实的环境中，真情的天空不是没有云朵，如果我们刻意地追求自己的满足，而把对方利益束之一旁，那么再真实的友情、再美好的友情也会变得阴暗晦涩。

要知道真正的友情都是建立在"给予"的基础之上，如果你在友情的天地里，你喜欢播撒"索取"的种子，那么在这种友情的天地里，收获的肯定是漫天的"荒草"。

总之，万宝强的女儿得到那个座位，确实来之不易！好在，万宝强的女儿能够从自己的内心宽容了秦文倩，这才避免纯真的同桌友谊遭遇"滑铁卢"。

以前，我看过一个外国小故事：电灯光下，剧院门口的台阶上，坐着一个面容憔悴的妇人。她手里抱着一个孩子，身旁还站着两个，她的膝盖上放着一叠报纸，紧挨着脚边的一个雪茄烟盒就搁在人行道上，里面装满了火柴、鞋带盒骨领扣。

一位绅士模样的人，从马路对面的"大理石酒吧间"走过来。他在人行道上站了片刻，看了看手表，然后径自向剧院走去。他穿过大街，在走进人行道的时候，把手伸进了口袋里。

"买报，先生？"一个报童叫道，"有《新闻》，还有《太空超人》。"

但是那位先生已经注意到台阶上的那个妇人，并且朝她走去。

"买报吧，先生!这里有《太空超人》。"孩子嚷着，一下子闪到"绅士"跟前，但目光很快地从"绅士"脸上转向卖报的女人，说，"没关系，先生!都是一样的 —— 她是我母亲，谢谢。"

其实，在我们人生的舞台上，困难都是一样的，不管是我，还是同桌、母亲;幸运也都是一样的，得到的是我，也是同桌、母亲。但是，从困难中，我们看到了真正的友爱，看到了真正的仁慈，看到了真正的宽容，同时也看到了真、善、美的力量。

请珍惜同学之间的友谊!

五十九　水清则无鱼

"同桌闹别扭"事件已经圆满过去了，但是，在万宝强内心深处，还觉得有一个心结没有打开：那就是女儿与同桌秦文倩闹别扭的"真相"。因为，万宝强认为只有了解"闹别扭"的真相，才能在今后更好地实施家庭教育，才能在今后更好地避免类似事件的发生。

在一个晴空万里的星期天早晨，万宝强女儿把自己和同桌秦文倩闹别扭的前前后后向自己的老爸说了一遍。

原来如此这般……

"班主任把我调整座位后，我的心情特别爽。就在我自我陶醉的时候，我的同桌秦文倩向我提出换座位。我为了表达对新同桌的善意，便爽快答应了她的要求，但是，我的前提是三天期限。于是，我和同桌就签订了君子协议。"

"时间在一天一天地过去，很快三天就过去了，可是一个星期也很快过去了，秦文倩对这个座位产生了一种难舍难分的感觉，对里面的座位自然流露厌恶的情绪，所以对以前私下制定的君子协议，在履行方面产生了拖拽心理，盘算着如何将这个皇帝宝座长期占有。"

"她为什么会有这种想法呢？"万宝强对女儿的讲述感到很好奇。

"因为，她的英语成绩比我好，我有不懂的问题会向她讨教，她对我也是有求必应。未承想，这竟然成为她拒绝履行君子协议的理由。由于我有求于她，自然对她产生敬重之情，希望她能够主动提出履行'君子协议'，可是秦文倩同学就是闭着眼睛朝前闯，根本就没有把换位当作一回事。"

"这使我感到十分为难，主动要求秦文倩换座位吧，岂不是让她小瞧了吗？加上自己为人处事缺乏智慧，不懂得幽默和调侃，这让我陷入进退两难的困境。不去提醒秦文倩吧，这样坐下去，岂不是自己吃了大亏了吗？而秦文倩对此仿佛没有任何感觉，这可把我急坏了。没有办法，我就用一张小纸条写上'换位'二字，夹在秦文倩每天必看的英语书里。哪知秦文倩看完以后，就在我给她的那张小纸条下面写上一些耍赖的理由。"

"秦文倩写完以后，也学着我的做法，把写好的字条夹在我每天必看的语文书里。当我看到这张小纸条后，就好像自己吃了一个在粪池里才爬出来的大苍蝇一样，真想呕吐它三天三夜。我对眼前的这个同桌立即'感冒'起来。我认为秦文倩在欺骗自己，自己的一番美意、好心被同桌当作'驴肝肺'给亵渎了。尤其秦文倩的措辞更让我感到恼火，仿佛证明她是一个处处重情讲义的人，而自己就是一个从来不懂情义的人；仿佛证明她从来都不愿与别人斤斤计较，而自己一直就是喜欢斤斤计较的人。言外之意，就是告诫我要向她学习。"万宝强起身，给自己女儿倒了一杯白开水，让女儿继续说下去。

"秦文倩的这番独特的内心告白，着实让我感到承受不了。因为自己就是看重情义才让秦文倩坐到外面，现在向她要回，她就数落起自己的'寡义'来。此时，我真有点后悔自己当初不该有此善举。"

万宝强的女儿是一个性格有点内向的人，自己心里憋着一团火，但是又不愿意大大方方地向秦文倩说出自己的看法，生怕自己笨嘴笨舌得罪自己的同桌，破坏了这个值得珍惜但又非常"廉价"的同桌之情。自己非常想回到自己老师安排的座位上，但是又不愿开诚布公地向秦文倩说明自己的原委。她满心希望秦文倩能够看在当初的君子协定上，看在难得的同桌友情上，能够主动把座位还给她。而现在，秦文倩已经到了这个"六亲不认"的份儿上了。即便如此，万宝强女儿仍然希望秦文倩能够回心转意。

可是我又不能……看来，我只能选择沉默！此时，万宝强的女儿内心很纠结。

沉默，不在沉默中灭亡，就在沉默中爆发。

万宝强的女儿把这杯自己亲手酿造的"苦酒"，在独自一个人慢慢地品尝。她不仅品尝到了自己无知的滋味，还尝到了一种被人戏弄的滋味。

她想：自己今天为什么会惨遭这样的结局，还是缺乏对秦文倩的了解。看来与人相处、与人结交都是需要自己小心谨慎的；原本以为自己牺牲一点利益来换取友情的加深，看来这种想法在现实中是行不通的；看来真正的友情是建立在相互尊重的基础上，任何谄媚、讨好的举动都是徒劳有害的；这不仅起不到加深友情的作用，相反还会对友情产生致命的损伤；友情的双方必须是平等的，轻蔑和巴结都是友情的敌人；缺乏平等的地位，是绝对产生不出高尚的友情的。

又经过艰苦的一个星期的等待，万宝强的女儿还是没有等来她所希望的结果。她和同桌秦文倩的关系开始有点僵了。她对同桌的信任也产生了前所未有的危机，以前的那种和谐的局面已经看不到半点影子。

万宝强的女儿不知道情况竟然会发展到如此糟糕的地方！她有时上课也在考虑这个问题，这使已经下滑的成绩再次受到冲击。万宝强的女儿这个本来有望考上国家重点本科的学生，在一些细小的问题上，不能全盘考虑，她处理问题的时候，往往过于草率，过于简单，这使她有限的"灵气"也被消磨始尽了。万宝强的女儿的这种苦闷心情，自然会传染给自己的家庭。

"秦文倩的那张小纸条现在何处？"万宝强想看一看秦文倩在纸条

上究竟写些什么。

万宝强的女儿小心地从自己衬衣口袋里拿出还带有体温的那张小纸条，非常慎重地递给爸爸。

秦文倩在纸条上这样写道：我非常感谢你对我的善意，让我坐在你的位置上，你应该知道，我是体态"丰腴"的人，我在外面的座位上，坐得感到特别舒服。因此我对这个座位产生了一定的依赖感，如果你现在让我到以前的座位上，我就会因为身体得不到正常的舒展而感到万分地难受，就等于让我重新回到"二六七号牢房"。我会因为郁闷、四面挤压、烦躁而窒息。希望你好人做到底，不要因为这点细小的事情，闹得路人皆知，更不用传到班主任的耳朵里。你不要说我欺负你，你要知道我是一个对友情非常看重的人，我从来不会因为这些鸡毛蒜皮的小事，而毁掉自己比较珍贵的友情。希望你能够像我一样，看在我很尊重你的份上，不要跟我计较这个座位问题。如果你答应我的这个小小的要求，我以后一定会在英语方面对你有所帮助。另外，我希望你看完这个小纸条以后，立即把它撕碎，扔进垃圾篓里，不要让别人看了当笑话。切记！切记！拜托！

万宝强看完这张小纸条，不禁哑然失笑……

多么天真烂漫的文字，多么让人年轻幼稚的心态！现在的学生(孩子) 喜欢用文字来表达自己不愿让人看懂的内心，自认为是一件很了不起的事情，却不知自己在表现幼稚……

要知道把自己要表达的一些观点直接说出来，更能够看出一个人的成熟。不管别人是同意还是不同意，都可以在简单的沟通交流中一笑了之。

这本来都可以谈笑面对的小事情，她们却把它当作很神秘的大事来处理，其结果当事人都可能成为受伤的羔羊。

要知道小事当作大事来处理很容易导致当事人神经过敏，举棋不定，往往会导致双方过度疲劳。

但是，凡事都应该辩证看问题：小事情当大事来看是有害的！而大事当作小事来看待，我认为也是相当不妥的，因为，他们很容易坐失良机，很容易把自己最美好的东西当作垃圾扔掉。

现在，很多人缺乏对事情的正确认识，对大事与小事的界定很难分清楚。尤其现在的青少年，更是凸显出少有的无知，他们对寸金难买的读书年华，弃之如敝屣，而把那些没有价值的皮毛小事，却能视之为"强敌"入境，其结果荒废了自己的学业，断送了自己的美好前程。

所以现在，万宝强认为她们两个人所遇到的问题，已经超出了换位子的范围了。谁在这个时候，表现出一点高姿态，就会轻松把失落的友情找回来。

面对此情此景，万宝强继续开导女儿："忘掉这些不快，不就是一个座位吗？你要知道在人生中最值钱的就是友情，过去有人为朋友两肋插刀，现在要你献出一个座位，你就大呼上当，大呼受骗。这哪能叫友情呢？你应该知道，水清则无鱼，言多则寡信，学会容人之短，你才能有最好的朋友。我希望你今后在做事方面，要尽可能做出一些高姿态，要学会大大方方做事情，你以后就当作这事情没有发生。我相信你的同桌会通过这件事更加了解你的为人，你们将来肯定是一对最要好的朋友。"

万宝强的女儿听了爸爸的话，笑了，她心里感到了少有的快乐！

万宝强认为在这件事上，他的家庭教育很成功，因为，他从女儿的笑容当中已经看到了这一切。更让万宝强欣慰的是，他女儿学习英语的积极性，在一天天地好转。

万宝强很想去到女儿的学校与女儿的同桌谈一下，让他们坦然面对这件事情，抛弃前嫌，更加珍惜来之不易的同桌友谊。

后来，万宝强心想还是没有这个必要，认为女儿自己的事情应该学着自己了断，况且这么针尖大的事情，自己介入其中，不管自己是多么的友善，心态是多么的端正，动机是多么的纯正，都很容易让女儿的同桌产生误解，产生不必要的麻烦。

最后，万宝强还是选择让自己女儿和同桌慢慢沟通的渠道，让她们在相互学习、相互合作、相互理解中不断深化情谊，把这起"同桌纠纷"演绎成为增进同学友好关系的桥梁。

其实，我们大家都知道，这两个座位换来换去，只不过是一个席上一个地下，况且你家的孩子能够坐在好一点的座位上，别人家的孩子也是人，为什么就不能坐在好座位上呢?再说，我们认为导致女儿与秦文倩座位纠纷的根源不是她们两个人之间的矛盾，而是她们的学校，若不是她们学校太贪财，多招那么多的学生，就绝不会导致今天这起所谓的同桌小闹剧。不错，班主任有权利让你家小孩坐在较好的座位上，但是，那个较差的座位总要有人坐的。我们要知道，谁家的孩子坐上去，谁家的孩子就是这个学校的"受害者"。

作为一个有正义感、有理性的家长，我们更应该知道，我们的孩子都是一样的，都没有什么贵贱之分。我们没有理由谴责孩子，更没有理由谴责我们的班主任，我们都应该一起反对这种缺乏理性的学校招生制度。

因此，我们在处理家庭教育的时候，心态真的很重要，要切记"水清则无鱼"的道理，如果我们心态端正了，那么很多"疑难杂症"就会迎刃而解了。

六十　吃亏是福

万宝强女儿和同桌和好不久，万宝强接到秦文倩爸爸打来的电话。

"万教师，你好，我是秦文倩的爸爸，今天，特打电话给你，表示我们全家对你的谢意。"

"你太客气了，你不必谢我。你家的孩子能够主动帮助我家孩子学习英语，我也要感谢你呢!"

"万教师，你别说了!换位的事情，我家孩子都跟我说了，都是我家孩子的不对，惹得你家孩子不高兴，我家的孩子，长期跟她爷爷奶奶在一起，我们夫妻常年在外打工，很少去关心她，她对社会上许多人情不懂，有不到的地方，还请万教师谅解。"

万宝强放下手机，心里既高兴又沉重。高兴的是两家的孩子又和好了;沉重的是这本不应该发生的事情发生了，事情虽然发生在两个孩子身上，却牵动着两家父母的心。

有人说，学校的一切皆教育，这句话说得太好了!我们不要小看学校的规章制度;我们也不要小看教师的每一句话;我们不要小看我们学生的每一种行为习惯;甚至我们不能小看学校的一草一木。因为我们孩子在什么样的教育环境中长大，就会直接形成与这种环境相对应的世界观、人生观和价值观，对孩子的健康成长有着不可忽视的重要作用……

想当初: 万宝强女儿看到秦文倩坐在靠墙的座位上，不仅是看不到黑板上字的问题，另外狭窄的座位空间还使相对比较瘦弱的秦文倩坐在那里感到特别地不舒服。后来万宝强的女儿付出了一个小孩所具有的仁慈、善良，好心把自己的座位让给秦文倩坐一个星期，但是万宝强女儿用仁慈、善良换来的却是很难承受毁约的痛苦，这种心灵上的委屈、创伤，那是用世界上什么东西都无法挽回的。

本来非常融洽的同学关系，结果演变成为一时难以沟通的冤家对头，使本来很纯洁的同学之情，笼罩上一层灰色的埋怨和淡淡的哀伤。而这些后果却并不是自己行为的可恶、道德的沦丧而造成，而是这个学校贪婪的欲望造成的。其实，她们和班主任都是这件事的受害者。

万宝强的女儿一颗真诚善良之心被这件事无端地亵渎了，这绝不是世俗中"多一事不如少一事"这句话所能够诠释清楚的问题。

我们都知道自然界中那些刚刚鼓起的春天花蕾，如果意外受到一阵寒流的侵袭，那么留给花蕾的创伤将是致命的。而万宝强的女儿在春意盎然的季节里，本着对同桌友情的尊重，本着对同学遇到难题的关心，献出了自己微不足道的爱心，却遭到意想不到的亵渎，使这个并不"太高尚"的人，遇到了人间少有的"寒流"。

不管后来的事态发展得是多么完好，但是，这件事情留给万宝强女儿内心的伤痕是难以忘却的。这会使她在以后的人生道路上大行仁爱之心的时候，多了一分灰色的阴影，多了一分精神的负荷，多了一分对"美好人间"的疑虑。

我们应该知道，圣洁的生命是需要不断地呵护才能发展成为近乎完美人生的；稚嫩的青春是需要不断地净化才能吐露出芬芳爱心的。如果过多的伤害只能导致美好灵魂的香消玉殒！我是一介书生，一位平凡的人民教师，我知道一个再伟大的人，他们的成长都是需要"玉质"的环境为他们"滋润"，都需要"良师"为他们精心呵护，只有这样，他们才能茁壮成长为时代的精英。因为他们不可能像天上的神仙一样，不需要良师指点，就能够脱落凡胎横空出世的。

这件事对万宝强的女儿心灵的伤害是有目共睹的，那么对秦文倩的心灵伤害我们也不能小看。她也是一个成长中的孩子；她也不是天生就高尚的人；她也需要一个舒适的育人环境来陶冶她、锤炼她。她在受到外界伤害的时候，也有本能的反抗，也有迫切需要改变恶劣环境的美好愿望。只不过，她在抗争的时候，选择了"不成熟"的方法，而我们作为教育工作者，应该清楚：她在选择解决问题的时候，不一定有一个非常成熟的思维途径，触犯他人的利益也是在所难免的事情。

因此，谁能够为这些正在走向成熟的孩子，提供更加优越的环境？提供更加安全的港湾？提供最先进的教育？提供最纯净的道德天空？提供最温馨的精神家园？这是时代的课题，这些也是我们教育工作者迫在眉睫、必须认真思考的问题。

说实话，谁家的孩子没有自私的一面？谁家的孩子天生就是一个正人君子？让谁家的孩子在做出"很大牺牲"的时候，都有可能出现像秦文倩一样的心情。

她也希望兑现承诺，她也想和万宝强女儿继续保持友好的同桌情谊。她不是故作寡情薄义的人；她也不是故作不守诚信的人；她也不是故意想伤和气的人；她也不是天生就想斤斤计较的人。其实，她内心非常害怕万宝强女儿和她动真格。

可以这么说，秦文倩的内心和万宝强女儿一样都是比较脆弱的。其实在写给万宝强女儿那张纸条的时候，她的心也在哆嗦。不然的话，她又为什么一再强调要女儿在看完纸条的时候一定要把纸条销毁掉？

假如，没有那个拥挤的学校，没有那个拥挤的班级，没有那个"左右为难"的班主任，没有自己比较"瘦弱"的身体，那么这些"不光彩"的事情发生的概率就会变得相当小。

自我感觉吃亏的万宝强的女儿，又常为此事陡生一些无名的烦恼。为自己的善良叫屈，为自己的仁爱叫冤，她责怪自己的无能、自己死心眼。其实她大可不必这样!

因为, 世界上很多事情, 并不是以得到多少作为衡量成功的标准。古人言: 吃亏是福。这句话是很有哲学道理的。在这个世界上, 我们有很多人喜欢占别人一点小便宜, 包括我自己。这也许是人的天性! 因此, 对这种人的天性, 我们绝不能妄加指责。当然, 我们明白这些道理以后, 并且付诸我们实际行动之中, 往往我们真的会遇到很多"大福"。

有时我们坐在公共汽车上, 看到身边有几个熟识的朋友, 你能够主动地为这几位朋友买车票, 朋友再三阻拦你还是坚持自己的初衷, 对于你而言失去了十几块钱, 得到的却是朋友的好感, 朋友的赞许, 此刻你的心情也会因此而感到万般的甜美。下一次这些朋友再见到你的时候, 就会对你更加的热情, 更加的友爱。你在这个时候, 就会切身感觉到, 你所付出的那十几块钱, 是完全不能与今天得到的相提并论的。你在这个时候就会知道当初所吃的一点小亏, 得到的却是千金难买的"大福"。

人生的道路很长, 我相信万宝强的女儿定会从人生的不同感悟上, 明白这个道理。

到那时, 万宝强的女儿就会真正体会到授人玫瑰手留余香的滋味, 就不会再为这等小事而感到伤透脑筋, 就会对那些急需要我们帮助的人伸出我们最友爱的双手, 为构建和谐校园、和谐社会、和谐世界增光添彩。

万宝强从这件事发生到结束, 他都表现出相当高的思想境界。他明知道自己的女儿在这件事情上, 受一点小委屈, 但是他从来就没有为这件事责怪自己的女儿。因为他知道, 关心别人、同情那些急需要帮助的人, 这本身就是一件积善成德的事情, 这本身就是奉献爱心、自我牺牲的时代精神体现。这乃是任何一个具有良知的人, 都必须认真思考的问题。

万宝强作为家长，他不可能因为女儿的善举，而毁灭女儿的善良仁爱之心；他也不可能因为女儿吃了一点小亏而泯灭自己的良知而伤害另外一个正在成长中并且需要不断磨砺、不断学习的和自己女儿一样的女孩！

万宝强基于这样的考虑，他对女儿的善举大加赞许，鼓励她多做好事，不能因为自己眼前吃点小亏就感到心里委屈。告诉她在人生的道路上，有爱心的人，定会受到美好命运的赏赐、机遇的垂青，定会得到意想不到的收获。一个人也会因此而获得更加珍贵的友情，更加珍贵的亲情，更会得到最幸福的生活。你今天所付出的爱心，必定会在明天一个"阴雨绵绵"的日子里，得到数千倍、数万倍的报答。

古人说得好，好有好报！命运总是会眷顾那些心地善良的人！我不是一味泥古的人，但是，我还是深信这两句话里面所包含的哲理意义。

万宝强女儿也通过这件事大开眼界。她也不再小看自己的善良，也不再把自己的善良当作愚蠢和无知。她觉得自己比以前高大了许多，后来她主动地与秦文倩交换了意见，万宝强女儿表现出少有的大度，把那个座位让给了秦文倩。即使是在自己看不到黑板上字的时候，也会在自我安慰自己——吃亏是福。她终于用自己的睿智、仁爱之心、感恩之心，实现了人生中另外一种愉悦，另外一种满足，另外一种幸福。

传说舜是我国古代一位有名的君主。他道德高尚，孝顺父母，友爱兄弟。舜的父亲是一个盲人，舜很小时母亲就去世了。后来后母生了一个儿子，名字叫象。象好吃懒做，经常在父母面前说舜的坏话。老夫妻和象就密谋要害死舜。

有一回，他的父亲叫舜修补仓顶。当舜用梯子爬上仓顶的时候，他父亲把梯子抽走，还在下面放起火来，想把舜烧死。结果舜用太阳帽当"翅膀"，像飞鸟一样跳了下来。后来，父亲又叫舜去挖井。当舜跳下井后，父亲和象就把一块石头丢下井，结果舜在井边掘了一个孔道，又幸免于难。而舜还是像以前一样和和气气地对待父母和弟弟。他的表现终于感动了他的父母和弟弟，以后再也没有暗害舜了。

尧听说舜有这样的宽宏大量，不仅仅把女儿嫁给他，还把治理天下的大权交给他。舜行使了二十多年"王权"，把天下治理得平平安安、和和美美，天下人都十分佩服他。

这个故事告诉我们，孝顺父母、友爱兄弟，这是仁爱的根本。应该可以这么说，孝顺父母，友爱兄弟的人，是不会冒犯长辈和上级的；不冒犯长辈和上级的人，很少有"叛逆"行为的。这样的人就会专心致力于"根本"事务，"根本"事务建立了，治国做人的原则就有了。

今天，如果我们的家庭教育、素质教育都能够着力于人的"仁爱"教育，着力于我们的"根本"事务。那么，我们祖国的教育事业就一定会取得举世瞩目的成就，我们中华民族的伟大中国梦就一定会早日实现！

六十一　用爱与责任去建构我们的教育家园

　　秦文倩的爸爸和万宝强通过电话以后，两家家长都为孩子能够妥善处理好这件调位事情而感到由衷的高兴。因为两家家长都认为在这"关键时候"能够妥善处理同桌之间的纠纷，对今年孩子参加高考是非常有利的。要知道孩子在学校心情直接影响到孩子读书效果。

　　让万宝强感到很意外的是，几天过后，秦文倩的爸爸专程从无锡赶到万宝强租房的地方，当面向万宝强致谢，并且从集市上买了几斤长鱼、几斤龙虾，说是给万宝强的女儿补补身体，这让万宝强很感动。

　　"兄弟，你这样做，确实让我感到过意不去。"万宝强对秦文倩的爸爸的盛情很过意不去，但是又不好拒绝。

　　"万老师，你有所不知，我家孩子为了座位问题，经常跟我闹，就差辍学打工了，那个班级你是知道的，我能有什么办法呢!好在你家孩子能够主动把好座位让给我女儿，这真是帮了我大忙了，这点东西，不成敬意!还请你们以后多照顾我家小孩子。"秦文倩的爸爸说这些话的时候，似乎眼角还在流泪。

　　那一天万宝强想了很多。因为，这点小事，竟然受到秦文倩的爸爸的如此"敬重"，这让万宝强想道：面对孩子高考，父母所能够做到的，他们都会竭尽全力去做，而且不计代价。这让万宝强顿感身上的"教师"二字实在太沉重，沉重的让他难以呼吸。

　　我们是教育工作者，对学校学生之间发生的小摩擦，就像万宝强女儿和秦文倩之间那样的纠纷，应该说是司空见惯。但是，我们老师可不能把这些小事情不当一回事!

因为这样，就可能导致学生"放浪"心理的产生与发展，不利于学校和班级的管理，不利于学生之间的团结。

如果我们认为只有学生严重地违反了校纪校规，把矛盾事情激化了，我们教师才应该对这些学生进行严格的教育。我认为有这种想法的教师也是不负责任的!因为，学生闹小别扭，虽然不是"大打出手"的错误，但是造成同学之间心理伤害，那是不容忽视的!我们做教师的应该科学地处理这些事，及时沟通，少说一些"高压"的话，多从学生的思想方面做工作，避免孩子的心理受伤害。

可是，现在有极少数教师，处理问题不冷静，为了显示自己班主任的"威风"，喜欢把细小的事情放大许多倍进行处理，这种做法，我也是不赞同的。

因为，这势必会给这些正在成长中的学生带来很多负面影响:学生容易产生情绪低落，甚至还会产生对老师、对同学心理忌恨，从而使师生之间产生信任危机!

我认为正确的做法:可以把学生分别喊到一个较安静的地方，进行一次情感的交流，指出学生错在那里，并给学生指出切实可行的改正方法，用一种信任的语气对待这些小事情，然后再把这些学生喊到一起握手言欢，一笑了之。

最值得注意的是:我们教师千万不要随意把学生父母亲喊到学校，责令学生父母亲把孩子带回家思过。要知道，我们这样做，对孩子的教育效果往往会大打折扣，甚至还会走向处理问题的反面。

要知道，我们的教育最根本、最精髓的东西就是爱与责任。让孩子知道自己的行为对错;让孩子多一份对友情的珍视;让孩子多一份对美好未来的向往;让孩子知道自己当下最重要的任务是学习。用我们的爱心使他们摒弃幼稚、肤浅、急躁的毛病；让他们明白自己身上也承担着和老师一样的社会责任；让他们明白个人的利益永远要服从社会的利益；个人的利益不能损害他人的利益、国家的利益高于一切的道理。

其实，一个人的成长都是一个循序渐进的过程，因此，我们教师一定要正确对待学生成长过程中出现的小挫折、小错误、小困惑。同时，我们教育工作者还必须清楚地认识到：一个人生命沿途中不可能永远都是阳光！只要人心中那颗温暖的太阳不落，人的生命就一定会绽放出七彩光芒的！

对于像万宝强女儿与秦文倩之间的小摩擦，我们一定要用理解的角度去看待这件事。我认为责备任何一方都会在孩子的心目中留下阴影，都不利于问题的解决。如果不能妥善处理这些问题，就很容易使双方产生心灵上的隔阂。

因此，我们做老师、做家长的一定要用一个顾全大局的高尚心态来处理这类事情，应该把这类事情放在阳光下，用爱的雨露去滋润孩子，用爱去化解孩子间的矛盾，用责任去温暖孩子，让孩子把自己心中存在的埋怨、心里的委屈全盘倾倒出来。

也就是说，我们教师首先应该做一个不折不扣的倾听者，然后再做一个不折不扣的疗伤者。我相信在这样的情感沟通下，我们的孩子绝不会再有什么情感波动，也绝不会再出现矛盾升级的问题。

作为家长，当万宝强看到秦文倩写给他女儿那张小纸条后，如果没有生一点气那也是假的。因为作为孩子的父亲，孩子受到委屈，受到同桌的不公平的对待，生气肯定是情理之中的事情。

但是，万宝强毕竟是一位老师，毕竟是一位过来之人，他对这件事情的处理，我们认为还是比较通情达理的。他能够从秦文倩的心理世界去理解秦文倩，首先把问题淡化处理。这样肯定有利于问题的解决，而且不会容易使他女儿与秦文倩之间产生较大的心灵冲击。因此，万宝强最终把这个问题解决得相当成功。

万宝强认为，秦文倩是一位正在成长中的孩子，积极向上、不甘落后、对自己学业也抱有极大的热情，唯恐自己的学习不如别人，这正是时代所要倡导的正能量。她在拼命地寻找提高成绩的突破口，她和自己女儿一样，都希望班主任能够对她们开恩一些，把她们的座位都调到自己所喜欢的好位置上，都希望自己能够在这个非常拥挤的班级里面能够得到老师特殊的关照，这种美好的愿望，这确实是人之常情。所以，对这样一个要求进步的学生，万宝强心里只有感动，很难对秦文倩说出一些抱怨的话来。

万宝强认为秦文倩的动机是没有恶意的，只不过是偏重了"利己"之心，不能对她一味地持批评态度，要好好分析她产生动机的原因是什么。她这种做法虽然有悖朋友之道，但是她毕竟是一个正在成长中的孩子，大可不必责怪她，只需要用一种委婉的语言告诉她做这件事是欠妥的，还可以选择走另外一条"好"路，也可以得到同样的目的。

万宝强通过这件事情的处理：让秦文倩自己体会到个人主义、利己主义都是对个人的成长有害的，应该在以后做人的道路上去理智地克服它；同时也让秦文倩明白有许多事情不能一味地贪图自己的方便，不能对自己朋友的一番真情当作手上的一团废纸随意丢弃；不能背着良心去做伤害自己朋友的傻事；世界上很多事情是需要坦诚相见的，开诚布公。

其实，我们大家都知道轻诺寡信的道理！这次"调位风波"不仅仅是做人的问题，更重要的是这件事能够使自己在今后建构人生大厦的时候，会产生足够毁灭整个根基的杀伤力。

我们的朋友、我们的老师、我们的领导、我们的父母亲、我们的兄弟姐妹们，他们都是我们朝夕相处的人。我们在处理事情的时候，应该抛弃自己狭隘与偏见，去用一双温暖、支持、温馨、互助的大手，去真诚地对待他们；用一颗赤诚之心，为他们排忧解难。更不能对这些人心怀不端之念。如果这些人中有些人"掉队、落伍、犯错误"的，那我们一定要伸出一双援助之手，对他们进行及时的帮助。

在人生的航程上要学会同舟共济，不要太多地考虑自己的得失，应该清楚地认识到"失去"往往是"得到"的开始，"得到"的往往是"失去"的起点。我们生活在这个充满太多诱惑的世界上，不要因为自己得到的太少，就想通过不正当的手段去占有别人的东西。我们要知道在这个世界上最让人羡慕的往往不是我们手中拥有的很多财富。

在我们所奋斗的人生道路上，应该可以这么说，人与人之间的差距无处不在、无时不在。因此，我们一定要拥有一颗平常、淡泊的心态，这要比拥有金山银山还要重要得多。因为我们清楚在这个世界上过着醉生梦死生活的人，大多数是那些腰缠万贯的人。

所以，我们又何必过分在意拥有太多的物质呢！别人再好的东西，那是别人的财富、别人的造化、别人的机遇，你又何必心存"贪天之功"呢？

在这个世界上相互攀比是绝对不应该的，因为每一个人所出身的家庭、地位、时代、阶层、区域、年龄、机遇等都不可能全部相同。因此，每一个人在这个社会上所拥有的东西肯定不同，甚至产生较大的差距。

但是，我们应该知道拥有耀眼金冠的人，展眼变成沿街乞讨的也大有人在。三千粉黛、宝马香车、一掷千金、超亿豪宅其实都是过眼云烟；饥寒交迫、衣衫褴褛、上无片瓦下无立锥之地，这也是人间"一景"！你又何必自寻烦恼呢？你看看，我们现在是社会主义社会，国家都在致力于缩小贫富差距，我们就更不应该自寻烦恼！因此，我们珍惜拥有的，这要比那些拥有宝马香车而好高骛远、不懂得珍惜的人要幸福得多、快乐得多。

在这个世界上万宝强反对有以下两种思想的人：

一种是有"人家骑马我骑驴，自觉大不如，回头看见推车汉，比上不足比下有余。"的思想。他认为有这种思想的人，虽然有知足常乐之心，但是他们还有自卑、自负、满足形状，不求进取之心。

当他们骑着驴遇到一个骑马的人，顿感自己比人家矮了一截，这是自卑心理的真实写照；当他们回头看到一个迎面走来的推车的人，他们立即感到自己身价百倍，又看不起这些推车的人，这完全是一种自负的心理表现。

也就是说这些人的满足是建立在对别人的自卑和自负的基础上，而自己根本就没有什么"自足"的价值标准，他们得到的满足仅仅是偶然的一瞬。你想想，这种人在社会上根本就不可能有一种超凡脱俗的价值取向！他们不可能对社会有一个比较清醒的认识！很容易走上随波逐流、随遇而安的消极道路。

这些人对自己、对社会、对国家都是不会有什么好处的。要知道真正的知足常乐之人，他们是建立在没有"攀比"的价值观点上，他们的思想境界是完全出自于对自我生命的重视，对自我价值的肯定，对未来充满足够的信心，完全凌驾于自卑、自负之上的审美追求，没有半点玩味人生的意味，没有半点亵渎别人的韵味，是一种超然的价值观念，绝非凡夫俗子所能拥有的人生境界。

第二种就是"每天老是责问自己，人家有的东西我为什么没有？我和他都是人，为什么我和他存在那么大的差别"的思想。他认为拥有这种思想的人，他们永远不去考虑那些出身的差异、机遇的差异、能力的差异。

拥有这种思想的人，每天烦躁不安、自我揪心，每天都要给自己套上万斤重的精神枷锁。他们永远无法理解欲壑难填的真实含义。

要知道我国古代的帝王，虽然威加海内，权倾朝野，能够贪呼风唤雨之功，能够说率天之滨莫非王土、率天之人莫非王臣的话，能够做天下之色皆为皇帝一人拥有的事情。但是，历览古代帝王，有谁能够做到天天快乐、朝朝自在的呢？身为布衣平民，虽然一生口福不及帝王一天之享，一生耳福不及帝王一时之悦，但是他们也会有一处平静之地，有一间闲适之所，有一片清香宜人之景，有一群开心之友，劳作之余，牵着孩子，携着爱人，踏着林荫小道，轻拂着凉爽的晚风，沐浴着晚霞的余光，吮吸着清新自然的空气，倾听着涓涓细流的潺潺之音，看山花、松涛、芳草展姿之妙，瞧海上群鸟翱翔之乐，赏天际云卷云舒之美，还可以独处江湖倾听那胜似天籁的丝竹之音。

我们想一想就知道，这个世界上，花有馨香，水有柔波，山有灵气，天地间各有其美，各有其绝，我们何不用心智去建构自己的精神家园呢？我们不必去用攀比之心，去贪那些离我们太遥远的东西。如果能够做到这一点，那么我们的信心、我们的奋斗、我们的力量、我们的教育，就会朝着永远健康、永远快乐、永远幸福的方向，展翅翱翔，永不停息。

朋友！用爱与责任去建构我们的教育家园吧！

后 记

    2008年6月，女儿以优异的成绩考入县城最好的高级中学。当时，我们这个地方已经盛行伴读之风，但是我们夫妻俩商量，暂时让女儿住校。一是考虑家里经济条件不好，二是培养女儿的自立能力。开始，由于女儿对这所学校好奇、新鲜，没有听说女儿不适应的地方，可是过了大半学期的时候，女儿时常在妈妈面前诉苦，说自己衣服没人洗、宿舍要搞卫生、食堂饭菜吃不下去等等，当时，我的妻子没有在意女儿说的话，也没有把租房伴读放在心上。

    不久，女儿睡觉不老实竟然从床上掉下来，幸亏睡在下铺，没有大碍。又过了一段时间，女儿在上楼（学校师生多，学校食堂也分楼上和楼下两个食堂）吃饭时，竟然把脚扭伤了。

    正是由于这件事，我们夫妻俩才痛下决心，决定借债租房，为女儿伴读。由于疼爱孩子的父母不只我们一家，到县城中学附近找租房竟然成为我们头疼的事情，几经周折，才算找到较为满意的租房。

    当我走进伴读生活的时候，才发现这个伴读小圈子里面很多鲜为人知的伤心事，并且很快引起了我的思考。由于本人向来有写日记的习惯，我便把听到的、遇到的事情写成日记，一年过后，竟然写了十几万字的日记。由于我是一名教师，便开始思考这些事情背后所隐藏的教育道理，于是，我就产生把日记写成书的打算了。

    在这部书里，我想写现代中国伴读父母的大爱、愚昧，想写伴读环境的真相，还想写某一部分社会的真相、某一类人物的经历。在写作的过程中，我没有忘记自己的身份，应该为中国的现代化教育奉献出自己的微薄之力。于是，我在写这部书的时候，总想用我个人的反思来表明我写作的目的。

由于我写作的目的是反映一段教育历史，让这段教育历史作为一面观己观人的镜子，所以我总是从历史的视角来写这部书，如果有考据癖的人不肯错过索引的机会，那我也只能说这是张三的腿，那是李四的脚。但是，我在这里重申，我没有任何恶意去写任何人、任何事，我笔下的人和事都是尽可能接近历史的真相，譬如：一个标准教室竟然容纳八十二名学生上课，我不能说这是学校的错，我只能说我国教育制度还不够完善，学校的基础设施还跟不上时代要求。如果我的措辞存在不恭的地方还请诸位谅解。

这部书共有一百余万字，把日记整理成为书用了整整两年的时间。两年里，由于家里经济状况不太好，屡想中止。由于妻子找到了工作，经济条件略有好转，不再为生计担忧，使我心无牵挂地写完此书。因此我只能用这部书来奉献给我的妻子李敏。

我常把自己的写作冲动误认为是自己的写作才能，自以为要写就意味着会写。我写完《为了孩子》，总觉得不满意，认为还有很多话要说，因此我抽空又写了一部长篇小说，命名《静静的斗湖》，中心人物是一个女角，表现的是百年爱情史，有五十余万字，陆续发表在网络上。最近总觉得《静静的斗湖》的部分章节内容还有很多不尽人意的地方，于是，便对《静静的斗湖》进行认真地修改。由于《为了孩子》这部书还没有全部出版出来，修改《静静的斗湖》的冲动只能有所收敛。假如《静静的斗湖》能够如期完成修改工作，它也许会比《为了孩子》更出彩些。对不起，我是一个一心想摘葡萄的人，至于能不能摘到想要的葡萄还有待时间的检验。现在，我只能对想象中的葡萄有一个美好的幻想，当然，我不会去想象它的酸，只能去想象它分外的甜。

　　这部书由于本人才疏学浅，书中出现错误和疏漏在所难免，还望亲爱的读者朋友们海涵。在写书的过程中，张鹤鸣先生、乔继宁先生、梁荣峰先生都给了我很大的帮助，特此致谢！

二〇一五年七月一日